10/18

12, AVENUE D'ITALIE. PARIS XIIIe

Sur l'auteur

Né à Londres en 1954 de père pakistanais et de mère anglaise, Hanif Kureishi a fait des études de philosophie au King's College de Londres. Il a signé les scénarios de *My Beautiful Laundrette* et de *Sammy et Rosie s'envoient en l'air*, tous deux portés à l'écran par Stephen Frears. Il est l'auteur de nombreux romans dont *Le Bouddha de banlieue*, *Black Album*, *Intimité*, qui sont vite devenus des livres cultes. Avec *Contre son cœur*, il s'essaie pour la première fois au récit autobiographique et nous livre son formidable roman familial. *Quelque chose à te dire* est son dernier roman. Hanif Kureishi vit aujourd'hui à Londres.

HANIF KUREISHI

LE BOUDDHA
DE BANLIEUE

Traduit de l'anglais
par Michel COURTOIS-FOURCY

10/18

« Domaine étranger »
créé par Jean-Claude Zylberstein

CHRISTIAN BOURGOIS ÉDITEUR

Du même auteur
aux Éditions 10/18

▶ LE BOUDDHA DE BANLIEUE, n° 2365
BLACK ALBUM, n° 2893
DES BLEUS À L'AMOUR, n° 3103
INTIMITÉ, n° 3170
LA LUNE EN PLEIN JOUR, n° 3421
LE DON DE GABRIEL, n° 3571
LE CORPS, n° 3695
SOUVENIRS ET DIVAGATIONS, n° 3696
CONTRE SON CŒUR, n° 3988
QUELQUE CHOSE À TE DIRE, n° 4306

Titre original :
The Buddha of Suburbia

© Hanif Kureishi, 1990.
© Christian Bourgois Éditeur, 1991,
pour la traduction française.
ISBN 978-2-264-01819-9

Première Partie

DANS LA BANLIEUE

CHAPITRE I

Je m'appelle Karim Amir et je suis anglais de souche, enfin presque. On me considère souvent comme un drôle d'Anglais, un Anglais un peu bizarre, vu que je suis le fruit de deux vieilles histoires. Mais je m'en moque. Je suis anglais (pas vraiment fier de l'être) et j'habite la banlieue sud de Londres, bien décidé à faire mon chemin. Peut-être est-ce ce curieux mélange de continents et de sangs, ce sentiment d'appartenir à la fois ici et là-bas, de ne trop savoir sur quel pied danser, qui me rend nerveux et sujet au cafard. Ou peut-être n'est-ce, après tout, que le fait d'avoir été élevé en banlieue. De toute façon, pourquoi chercher midi à quatorze heures, lorsqu'il suffit de dire que je courais après les ennuis, les coups en tout genre, que j'aimais les histoires, et surtout celles de sexe. Il faut préciser que les choses, je ne sais trop pourquoi, étaient dans notre famille d'un morne, d'un lourd, d'un pesant incroyables. Si vous voulez tout savoir, ça me déprimait complètement, si bien que j'étais prêt à n'importe quoi.

Puis un jour, tout a changé. Le matin, les choses étaient comme ça, et le soir, au moment d'aller au lit, elles étaient différentes. J'avais dix-sept ans.

Ce jour-là, mon père, rentré tout droit de son travail, était d'assez bonne humeur. C'était même pour lui une véritable bonne humeur. Je respirais encore sur ses vêtements l'odeur du train, tandis qu'il rangeait sa serviette près de la porte d'entrée et enlevait son imperméable, avant de le lancer au bas de la rampe. Puis il se précipita sur mon petit frère Allie, qui s'enfuyait, pour l'embrasser, avant de nous étreindre, ma mère et moi, avec fougue, comme si nous venions d'échapper à un tremblement de terre. Plus dans ses habitudes, il tendit à ma mère son dîner, des *kebabs* et des *chapatis* * si graisseux que les papiers d'emballage s'étaient désintégrés. Ensuite, au lieu de se laisser tomber dans son fauteuil pour regarder les informations télévisées, en attendant que ma mère dispose les aliments réchauffés sur la table, il se rendit dans leur chambre à coucher du rez-de-chaussée, contiguë à la salle de séjour. Là, il se déshabilla rapidement pour ne garder que son caleçon et son maillot de corps.

« Va chercher la serviette rose », me dit-il.

J'obéis. Mon père étendit alors la serviette sur le sol de la chambre à coucher et se laissa tomber sur les genoux. Je me demandai, durant un instant, s'il n'était pas brusquement revenu à la religion. Mais non. Il posa ses bras derrière sa tête et jeta ses jambes en l'air.

« Il faut que je m'entraîne, dit-il d'une voix étouffée.

— T'entraîner pour quoi ? » lui demandai-je assez raisonnablement, en l'observant toutefois avec curiosité et suspicion.

« On vient de me convoquer pour ces foutus jeux olympiques de yoga », dit-il. Il pouvait facilement être sarcastique, mon papa.

Il se tenait sur la tête, maintenant, en équilibre parfait. Son ventre s'affaissait et ses couilles et son pénis sortaient de son caleçon. Les muscles puissants de ses bras étaient

---

* Voir ce mot dans le glossaire en fin de volume, comme pour tous ceux suivis d'un astérisque.

gonflés ; il respirait avec force. Comme beaucoup d'Indiens, mon père, quoique petit, était beau et bien fait, avec des mains délicates et des manières gracieuses. A côté de lui, la plupart des Anglais donnaient l'impression d'être des girafes maladroites. Il était large d'épaules et très costaud : dans sa jeunesse, il avait été boxeur et un fanatique des extenseurs. Il était en particulier aussi fier de sa poitrine que nos voisins l'étaient de leur cuisinière électrique. Au moindre rayon de soleil, il enlevait sa chemise, se précipitait dans le jardin avec un transat et son journal. Un jour, il m'a avoué qu'en Inde, il rasait régulièrement les poils de sa poitrine, afin qu'ils repoussent avec plus de vigueur dans les années à venir. A mon humble avis, sa poitrine est le seul domaine dans lequel il ait montré quelque prévoyance.

Bientôt ma mère, qui comme toujours était dans la cuisine, entra dans la chambre et découvrit mon père en train de s'entraîner pour les jeux olympiques de yoga. Il n'avait pas fait ce genre d'exercices depuis des mois, aussi sut-elle immédiatement que quelque chose de nouveau était dans l'air. Elle portait un tablier à fleurs et essuya ses mains à plusieurs reprises dans son torchon, un souvenir de l'abbaye de Woburn. Ma mère était une femme potelée, qui n'attachait guère d'importance à son corps. Elle avait un visage rond et pâle et de gentils yeux mordorés. Elle considérait son corps comme un objet gênant qui l'entourait, une sorte d'île déserte, inexplorée, sur laquelle elle aurait échoué. En général, c'était une personne timide, accommodante, mais lorsqu'on l'exaspérait, elle pouvait devenir agressivement nerveuse, comme en ce moment.

« Allie, va te coucher », dit-elle sèchement à mon petit frère, alors qu'il passait la tête dans l'entrebâillement de la porte. Il portait un filet, afin que ses cheveux ne s'emmêlent pas follement, durant son sommeil. S'adressant à mon père : « Mon Dieu, Haroon, toutes tes choses sont à l'air, le monde entier peut les voir ! » Elle se tourna vers moi :

« Et c'est toi qui l'encourages à se conduire comme ça. Au moins, tire les rideaux !

— Inutile, Mam. Personne ne peut nous voir à plusieurs centaines de mètres à la ronde — à moins qu'on utilise des jumelles.

— C'est exactement ce qu'ils font », dit-elle.

Je tirai alors les rideaux de la fenêtre qui donnait sur le jardin de derrière. La pièce parut immédiatement se contracter. La tension montait. Je brûlais maintenant d'envie d'être hors de la maison. Je ne sais trop pourquoi, mais je voulais toujours filer ailleurs.

Quand mon père se mit à parler, sa voix m'apparut étranglée et plate.

« Karim, lis-moi d'une voix claire un passage du livre de yoga. »

J'allai chercher en courant le livre préféré de yoga de mon père — *le Yoga pour les femmes* — avec des photographies de femmes en pleine forme, en collants noirs. Il se trouvait au milieu d'autres livres sur le bouddhisme, le soufisme, le confucianisme et le zen, que mon père avait achetés à la librairie orientale de Cecil Court, tout près de Charing Cross Road. Je m'accroupis à côté de lui avec le livre. Il inspira, retint son souffle, expira et retint de nouveau son souffle. Je n'étais pas un mauvais lecteur et je me voyais déjà sur la scène du théâtre de l'Old Vic, récitant avec emphase : « Salamba Sirsasana fait revenir et maintient l'esprit de la jeunesse, un atout qui n'a pas de prix. C'est merveilleux de savoir qu'on est préparé à affronter sa vie, à en extraire toutes les véritables joies qu'elle peut offrir. »

Mon père poussait un grognement d'approbation à chaque phrase et ouvrit les yeux pour regarder ma mère qui avait fermé les siens.

Je poursuivis ma lecture. « Cette position empêche également la chute des cheveux et retarde considérablement l'arrivée des cheveux gris. »

C'était là la question : mon père n'aurait pas de cheveux gris. Satisfait, il se releva pour se rhabiller.

« Je me sens mieux. Eh oui, je commence à vieillir. » Plus gentiment il ajouta : « A propos, Margaret, est-ce que tu viens chez Mrs. Kay ce soir ? » Ma mère fit un signe négatif de la tête. « Ecoute, ma chérie, allons-y ensemble et prenons un peu de bon temps, non ?

— Mais ce n'est pas moi qu'Eva a envie de voir, dit ma mère. Elle m'ignore totalement. Est-ce que tu ne t'en rends pas compte ? Elle me traite comme de la crotte de bique, Haroon. Je ne suis pas suffisamment indienne pour elle. Je ne suis qu'anglaise.

— Je sais bien que tu n'es qu'anglaise, mais tu peux bien porter un sari. » Il se mit à rire. Il était assez taquin. Malheureusement, ma mère n'était pas la victime idéale pour ce genre de plaisanterie. Elle ne se rendait pas compte qu'il est de bon ton de rire lorsqu'on se moque de vous.

« Evénement très particulier ce soir », dit mon père.

C'était évident qu'il nous avait entraînés dans cette conversation pour en arriver là. Il attendait nos questions.

« Que se passe-t-il, Pa ?

— Eh bien, on a été suffisamment aimable pour me demander d'exposer un aspect ou deux de la philosophie orientale. »

Mon père avait parlé très vite et essayait maintenant de cacher sa fierté face à cet honneur, preuve palpable de son importance, en enfonçant son maillot de corps dans son pantalon. C'était ma chance.

« Je viendrai avec toi chez Eva, si tu veux bien de moi. Je m'apprêtais à partir pour le club d'échecs, mais je ferai l'effort de ne pas y aller, si ça t'arrange. »

Je fis cette remarque avec l'air innocent d'un curé de campagne. Je craignais de bloquer le déroulement de la chose en montrant trop d'impatience. J'avais en effet découvert que dans la vie, lorsqu'on se montre trop impatient, les autres ont tendance à l'être moins. Et qu'en revanche, si on l'est moins, les autres le sont plus. Aussi, plus j'avais envie de faire quelque chose, moins je le montrais.

Mon père releva son maillot de corps et frappa rapidement son ventre nu avec ses deux mains. Le bruit était violent, peu agréable, il remplit notre petite maison comme des coups de pistolet.

« D'accord, dit mon père, va te changer, Karim. » Il se retourna vers ma mère. Il avait envie qu'elle vienne avec lui, qu'elle soit le témoin du respect que lui portaient les autres. « Si seulement tu voulais venir, Margaret. »

Je me précipitai dans l'escalier pour me changer. De ma chambre, dont les murs étaient recouverts du sol au plafond avec des journaux, je les entendais se chamailler en bas. Arriverait-il à la persuader de venir ? J'espérais bien que non. Mon père était bien plus amusant quand ma mère n'était pas dans les parages. Je mis un de mes disques favoris, *Positively Fourth Street* de Dylan, afin de trouver l'ambiance de cette soirée.

Il me fallut une éternité pour me préparer : je changeai complètement de vêtements à trois reprises. A sept heures, j'apparus en bas de l'escalier dans ce que je savais être les vêtements qui convenaient à la soirée d'Eva. Je portais des pantalons pattes d'éléphant turquoise, une chemise bleue transparente à fleurs blanches, des bottes en daim bleu à hauts talons et un gilet de l'Inde, écarlate, avec des surpiqûres en fils dorés. J'avais mis un serre-tête pour maintenir mes cheveux crépus qui me tombaient sur les épaules, et je m'étais rincé le visage avec de l'*Old Spice*.

Pa m'attendait devant la porte, les mains enfoncées dans ses poches. Il portait un pull-over à col roulé, une veste noire imitation cuir et un pantalon de velours gris de chez Marks et Spencer. Dès qu'il me vit, il devint nerveux.

« Va dire au revoir à ta mère », dit-il.

Dans la salle de séjour, Mam regardait le feuilleton *Steptoe and Son* en croquant de temps à autre un petit morceau de Mars avant de reposer la friandise sur le pouf placé devant elle. C'était un rituel : elle s'autorisait à

14

grignoter un petit morceau toutes les quinze minutes. Ses yeux étaient obligés d'aller constamment de l'horloge à l'écran de télévision. Parfois, elle s'impatientait et avalait la barre en moins de deux minutes. « J'ai bien droit à un petit réconfort », disait-elle sur la défensive.

Quand elle m'aperçut, elle aussi devint nerveuse.

« Ne nous fais pas remarquer, Karim, fit-elle en continuant de regarder la télévision. Tu ressembles à Danny La Rue.

— Et que dis-tu de tante Jean, alors ? demandai-je. Avec ses cheveux bleus.

— C'est tout à fait convenable pour une dame d'un certain âge d'avoir des cheveux bleus », répondit ma mère.

Mon père et moi sortîmes de la maison, aussi vite que possible. Au bout de la rue, alors que nous attendions le bus 227, un de mes professeurs, qui était borgne, passa à côté de nous et me reconnut. Le cyclope lança : « N'oubliez pas qu'un diplôme universitaire est l'équivalent de deux mille livres par an la vie durant !

— Ne vous inquiétez pas, répondit mon père. Il ira à l'université, c'est sûr. Il sera un médecin célèbre à Londres. Mon père était médecin. La médecine a toujours tenu une place importante dans notre famille. »

Ce n'était pas très loin — environ cinq kilomètres — pour aller chez les Kay, mais mon père n'y serait jamais parvenu sans moi. Je connaissais toutes les rues, tous les parcours des bus.

Pa était en Angleterre depuis 1950 — c'est-à-dire depuis plus de vingt ans — et pendant quinze ans il avait vécu dans la banlieue sud de Londres. Pourtant, il continuait à s'égarer dans le quartier, comme un Indien à peine descendu du bateau. Il posait aussi des questions du genre : « Est-ce que Douvres se trouve dans le Kent ? » J'aurais pensé qu'un employé du gouvernement britannique, un fonctionnaire, même aussi mal payé et aussi insignifiant que lui, devrait au moins connaître ce genre de choses. Je suais d'embarras lorsqu'il arrêtait des inconnus dans la rue pour leur demander la direction d'endroits situés à une centaine de mètres, dans un quartier où il avait vécu durant presque deux décennies.

Mais cette naïveté rendait les gens protecteurs à son égard et les femmes étaient attirées par son innocence. Elles voulaient l'entourer de leurs bras, ou faire quelque chose comme ça, parce qu'il paraissait si perdu, si enfantin par moments. Non que cette attitude fût totalement innocente ou dépourvue de ruse. Quand j'étais petit, lorsque nous étions assis tous les deux au *Lyon's Corner-house* pour boire des milk-shakes, il m'envoyait, tel un pigeon voyageur, vers les femmes assises aux autres tables pour leur dire : « Mon papa serait heureux de vous embrasser. »

Pa m'apprit à flirter avec tous les gens que je rencontrais, filles et garçons, et j'en vins à considérer la séduction, plutôt que la politesse ou l'honnêteté ou même les convenances, comme la première des vertus sociales. Et j'en vins aussi à aimer des gens insensibles ou pervers, dans la mesure où ils étaient intéressants. Pourtant j'étais sûr que mon père depuis son mariage ne s'était pas servi de son charme et de sa séduction pour coucher avec d'autres femmes que ma mère.

Maintenant, je soupçonnais que Mrs. Eva Kay, — qui avait rencontré mon père une année plus tôt à une classe de « plaisir par l'écriture », dans une pièce située tout en haut du King's Head, dans Bromley High Street — avait bien envie de le serrer contre elle. Une des raisons qui me rendaient si désireux d'aller chez elle était bien entendu la concupiscence, tandis que le refus de ma mère était lié à la gêne. Eva Kay était espiègle, effrontée, culottée même.

En route, je persuadai mon père de faire un petit arrêt au *Three Tuns* à Beckenham. Je descendis du bus et Pa fut bien obligé de me suivre. Le pub était plein de garçons habillés comme moi, venant de mon école et des autres écoles du coin. La plupart des garçons, si ternes durant la journée, étalaient maintenant des flots de velours et de satin d'éclatantes couleurs. Certains semblaient vêtus de couvre-lits et de rideaux. Les petits mecs parlaient de façon ésotérique de Syd Barrett. Avoir un frère aîné qui vit à Londres, qui travaille dans la mode, dans le showbiz ou dans la publicité était un avantage inestimable à l'école. Je devais lire attentivement le *Melody Maker* et *New Musical Express* pour me tenir au courant.

Je pris Pa par la main pour le conduire dans la pièce du fond. Kevin Ayers, qui avait fait partie de Soft Machine, était assis sur un tabouret et susurrait dans un micro. Deux petites Françaises près de lui faisaient semblant à chaque instant de s'étaler sur scène. Nous prîmes, Pa et moi, une bière chacun. Je n'étais pas habitué à l'alcool et me sentis ivre immédiatement. Pa devint maussade.

« Ta mère me tracasse, dit-il. Elle ne participe jamais à rien. Il n'y a que moi qui fais un foutu effort pour tenir toute cette famille ensemble. C'est pas étonnant que j'aie besoin de méditations afin de rester calme et détendu. »

Gentiment, je lui suggérai : « Pourquoi ne divorces-tu pas ?

— Parce que tu n'aimerais pas ça. »

Mais un divorce n'était pas une chose qui risquait de leur arriver. En banlieue, les gens rêvent rarement de partir à la recherche du bonheur. Tout est affaire d'habitudes et d'endurance : la sécurité et la tranquillité sont la récompense de l'ennui. Je serrai les poings sous la table. Je ne voulais pas penser à ça. Il me faudrait des années avant que je puisse m'échapper vers la ville, vers le centre de Londres, où la vie offrait des tentations infinies.

« J'ai un trac de tous les diables pour ce soir, dit mon père. Je n'ai jamais fait quelque chose comme ça avant. Je ne sais absolument rien. Je vais me taper un bide. »

Les Kay étaient bien plus à l'aise que nous. Ils avaient une maison plus grande avec une allée, un garage et une voiture. Leur pavillon était situé dans une rue bordée d'arbres, juste à côté de Beckenham High Street. Il avait de grandes baies, une mansarde, une serre, trois chambres à coucher et le chauffage central.

Je ne reconnus pas Eva Kay lorsqu'elle nous accueillit à la porte, et pendant un instant, je crus que nous nous étions trompés d'endroit. Pour tout vêtement, elle portait un cafetan bigarré qui lui tombait jusqu'aux pieds. Ses cheveux avaient été détachés, crêpés puis relevés. Elle avait mis du khôl sur ses paupières, de sorte qu'elle ressemblait à un panda. Pieds nus, elle avait peint les ongles de ses orteils alternativement en vert et en rouge.

Lorsque la porte d'entrée fut soigneusement refermée et que nous nous fûmes enfoncés dans l'obscurité du couloir, Eva prit Pa dans ses bras et l'embrassa partout sur le visage, y compris sur les lèvres. C'était la première fois que je voyais mon père embrasser quelqu'un avec intérêt. J'allais de surprise en surprise, car il n'y avait aucun signe de Mr. Kay. Quand Eva bougea, lorsqu'elle se tourna vers moi, elle me donna l'impression d'être un pulvérisateur géant projetant un nuage de parfums d'Orient. J'étais en train de me demander si Eva était la personne la plus sophistiquée que j'aie rencontrée ou la plus prétentieuse, quand elle m'embrassa moi aussi sur les lèvres. Mon estomac se tordit. Puis, me tenant à bout de bras, comme si j'étais un manteau qu'elle voulait essayer, elle me regarda de haut en bas et dit : « Karim Amir, tu as vraiment quelque chose d'exotique et d'original ! Tout ça est tellement inattendu ! C'est tout à fait toi !

— Merci, Mrs. Kay. Si j'avais été prévenu plus tôt, je me serais endimanché.

— Avec en plus l'esprit si merveilleusement percutant de son père ! »

Je sentais que quelqu'un me regardait. Lorsque je levai la tête, je vis que Charlie, son fils, qui était en première dans mon école et avait presque un an de plus que moi, était assis en haut de l'escalier, caché en partie par la rampe. C'était un garçon à qui la nature avait octroyé une foudroyante beauté — son nez était parfaitement droit, ses joues bien creuses, ses lèvres semblables à deux boutons de rose — de sorte que les gens avaient peur de l'approcher et qu'il se trouvait bien souvent seul. Des hommes et des adolescents pouvaient bander rien qu'en étant dans la même pièce que lui, certains même se trouvaient dans cet état simplement parce qu'ils habitaient le même pays. Les femmes soupiraient en sa présence et les professeurs s'énervaient. Quelques jours plus tôt, au cours de l'assemblée générale de l'école, alors que tous les profs se tenaient comme une bande de corbeaux sur l'estrade, le principal dissertait sur Vaughan Williams. Nous allions entendre sa *Fantasia on Greensleeves.* Alors que Yid, le professeur d'éducation religieuse, abaissait, l'air solennel, le saphir sur le disque poussiéreux, Charlie, qui se trouvait un peu plus loin, commença à s'agiter, à secouer la tête et à chuchoter : « Ecoutez bien, écoutez bien, bande de couillons. » « Mais qu'est-ce qui se passe ? » nous demandions-nous. Nous le découvrîmes rapidement. Car, comme le principal rejetait la tête en arrière, pour mieux savourer les sons mélodieux de Vaughan Williams, les sifflements d'ouverture de *Jouir ensemble* déchirèrent les haut-parleurs. Comme Yid se frayait un chemin au milieu des autres professeurs pour enlever le disque, la moitié de l'école fredonnait les paroles : « ... Vas-y lentement... il a les yeux creux... il a des cheveux jusqu'aux genoux... » A cause de cette plaisanterie, Charlie fut fouetté devant nous tous.

Pour le moment, il inclina la tête de deux ou trois centimètres durant une fraction de seconde, afin de me montrer qu'il m'avait vu. Sur le chemin pour nous rendre chez Eva, je l'avais volontairement chassé de mon esprit. Je ne croyais pas qu'il serait là. C'était d'ailleurs la raison qui m'avait fait m'arrêter au *Three Tuns,* au cas où il y aurait fait un saut afin de prendre un verre en début de soirée.

« Content de te voir, mon vieux », dit-il en descendant lentement l'escalier.

Il embrassa mon père en l'appelant par son prénom. Comme toujours, il faisait preuve d'une formidable assurance, et d'une magnifique élégance. Lorsqu'il nous suivit dans la salle de séjour, je tremblais d'excitation. Ça n'avait certes rien à voir avec le club d'échecs.

Ma mère disait souvent qu'Eva était une insupportable snob qui passait son temps à bluffer. Pourtant, même si j'acceptais qu'Eva fût légèrement ridicule, elle était néanmoins la seule personne de plus de trente ans avec qui je pouvais parler. Elle avait, quelles que soient les circonstances, une humeur égale, à moins qu'elle ne se passionnât pour quelque chose. En tout cas, elle ne plaçait pas ses sentiments sous clef comme le reste de ces misérables ectoplasmes qui nous entouraient. Elle aimait le premier album des Rolling Stones. Elle était transportée par le Third Ear Band. Un jour, elle exécuta des danses d'Isadora Duncan dans notre salle de séjour et me parla ensuite de cette danseuse et de son goût pour les écharpes. Eva avait assisté au dernier concert des Cream. Un jour, dans la cour de l'école, avant d'entrer en classe, Charlie m'avait confié son dernier exploit. Elle lui avait apporté, au lit, ainsi qu'à sa petite amie, des œufs au bacon et leur avait demandé s'ils avaient pris du plaisir à faire l'amour.

Quand elle venait à la maison chercher Papa pour l'emmener à la classe d'écriture, elle faisait toujours un saut dans ma chambre à coucher, afin de ricaner devant mes posters de Marc Bolan. « Qu'es-tu en train de lire ? Montre-moi tes nouveaux livres ! » me demandait-elle. Et un jour : « Pourquoi n'en finis-tu pas d'aimer Kerouac, espèce de puceau ? Ne connais-tu pas le mot définitif de Truman Capote sur lui ?

— Non.

— Il a dit : " C'est pas écrit, c'est tapé ! "

— Mais Eva... »

Pour lui donner une leçon, je lui avais lu les dernières pages de *Sur la route...* « Bonne riposte ! » s'était-elle exclamée puis avait poursuivi en sourdine — elle voulait toujours avoir le dernier mot — : « La pire chose qu'on puisse faire à Kerouac est de le relire à trente-huit ans. » Avant de partir, elle ouvrit son sac magique, comme elle l'appelait. « Voici quelque chose qu'il faut vraiment lire. » C'était *Candide*. « Je t'appellerai samedi prochain pour t'interroger dessus ! »

Le moment le plus excitant, c'était lorsque Eva se couchait sur mon lit pour écouter les disques que je voulais lui faire entendre. Ça commençait alors à devenir vraiment intime et tout ça. Elle me disait les secrets de sa vie amoureuse, que son mari la frappait, qu'ils ne faisaient jamais l'amour ensemble. Elle avait envie de faire l'amour, c'était la sensation la plus enchanteresse qu'on puisse trouver. Elle employait le mot « baiser ». Elle voulait vivre, disait-elle. Elle me faisait peur ; elle m'excitait. D'une certaine manière, elle avait mis notre maison sens dessus dessous dès l'instant où elle y était entrée.

Qu'était-elle en train de fabriquer maintenant avec Pa ? Qu'allait-il se passer dans cette salle de séjour ?

Eva avait poussé les meubles contre les murs. Les fauteuils, recouverts de tissu à larges motifs, et les petites tables aux dessus de verre avaient été collés contre les étagères en pin. Les rideaux étaient tirés. Quatre hommes et quatre femmes d'âge moyen, les femmes tout en blanc, étaient assis en tailleur sur le sol et mangeaient des cacahuètes en buvant du vin. Un peu plus loin, assis lui aussi, le dos appuyé au mur, se trouvait un homme d'un âge indéterminé — il aurait pu aussi bien avoir vingt-cinq que quarante-cinq ans. Il portait un costume noir en velours côtelé et de grosses chaussures noires démodées. Le bas de son pantalon était rentré dans ses chaussettes. Ses cheveux blonds étaient sales et ses poches étaient gonflées par des livres brochés à la couverture déchirée. Il semblait ne pas connaître les autres, ou, s'il les connaissait, il n'avait en tout cas aucunement l'intention de leur parler. Il paraissait pourtant intéressé par ce qui se passait, mais avec une sorte de détachement scientifique. Il restait assis là, à fumer. C'était quelqu'un d'extrêmement vif et de nerveux.

Une sorte de psalmodie remplissait la pièce. Elle me faisait penser à un enterrement.

Charlie me glissa à l'oreille : « Est-ce que par hasard tu n'aimerais pas Bach ?

— Ce n'est pas vraiment mon truc.

— Comme tu veux. J'ai quelque chose là-haut qui est sûrement plus ton truc.

— Où est ton père ?

— Il fait une dépression nerveuse.

— Est-ce que ça signifie qu'il n'est pas là ?

— Il est entré dans une sorte de centre thérapeutique où on accepte toutes les bizarreries. »

Dans ma famille, les dépressions nerveuses étaient aussi exotiques que La Nouvelle-Orléans. Je n'avais aucune idée de ce qu'elles engendraient, mais le père de Charlie m'avait toujours semblé être du genre nerveux. La seule fois qu'il vint chez nous, il s'était assis seul, dans la cuisine, et s'était mis à pleurer, tandis qu'il réparait le stylo de mon père. Durant ce temps, dans la salle de séjour, Eva déclarait qu'elle voulait acheter une moto. Je me souviens que cette perspective avait fait bâiller ma mère.

Maintenant, Pa était assis par terre. On parlait de musique, de livres, on citait des noms comme Dvorak, Krisnamurti et Eclectique. En les regardant plus attentivement, j'en vins à penser que ces gens étaient soit dans la publicité, le design, ou en tout cas dans des domaines artistiques de cette sorte. Le père de Charlie était concepteur publicitaire. Pourtant, je n'arrivais à mettre aucune étiquette sur l'homme en costume de velours noir. Quels que soient ces loustics, il y avait en tout cas dans l'atmosphère une quantité impressionnante d'affectation — probablement plus ici dans cette chambre que dans le reste du sud de l'Angleterre.

A la maison, Pa se serait moqué de tout cela. Mais maintenant, pris par l'ambiance, on aurait pu croire qu'il était en train de vivre le moment le plus agréable de sa vie. Il menait la discussion, parlait fort, interrompait les gens et touchait ceux qui se trouvaient à sa portée. Hommes et femmes — en dehors de Costume de Velours — se rassemblaient lentement en cercle autour de lui sur le sol. Pourquoi mon père nous réservait-il si volontiers à la maison son air maussade et ses grognements malveillants ?

Je m'aperçus que l'homme assis près de moi se tournait vers son voisin en lui montrant mon père, lancé maintenant dans des explications sur l'importance de parvenir à un esprit vide. Explications qu'il adressait à une femme qui ne portait qu'une grande chemise d'homme et des collants noirs. La femme acquiesçait avec un air encourageant. L'homme, quant à lui, souffla assez fort à l'intention de son ami : « Pourquoi notre Eva nous a-t-elle amené ce basané ici ? Est-ce qu'on ne va pas se faire chier ?

— Il doit effectuer une démonstration d'art mystique !

— Est-ce qu'il a bien attaché son chameau dehors ?

— Mais non, il est venu sur un tapis volant.

— De chez Cyril Lord ou de chez Debenhams ? »

Je donnai un coup de pied dans les reins du type qui regarda brusquement en l'air.

« Viens dans ma piaule, Karim », dit Charlie, à mon grand soulagement.

Mais avant même que nous soyons sortis, Eva avait déjà éteint le lampadaire. Sur la seule lumière qui restait, elle étendit une grande écharpe diaphane qui plongea la pièce dans une espèce de lueur rose. Ses mouvements ressemblaient à ceux d'une ballerine. L'un après l'autre, les gens commencèrent à se taire. Eva souriait à tous.

« Eh bien, pourquoi ne nous détendons-nous pas ? » Tout le monde approuva de la tête. La femme en chemise dit : « Effectivement, pourquoi pas ? » « Oui, oui », lança quelqu'un d'autre. Un homme secoua ses mains comme des gants vides, ouvrit la bouche toute grande et tira la langue en exorbitant ses yeux comme ceux d'une gargouille.

Eva se tourna alors vers mon père et s'inclina devant lui à la manière japonaise. « Mon cher et bon ami Haroon que voici va nous montrer la Voie. Le Sentier.

— Foutu enculé de Jésus, murmurai-je à Charlie, en me souvenant que mon père n'était pas fichu de trouver son chemin jusqu'à Beckenham.

— Regarde, regarde bien », me souffla Charlie en s'accroupissant.

Pa s'assit en tailleur au bout de la pièce. Tout le monde paraissait intéressé et pressé de l'entendre, même si les deux hommes près de moi se regardaient comme s'ils allaient se mettre à rire. Pa parla lentement avec une grande assurance. La nervosité qu'il avait montrée plus tôt semblait avoir totalement disparu. Il était apparemment conscient de l'attention de son public et convaincu qu'il ferait maintenant ce qu'il allait lui demander. J'étais sûr qu'il n'avait jamais réalisé quelque chose comme cela auparavant. Il lui fallait improviser.

« Tout ce qui va se passer ce soir le sera pour votre plus grand bien. Ça pourra même vous changer un peu, ou en tout cas vous donner l'envie de changer, afin de vous épanouir vraiment, en tant qu'êtres humains. Pourtant, il y a une chose qu'il ne vous faut absolument pas faire. Vous ne devez pas résister. Si vous résistiez, ce serait comme de conduire une voiture avec le frein à main tiré. »

Il s'arrêta un instant. Tous les yeux étaient tournés vers lui.

« Nous allons exécuter quelques exercices au sol. Voulez-vous, s'il vous plaît, ouvrir les jambes. »

Ils ouvrirent leurs jambes.

« Levez les bras. »

Ils levèrent leurs bras.

« Maintenant, expirez et penchez-vous pour atteindre votre pied droit. »

Après quelques positions de yoga de base, il les fit coucher sur le dos. A ses commandements susurrés, ils détendirent leurs doigts un par un, puis leurs poignets, leurs orteils, leurs chevilles, leur front, et tout particulièrement leurs oreilles. Pendant ce temps, Pa ne perdait pas de temps : il enlevait chaussures et chaussettes. Puis — j'aurais dû le deviner — sa chemise et son maillot de corps propre, à grosses mailles. Il s'avança ensuite à pas feutrés parmi le cercle de rêveurs éveillés, levant un bras mou ici, une jambe là, vérifiant leurs contractions. Eva était elle aussi couchée sur le dos, mais avait gardé ouvert un œil espiègle, qui s'agrandissait peu à peu démesurément. Avait-elle jamais vu, avant, une poitrine aussi bronzée, aussi solide, aussi poilue ? Quand Pa passa comme une ombre à côté d'elle, elle lui toucha le pied avec la main. L'homme en costume de velours noir ne parvenait absolument pas à se détendre : il était couché là, comme un fagot, les jambes croisées, une cigarette allumée au bout des doigts, fixant, l'air pensif, le plafond.

Je glissai dans l'oreille de Charlie : « Sortons d'ici avant que nous ne soyons hypnotisés comme ces idiots !

— Tu ne trouves pas ça fascinant ? »

Sur le dernier palier de la maison se trouvait une échelle qui conduisait au grenier de Charlie. « Je t'en prie, enlève ta montre, me dit-il. Dans mon royaume, le temps ne compte plus. » Donc, je posai ma montre par terre, avant de grimper à l'échelle jusqu'au grenier dont la surface couvrait le haut de la maison. Charlie avait ce bel espace pour lui tout seul. Des mandalas et des têtes aux cheveux longs étaient peints sur les murs, légèrement inclinés, et sur le plafond mansardé. Sa batterie était placée au beau milieu de l'endroit. Ses quatre guitares — deux normales et deux stratocasters — étaient rangées contre le mur. De gros coussins étaient jetés çà et là. Il y avait des piles de disques et les Beatles, à l'époque de *Sergeant Pepper's*, trônaient sur les murs comme des dieux.

« T'as entendu quelque chose de bon récemment ? me demanda-t-il en allumant une bougie.

— Ouais. »

Après le calme et le silence de la salle de séjour, le

volume de ma voix m'apparut curieusement élevé. « Le nouvel album des Stones. J'ai passé ça à la salle de musique aujourd'hui et les mecs étaient complètement fous. Ils se sont débarrassés vite fait de leur veste et de leur cravate pour se mettre à danser ! J'étais monté sur le dessus de ma table ! Ça ressemblait à un rituel païen et sauvage. Tu aurais dû voir ça, vieux. »

Je sus immédiatement, à l'expression de Charlie, que je m'étais conduit comme un gamin, comme un philistin, comme une bête. Charlie rejeta en arrière ses cheveux, qui lui tombaient sur les épaules, me regarda quelques instants avec indulgence, puis se mit à sourire.

« Je pense qu'il est grand temps que tu te fourgues dans les oreilles quelque chose de nettement plus consistant, Karim. »

Il mit en place un disque des Pink Floyd appelé *Ummagumma*. Je m'efforçai de l'écouter tandis que Charlie, assis en face de moi, roulait un joint, saupoudrant des brins d'une feuille séchée sur le tabac.

« Ton père, c'est le meilleur. Un vrai sage. Est-ce que vous pratiquez ce genre de méditation chaque matin ? »

Je fis un signe de tête. Un signe de tête ne peut pas être un mensonge, n'est-ce pas ?

« Et vous psalmodiez aussi ?

— Non, nous ne psalmodions pas tous les jours. »

Je songeais au matin chez nous : Pa tournant en rond dans la cuisine, à la recherche de l'huile d'olive pour en mettre sur ses cheveux, mon frère et moi nous disputant pour savoir qui aurait le *Daily Mirror*, ma mère gémissant à l'idée d'aller travailler dans son magasin de chaussures.

Charlie me tendit le joint. Je tirai dessus et le lui rendis, trouvant le moyen d'éparpiller de la cendre sur le devant de ma chemise et d'y faire un petit trou. J'étais si excité, si grisé, que je me relevai immédiatement.

« Qu'y a-t-il, vieux ?

— Faut que j'aille aux chiottes ! »

Je descendis précipitamment l'échelle. Dans la salle de

bains des Kay il y avait des affiches encadrées des pièces de théâtre de Genet. Il y avait des rouleaux — parchemin et bambou — sur lesquels des Orientaux grassouillets copulaient. Il y avait un bidet. Alors que j'étais assis sur les W.-C. avec mon pantalon baissé, les oreilles tendues, j'eus soudain une extraordinaire révélation. Je vis ma vie clairement pour la première fois : mon avenir, tout ce que je désirais faire. Je voulais toujours vivre avec cette intensité : mélange de mysticisme, d'alcool, d'excitation sexuelle, de rapport avec des gens intelligents, et de défonce. Je n'avais jamais rencontré quelque chose comme cela auparavant et je ne voulais plus rien d'autre. La porte du futur s'était ouverte et je voyais maintenant dans quelle direction il me fallait me diriger.

Et Charlie ? Mon amour pour lui était singulier, comme il en va de l'amour : ce n'était pas quelque chose de généreux. Je l'admirais plus que quiconque, mais je ne lui voulais pas de bien. En fait, je le préférais à moi et voulais être lui. Je convoitais son talent, son visage, son élégance. Je voulais me réveiller avec toutes ces qualités devenues miennes.

Je restai debout un instant dans le couloir du premier étage. La maison était silencieuse, en dehors de la musique de *A Saucerful of Secrets* qui arrivait de loin, d'en haut de la maison. Quelqu'un faisait brûler de l'encens. Je descendis l'escalier jusqu'au rez-de-chaussée. La porte de la salle de séjour était ouverte. J'y jetai un coup d'œil circulaire dans la pénombre. Les types de la publicité et leurs épouses étaient assis en tailleur, le dos raide, les yeux fermés, respirant régulièrement et profondément. Costume de Velours était assis dans un fauteuil, tournant le dos à tous. Il lisait en fumant. Ni Eva ni mon père n'étaient dans la pièce. Où étaient-ils donc partis ?

Je laissai les bouddhas hypnotisés et traversai la maison pour me rendre à la cuisine. La porte du jardin était grande ouverte. Je m'enfonçai dans l'obscurité. C'était une soirée tiède de pleine lune.

Je me mis à genoux. Je savais que c'était ce qu'il fallait faire — j'étais devenu extrêmement intuitif depuis le début du numéro de mon père. Je traversai le patio en rampant. On devait avoir fait un barbecue ici récemment, parce que des morceaux de charbon de bois, coupant comme des rasoirs, se plantaient dans mes genoux. Je finis pourtant par atteindre la pelouse, sans être sérieusement blessé. Je distinguais vaguement, de l'autre côté du gazon, un banc de jardin. Comme je m'approchais en rampant, le clair de lune devint suffisant pour que j'aperçoive Eva sur le banc. Elle passait son cafetan au-dessus de sa tête. En plissant les yeux, je parvins à distinguer sa poitrine. Je les plissai de toutes mes forces, si bien que mes globes oculaires devinrent curieusement secs dans leur orbite. Finalement, je découvris que je ne me trompais pas : Eva n'avait qu'un sein, où habituellement il y en a un autre, il n'y avait absolument rien, autant que je pouvais voir.

En dessous de tous ces cheveux et de toute cette chair se trouvait mon père, à demi dissimulé à ma vue. Je savais que c'était Pa parce qu'il criait comme un fou, dans ce jardin de Beckenham, sans se soucier le moins du monde des voisins : « Oh nom de Dieu, nom de Dieu, nom de Dieu ! » Avais-je été conçu de cette manière, me demandai-je dans l'air nocturne de la banlieue, au milieu de jurons chrétiens, émis par la bouche d'un musulman renégat, se faisant passer pour un bouddhiste ? Brutalement Eva colla sa main sur la bouche de mon père. C'était un geste si violent, que je pensai me lancer en avant, pour intervenir, mais mon Dieu, à quel point Eva pouvait se tortiller ! La tête rejetée en arrière, les yeux tournés vers les étoiles, elle lançait des coups de pied dans l'herbe, comme un footballeur, tout en secouant violemment ses cheveux. Mais qu'en était-il de l'effet de ce poids écrasant sur le cul de mon père ? Certainement les marques du banc resteraient visibles pendant des jours sur ses pauvres fesses, comme les marques d'un gril sur un steak.

Eva enleva la main de sa bouche. Il se mit alors à rire.

Cet heureux baiseur riait, riait à n'en plus pouvoir. C'était l'allégresse de quelqu'un que je ne connaissais pas, quelqu'un avide de plaisirs égoïstes. Cela me ramena sur terre.

Je m'éloignai en clopinant. Dans la cuisine, je me servis un verre de scotch, que j'avalai d'une traite. Costume de Velours était debout dans un coin de la cuisine. Ses yeux papillotaient terriblement. Il me tendit la main. « Shadwell », dit-il.

Charlie était couché sur le dos, par terre dans le grenier. Je lui pris le joint des mains, enlevai mes chaussures et m'allongeai également.

« Viens te coucher à côté de moi, dit-il. Plus près. » Il mit sa main sur mon bras. « Maintenant, jure-moi de ne pas te fâcher.

— Non, bien sûr que non, jamais. Qu'y a-t-il, Charlie ?

— Tu devrais en mettre moins.

— En mettre moins, Charlie ?

— De fringues. Oui. »

Il s'appuya sur son coude et me regarda l'air concentré. Sa bouche était fermée. Son visage était pour moi aussi chaud qu'un soleil.

« Des Levis, à mon avis, avec une chemise à col ouvert, peut-être rose ou mauve et une large ceinture brune. Oublie le serre-tête.

— Oublier le serre-tête ?

— Oublie-le. »

J'arrachai mon serre-tête et le lançai de l'autre côté de la pièce.

« Pour ta mère, dis-je. Un petit cadeau.

— Tu vois, Karim, t'as tendance à ressembler à une écuyère. »

Moi qui ne désirais qu'une chose, ressembler à Charlie — être aussi intelligent, aussi décontracté dans tous les coins de mon âme —, j'inscrivis ses mots dans mon cerveau tel un tatouage. Des Levis avec une chemise à col ouvert,

29

peut-être rose ou mauve très pâle. Je ne sortirais plus jamais habillé autrement, pour le reste de ma vie.

Tandis que je considérais ma personne et ma garde-robe avec mépris, désirant pisser sur chacune de mes fringues, Charlie restait couché là, les yeux clos, se sentant réellement un arbitre des élégances. Tout le monde dans cette maison, en dehors de moi, était pratiquement au septième ciel.

Je posai ma main sur la cuisse de Charlie. Aucune réaction. Je la laissai pour quelques minutes, jusqu'à ce que la sueur commence à suinter au bout de mes doigts. Les yeux de Charlie restaient fermés, mais dans son jean, ça commençait à grossir. Je devins plus assuré. Je devins fou. Je me jetai sur sa ceinture, sur sa braguette, sur sa bite, et la sortis pour lui faire prendre l'air frais. Il me transmit alors un signe : il commença à se tortiller ! Par cet échange d'électricité humaine, nous nous comprenions l'un l'autre.

J'avais pressé bien des pénis auparavant à l'école. Nous nous caressions, nous nous tripotions, nous nous chatouillions les uns les autres, à chaque instant. Ça rompait la monotonie de l'enseignement. Mais je n'avais jamais embrassé un garçon.

« Où es-tu, Charlie ? »

J'essayai de l'embrasser. Il évita mes lèvres en tournant la tête de l'autre côté, mais lorsqu'il jouit dans ma main, ce fut, je le jure, un des moments essentiels des premières années de ma vie. On dansait dans ma rue. Mes étendards flottaient au vent, mes trompettes sonnaient !

Je léchai mes doigts, tout en me demandant où je pourrais acheter une chemise rose, quand j'entendis un bruit qui n'avait rien à voir avec les Pink Floyd. Je me retournai et vis de l'autre côté du grenier les yeux étincelants de mon père, son nez, son cou et sa fameuse poitrine qui s'inséraient dans le trou carré du plancher. Charlie s'écarta rapidement. Je me levai d'un bond. Pa s'élança vers moi, suivi par une Eva souriante. Le regard de Pa allait de Charlie à moi, et vice versa. Eva se mit à renifler.

« Bande de sales gosses.

— Qu'est-ce qu'il y a, Eva ? demanda Charlie.

— Fumer ainsi l'herbe de la maison. »

Eva nous dit qu'il était temps pour elle de nous reconduire. Nous descendîmes l'échelle à reculons. Pa, qui était le premier, écrasa ma montre en bas, la mettant en pièces et se coupant le pied.

Arrivé à la maison, je sortis de la voiture, souhaitai une bonne nuit à Eva et m'éloignai. De la véranda, je voyais Eva qui essayait d'embrasser Pa, alors que celui-ci s'efforçait de lui serrer la main. La maison était froide et sombre lorsque nous nous faufilâmes, épuisés, à l'intérieur. Pa devait se lever à six heures et demie et je distribuais mes journaux à sept heures. Dans le couloir, mon père leva la main pour me gifler. Il était plus ivre que je n'étais défoncé et j'attrapai le bras de l'ingrat.

« Mais nom de Dieu, qu'est-ce que vous foutiez ?

— Ferme-la ! dis-je le plus doucement possible.

— Je t'ai vu, Karim. Seigneur, tu n'es qu'un foutu petit pédé, un petit baiseur de cul ! Mon propre fils — comment est-ce possible ? »

Je le décevais. Il sautillait sur place, d'un air angoissé, comme s'il venait d'apprendre que la maison avait été réduite en cendres. Je ne savais que faire. Aussi je pris la voix dont il s'était servi plus tôt avec les publicitaires et Eva.

« Détends-toi, Pa, dis-je. Détends ton corps du bout de tes doigts à tes orteils et dirige ton esprit vers un jardin tranquille où...

— Je vais t'envoyer chez un foutu docteur, pour qu'il examine tes couilles ! »

Il fallait que j'arrive à l'empêcher de crier avant que nous ayons ma mère et les voisins sur le dos. Je murmurai : « Ecoute, Pa, je t'ai vu aussi.

— Tu n'as rien vu du tout », dit-il avec le plus complet

mépris. Il pouvait être d'une arrogance folle. Ça devait venir de ses origines aristocratiques. Mais je le tenais :

« Au moins, Mam a deux nichons. »

Pa entra dans les W.-C., sans fermer la porte et commença à vomir. Je le suivis et frottai son dos, tandis qu'il dégobillait ses tripes. « Je ne parlerai plus jamais de ce soir, dis-je. Et toi non plus.

— Pourquoi l'as-tu ramené à la maison dans cet état ? » me demanda ma mère. Elle se tenait droite derrière nous, dans sa robe de chambre, qui touchait presque le sol et lui donnait un air vieux jeu. Elle était fatiguée. Elle me fit souvenir du monde réel. J'avais envie de lui crier : Enlève-moi donc ce foutu monde !

« Est-ce que tu n'aurais pas pu faire attention à lui ? » dit-elle. Elle continuait de me tirer doucement le bras. « Je suis restée des heures à la fenêtre à vous attendre. Pourquoi n'avez-vous pas téléphoné ? »

Finalement, mon père se redressa et nous poussa pour qu'on le laisse passer.

« Fais-moi un lit dans la pièce de devant, me dit ma mère. Je ne pourrai pas dormir près d'un homme qui pue le vomi comme ça et qui va être malade toute la nuit. »

Quand j'eus fait le lit, elle s'y glissa — il était trop étroit, trop court pour elle, réellement inconfortable — et je lui dis alors :

« Je ne me marierai jamais, c'est sûr.

— Je ne peux pas t'en blâmer », dit-elle, en se retournant et en fermant les yeux.

Je ne pense pas qu'elle ait pu beaucoup dormir sur ce divan, et bien sûr, je la plaignais. Mais ça m'énervait aussi cette manière qu'elle avait de se punir elle-même. Pourquoi ne pouvait-elle être plus forte ? Pourquoi ne rendait-elle pas les coups ? Je décidai que quant à moi, je serais fort. Cette nuit-là, je ne me couchai pas, mais restai assis, pour écouter Radio Caroline. J'avais entrevu un monde excitant, plein de possibilités, un monde que je voulais garder dans ma tête et élargir, pour en faire le modèle de mon avenir.

**

Pendant une semaine après cette soirée, Pa se mit à bouder et refusa de parler, même si de temps en temps il montrait du doigt des choses comme le sel et le poivre. Par moments, cette gesticulation l'entraînait dans un langage aussi compliqué que celui du mime Marceau. Les voyageurs d'une autre planète, regardant par la fenêtre, auraient pensé que nous étions une famille en train de jouer aux devinettes, étant donné que ma mère, mon frère et moi, faisions cercle autour de mon père pour nous communiquer des indices, alors qu'il essayait, sans se compromettre avec des mots, de nous montrer que la gouttière était bouchée par des feuilles ou qu'un des murs de la maison prenait l'humidité et que, de plus, il souhaitait qu'Allie et moi grimpions à l'échelle pour faire la réparation, tandis que notre mère tiendrait l'échelle. Au dîner, nous mangions en silence nos hamburgers racornis, notre poisson congelé, nos pommes frites grasses. Un soir, ma mère éclata en sanglots en frappant la table avec le plat de sa main. « Ma vie est terrible, absolument terrible ! cria-t-elle. Est-ce que personne ne le comprend ? »

Nous la regardâmes, surpris, durant un moment, avant de nous remettre à manger. Ma mère fit la vaisselle comme d'habitude et personne ne songea à l'aider. Après la tisane, nous nous dispersions aussitôt que possible. Mon frère Amar, de quatre ans plus jeune que moi, se faisait appeler Allie, pour éviter les problèmes raciaux. Il allait toujours se coucher le plus tôt possible, emmenant avec lui des magazines de mode tels que *Vogue, Harper's* et *Queen* et tous les trucs du continent sur lesquels il pouvait mettre la main. Au lit, il portait un petit pantalon de pyjama en soie rouge, une veste d'intérieur qu'il avait trouvée dans une vente de charité et son filet sur la tête. « Quel mal y a-t-il à vouloir être beau ? » disait-il en montant l'escalier. Le soir, j'allais souvent dans le parc pour m'asseoir dans un abri qui sentait l'urine et fumer avec d'autres garçons qui s'étaient sauvés de chez eux.

Mon père avait des idées bien arrêtées sur la division du travail entre hommes et femmes. Mes parents travaillaient tous les deux : Mam chez un marchand de chaussures de High Street, afin de permettre à Allie, qui avait décidé de devenir danseur étoile, de fréquenter une école privée fort coûteuse. Elle faisait toutes les tâches ménagères et la cuisine. A l'heure du déjeuner, elle s'occupait des courses et préparait le repas chaque soir. Ensuite, elle regardait la télévision jusqu'à dix heures et demie. La télé était le seul domaine où elle régnait en maître absolu. La règle tacite de la maison l'autorisait à toujours regarder ce dont elle avait envie : si l'un d'entre nous voulait voir quelque chose d'autre, il n'avait absolument aucune chance. Avec ce qui lui restait d'énergie après sa dure journée, elle piquait une crise de colère, mêlée d'apitoiement sur elle-même et de frustration, telle que personne n'osait l'affronter. Elle serait morte pour *Steptoe and Son, Candid Camera* et *The Fugitive*.

S'il n'y avait que des rediffusions ou de la politique, ma mère aimait dessiner. Sa main voltigeait : elle avait été élève d'une école d'art. Depuis des années elle dessinait nos visages à tous les trois sur la même page. Les trois égoïstes, nous appelait-elle. Elle disait qu'elle n'avait jamais aimé les hommes, parce que les hommes étaient des tortionnaires. Selon elle, ce n'étaient pas les femmes qui avaient tourné les robinets de gaz à Auschwitz. Ou bombardé le Vietnam. Durant la période de silence de mon père, elle dessina énormément, rangeant son carnet de croquis derrière le fauteuil, avec son tricot, son journal de la guerre datant de son enfance (« Raid aérien ce soir ») et les romans de Catherine Cookson. J'ai souvent essayé de la convaincre de lire de bons livres comme *Tendre est la nuit* et *Les Clochards célestes*, mais chaque fois elle me répondait que les caractères étaient trop petits pour ses yeux.

Un après-midi, quelques jours après le commencement de la Grande Bouderie, je me fis un sandwich au beurre de cacahuètes, mis sur le tourne-disque *Live at Leeds* des Who en ouvrant le volume à fond — ce qui est la perfection pour déguster la puissance des chœurs de Townshend de *Summertime Blues*, puis ouvris le carnet de croquis de ma mère. Je savais que j'y trouverais quelque chose. Je feuilletai le bloc jusqu'à ce que je tombe sur un dessin de mon père à poil.

Debout à côté de lui, légèrement plus grande, se trouvait Eva, toute nue elle aussi, avec seulement un gros sein. Ils se tenaient par la main, comme des enfants effrayés et nous regardaient sans ostentation, sans chiqué, comme pour nous dire : Voilà ce que nous sommes, voilà nos corps. Ils ressemblaient à John Lennon et Yoko Ono. Comment ma mère pouvait-elle montrer tant d'objectivité ? Comment même savait-elle qu'ils avaient baisé ensemble ?

Aucun secret n'était à l'abri de mes investigations. Je ne restreignais pas mes recherches à ma mère. C'est ainsi que j'appris que même si Pa restait silencieux, ses yeux étaient fort actifs. Je jetai un coup d'œil dans son porte-documents et en tirai des livres de Lü Pou-wei, Lao Tseu et Christmas Humphreys.

Je savais que la chose la plus intéressante qui pût arriver à la maison serait d'entendre un appel téléphonique pour Pa, ce qui mettrait son silence à l'épreuve. Aussi, lorsque la sonnerie retentit un soir tard, à dix heures et demie, je fis en sorte d'arriver le premier pour décrocher l'appareil. En reconnaissant la voix d'Eva, je me rendis compte que moi aussi j'avais été impatient de l'entendre à nouveau.

Elle dit : « Bonjour mon gentil mauvais garçon. Où est ton père ? Pourquoi ne m'as-tu pas appelée ? Qu'es-tu en train de lire ?

— Que me recommandez-vous, Eva ?

— Tu ferais mieux de venir me voir et je mettrais dans ta tête un tas d'idées excitantes.

— Quand puis-je venir ?

— Pas besoin de le demander — viens quand tu veux. »

J'allai chercher mon père qui était maintenant debout, en pyjama, derrière la porte de la chambre à coucher. Il m'arracha le combiné. Je ne croyais pas qu'il allait se mettre à parler dans sa propre maison.

« Bonjour, dit-il d'une voix bourrue, comme s'il n'avait plus l'habitude de se servir de ses cordes vocales. Eva, c'est bien agréable de te parler, ma chère. Malheureusement ma voix s'est envolée, je crains une grosseur sur le larynx. Puis-je t'appeler du bureau ? »

Je me rendis dans ma chambre, ouvris la grosse radio brune, attendis qu'elle chauffe et pensai à cette affaire.

Mam dessinait encore ce soir.

L'autre chose qui arriva, la chose qui me fit comprendre que « Dieu », comme j'appelais maintenant Pa, projetait sérieusement un coup, fut le son bizarre que j'entendis, provenant de sa chambre, alors que j'allais me coucher. Je mis mon oreille contre la peinture blanche de la porte. Eh bien oui, Dieu se parlait à lui-même, mais sans aucune intimité. Il parlait lentement, avec une voix plus grave que d'habitude, comme s'il s'adressait à une foule. Il sifflait ses *s* pour exagérer son accent indien. Il avait passé des années à essayer d'être le plus anglais possible, d'être moins ridiculement voyant et maintenant voilà qu'il remettait tout cela au jour, à grands coups de pelle. Pourquoi ?

Un samedi matin, quelques semaines plus tard, il me fit venir dans sa chambre et me dit, l'air mystérieux : « Es-tu partant pour ce soir ?

— Partant pour quoi, Dieu ?

— Une nouvelle réunion, dit-il, incapable de dissimuler un sentiment d'orgueil dans sa voix.

— Vraiment ? De nouveau ?

— Oui, on me redemande. Ah ! les exigences du public.

— Formidable. Où est-ce ?

— Localisation secrète. » Il caressait son ventre, l'air heureux. C'était ce qu'il voulait réellement faire maintenant : des réunions. « On m'attend avec impatience, là-bas, à Orpington. Je vais devenir plus célèbre que Bob Hope. Surtout, n'en parle pas à ta mère. Elle ne comprend rien à ces réunions et même, pour tout dire, à la désunion. Est-on partant ?

— On est partant, Pa.

— Parfait, parfait. Prépare-toi.

— Me préparer à quoi ? »

Il me toucha gentiment le visage avec le dos de sa main. « Tu es excité, hein ? » Je ne répondis pas. « Tu adores toute cette agitation, non ?

— Oui, dis-je timidement.

— Et j'aime t'avoir avec moi, mon garçon. Je t'aime vraiment beaucoup. On est en train de devenir adultes ensemble. »

Il avait raison — j'étais impatient d'assister à son deuxième numéro. Je prenais plaisir à ce truc, mais il y avait quelque chose d'important qu'il me fallait découvrir. Je voulais savoir si Pa était un charlatan ou s'il y avait quelque chose de vrai dans ce qu'il faisait. Après tout, il avait réussi à impressionner Eva et, mieux encore, à abasourdir Charlie. Sa magie avait réussi sur eux et je lui avais donné le surnom de « Dieu », sous réserve cependant. Il n'avait pas droit encore à ce titre à part entière. Ce que je voulais voir était si, alors qu'il commençait à s'épanouir, Pa avait réellement quelque chose à offrir aux autres ou s'il se révélait n'être qu'un nouveau fondu de la banlieue.

CHAPITRE II

Pa et Anwar, voisins très proches à Bombay, étaient devenus les meilleurs amis du monde dès l'âge de cinq ans. Le père de Pa, le docteur, avait bâti une jolie maison basse en bois, à Juhu Beach, pour lui, pour sa femme et ses douze enfants. Pa et Anwar dormaient dans la véranda, et dès l'aube se jetaient dans la mer pour nager. Ils allaient à l'école dans une voiture à cheval. Les week-ends, ils jouaient au cricket et, après l'école, au tennis sur le court familial. Les serviteurs étaient les ramasseurs de balle. Des matches de cricket étaient souvent organisés contre les Britanniques et il était préférable, bien sûr, de les laisser gagner. Il y avait aussi sans arrêt des émeutes, des manifestations et des bagarres entre hindous et musulmans. On trouvait un jour ses voisins et ses amis hindous scandant des obscénités devant votre maison.

Il y avait également beaucoup de fêtes. Bombay était le centre de l'industrie cinématographique indienne et l'un des frères aînés de Pa publiait un magazine de cinéma. Pa et Anwar aimaient se vanter des vedettes qu'ils connaissaient et des actrices qu'ils avaient embrassées. Un jour, quand j'avais sept ou huit ans, Pa me dit qu'à son avis je

38

devrais devenir acteur. C'est une bonne vie, me dit-il, et la quantité d'argent, par rapport au travail, est élevée. Mais en réalité, il souhaitait que je devienne médecin et cette idée de devenir acteur ne fut plus jamais avancée. A l'école, le conseiller d'orientation professionnelle déclara que je devrais devenir inspecteur des Douanes et des Impôts — de toute évidence, il pensait que j'avais un don naturel pour fouiller dans les porte-documents. Quant à ma mère, elle voulait que j'entre dans la marine, très certainement, je crois, à cause de mon goût pour les pantalons pattes d'éléphant.

Pa avait eu une enfance idyllique, et tandis qu'il me parlait de ses aventures avec Anwar, je me demandais souvent pourquoi il avait condamné son fils à cette sinistre banlieue londonienne dont on disait que lorsque ses habitants se noyaient, ils ne revoyaient pas leur vie, mais que leur double vitrage brillait devant leurs yeux.

Ce n'est que bien plus tard, quand il vint en Angleterre, que Pa se rendit compte à quel point la vie pratique pouvait être compliquée. Il n'avait jamais fait auparavant la cuisine, ni la vaisselle, n'avait jamais ciré ses chaussures, fait son lit. C'étaient les serviteurs qui s'occupaient de cela. Pa nous dit que quand il essayait de se souvenir de sa maison à Bombay, il ne parvenait jamais à avoir la moindre image de la cuisine : il n'y avait jamais mis les pieds. Il se souvenait cependant que son serviteur favori avait été renvoyé pour conduite indigne à l'office : il avait fait des toasts couché sur le dos, les présentant à la flamme entre ses doigts de pied, il avait aussi nettoyé des céleris avec une brosse à dents — la sienne, bien entendu, pas celle du maître, mais ce n'était quand même pas une excuse suffisante. Ces incidents avaient transformé Pa en socialiste, dans la mesure où il était effectivement socialiste.

Si ma mère était agacée par l'incompétence aristocratique de mon père, elle était aussi très fière de la famille de son mari. « Ils sont même au-dessus des Churchill, disait-elle aux gens. Il allait à l'école dans une voiture à cheval. »

Ses affirmations lui garantissaient qu'il n'y aurait aucune confusion entre Pa et ces vagues de paysans indiens, qui arrivèrent en Angleterre, dans les années cinquante et soixante, dont on disait qu'ils n'avaient pas l'habitude de se servir de couverts ni bien entendu de toilettes, étant donné qu'ils s'accroupissaient sur les sièges pour déféquer de haut.

A l'opposé, Pa avait été envoyé en Angleterre par sa famille pour y recevoir une bonne éducation. Sa mère lui tricota, ainsi qu'à Anwar, plusieurs chemises de laine terriblement grattantes et leur dit adieu à Bombay, en leur faisant promettre qu'ils ne mangeraient jamais de porc. Comme Gandhi et Jinnah avant lui, Pa reviendrait aux Indes, après être devenu un gentleman anglais, parfaitement policé, un avocat, et aussi, bien entendu, un danseur accompli. Pa n'avait pas la moindre idée, lorsqu'il partit, qu'il ne reverrait jamais le visage de sa mère. C'était la grande douleur indiscutable de sa vie et j'imagine que cela explique son attachement désespéré aux femmes qui prenaient soin de lui, des femmes qu'il aimait comme il devait avoir aimé sa mère, à qui il n'écrivit jamais une seule lettre.

Londres, l'Old Kent Road, fut une douche glacée pour les deux jeunes gens. C'était humide, plein de brouillard ; les gens vous appelaient « Négro » ; il n'y avait jamais suffisamment à manger et Pa ne se fit jamais au pain perdu. « Perdu en vérité », disait-il. « Je pensais qu'il y aurait des rôtis de bœuf et de mouton chaque jour. » Mais le rationnement était encore en vigueur et le quartier était pratiquement en ruine, à la suite des bombardements durant la guerre. Pourtant, Pa fut surpris et réconforté par la vue des Anglais en Angleterre. Il n'avait jamais jusqu'ici rencontré d'Anglais pauvres, des balayeurs, des éboueurs, des boutiquiers et des barmen. Il n'avait jamais vu un Anglais enfoncer son pain dans sa bouche avec ses doigts et personne ne lui avait dit que les Anglais ne se lavent pas régulièrement — parce que l'eau est trop froide, lorsqu'ils en ont. Puis il essaya de parler de Byron dans les pubs du quartier, parce que personne ne l'avait prévenu qu'il y avait des Anglais qui ne savaient pas lire et que ceux-là ne souhaitaient pas nécessairement recevoir de leçon d'un Indien sur la poésie d'un fou et d'un dépravé.

Heureusement, Anwar et Pa savaient où se loger. Ils furent accueillis par le docteur Lal, un ami du père de Pa. Le docteur Lal, un colosse, était un dentiste indien, qui prétendait être un ami de Bertrand Russell. A Cambridge, durant la guerre, un Russell solitaire suggéra au docteur Lal que la masturbation était la réponse à toute frustration sexuelle. Cette grande découverte de Russell fut une révélation pour le docteur Lal qui proclamait avoir toujours été heureux depuis. Est-ce que cette libération fut réellement une des réalisations les plus étonnantes de Russell ? En tout cas, si le docteur Lal n'avait pas été si direct sur les questions sexuelles avec ses deux jeunes locataires lubriques, mon père n'aurait pas rencontré ma mère et je ne serais pas devenu amoureux de Charlie.

Anwar avait toujours été plus rebondi que Pa, avec son ventre grassouillet et son visage rond. Aucune phrase pour lui n'était complète sans le piment de quelques mots obscènes. Il aimait aussi les prostituées qui rôdaient autour de Hyde Park. Elles l'appelaient Gros Bébé. Il n'était pas non plus aussi chic que mon père, car dès que celui-ci recevait sa mensualité des Indes, il rendait visite aux magasins de Bond Street, pour acheter des nœuds papillon, des gilets vert bouteille et des chaussettes écossaises. Ensuite, il lui fallait emprunter de l'argent à Gros Bébé. Pendant la journée, Anwar faisait des études d'ingénieur en aéronautique au nord de Londres, quant à Pa il essayait de fixer ses yeux sur ses manuels de droit. La nuit, ils dormaient dans le cabinet de consultation du docteur Lal, au milieu des appareils dentaires. Anwar s'installait dans le fauteuil lui-même. Une nuit, rendu fou par les souris qui couraient autour de lui, par la frustration sexuelle et par les chatouillis de la chemise de laine que lui avait tricotée sa mère, Pa enfila la blouse bleu pâle de Lal, s'empara de la roulette la plus terrible et s'attaqua à Anwar endormi. Celui-ci se réveillant en sursaut se mit à crier et découvrit que le futur gourou de Chislehurst fonçait sur lui, une roulette de dentiste à la main. Ce côté espiègle, ce refus de prendre les choses au sérieux, comme si la vie n'avait guère d'importance, caractérisa l'attitude de Pa durant ses études. Mon père ne parvenait tout simplement pas à se concentrer. Il n'avait jamais travaillé auparavant et cela ne lui convenait pas plus maintenant. Anwar commença à dire, en parlant de Pa, que « Haroon préfère se rendre chaque jour au bar plutôt qu'à la barre ».

Pa voulut se défendre : « Je vais au pub pour apprendre à voir.

— A voir double », répliqua Anwar.

Le vendredi et le samedi, ils allaient danser et peloter les filles l'air béat, au son de Glenn Miller, de Count Basie et de Louis Armstrong. C'est dans ces endroits que Pa posa pour la première fois ses yeux et ses mains sur une jolie petite ouvrière de la banlieue, nommée Margaret. Ma mère me dit avoir aimé son petit homme dès l'instant où elle le vit. Il était doux, gentil, avec un air totalement perdu qui donnait envie aux femmes de l'aider à se retrouver.

Il y avait une amie de ma mère, avec qui Gros Bébé sortait et apparemment rentrait aussi. Pourtant Anwar était déjà marié à Jeeta, une princesse dont la famille était arrivée à cheval au mariage qui avait eu lieu dans le vieux poste militaire de Murree, situé dans les collines, au nord du Pakistan. Les frères de Jeeta portaient des fusils, ce qui rendit Anwar assez nerveux et lui donna l'envie de partir pour l'Angleterre.

Bientôt, la princesse Jeeta vint rejoindre Anwar en Europe et elle devint pour moi tante Jeeta. Elle ne ressemblait en rien à une princesse et je me moquais d'elle parce qu'elle n'arrivait pas à parler correctement anglais. Elle était fort timide et vivait dans une pièce sale, à Brixton. Ça n'avait rien à voir avec un palais, et les fenêtres donnaient sur la ligne de chemin de fer. Un jour, Anwar se trompa lourdement dans ses calculs au pari mutuel et gagna une somme folle. Il acheta alors le droit au bail d'un magasin de jouets, dans le sud de Londres. Ce fut un échec retentissant. Puis la princesse Jeeta parvint à convaincre son mari de transformer la boutique en épicerie. Ils se mirent au travail et les clients arrivèrent en foule.

De son côté, Pa n'arrivait à rien. Sa famille lui avait coupé les vivres lorsqu'elle avait découvert, grâce à un espion — le docteur Lal —, que Haroon préférait plutôt que d'aller à la barre se rendre au bar pour boire des bières brunes et blondes, vêtu d'un gilet vert et d'un nœud papillon.

Mon père se retrouva donc employé de bureau dans l'administration, à trois livres par semaine. Sa vie, qui avait été un fleuve rafraîchissant de suaves inconsciences, de plages, de parties de cricket, de remarques piquantes sur les Anglais, de fauteuils de dentiste, était maintenant une prison pleine de parapluies, où régnait une régularité insupportable. Ce n'étaient que trains, coliques d'enfants, tuyaux crevés par le gel, allumages de feux de charbon à sept heures du matin. C'était ça l'amour en banlieue, dans une maison jumelée à un étage, au sud de Londres. La vie lui infligeait une sévère correction pour avoir été un enfant, un pauvre innocent, qui n'avait jamais rien eu à faire par soi-même. Un jour, alors que j'étais resté seul avec lui et que j'avais fait caca dans ma culotte, il en fut tout retourné. Il me planta nu dans la baignoire, alla chercher un récipient, et, debout de l'autre côté de la salle de bains, s'écartant de moi comme si j'avais la peste, il m'arrosa les jambes en se bouchant le nez de l'autre main.

Je ne sais pas comment tout cela a commencé, mais quand j'avais dix ou onze ans, mon père commença à s'intéresser à Lieh Tseu, Lao Tseu et Chuang Tseu, comme si ces auteurs n'avaient jamais été lus auparavant, comme s'ils avaient écrit uniquement pour lui.

On continuait de rendre visite à Gros Bébé et à la

princesse Jeeta, le dimanche après-midi, le seul moment où le magasin était fermé. L'amitié de Pa avec Anwar était toujours placée sous le signe de la distraction. Ils allaient ensemble aux matches de cricket, de boxe, de tennis, aux compétitions d'athlétisme. Quand Pa arriva avec un exemplaire de bibliothèque du *Secret de la Fleur d'Or,* Anwar le lui arracha des mains, le brandit au-dessus de sa tête et éclata de rire.

« Qu'est-ce que c'est que ce foutu machin avec lequel tu fais joujou maintenant ? »

Pa répliqua : « Anwar, *yaar*, tu n'entends rien aux grands secrets que je suis en train de découvrir ! Tu ne peux pas savoir comme je suis heureux de comprendre enfin la vie ! »

Anwar interrompit mon père pour le poignarder avec son sandwich. « Sacré petit idiot de Chinetoque. Comment peux-tu lire de telles conneries pendant que je gagne de l'argent ? J'ai fini de rembourser cette merde d'emprunt ! »

Pa avait tellement envie qu'Anwar le comprenne que ses genoux en tremblaient. « Je me moque de l'argent. De l'argent, il y en a toujours assez. Je veux connaître ces choses secrètes. »

Anwar leva les yeux au ciel et regarda ma mère qui, assise, l'écoutait l'air ennuyé. Ils avaient tous les deux de l'affection pour Pa, l'aimaient, mais dans ces moments-là l'amour était mêlé de compassion, de pitié, comme si mon père était en train de commettre une erreur dramatique, comme par exemple de devenir témoin de Jéhovah. Plus il parlait de Yin et de Yang, de conscience cosmique, de philosophie chinoise, du chemin à suivre, plus ma mère prenait un air égaré. Pa semblait évoluer dans un espace extérieur à elle, de sorte qu'elle restait à la traîne. C'était une femme de la banlieue, gentille et tranquille. Elle trouvait que la vie avec deux enfants et Pa était déjà suffisamment difficile. De toute façon, il y avait une bonne dose d'orgueil dans les découvertes orientales de Pa, un orgueil qui l'amenait à dénigrer la vie d'Anwar.

« Tu t'intéresses seulement aux papiers et aux serviettes hygiéniques, aux boîtes de sardines et aux navets, dit-il à Anwar. Mais il y a bien plus de choses, *yaar*, au ciel et sur la terre, que tu ne peux en rêver à Penge.

— Je n'ai pas le temps de rêver ! lança Anwar. Et toi non plus tu ne devrais pas rêver. Réveille-toi ! Que dirais-tu d'avoir un petit avancement, afin que Margaret puisse porter de jolies robes ? Tu sais comment sont les femmes, *yaar*.

— Les Blancs ne nous permettront jamais de grimper les échelons, dit Pa. Sûrement pas d'Indien en haut, tant qu'il restera un Blanc sur terre. Toi, tu n'as pas affaire à eux — ils pensent encore qu'ils ont un empire, même s'ils n'ont pas deux sous à frotter l'un contre l'autre.

— Tu ne montes pas en grade parce que tu es paresseux, Haroon. Des bernacles se sont accrochées à tes couilles. Tu penses à tes trucs chinois et jamais à la reine !

— Va te faire voir avec la reine ! Ecoute, Anwar, n'as-tu jamais senti qu'il fallait se connaître soi-même ? Que tu es une énigme pour toi-même, une totale énigme ?

— Je n'intéresse personne, pourquoi devrais-je m'intéresser à moi ? s'exclama Anwar. Essaie donc de vivre un peu ! »

Et ça continuait ainsi, indéfiniment, au-dessus de la boutique d'Anwar et de Jeeta, jusqu'à ce qu'ils soient si pris par leur discussion, par leur querelle que Jamila, la fille d'Anwar, et moi pouvions filer et jouer au cricket dans le jardin, avec un manche à balai et une balle de tennis.

Sous ses fanfaronnades et ses chinoiseries perçait la réelle solitude de Pa, son désir de progresser dans sa vie intérieure. Il avait besoin de parler des chinoiseries qu'il cherchait à apprendre. Je suis souvent allé à pied avec lui, le matin, à la gare de banlieue, où il prenait le train de huit heures trente-cinq en direction de la gare Victoria. Au cours de ces marches d'une vingtaine de minutes, mon père était rejoint par toutes sortes de gens, habituellement des femmes, des secrétaires, des employées, des institutrices, qui travaillaient aussi au centre de Londres. Il avait envie de communiquer pour obtenir la paix de l'esprit, pour être vrai avec lui-même, pour parvenir à se comprendre. J'entendais ces femmes parler de leur vie, de leurs petits amis, de l'agitation de leurs esprits, d'une certaine manière de leur véritable moi, je suis sûr qu'elles n'en parlaient jamais à personne d'autre. Elles ne me remarquaient même pas, moi et mon transistor, tandis que j'écoutais le Tony Blackburn Show sur Radio Un. Plus Pa essayait de ne pas les séduire, plus elles l'étaient ; bien souvent, elles ne quittaient pas leurs maisons avant qu'il ne passe devant chez elles. S'il prenait un chemin différent, par peur de recevoir des pierres et des cornets à glace remplis d'urine que lui lançaient les garnements du collège moderne, elles changeaient elles aussi de parcours. Dans le train, Pa lisait ses livres de mystique ou se concentrait sur le bout de son nez, une cible fort importante, croyez-moi. Il avait toujours avec lui un minuscule dictionnaire bleu, de la taille d'une boîte d'allumettes, afin de pouvoir apprendre un mot nouveau chaque jour. Durant les week-ends, je l'interrogeais sur le sens de analeptique, frutescent, polycéphale et organsiner. Il me regardait et me disait : « Tu ne sais jamais quand tu as besoin d'un mot bien pédant pour impressionner un Anglais. »

Ce ne fut que lorsqu'il rencontra Eva qu'il trouva quelqu'un avec qui partager son goût pour la culture chinoise. Et il ne fut pas peu surpris de constater qu'il était possible de partager ses intérêts avec quelqu'un d'autre.

**

Maintenant, selon moi, ce samedi soir, Dieu se proposait de revoir Eva. Il me donna l'adresse, écrite sur un morceau de papier, et nous prîmes un bus en direction de ce que je considérais comme la campagne. Il faisait très froid et c'était tout noir lorsque nous descendîmes à Chislehurst. J'entraînai Pa dans un sens, et puis, faisant preuve d'autorité, dans la direction opposée. Il avait une telle envie d'arriver, qu'il ne formula pas la moindre plainte durant une bonne vingtaine de minutes, mais finalement, il devint agressif.

« Où sommes-nous, petit imbécile ?

— Je ne sais pas.

— Sers-toi du cerveau que tu tiens de moi, corniaud, dit-il en frissonnant. Il fait un froid de tous les diables et nous sommes déjà en retard.

— C'est de ta faute si tu as froid, Pa.

— Ma faute ? »

C'était effectivement sa faute, car sous son manteau trois quarts, mon père portait ce qui semblait être un ample pantalon de pyjama, sur lequel tombait une chemise de soie au col brodé de dragons. Ce truc se gonflait sur sa poitrine et son ventre pendant quelques bons kilomètres, avant d'atteindre ses genoux. Plus bas, il y avait donc cet ample pantalon et aux pieds, des sandales. Mais le véritable crime, la raison de cacher tout ça sous un manteau trois quarts au poil ras était bien sûr le gilet écarlate qu'il avait enfilé au-dessus de la chemise et sur lequel apparaissaient des formes dorées et argentées. Si ma mère l'avait vu habillé de cette manière, elle aurait très sûrement appelé police secours. Car, après tout, Dieu était fonctionnaire et se devait de porter une serviette et un parapluie. Il ne fallait donc pas qu'il se balade déguisé en toréador miniature.

Les maisons à Chislehurst avaient des serres, étaient entourées de chênes majestueux et des tourniquets attendaient sur leurs pelouses. Des jardiniers venaient, sans aucun doute, s'occuper des jardins. Tout cela était si impressionnant pour des gens comme nous, que lorsque nous marchions dans ces sortes de rues, le dimanche, pour rendre visite à tante Jean, nous considérions, nous autres, petits-bourgeois, cette vue comme l'équivalent d'un spectacle de théâtre. Nous poussions des « Ahhh » et des « Ohhh » tandis que nous avancions, en imaginant les moments merveilleux que nous aurions, si nous habitions là, comment nous décorerions les lieux et dessinerions le jardin, afin de pouvoir y jouer au cricket, au badminton et au ping-pong. Un jour, je me souviens, ma mère regarda Pa d'un air de reproche, comme pour lui dire : Quelle sorte de mari es-tu donc pour me donner si peu quand les autres hommes, les Alan, les Barry, les Peter, les Roy, offrent à leurs épouses des voitures, des maisons, des vacances, le chauffage central et des bijoux ? Des hommes qui sont, de plus, capables d'installer des étagères ou de réparer une barrière. Et toi, que sais-tu faire ? Et Mam avait trébuché dans un nid-de-poule, exactement comme nous trébuchions maintenant, parce que les rues étaient volontairement mal entretenues, pleines de pierres et de trous, afin de décourager les gens ordinaires d'y rouler.

Tandis que nous faisions enfin crisser le gravier de l'allée — après une petite pause, afin que Dieu puisse joindre ses pouces et se livrer à un exercice de concentration de quelques minutes — mon père me dit que la maison appartenait à Carl et Marianne, des amis d'Eva, qui étaient revenus récemment d'un voyage en Inde. Les bouddhas en bois de santal, les cendriers de cuivre, les éléphants en plâtre rayés qui remplissaient jusqu'au moindre espace le proclamaient bien haut. Et aussi, bien sûr, les pieds nus de Carl et Marianne. Le couple nous attendait à la porte, les mains jointes, dans une sorte de prière, la tête inclinée, comme s'ils étaient les serviteurs d'un temple, et non pas des associés dans la société de location de télévision locale, Rumbold & Toedrip.

Dès mon arrivée, je remarquai Eva, qui, de toute évidence, nous attendait. Elle portait une longue robe rouge, qui tombait jusqu'au sol, et un turban de la même couleur. Elle se laissa aller dans mes bras, et après une bonne douzaine de baisers, elle me fourra trois livres de poche dans les mains.

« Sens-moi ça ! » m'ordonna-t-elle.

Je plongeai mon nez parmi les pages piquetées de petits points roux. Elles sentaient le chocolat.

« Des occasions ! Une véritable aubaine ! Et voilà pour ton père. » Elle me tendait un exemplaire neuf des *Analectes* de Confucius, traduits par Arthur Waley. « S'il te plaît, garde-le pour lui. Comment est-il ?

— Affreusement nerveux. »

Elle jeta un coup d'œil autour de la pièce qui contenait une vingtaine de personnes.

« Ce sont des sympathisants. Assez stupides. Je ne vois pas où ton père pourrait avoir un problème. Je rêve de lui faire rencontrer des gens encore plus sensibilisés que ça à Londres. J'ai la ferme intention de vous emmener tous à Londres ! Maintenant, laisse-moi te présenter à ces gens. »

Après avoir serré quelques mains, je fis en sorte de m'installer confortablement sur un sofa recouvert d'une étoffe noire et brillante, les pieds posés sur un tapis blanc en fourrure, tandis que mon dos s'appuyait sur une rangée de gros livres avec une couverture dorée en plastique — des versions abrégées (avec illustrations) de *la Foire aux vanités* et de *la Femme en blanc*. Devant moi se trouvait ce qui m'apparut être un porc-épic éclairé — une espèce de grosse boule avec des centaines de piquants de couleurs différentes, entrelacés, qui se dressaient en chatoyant — un objet, j'en suis sûr, qu'on appréciait très certainement mieux avec l'aide de quelques hallucinogènes.

J'entendis Carl dire : « Il y a deux sortes de gens dans le monde, ceux qui sont allés en Inde et les autres. » Ce qui me fit me lever pour m'éloigner, afin de me mettre à l'abri de ce genre de remarques.

A côté des portes-fenêtres à double vitrage qui donnaient sur un grand jardin, où se trouvait un bassin avec des poissons rouges, éclairé d'une lueur pourpre, il y avait un bar. Peu de gens buvaient, avant cette rencontre spirituellement importante, mais je me serais bien enfilé quelques bonnes bières. Mais la chose n'aurait été guère convenable, et je le savais. La fille de Marianne et une de ses amies un peu plus âgée, en mini-shorts, servaient des *lassi* * et des amuse-gueule indiens affreusement épicés, qui allaient, j'en étais sûr, nous faire péter comme de grands vieillards nourris de céréales. Je rejoignis la fille en mini-short, derrière le bar, et appris qu'elle s'appelait Helen et qu'elle allait au lycée.

« Ton père ressemble à un magicien », me dit-elle. Elle me sourit et fit deux pas rapides de côté, pour renforcer l'intimité et se trouver tout à côté de moi. Sa présence rapprochée me surprit et m'excita. Ce n'était qu'une surprise de faible intensité sur l'échelle de Richter, disons trois et demi, mais néanmoins, enregistrée. A cet instant, mes yeux se posèrent sur Dieu. Ressemblait-il vraiment à un magicien, à un sorcier ?

De toute évidence, il avait quelque chose d'excentrique, il était probablement le seul homme du sud de l'Angleterre qui portait à cet instant (en dehors peut-être de George Harrison) un gilet rouge et or et un pantalon indien. Il était également élégant : un Noureev de salon, à côté de ces Arbuckles au teint de papier mâché, avec leurs chemises étriquées, à empesage permanent, qui leur collaient au ventre, et leurs pantalons gris de John Collier dont l'entrejambe froissé pendouillait. Peut-être que le vieux était réellement un magicien, qui s'était transformé, par enchantement (comme il le disait), d'Indien faisant partie de l'administration et qui se nettoyait toujours les dents avec de la pâte dentifrice noire Monkey Brand, fabriquée par Nogi & Co à Bombay, en ce conseiller sagace qu'il semblait être maintenant. Foutument sexy ! Maintenant, il était le centre de la pièce. Ah si l'on pouvait le voir à Whitehall !

Il parlait à Eva, qui, sans aucune gêne, reposait sa main sur son bras. Ce geste proclamait : Oui, nous sommes ensemble, nous nous touchons sans aucune espèce d'inhibition devant des étrangers. Mal à l'aise, je me détournai pour revenir à Helen.

« Bon », me dit-elle gentiment.

Elle me désirait.

Je le savais parce que j'avais mis au point une méthode à toute épreuve pour déterminer le désir. Cette méthode me disait qu'elle me désirait parce qu'elle ne m'intéressait pas. Quand je trouvais quelqu'un d'attirant, c'était absolument garanti par ces lois corrompues qui gouvernent l'univers, que cette personne me trouverait repoussant ou simplement trop petit. Cette loi garantissait aussi que lorsque j'étais avec quelqu'un comme Helen, que je ne désirais pas, il y avait toutes les chances qu'elle me regarde comme elle me regardait maintenant, avec un sourire aguicheur, qui indiquait l'intérêt qu'elle aurait à me serrer la bite, ce que je désirais le plus au monde, de la part des autres, à condition, bien sûr, que je les trouve attirants, ce qui n'était pas son cas.

Mon père, ce grand sage, dont les conseils tombaient de ses lèvres comme la pluie à Seattle, ne m'avait jamais parlé de sexe. Quand, pour mettre à l'épreuve son libéralisme, je lui avais demandé de m'informer des réalités de la vie (ce que l'on avait déjà fait à l'école, même si je continuais à confondre les mots utérus, scrotum et vulve), il se contenta de marmonner : « On peut toujours dire quand une femme est prête à accepter des avances sexuelles. Mais oui. Ses oreilles deviennent toutes chaudes. »

Je regardai attentivement les oreilles d'Helen. Je tendis même la main pour en pincer légèrement une, afin d'avoir une confirmation scientifique. Pas mal !

Oh, Charlie ! Mon cœur désirait tellement sentir ses oreilles chaudes contre ma poitrine. Mais il ne m'avait pas téléphoné depuis que nous avions fait l'amour, ni pris la peine de se pointer ici. Il n'était pas venu non plus à l'école, étant donné qu'il enregistrait une bande d'essai avec son groupe. Je ne parvenais à supporter la douleur que j'éprouvais à être éloigné de ce petit salaud, ce manque que j'avais de lui, qu'à l'idée qu'il chercherait certainement à puiser un peu de la sagesse que prodiguait mon père ce soir. Mais jusqu'à maintenant, il ne s'était pas montré.

Eva et Marianne installaient maintenant la pièce. On stimulait l'industrie de la bougie, les stores vénitiens étaient baissés et des bâtons de bois de santal indiens allumés se dressaient dans des vases. Puis on étendit un petit tapis, afin que puisse s'y installer le bouddha de banlieue avant de prendre son essor. Eva s'inclina devant lui et lui tendit une jonquille. Dieu sourit aux gens qu'il avait déjà rencontrés la première fois. Il paraissait calme, sûr de lui, plus à l'aise qu'auparavant, moins exubérant, laissant ses admirateurs l'illuminer du respect qu'Eva les avait incités à lui prodiguer.

Puis oncle Ted et tante Jean entrèrent dans la pièce.

CHAPITRE III

Et les voilà donc ces deux alcooliques, normaux et malheureux, elle dans des chaussures roses à talons hauts, lui en costume croisé, habillés comme pour un mariage. Ils arrivaient au beau milieu de cette soirée presque innocemment. C'était la sœur de Mam, Jean et son mari Ted, qui possédait une société d'installation de chauffage central appelée les Chaudières de Pierre. Et ils recevaient en pleine figure l'image de leur beau-frère, connu sous le nom de Harry, transformé en yogi, en train d'entrer en transe devant leurs voisins. Jean luttait pour trouver ses mots, c'était d'ailleurs peut-être la seule chose pour laquelle elle ait jamais lutté. Eva porta un doigt à ses lèvres. La bouche de Jean se ferma lentement comme Tower Bridge. Les yeux de Ted parcoururent la pièce, afin de trouver un indice qui lui expliquerait ce qui se passait. Il m'aperçut et je lui fis un petit signe de tête. Il était désorienté, mais nullement en colère, contrairement à tante Jean.

« Que fait donc Harry ? » me souffla-t-il.

Ted et Jean n'appelaient jamais Pa par son nom indien, Haroon Amir. Pour eux, c'était « Harry » et c'était de ce prénom qu'ils se servaient pour parler de lui aux autres

53

personnes. C'était déjà suffisamment gênant d'être indien, en premier lieu, sans en plus se voir affublé d'un nom impossible. Ils avaient donc appelé Pa, Harry, dès le premier jour où ils s'étaient rencontrés. Pa n'y pouvait rien bien sûr. En revanche il les appelait « Gin et Tonic ».

Oncle Ted et moi étions de grands amis. Parfois, il m'emmenait installer un chauffage central avec lui. J'étais payé pour faire le gros travail. Nous mangions des sandwiches de corned-beef et buvions du thé gardé dans une bouteille thermos. Il me donnait des tuyaux sur les courses, avant de m'emmener à Catford voir courir des chiens, ou des chevaux à Epsom Downs. Il me parlait aussi de courses de pigeons. Depuis toujours, même lorsque j'étais tout petit, j'aimais oncle Ted parce qu'il connaissait les choses que les pères des autres garçons connaissaient, et que mon père, à mon grand dam, ne connaissait pas : des choses à propos de la pêche, des carabines à air comprimé, des avions, et aussi sur la manière dont il fallait s'y prendre pour manger des bigorneaux.

Mon esprit tournait à toute vitesse tandis que j'essayais de comprendre comment il se faisait que Ted et Jean aient brusquement surgi ici comme des personnages de vaudeville dans un film d'Antonioni. Bien entendu, ils habitaient Chislehurst mais des univers les séparaient de Carl et Marianne. Je me concentrai jusqu'à ce que les choses commencent à s'éclaircir dans ma tête. Comment tout cela était-il donc arrivé ? Je commençais à le deviner. Et ce que j'entrevoyais ne me rendait pas particulièrement joyeux.

Ma pauvre mère devait s'être sentie si malheureuse qu'elle avait raconté à sa sœur le premier exploit de gourou accompli par Pa à Beckenham. Jean devait avoir eu une attaque en apprenant que sa sœur avait permis qu'une telle chose puisse se passer. Et ma tante se sentait sûrement obligée de détester sa sœur à cause de ça.

Quand Dieu avait annoncé — ou plutôt m'avait laissé annoncer juste quelques heures plus tôt — qu'il allait reprendre son rôle de visionnaire, Mam avait sans doute téléphoné à sa jeune sœur. Jean, après avoir déversé ses sarcasmes, s'était transformée en cette lame d'acier vicieuse qu'au fond elle était réellement. Ensuite elle était entrée en action. Elle devait avoir dit à Mam qu'elle connaissait Carl et Marianne. Leurs radiateurs avaient peut-être été installés par les Chaudières de Pierre. De plus, Ted et Jean habitaient une maison de construction récente, à proximité. Ce n'était que de cette manière qu'un couple comme Carl et Marianne pouvait connaître Ted et Jean. Car, bien entendu, Carl et Marianne, avec leurs livres, leurs disques, leurs voyages en Inde et leur culture seraient à proprement parler abominables pour Ted et Jean qui jugeaient les gens uniquement selon leur position et leur argent. Le reste n'était que prétentions et fumisterie. Pour Ted et Jean, Tommy Steele — dont les parents habitaient juste au coin — représentait la culture, le spectacle, le showbiz.

Evidemment, Eva n'avait aucune idée de ce qu'étaient exactement Ted et Jean. Elle fit simplement un petit geste d'agacement en direction de ces deux retardataires bizarrement respectables.

« Assis, assis », siffla-t-elle.

Ted et Jean se regardèrent, comme si l'on venait de leur demander d'avaler des allumettes.

« Oui, vous », lança Eva. Elle pouvait être très cassante, notre vieille Eva.

Ils n'avaient pas le choix. Ted et Jean glissèrent lentement sur le sol. Ça devait faire bien des années que tante Jean n'avait pas été si près du sol, sauf lorsqu'elle s'écroulait après une cuite. Ces deux-là ne pouvaient pas, bien sûr, s'être attendus à ce que cette soirée fût aussi fervente, avec tous ces gens assis autour de Pa, pour l'admirer. Nous allions avoir de gros ennuis plus tard, sans aucun doute.

Dieu était prêt à commencer, Helen alla s'asseoir avec les autres par terre. Je restai debout derrière le bar, pour regarder. Pa jeta un coup d'œil sur l'assistance et sourit, jusqu'au moment où il découvrit qu'il souriait à Ted et Jean. Son expression se figea un instant.

Même s'il les appelait Gin et Tonic, Pa ne détestait pas Jean et aimait beaucoup Ted, qui le lui rendait bien. Ted parlait souvent de ses « petites difficultés personnelles » avec mon père, car s'il trouvait bizarre que Pa n'ait pas d'argent, il sentait aussi que celui-ci, d'une certaine manière, comprenait la vie, que c'était un sage. Ainsi, par exemple, Ted parlait à Pa de l'alcoolisme invétéré de Jean, de sa relation amoureuse avec un jeune conseiller municipal, de la futilité de sa propre vie, de sa profonde insatisfaction.

Chaque fois qu'avaient lieu ces instants de vérité, Pa s'arrangeait pour tirer quelque parti de Ted. « Il peut bien parler et travailler en même temps, non ? » disait Pa tandis que Ted, parfois en larmes, enfonçait des chevilles dans le mur de briques, afin d'installer une étagère pour les livres orientaux de mon père, ou passait une porte au papier de verre, ou encore carrelait la salle de bains, pour avoir la chance de se confier à mon père qui l'écoutait assis sur une chaise de jardin en aluminium. « Ne te suicide pas avant d'avoir fini le sol de cette pièce, Ted », lui disait-il.

Ce soir, les yeux de Pa ne s'attardèrent pas sur Gin et Tonic. La pièce était tranquille et silencieuse. Pa s'absorba également dans le silence, regardant droit devant lui. Tout d'abord, ce n'était qu'un silence. Mais alors qu'il s'établissait, qu'il durait, ça devint un énorme silence : rien était suivi de rien et suivi presque aussitôt par une quantité encore plus importante de riens, tandis que mon père restait là, assis, les yeux fixes, mais attentifs. Des gouttes de sueur apparurent sur mon front et des éclats de rire se formaient dans ma gorge. Je me demandais s'il serait capable de les duper au point de rester là assis, pour une heure, en silence (se contentant peut-être de lancer par moments une phrase mystique du genre de : « Des excréments séchés, posés sur la tête d'un pigeon ») avant de remettre sa veste trois quarts et de retourner auprès de sa femme, après avoir apporté à la bourgeoisie de Chislehurst une exquise compréhension de son vide intérieur. Oserait-il vraiment ?

Finalement, il se mit à discourir, se servant cette fois de sifflements, de silences, de regards appuyés en direction du public. Il chuchotait, s'arrêtait, regardait les gens, parlait si bas que ces pauvres types devaient se pencher en avant pour saisir quoi que ce fût. Personne, en tout cas, ne montrait la moindre distraction et toutes les oreilles étaient grandes ouvertes.

« Dans nos bureaux, là où nous travaillons, nous aimons dire aux autres ce qu'ils doivent faire. Nous les rabaissons. Nous comparons leur travail avec le nôtre pour leur faire sentir notre supériorité. Nous nous mettons toujours en compétition. Nous faisons les malins et nous bavardons. Notre rêve serait d'être bien traités et nous rêvons de maltraiter les autres.... »

Derrière Pa, la porte s'ouvrit lentement. Un couple se tenait dans l'encadrement — un jeune homme élancé, avec des cheveux courts, teints en blanc, qui se dressaient sur sa tête. Il portait des chaussures et une veste argentées, scintillantes. On aurait dit un astronaute. La fille qui l'accompagnait paraissait ringarde en comparaison. Elle devait avoir environ dix-sept ans, portait une longue robe de hippie, dont la jupe touchait le sol. Ses cheveux lui arrivaient jusqu'à la taille. La porte se referma et ils disparurent. Leur apparition était passée inaperçue. Tout le monde écoutait Pa, en dehors de Jean qui secouait ses cheveux, comme si elle voulait tenir son beau-frère à distance. Quand elle regarda Ted, dans l'espoir d'obtenir un signe de connivence, elle n'en reçut aucun : il était lui aussi totalement absorbé.

Comme un metteur en scène heureux que son spectacle se déroule comme il faut, et sachant que de toute manière je n'avais plus rien à y faire, je sortis de la pièce en passant par la porte-fenêtre. Les derniers mots que j'entendis étaient : « Nous devons trouver un moyen entièrement nouveau d'être vivants. »

C'était la présence de Pa qui arrachait le bruit de la tête des gens plutôt que les choses qu'il disait en particulier. La paix, le calme, l'assurance qu'il dégageait m'amenaient à penser que j'étais fait d'air et de lumière tandis que je traversais doucement les pièces silencieuses et parfumées de Carl et de Marianne. Je m'asseyais parfois un instant et restais les yeux dans le vague puis je reprenais tranquillement ma marche à l'intérieur de la maison. J'avais de plus en plus conscience des bruits et du silence, chaque chose semblait avoir augmenté d'intensité. Quelques camélias étaient plantés dans un vase Art nouveau et je me surpris à les regarder avec émerveillement. La concentration, la détente de Pa m'avaient aidé à trouver une nouvelle et surprenante manière d'appréhender les arbres du jardin. Maintenant j'arrivais à regarder les objets sans me livrer à des associations ou à des analyses. Les arbres n'étaient plus que formes et couleurs, ils n'étaient plus des branches et des feuilles. Lentement cependant la fraîcheur de cette vision commença à s'estomper ; mon esprit se remit en marche et les pensées arrivèrent en foule. Pa avait été parfaitement efficace et j'en étais heureux. Cependant, ce moment enchanteur n'était pas terminé. Il y avait encore quelque chose d'autre — une voix. Et la voix me récitait des poèmes, tandis que je me tenais là, dans l'entrée de la maison de Carl et de Marianne. Chaque mot était parfaitement distinct, parce que mon esprit était totalement vide et totalement clair. Voici ce qu'on récitait :

C'est vrai il fait jour. Et après ?
Voudrais-tu déjà te lever ?
Pourquoi parce qu'il fait jour faudrait-il se lever ?
Est-ce qu'on s'est couché à cause des ténèbres ?
L'amour qui, par une nuit d'encre, nous conduisit ici
Saura même en plein jour nous faire garder le lit.

C'était une voix d'homme, virile, profonde, qui arrivait non pas au-dessus de moi, comme je l'avais d'abord pensé — ce n'était pas un ange qui m'adressait la parole — mais de côté. Je suivis le son et me retrouvai dans une serre où je revis le garçon aux cheveux argentés. Il était assis avec la jeune fille sur une balancelle. Il lui parlait — non, il lui lisait des extraits d'un petit livre relié en cuir qu'il tenait à la main — en se penchant vers elle, comme s'il voulait faire pénétrer les mots au cœur même de son auditrice. La fille était assise, impassible, et dégageait une odeur de patchouli. Elle rejeta une mèche loin de ses yeux, tandis que le garçon récitait :

> *Le serpent est chassé du Paradis.*
> *Le cerf blessé ne doit plus chercher*
> *L'herbe tendre qui guérirait son cœur...*

La fille qui avait l'air de s'ennuyer à mort sembla reprendre vie lorsqu'elle m'aperçut. Elle donna un petit coup de coude à son compagnon signifiant : encore un sale voyeur qui nous reluque.

« Pardon, dis-je, en m'éloignant.

— Karim, pourquoi fais-tu semblant de ne pas me reconnaître ? »

Je voyais maintenant qu'il s'agissait de Charlie.

« Mais pas du tout. Je veux dire ce n'est pas ça du tout. Pourquoi t'es-tu fait argenter ?

— Pour m'amuser.

— Charlie, je ne t'ai pas vu depuis des siècles. Qu'est-ce que tu as fabriqué ? Je me suis tracassé et tout ça à cause de toi.

— Aucune raison de te tracasser, mon petit. J'ai pris des dispositions pour le reste de ma vie. Et tout ça. »

J'étais fasciné.

« Ouais ? Et comment ça va être le reste de ta vie ? Le sais-tu déjà ?

— Quand j'envisage l'avenir, je vois trois choses. Du succès. Du succès...

— Et encore du succès, acheva la fille d'un ton plat.

— Je l'espère bien, dis-je. En avant, mon vieux. »

La fille me regarda l'air amusé. « Mon petit », gloussa-t-elle. Puis elle fourra ses lèvres dans l'oreille de Charlie. « Est-ce que tu pourrais me lire encore un peu ? »

Donc, Charlie se remit à lire, pour nous deux, mais je ne me sentais pas très bien maintenant. A vrai dire, je me sentais idiot. J'aurais eu besoin d'une bonne dose de médecine cérébrale paternelle, juste en cet instant, mais je n'avais pas envie de quitter Charlie. Pourquoi s'était-il fait argenter les cheveux ? Entrions-nous dans une nouvelle ère concernant les coiffures, un changement m'aurait-il totalement échappé ?

Je m'obligeai à retourner dans la salle de séjour. La session de Pa consistait en une demi-heure de conseils chuchotés, suivie de questions, puis d'une demi-heure de yoga, accompagnée de méditation. A la fin, quand tout le monde se fut relevé et que les invités échangeaient des propos ensommeillés, tante Jean me lança un : « Salut » assez sec. Je voyais bien qu'elle avait envie de partir, mais en même temps ses yeux restaient fixés sur mon père qui, souriant et détendu, se trouvait de l'autre côté de la pièce. Eva se tenait à côté de lui et plusieurs personnes lui demandaient des explications sur son enseignement. Deux d'entre elles l'invitèrent dans leur maison pour y tenir des sessions. Eva, avec un sens aigu de la propriété, l'écartait de ces importuns à qui il accordait pourtant quelques signes de tête majestueux.

Avant mon départ, Helen et moi échangeâmes nos adresses et nos numéros de téléphone. Charlie et la fille se chamaillaient dans l'entrée. Mon copain voulait raccompagner son amie mais celle-ci souhaitait rentrer chez elle par ses propres moyens. Quel petit imbécile ! « Et pourquoi tu ne veux pas de moi ? dit-il. Moi, j'en ai réellement envie. Tu sais bien que maintenant je t'aime. »

Pourquoi n'était-il pas un peu plus serein ? Néanmoins, je me demandais, lorsque le moment viendrait où je désirerais quelqu'un et qu'on ne voudrait pas de moi, si je serais capable de rester indifférent. Je lançai un ricanement de dérision à son intention et sortis pour attendre Pa et Eva dehors.

C'était donc ainsi. Helen m'aimait en vain, j'aimais Charlie en vain, tandis qu'il aimait mademoiselle Patchouli en vain qui probablement aimait un autre petit con en vain. Le seul couple qui n'aimait pas en vain, c'était Dieu et Eva. Je passai un bien mauvais moment à rester assis dans la voiture avec eux, tandis qu'Eva enlaçait Pa sous tous les angles. Celui-ci dressait un doigt autoritaire pour l'obliger à rester tranquille — un doigt qu'elle mordillait. Et j'étais là, assis comme un bon fils, faisant semblant de ne pas exister.

Est-ce que Pa était réellement amoureux d'Eva ? C'était quelque chose qu'il m'était difficile d'accepter, notre univers m'apparaissant si solide, mais mon père n'était-il pas devenu soudain un personnage public ? A la fin de la session, il avait donné à Eva un baiser mouillé, dont le bruit ressemblait à celui que fait quelqu'un suçant une orange, et il lui avait dit qu'il n'aurait jamais pu réussir cette séance sans elle. Et Eva avait passé la main dans les cheveux de mon père, tandis que Carl et Marianne se tenaient là, les mains jointes, l'air recueilli, et que Ted et Jean, debout, observaient la scène, vêtus de leurs manteaux stupides, comme des membres de la police secrète. Qu'est-ce qui n'allait pas chez mon père ?

Mam nous attendait dans le couloir, son visage à moitié caché par le téléphone. Elle ne parlait que fort peu, mais je pouvais entendre la voix lointaine de Jean, à l'autre bout du fil. On n'avait pas perdu de temps. Pa fila dans sa chambre. Je m'apprêtais à grimper l'escalier, quand ma mère me dit : « Attends une seconde, espèce de crâneur, quelqu'un veut te parler.

— Qui ?

— Arrive. »

Elle me fourra le téléphone dans les mains et Jean me lança sèchement : « Viens me voir demain. Sans faute. Tu m'entends ? »

Elle ne pouvait s'empêcher de crier, comme si elle avait affaire à un idiot. Va te faire foutre, me dis-je. Je n'avais aucune envie de me rendre chez elle, alors qu'elle était dans cet état. Mais, bien entendu, j'étais le type le plus curieux que j'aie jamais rencontré. De sorte que j'irais bien sûr — j'en étais absolument certain.

Aussi, le lendemain matin, je nettoyai mon vélo et me mis bientôt à pédaler sur des routes défoncées, refaisant le parcours que nous avions, Pa et moi, emprunté la veille au soir. Je roulais lentement et regardais les hommes astiquer leur voiture, la passer à l'aspirateur, l'arroser, la laver, la polir, la faire reluire, la passer au papier de verre, la repeindre, lui parler et l'admirer. C'était une journée magnifique, mais ils n'auraient pas changé leurs habitudes d'un pouce. Les femmes criaient que le repas était servi. Des gens en chapeaux et en costumes rentraient de l'église en portant des bibles. Les enfants avaient des visages propres et des cheveux peignés.

Je n'étais pas réellement prêt à me faire démolir par Ted et Jean, aussi décidai-je de rendre visite à Helen qui vivait dans les parages. Tôt ce matin, je m'étais faufilé dans la chambre de Pa et lui avais fauché un de ses Durex poussiéreux, au cas où...

Helen habitait dans une grande et vieille maison, un peu à l'écart de la route. Tous les gens que je connaissais, Charlie et les autres, semblaient vivre dans de grandes maisons, à l'exception de nous. Pas étonnant que j'aie un complexe d'infériorité ! Cependant la maison d'Helen n'avait pas été repeinte depuis une éternité. Les buissons et les parterres n'étaient plus entretenus et des pissenlits poussaient dans les allées. La remise était à demi écroulée. L'oncle Ted aurait clamé que c'était une véritable honte.

Je rangeai mon vélo à l'extérieur et l'attachai à la clôture. Ensuite, je découvris que le portail était coincé. Je ne parvins pas à le remettre d'aplomb. Je passai donc pardessus. Sous le porche, je tirai la sonnette et entendis le timbre retentir quelque part, tout au fond de la maison, un son qui donnait la chair de poule, croyez-moi. Personne ne répondit, aussi m'avançai-je rapidement sur le côté du bâtiment.

« Karim, Karim, cria soudain, d'une voix anxieuse, Helen, penchée à une fenêtre au-dessus de ma tête.

— Salut, criai-je à mon tour. J'avais juste envie de te voir.

— Moi aussi, sûr. »

J'étais agacé. Je voulais toujours que les choses arrivent immédiatement. « Qu'est-ce qui ne va pas, alors ? Ne peuxtu pas sortir ? Qu'est-ce que c'est que cette scène du balcon qu'on est en train de jouer ? »

A ce moment sa tête disparut brusquement de la fenêtre. Il y eut un échange rapide et étouffé — une voix d'homme — et la fenêtre fut refermée brutalement. Puis le rideau, tiré.

« Helen, Helen ! » criai-je, me sentant soudain très attaché à elle.

La porte d'entrée s'ouvrit. Le père d'Helen se tenait dans l'encadrement. C'était un gros bonhomme, avec une barbe noire et des bras solides. Je me dis qu'il devait avoir des poils sur les épaules et sans doute aussi, ce qui était encore pire, sur le dos, comme Peter Sellers et Sean Connery. (J'avais une liste des acteurs au dos poilu, que je tenais constamment à jour.) Puis, je devins blanc, malheureusement pas suffisamment, parce que Dos Poilu lâcha le chien qu'il tenait en laisse, un foutu grand danois qui s'avançait maintenant vers moi, doucement, l'air intéressé, la gueule béante comme une grotte. On aurait dit qu'un bout déchiqueté de sa tête avait été arraché pour dessiner cette mâchoire aux dents jaunes, dégoulinante de bave. Je tendis les bras devant moi, afin que le chien ne

63

puisse m'arracher les mains. Je devais ressembler à un somnambule. Mais comme je destinais mes mains à d'autre tâches, je ne me souciais guère de cette attitude baroque. Même si en général j'apportais un soin extrême à ma personne. Pour tout dire, je me conduisais comme si le monde entier n'avait rien de mieux à faire que de relever à chaque instant les écarts que je commettais par rapport à une étiquette extrêmement compliquée et élitiste.

« Tu ne peux revoir ma fille, dit Dos Poilu. Elle ne sort pas avec les garçons. Surtout pas avec des métèques.

— Ah bon.

— T'as pigé ?

— Ouais, dis-je d'un air morne.

— On ne veut pas de Négros comme toi chez nous.

— Y en a-t-il déjà eu beaucoup ?

— Beaucoup de quoi, négrillon ?

— Des Négros.

— Où ça ?

— Dans votre maison.

— On n'aime pas ça, dit Dos Poilu. Quel que soit le nombre de moricauds qu'il peut y avoir, on ne les aime pas. Nous sommes du côté d'Enoch. Si tu poses une de tes sales pattes noires sur ma fille, je te l'écraserai avec un marteau, avec un marteau, tu entends ! »

Sur ce Dos Poilu claqua la porte d'entrée. Je reculai de quelques pas, puis me retournai pour partir, envoyant Dos Poilu se faire foutre. J'avais follement envie de pisser. Je regardai sa voiture, une grosse Rover. Je décidai de dégonfler ses pneus. Je pouvais y parvenir en quelques secondes, pisser par la vitre et s'il ressortait, passer au-dessus de la clôture, plus rapidement qu'un chat par la fenêtre. Je me dirigeais donc vers la Rover quand je me rendis compte que Dos Poilu m'avait laissé seul avec le chien qui, pour l'instant, reniflait une crotte à quelques mètres de moi. Il commença à bouger. Je restais là, faisant semblant d'être une pierre ou un arbre, jusqu'à ce que, avec précaution, je me détourne du chien pour m'écarter de quelques pas, sur la pointe des pieds, comme si je me trouvais sur un toit à forte pente. J'espérais qu'Helen allait ouvrir la fenêtre, m'appeler, et appeler son chien aussi. « Oh Helen, Helen », murmurai-je.

Mes douces paroles eurent, c'est évident, un effet sur le chien, car brusquement, il y eut une grande agitation et je sentis quelque chose d'étrange sur mes épaules. Eh bien, oui, c'étaient les pattes de l'animal dont le souffle me chauffait le cou. J'avançai d'un pas et la bête me suivit. Je savais maintenant ce que voulait cet imbécile. Il était amoureux de moi — de rapides mouvements contre mon derrière ne me laissaient aucun doute là-dessus. Ses oreilles étaient brûlantes. Je ne pensais pas que l'animal risquait de me mordre, mais comme ses mouvements s'accéléraient, je décidai de me débiner. Le cabot frémissait contre moi.

Je me précipitai vers la grille, l'escaladai, accrochant bien entendu ma chemise rose à une pointe. Après m'être mis en sécurité de l'autre côté, je ramassai quelques pierres, pour les lancer au chien. L'une lui atteignit la tête, ce qui ne sembla nullement le troubler. Alors que je remontais sur mon vélo, j'enlevai ma veste et découvris sur elle une tache de foutre canin.

J'étais sacrément de mauvaise humeur lorsque je pédalais enfin dans l'allée de la maison de Jean. Ma tante faisait toujours enlever les chaussures de ses visiteurs à la porte d'entrée, au cas où on userait la moquette en passant à deux reprises dessus. Pa, un jour, lui dit en entrant : « Qu'est-ce qui se passe, Jean, sommes-nous dans un temple indien ? Ou est-ce que les sans-chaussures vont rencontrer les sans-culottes ? » Ce couple était si maniaque à propos de ses nouveaux achats que les coussins de leur voiture, qui avait déjà trois ans, étaient toujours recouverts de leur enveloppe de plastique. Pa aimait se tourner vers moi et me dire : « Tu ne trouves pas que nous sommes comme des coqs en pâte dans cette voiture, Karim ? » Mon père pouvait parfois me donner le fou rire.

Ce matin, en me mettant en route, j'avais l'intention d'être distingué et distant, un véritable Dick Diver, mais avec du foutre de chien sur le dos de mon blouson, sans chaussures, et une envie de pisser qui me prenait à la gorge, je trouvais difficile de jouer les personnages de Fitzgerald. Jean me conduisit directement dans la salle de séjour, me fit asseoir, en m'appuyant sur les épaules, ce qui était nouveau, et partit à la recherche de Ted.

Je me dirigeai vers la fenêtre pour regarder le jardin. Ici, en été, aux meilleurs jours de la firme des Chaudières de Pierre, Ted et Jean donnaient de superbes fêtes ou « raouts », comme Ted aimait les appeler. Ted, mon frère Allie et moi, installions alors une grande tente sur le gazon et attendions, en retenant notre souffle, l'arrivée de la bonne société du sud de Londres et du Kent. Les gros entrepreneurs, les directeurs de banque, les directeurs d'agences de comptabilité, les hommes politiques locaux, les hommes d'affaires venaient avec leur femme ou leur maîtresse. Allie et moi aimions circuler parmi cette foule pleine d'odeurs, dont les effluves épais des after-shave et des parfums remplissaient l'atmosphère. Nous servions des cocktails en offrant des fromages, des fraises, des crèmes, des gâteaux, des chocolats. Parfois une femme, pour nous remercier, nous pinçait les joues. Nous essayions, quant à nous, de fourrer nos mains assez haut sous la jupe de leurs filles.

Mam et Pa ne se sentaient jamais réellement à l'aise et avaient l'impression d'être traités avec condescendance lors de ces grandes occasions. Car, ici, les vies de chacun étaient pesées par rapport à l'argent. Mes parents ne pouvaient être utiles à personne et ne cherchaient pas, quant à eux, à obtenir quoi que ce fût des invités. De plus, on avait toujours le sentiment qu'ils portaient des vêtements qui ne convenaient pas à la circonstance et qui paraissaient légèrement râpés. Après quelques bières, Pa essayait généralement d'exposer ses vues sur le sens du matérialisme et d'expliquer les vraies significations de cette époque terre à terre. En vérité, disait-il, nous ne savons pas apprécier authentiquement la valeur des objets singuliers, ni leur beauté particulière. Le matérialisme n'admire que l'avidité et ne s'intéresse qu'à la position sociale. Il ne s'occupe nullement de l'essence et de la structure des choses. Ces sortes de pensées, on s'en doute, n'étaient pas les bienvenues lors des soirées de Jean. Aussi ma mère essayait-elle, à la dérobée, de faire la leçon à son mari, de lui clore le bec. Si bien que celui-ci devenait sombre. Mam avait pour ambition de passer inaperçue, d'être comme tout le monde, alors que Pa aimait s'exhiber comme un jongleur à un enterrement.

Ted et Jean étaient, à cette époque, comme le roi et la reine — riches, puissants, influents. Jean excellait à présenter les gens entre eux, aussi bien pour établir des relations d'affaires que des relations amoureuses. Elle était l'entremetteuse locale, elle servait de médiatrice dans un grand nombre d'aventures, prodiguait les avertissements, les conseils, les flatteries, consolidait les mariages chancelants et mettait en lambeaux les liaisons mal assorties. Elle savait tout ce qui se passait, aussi bien au fond des banques qu'au fond des lits.

Jean semblait invulnérable jusqu'au jour où elle se mit à courir après un jeune et pâle conseiller conservateur de vingt-huit ans, issu d'une bonne et vieille famille de la classe moyenne de Sevenoaks. Elle finit bien sûr par avoir une aventure avec lui. Ce garçon était pratiquement vierge, naïf, sans expérience, avec une peau terne, mais était issu d'un milieu plus élevé. Evidemment, ses parents au bout de six mois découvrirent le pot aux roses et réglèrent le problème sans ménagements. Le garçon ne revit jamais ma tante qui le pleura pendant deux ans. Jour après jour, Ted paraissait de plus en plus minable par rapport à ce jeune conservateur évanoui. Les soirées s'arrêtèrent, les gens disparurent.

Maintenant tante Jean entrait dans la pièce avec oncle Ted. C'était un lâche de naissance, d'une nervosité maladive. Il avait une peur de tous les diables des affrontements et des disputes.

« Salut, oncle Ted.

— Salut, fiston », dit-il l'air malheureux.

Tante Jean attaqua de plein fouet. « Ecoute-moi, Karim...

— Comment ça va, le foot ? demandai-je, en la prenant de vitesse et en souriant à Ted.

— Pardon ? demanda-t-il en secouant la tête.

— Spurs ne s'en tire pas mal, tu ne trouves pas ? »

Il me regarda comme si j'étais devenu fou. Tante Jean n'avait aucune idée de ce qui se passait. Je précisai : « Faudrait peut-être, n'est-ce pas, que nous allions voir un autre match, hein, oncle Ted ? »

Des mots ordinaires, en vérité, mais qui frappaient l'oncle Ted au bon endroit. Il dut s'asseoir. Je savais qu'en parlant de foot, je mettais l'oncle Ted hors de combat et peut-être même de mon côté, lorsqu'on en viendrait à la dispute à propos de Pa. Je le savais parce que je connaissais quelques bonnes petites choses sur Ted qu'il n'aurait pas aimé que tante Jean apprenne, exactement comme j'avais la scène du banc dans le jardin, bien vivante dans ma mémoire, en réserve, contre mon petit papa.

Je commençais à me sentir mieux.

Voici de quoi il était question.

A une certaine époque, je voulais réellement être le premier avant-centre indien dans l'équipe d'Angleterre et mon école m'avait envoyé à l'essai avec Millwall et Crystal Palace. Mon équipe pourtant était Spurs, mais comme leur terrain était très loin, au nord de Londres, Ted et moi n'allions les voir que très rarement. Pourtant lorsqu'ils vinrent chez nous à Chelsea, je parvins à convaincre Ted de m'emmener au match. Mam essaya de m'en empêcher parce qu'elle était convaincue que les types de Shed allaient me fourrer quelques pennies bien aiguisés à l'intérieur du crâne. A vrai dire, je ne raffolais pas particulièrement des matches en plein air. On reste là, debout, dans le froid, avec des glaçons qui s'accrochent à vos couilles, et quand quelqu'un est sur le point de marquer un but, tout le monde saute en l'air et l'on n'aperçoit plus que des bonnets de laine.

Le train nous emporta, Ted et moi, ainsi que nos sandwiches, au milieu de la banlieue et enfin à l'intérieur de Londres. C'était le trajet que mon père faisait chaque jour, chargé de *keema** , de rôti et de pois au curry, enveloppés dans un papier graisseux qu'il fourrait dans sa serviette. Avant de traverser le fleuve, nous passâmes à côté des taudis de Herne Hill et de Brixton, des endroits spectaculaires, si différents de tout ce que j'avais vu jusqu'à maintenant que je me levai d'un bond. Je me collai à la vitre pour regarder ces alignements de maisons victoriennes, tombant en ruine. Les jardins étaient remplis de toutes sortes de choses rouillées, de manteaux détrempés ; des cordes à linge se croisaient au-dessus des détritus. Ted m'expliqua : « C'est là où vivent les Noirs. Les Nègres. »

En rentrant du match, nous étions entassés dans un coin du compartiment avec une douzaine d'autres supporters de Spurs, habillés de noir, avec des écharpes blanches. J'avais avec moi une crécelle que j'avais fabriquée à l'école. Les Spurs avaient gagné. « Tottenham, Tottenham ! » hurlions-nous.

Puis, lorsque mes yeux tombèrent sur Ted, je découvris qu'il tenait un couteau dans sa main. Il monta sur son siège et fit exploser l'ampoule du compartiment. Des éclats de verre tombèrent dans mes cheveux. Nous regardions tous attentivement, tandis que Ted dévissait les miroirs accrochés aux cloisons — comme s'il enlevait un radiateur — avant de les balancer hors du train. Alors que nous nous déplacions dans le compartiment pour lui faire place — personne ne l'imitait — Ted creva les banquettes à coups de couteau, en sortit le rembourrage. Finalement, il me jeta une ampoule intacte et, me désignant la fenêtre ouverte :

69

« Vas-y, amuse-toi, c'est samedi. »

Je me levai et lançai l'ampoule aussi loin que je pus, sans me rendre compte que nous arrivions en gare de Penge. L'ampoule s'écrasa contre un mur, là où était assis un vieil Indien. L'homme se mit à hurler, se leva et s'enfuit en boitillant. Les garçons dans le train lui décochèrent quelques insultes racistes. Lorsque Ted me ramena à la maison, Mam me montra du doigt et demanda à Ted si je m'étais bien conduit.

Maintenant, tante Jean posait sur moi des yeux aussi éblouissants que des projecteurs.

« Nous avons toujours bien aimé ton père et nous n'avons jamais fait la moindre chose pour l'empêcher d'épouser Margaret, même si certaines personnes n'aimaient pas beaucoup qu'elle se marie avec quelqu'un de couleur...

— Tante Jean...

— Chéri, ne m'interromps pas, veux-tu. Ta mère m'a parlé des conneries de ton père à Beckenham. Il s'est fait passer pour bouddhiste...

— Mais il est bouddhiste.

— En s'affichant avec cette espèce de cinglée que tout le monde sait — parce qu'elle le dit — être défigurée.

— Défigurée, tante Jean ?

— Et hier, eh bien, nous ne pouvions en croire nos yeux, n'est-ce pas Ted ? Hein Ted ! »

Ted fit un petit signe de tête pour montrer qu'il n'avait pu en croire ses yeux.

« Evidemment, nous sommes en droit d'attendre que cette folie prenne fin immédiatement. »

Elle s'assit pour écouter ma réponse. J'aime autant vous dire que tante Jean s'y entendait pour vous jeter des regards fulgurants, au point que je me vis dans l'obligation de me retenir de toutes mes forces pour éviter qu'un pet ne s'échappe de mon cul. Je croisai les jambes et appuyai désespérément mes fesses contre le sofa, mais ça ne servit à rien. Cette espèce de sale pet sortit gaiement de moi. Au bout de quelques secondes, la puanteur gagna le périmètre de tante Jean qui attendait toujours ma réponse.

« Qu'est-ce que j'en sais, moi, tante Jean. Ce n'est pas à nous de nous occuper des affaires de Pa, tu ne trouves pas ?

— Malheureusement, il m'apparaît qu'il ne s'agit pas seulement de ses affaires à lui. Ça nous concerne tous ! On va penser que nous sommes une famille de mabouls. Songe aux Chaudières de Pierre ! » dit-elle, puis se tournant vers l'oncle Ted qui écrasait un coussin contre son visage : « Mais qu'est-ce que tu fais, Ted ? »

Je demandai alors, aussi innocemment que je le pus : « De quelle manière la conduite de Pa pourrait-elle affecter votre manière de vivre, tante Jean ? »

Ma tante se gratta le nez. « Ta mère n'en peut plus, dit-elle. C'est à toi d'arrêter ces idioties sur-le-champ. Si tu t'en occupes, on n'en parlera plus. Parole d'honneur.

— Sauf à la saint-glinglin », ajouta Ted. Il aimait dire ce qu'il ne fallait pas au moment où il ne fallait pas, comme s'il tirait quelque fierté de ces petites rébellions.

Jean se leva, traversa la pièce en marchant avec ses hauts talons sur son tapis pour aller ouvrir la fenêtre et respirer l'air frais du jardin. En la revigorant, cette bouffée d'air pur tourna ses pensées vers la famille royale.

« De toute façon, ton père est fonctionnaire. Que dirait la reine si elle apprenait ce qui se passe ? »

Quelle reine ? me dis-je. Puis j'ajoutai à voix haute : « Je ne réponds jamais aux questions purement rhétoriques. » Ensuite je me levai pour me diriger vers la porte. Au moment où je l'atteignais je me rendis compte que je tremblais. Jean, quant à elle, souriait, comme si j'étais d'accord avec ce qu'elle avait dit.

« Tu es un bon garçon, chéri. Maintenant, donne-moi un baiser. Mais qu'est-ce que c'est que cette saleté que tu as sur le dos de ton blouson ? »

Je n'entendis plus parler de Gin ni de Tonic pendant

quelques semaines et durant cette période je ne me précipitai pas vers Pa pour le supplier à genoux de renoncer à ses séances bouddhistes parce que Jean ne les aimait pas.

Je n'entendis plus parler non plus d'Eva. Je commençais à penser que cette histoire était terminée, ce que je regrettais au fond, étant donné que notre vie retournait à son ennuyeuse normalité. Mais un soir, le téléphone se mit à sonner. C'est Mam qui répondit. Elle raccrocha immédiatement. Pa debout sur le seuil de sa chambre demanda :

« Qui était-ce ?

— Personne », dit Mam avec un air de défi.

CHAPITRE IV

C'était évident par ailleurs qu'Eva n'allait pas maintenant nous laisser tranquillement à nos vies. Elle était
présente quand Pa était soucieux et renfermé — tous les
soirs en fait ; elle était là quand Mam et Pa regardaient
Panorama ensemble ; elle était là quand il entendait un
disque triste ou que quelqu'un parlait d'amour. Et personne n'était heureux. J'ignorais totalement si Pa rencontrait ou non Eva en cachette. Comment d'ailleurs cela
aurait-il pu être possible ? La vie pour les banlieusards est
réglée comme du papier à musique. Si un train est retardé
ou annulé, il y en a toujours un autre peu après. Il n'y avait
aucune excuse à invoquer le soir. Personne ne sortait, il n'y
avait aucun endroit où se rendre et Pa ne fréquentait
jamais qui que ce soit au bureau. On quittait Londres le
plus rapidement possible après le travail. Mam et Pa
allaient au cinéma une fois par an peut-être et mon père
s'y endormait toujours. Une fois, pourtant, ils allèrent voir
West Side Story au théâtre. Nous ne connaissions personne qui fréquentât les pubs en dehors d'oncle Ted. Aller
au pub, c'était bon pour les classes inférieures. Dans notre
quartier les édentés, les poivrots aimaient chanter :

73

« Viens, viens donc me faire de l'œil dans ce vieux *Bull and Bush* » accompagnés par un piano avachi.

Aussi, le seul moment où Pa aurait pu voir Eva, c'était à l'heure du déjeuner. Peut-être le rencontrait-elle hors du bureau, pour un déjeuner en tête à tête dans Saint James Park, comme le faisaient Mam et Pa lorsqu'ils étaient fiancés. Si Pa et Eva faisaient l'amour ou non, je n'en avais aucune idée. Mais je découvris dans la serviette de mon père un livre dont les illustrations montraient les positions sexuelles à la chinoise qui comprenaient les Canards Mandarins Enlacés, le très compliqué Pin Parasol Nain, le Chat et la Souris dans le même Trou, et le délicieux la Cigale Noire s'accroche à une Branche.

Que la Cigale Noire s'accrochât ou non à une branche, la vie était devenue nettement tendue. Mais en surface, au moins, tout était simple. Un dimanche matin, pourtant, deux mois après que j'eus rendu visite à Gin et Tonic, j'ouvris la porte à oncle Ted qui se tenait debout devant moi. Je le fixai sans sourire et sans le saluer. De son côté, il me regardait l'air gêné, puis il parvint à articuler : « Eh bien, fiston, j'ai juste fait un saut ici pour regarder le jardin et m'assurer que les roses sont en fleur.

— Effectivement, le jardin est tout en fleurs. »

Ted franchit le seuil et se mit à chanter : « Il y a des oiseaux bleus, là-bas, au-dessus des collines blanches de Douvres. » Il me demanda : « Comment va le paternel ?

— On revient à notre petite discussion, hein ?

— Garde tout ça pour toi, comme c'est convenu, dit-il en passant devant moi.

— Serait peut-être temps qu'on aille voir un autre match de foot, oncle Ted, tu ne trouves pas ? Et en train, non ? »

Il entra dans la cuisine où Mam mettait le rôti du dimanche au four. Il l'entraîna dans le jardin. Je voyais parfaitement qu'il lui demandait comment elle allait. En d'autres termes, ce qui se passait entre Pa et Eva et tout ce truc bouddhique ? Que pouvait dire ma mère ? Tout allait bien et rien n'allait bien. Il n'y avait aucun indice, mais de là à en conclure que le crime n'existait pas...

En ayant terminé avec Mam et toujours dans son humeur d'homme d'affaires, Ted fit irruption dans la chambre à coucher où se trouvait mon père. Curieux comme une chouette, je le suivis bien qu'il essayât de me claquer la porte au nez.

Pa était assis sur le couvre-lit blanc, cirant ses chaussures avec un de mes gilets façon batik. Pa faisait reluire ses chaussures — une dizaine de paires environ — avec beaucoup d'attention et de soins, chaque dimanche matin. Ensuite, il brossait ses costumes, choisissait ses chemises pour la semaine — une rose, une bleue, une lilas, etc. — et ses boutons de manchette. Il sortait les cravates — il en possédait au moins une centaine — assorties. Assis, absorbé par sa tâche, mon père, on peut le comprendre, se retourna l'air surpris lorsque la porte s'ouvrit brusquement et qu'un Ted immense, essoufflé, en chaussures noires et en pull-over vert à col montant trop grand pour lui, remplit la pièce comme un cheval une cellule de prison. En comparaison Pa paraissait petit, avec quelque chose d'enfantin, maintenant que son intimité et sa tranquillité avaient été violées. Les deux hommes se regardèrent, Ted truculent et maladroit et Pa assis là, en gilet blanc et culotte de pyjama, son cou trapu surmontant sa poitrine gonflée et son ventre plat. Mais Pa n'en était nullement gêné. Il adorait les allées et venues, que la maison soit pleine d'activités et de bavardages, comme ç'aurait été le cas à Bombay.

« Ah, Ted, pourrais-tu me faire le plaisir de jeter un coup d'œil là-dessus ?

— Sur quoi ? »

Un air de panique se répandit sur les traits de mon oncle. Chaque fois qu'il venait chez nous il s'exhortait à se défendre, à ne pas se laisser faire, à ne pas accepter de réparer n'importe quoi.

« Jette juste un coup d'œil à ce foutu machin qui refuse de marcher », dit Pa.

Il entraîna Ted autour du lit, vers une table branlante sur laquelle était posé un tourne-disque, une de ces boîtes recouvertes d'un feutre bon marché, avec un petit haut-parleur sur le devant, une platine de couleur crème, à l'aspect fragile, traversée d'une tige, sur laquelle on entasse les microsillons. Pa désigna l'appareil du doigt et s'adressa à Ted sur ce ton qu'il employait, j'en suis sûr, avec ses domestiques.

« Je suis accablé, Ted, je ne peux passer ni Nat King Cole ni les Pink Floyd. Je t'en prie, aide-moi. »

Ted examina la chose. Je remarquai que ses doigts étaient épais comme des saucisses, les ongles éclatés, la peau incrustée de crasse. J'essayai d'imaginer sa main sur le corps d'une femme. « Pourquoi Karim ne s'en occupe-t-il pas ?

— Il fait attention à ses doigts, n'oublie pas qu'il va être docteur. De plus, c'est un petit salaud de bon à rien.

— Ça, c'est vrai, dit Ted, requinqué par cette insulte à mon adresse.

— Bien entendu, ce sont les inutiles les plus résistants. »

Ted jeta un coup d'œil soupçonneux à mon père après cette déclaration mystique qu'il n'attendait pas. J'allai chercher le tournevis de Ted dans sa voiture. Ensuite, mon oncle s'assit sur le lit et commença à dévisser le tourne-disque.

« Jean a dit que je devrais venir te voir, Harry. » Ted ne savait pas trop comment continuer et Pa n'avait nullement l'intention de l'aider. « Elle dit que tu es bouddhiste. »

Il dit : « bouddhiste », comme il aurait dit « homosexuel » s'il avait jamais eu l'occasion de prononcer ce mot, ce qui, évidemment, n'était pas le cas.

« Qu'est-ce qu'un bouddhiste ?

— Qu'est-ce que c'est que tout ce truc bizarre, sans chaussures, l'autre semaine, à Chislehurst ? répliqua vivement Ted.

76

— Est-ce que ça te dégoûte de m'écouter?

— Moi? Non, bien sûr, j'écoute n'importe qui. Mais Jean, elle, a réellement l'estomac retourné.

— Pourquoi? »

Pa était en train de dérouter Ted.

« Le bouddhisme n'est pas une chose à laquelle elle est habituée. Il faut que ça cesse ! Il faut en finir avec tout ça, ça doit cesser immédiatement ! »

Pa se plongea dans un de ses silences pleins de ruse. Il restait là, les pouces joints, la tête humblement inclinée, comme un enfant qu'on enguirlande mais qui est convaincu, au fond de son cœur, d'avoir raison.

« Ecoute, arrête tout ça, sinon, que dirai-je à Jean? »

Ted devenait violent. Pa restait assis.

« Dis-lui : Harry n'est rien. »

Cela coupa définitivement le souffle de Ted qui, ne trouvant rien où s'accrocher, avait besoin d'une dispute, même s'il avait les mains pleines des pièces détachées du tourne-disque.

Puis, changeant de vitesse, Pa abandonna le sujet. Comme un footballeur qui fait une longue passe à ras du sol à travers la défense ennemie, il interrogea Ted sur son travail et ses affaires. Ted soupira, mais se détendit : il semblait bien plus à l'aise sur ce sujet.

« Un dur boulot, un très dur boulot, du matin jusqu'au soir.

— Oui?

— Du travail, du travail, encore du foutu travail ! »

Pa ne paraissait pas intéressé. Ou du moins, c'est ce que je pensais.

Puis, il fit une chose extraordinaire. Je ne pense pas qu'il ait su lui-même ce qu'il allait faire. Il se leva, se dirigea vers Ted, posa ses mains derrière son cou et l'attira vers lui jusqu'à ce que le nez de mon oncle repose sur sa poitrine. Ted resta dans cette position, le tourne-disque sur les genoux, avec Pa qui regardait pour au moins cinq minutes le dessus de ce grand crâne, avant de commencer à parler. Puis, il dit : « Il y a bien trop de travail dans le monde. »

D'une certaine façon, Pa avait supprimé chez Ted l'obligation de se conduire normalement. La voix de mon oncle était étouffée : « Impossible de m'arrêter, grogna-t-il.

— Mais si, tu peux.

— Et comment vivrai-je ?

— Comment vis-tu maintenant ? Un vrai désastre. Ecoute ton cœur. Suis la pente de moindre résistance. Fais ce qui te plaît. Quoi que ce soit. Laisse la maison s'écrouler. Dérive.

— Sois pas si con. Faut bien faire des efforts.

— Il ne faut surtout pas, quelles que soient les circonstances, faire un effort, dit Pa fermement, en étreignant la tête de Ted. Si tu n'arrêtes pas de faire des efforts, tu mourras bientôt.

— Mourir ? Je vais mourir ?

— Mais oui. T'escrimer comme ça te démolit. Pas besoin de s'escrimer pour tomber amoureux. Non ? Et s'escrimer pour faire l'amour, c'est connu, te rend impuissant. Suis ton cœur, tes sentiments. Tout effort est fruit de l'ignorance. Il y a une sagesse innée. Ne fais que ce que tu aimes.

— Si j'obéissais à mes sentiments, je foutrai tout en l'air », reconnut Ted, ou du moins, c'est ce que je crus comprendre. C'était dur de saisir ses phrases : son nez appuyé contre Pa émettait des bruits de klaxon. Je me déplaçai un peu, afin d'avoir une meilleure vue de la scène, de découvrir si l'oncle était en larmes. Mais bien entendu, je ne voulais pas sautiller autour de la pièce au risque de tout déranger.

« Alors, ne fais plus rien, dit Dieu.

— La maison va s'écrouler.

— Qui s'en soucie ? Laisse-la s'écrouler.

— Mon affaire va partir en eau de boudin.

— Elle est déjà sur le cul », grogna Pa.

Ted leva la tête pour le regarder. « Comment le sais-tu ?

— Laisse-la s'écrouler. Fais quelque chose d'autre pendant deux ou trois ans.

— Jean va me quitter.

— Mais Jean t'a déjà quitté.

— Bon Dieu de bon Dieu de bon Dieu, Harry, tu es le type le plus stupide que j'aie jamais rencontré.

— Oui, je crois que je suis assez stupide. Mais toi, tu souffres les feux de l'enfer. Et tu en as honte par-dessus le marché. Les gens n'ont même plus le droit de souffrir maintenant. Allez, souffre, Ted. »

Ted souffrait à fond. Il sanglotait à tout rompre.

« Maintenant, dit Pa, revenant à ses priorités, qu'est-ce qui ne va pas avec ce foutu tourne-disque ? »

Ted sortit de la chambre de Pa pour voir Mam qui s'avançait dans le couloir avec une assiette pleine de crêpes. « Mais qu'as-tu donc fait à l'oncle Ted ? » dit-elle l'air visiblement ahuri. Elle restait là, debout, tandis que les longues jambes de Ted se pliaient d'un coup et que mon oncle s'écroulait au pied de l'escalier, comme une girafe mourante, avec encore le tourne-disque dans ses mains. Sa tête s'appuya contre le mur, mettant de la brillantine contre le papier peint, la chose qui, à tout coup, allait mettre Mam en fureur.

« Je l'ai soulagé », dit Pa en se frottant les mains.

**

Ce fut un drôle de week-end avec cette gêne, cette souffrance pratiquement tangible entre Mam et Pa. Si leur antipathie s'était concrétisée, la maison aurait été remplie de boue. Il aurait suffi d'une remarque ou d'un incident insignifiant pour qu'ils s'entre-tuent, non par haine, mais par désespoir. Je restais là-haut, assis dans ma chambre, tant que je pouvais, mais n'arrêtais pas de penser qu'ils allaient essayer de se poignarder l'un l'autre. Et j'étais pris de panique à l'idée que je ne serais pas capable de les séparer à temps.

Le samedi suivant, alors que nous étions de nouveau condamnés à passer des heures dans l'intimité, je pris ma bicyclette pour fuir la banlieue et laisser cette petite maison remplie de tumulte derrière moi. Il y avait un autre endroit où je pouvais aller.

Quand j'arrivai au magasin de l'oncle Anwar, « La Vitrine du Paradis », j'aperçus Jamila, leur fille, qui remplissait des rayons. Sa mère, la princesse Jeeta, était au tiroir-caisse. « La Vitrine du Paradis » était un endroit poussiéreux, avec un haut plafond peint qui s'écaillait. Il y avait une masse d'étagères peu pratiques au centre de la boutique, autour desquelles tourniquaient les clients, qui enjambaient des cartons et des boîtes de conserves. Les marchandises ne semblaient rangées d'aucune façon. La caisse de Jeeta était fourrée dans un coin, près de la porte, de sorte qu'elle avait toujours froid et portait tout au long de l'année des mitaines. La chaise d'Anwar se trouvait exactement à l'opposé, dans une alcôve d'où il jetait sur le magasin des regards mornes. A l'extérieur étaient placés les cageots de légumes. « La Vitrine du Paradis » ouvrait à huit heures du matin et fermait à dix heures du soir. On ne s'arrêtait même pas le dimanche. Toutefois, tous les ans, pour Noël, Anwar et Jeeta prenaient une semaine de congé. Et chaque année, après le Nouvel An, je redoutais d'entendre Anwar dire : « Plus que trois cent cinquante-sept jours avant que nous puissions nous reposer vraiment à nouveau. »

Je ne sais pas combien d'argent ils gagnaient. En tout cas, s'ils avaient le moindre bien, ils devaient l'avoir enterré parce qu'ils n'achetaient jamais aucune de ces choses que les gens de Chislehurst auraient volontiers échangées contre une de leurs propres jambes : des rideaux de velours, des postes de radio stéréo, du martini, des tondeuses à gazon électriques, des doubles vitrages. L'idée de plaisir n'avait jamais effleuré Jeeta et Anwar. Ils se conduisaient comme s'ils avaient un nombre de vies illimité : cette vie n'avait guère d'importance, c'était purement et simplement la première de centaines d'autres à venir, dans lesquelles ils pourraient jouir de l'existence. Ils ne connaissaient rien non plus du monde extérieur. Je demandais souvent à Jeeta le nom du ministre des Affaires étrangères de Grande-Bretagne ou celui du ministre des Finances, elle n'en savait rien et ne regrettait aucunement son ignorance.

Je regardai à travers la vitrine, tandis que j'attachais mon vélo au lampadaire. Je n'apercevais pas Anwar. Peut-être s'était-il rendu au PMU. Son absence m'apparaissait bizarre, parce qu'habituellement, à cette heure de la journée, non rasé, une cigarette au bec, vêtu d'un costume à l'odeur rance, que lui avait donné Pa en 1954, il tourniquait autour du dos d'éventuels voleurs à l'étalage, qu'il appelait des V.E. « J'ai vu deux fumiers de V.E. aujourd'hui, disait-il. Juste là, sous mon foutu nez, Karim. Je peux te dire que je leur ai botté le cul. »

Je regardai Jamila, appuyai mon nez sur la vitre, et commençai à faire des bruits de jungle. J'étais Mowgli menaçant Shere Khan. Mais elle ne m'entendait pas. Elle m'étonnait : elle était petite et fine, avec de grands yeux bruns et un petit nez. Elle portait aussi des lunettes à monture métallique. Ses cheveux étaient noirs et longs de nouveau. Grâce au ciel, elle avait renoncé à la coupe « afro naturelle » qui avait effrayé les habitants de Penge pendant plusieurs années. Jamila était énergique, pleine d'enthousiasme. Elle semblait toujours penchée en avant, parce qu'elle essayait de persuader, de convaincre, de se battre. Elle avait de la moustache qui, pendant un certain temps, était bien plus impressionnante que la mienne. Si cette moustache ressemblait à quelque chose, c'était à mes sourcils — Jamila disait que je n'en avais qu'un, qui formait un trait au-dessus de mes yeux, un trait épais et noir, comme la queue d'un petit écureuil. Elle disait que pour les Romains, des sourcils rapprochés étaient signes de

81

noblesse, mais que pour les Grecs, ils étaient signes de déloyauté. « Que vas-tu donc devenir, aimait-elle dire, un Grec ou un Romain ? »

J'ai grandi avec Jamila et nous n'avons jamais arrêté de jouer ensemble. Jamila et ses parents étaient comme une deuxième famille pour moi. Ça me réconfortait de savoir qu'il y avait un endroit moins explosif, plus chaleureux, où je pouvais me rendre lorsque ma propre famille me donnait des idées de fugue.

La princesse Jeeta me faisait avaler des douzaines de *kebabs* chauds que j'adorais sur lesquels je tartinais du chutney de mangue avant de les envelopper dans des *chapatis*. Elle m'appelait le Mangeur de Feu à cause de cela. La salle de bains de Jeeta était aussi mon endroit favori pour prendre des bains, même si la pièce était décrépite. Le plâtre tombait des murs et des morceaux de plafond s'entassaient sur le sol. Quant au radiateur, il était aussi dangereux qu'une mine. Jeeta venait s'asseoir près de la baignoire et me massait la tête avec de l'huile d'olive, fourrant ses doigts agiles dans toutes les crevasses de mon crâne, jusqu'à ce que mon corps se liquéfie à son tour. En retour, Jamila et moi devions marcher sur le dos de Jeeta, allongée par terre à côté de son lit. Nous la piétinions de bas en haut, en nous accrochant l'un à l'autre, tandis qu'elle nous donnait ses ordres : « Enfonce tes orteils dans mon cou — c'est raide, complètement raide, c'est du fer ! Oui, là, là ! Un peu plus bas ! Oui, sur la bosse, là, sur cette espèce de rocher, oui, en haut, en bas, sur le palier ! »

Jamila était plus avancée que moi dans tous les domaines. Il y avait une bibliothèque à côté du magasin, et durant des années la bibliothécaire, Miss Cutmore, invitait Jamila à prendre le thé après l'école. Miss Cutmore avait été missionnaire en Afrique, mais elle aimait la France aussi, ayant eu le cœur brisé à Bordeaux. A treize ans, Jamila lisait à la file Baudelaire, Colette, Radiguet et toute la clique. Elle empruntait des disques de Ravel, aussi bien que des chanteuses célèbres en France comme Billie

Holiday. Puis elle se mit dans la tête de devenir une autre Simone de Beauvoir, c'est alors que nous commençâmes à avoir des relations sexuelles, tous les quinze jours environ, lorsque nous pouvions trouver un endroit favorable — généralement un abri de bus, un immeuble bombardé ou une cabane de clochards. Ses livres devaient être remplis de dynamite ou d'un truc comme ça, parce que nous le faisions même dans les W.-C. publics. Jammie ne craignait aucunement de franchir la porte des hommes et de tirer le verrou derrière nous. Très parisien, pensait-elle, et les plumes donc, nom de Dieu. C'était évidemment de la frime et je n'appris absolument rien à propos du sexe. Je ne savais toujours pas où et comment, ici ou là et je ne perdis certes pas ma crainte des relations intimes.

Jamila reçut, grâce à Miss Cutmore qui l'aimait beaucoup, une éducation de toute première qualité. D'être en contact pendant des années avec quelqu'un qui aimait les écrivains, les cafés, les idées subversives et lui répétait sans cesse qu'elle était brillante, avait changé cette fille pour de bon. Je n'arrêtais pas de marmonner que j'aurais aimé de toutes mes forces avoir un professeur comme celle-là.

Mais lorsque Miss Cutmore quitta le sud de Londres pour Bath, Jamila devint amère et commença à haïr Miss Cutmore qui avait volontairement oublié de lui rappeler qu'elle était indienne. Jamila croyait réellement que Miss Cutmore avait voulu supprimer tout ce qui était étranger en elle. « Elle parlait à mes parents comme s'ils étaient des paysans », prétendait Jamila. Elle me rendait fou en disant que Miss Cutmore l'avait colonisée. En effet, Jamila était l'être humain ayant la volonté la plus forte que j'aie jamais rencontré : personne n'aurait pu faire d'elle une colonie. De toute façon, je haïssais les ingrats. Sans Miss Cutmore, Jamila n'aurait même jamais entendu le mot « colonie ». « Miss Cutmore t'a mise sur les rails », lui disais-je.

Via la discothèque, Jamila se tourna bientôt vers Bessie, Sarah, Dinah et Ella, dont elle apportait les disques chez nous, pour les jouer à Pa. Ils s'asseyaient côte à côte sur le lit, en agitant les bras et en fredonnant. Miss Cutmore lui avait aussi parlé d'égalité, de fraternité et de l'autre truc que j'ai oublié. Si bien qu'elle avait toujours dans son sac la photographie d'Angela Davis, portait des vêtements noirs et était pleine d'insolence pour ses professeurs. Pendant des mois, c'était Soledad par-ci et Soledad par-là. Eh oui, parfois nous étions français, Jammie et moi, et à d'autres moments Noirs américains. Pour tout dire, nous étions de soi-disant Anglais, mais pour les Anglais, nous n'étions que des métèques, des Négros, des Pakis et j'en passe.

Comparé à Jammie, j'étais, en tant que militant, un vrai foie blanc, un pétochard. Si quelqu'un me crachait dessus, j'étais presque prêt à le remercier qu'il ne me fasse pas avaler la mousse des pavés. Mais Jamila avait un doctorat en violences physiques. Un jour, un minable est passé à côté de nous sur une vieille bicyclette et nous a dit, comme s'il demandait l'heure : « Pakis, bouffeurs de merde. » Jammie a piqué un sprint au milieu de la circulation, a fait tomber le salaud de sa bicyclette et lui a arraché des poignées de cheveux, comme quelqu'un qui enlève les mauvaises herbes de son jardin.

En ce moment, tante Jeeta servait un client dans la boutique, disposant du pain, des oranges, des boîtes de tomates, dans un sac en papier kraft. Jamila ne se précipitait pas pour me voir, aussi j'attendais à côté de tante Jeeta, dont le triste visage, j'en suis sûr, devait avoir fait fuir des milliers de clients au cours des années, sans qu'aucun d'entre eux ne se rende compte qu'elle était une princesse dont les frères portaient des fusils.

« Comment va ton dos, tante Jeeta ? demandai-je.

— Plié comme une épingle à cheveux à cause des ennuis, répondit-elle.

— Comment pouvez-vous vous tracasser, tante Jeeta, avec une affaire florissante comme celle-ci ?

— Mes ennuis ne te regardent pas. Emmène donc Jamila se promener. Je t'en prie, fais ça pour moi.

— Qu'est-ce qui ne va pas ?

— Tiens, prends un *samosa* *, Mangeur de Feu. Terriblement épicé pour les sales gosses.

— Où est oncle Anwar ? » Ma tante me jeta un regard douloureux. « Et qui donc est le Premier ministre ? » ajoutai-je.

Donc, nous partîmes, Jamila et moi, pour traverser Penge à toute vitesse. Elle savait sacrément marcher, Jamila, et quand elle voulait changer de trottoir elle se lançait tout simplement au milieu de la circulation, supposant que les voitures s'arrêteraient ou ralentiraient pour la laisser passer, ce qu'elles faisaient d'ailleurs. Finalement, elle me posa, comme toujours, sa question favorite. « Qu'as-tu à me raconter, Kremly ? As-tu de nouvelles histoires ? »

Ce qu'elle voulait, c'étaient des faits et de bonnes histoires, les pires étant les meilleures — il fallait de la gêne, des humiliations, des échecs, des choses bien sales, tachées de sperme. Sinon, elle mettait les voiles, Jamila, ou l'équivalent comme un spectateur insatisfait qui quitte le théâtre avant la fin. Mais cette fois, j'étais bien préparé. Des histoires gratinées attendaient comme des poires pour la soif.

Je lui racontai tout sur Pa et Eva, sur la crise de tante Jean, comment elle m'avait appuyé sur les épaules, comment elle m'avait fait péter. Je lui parlai des transes, des cadres de la pub en prière et des tentatives à Beckenham de trouver la Voie sur un banc de jardin. Mais je ne lui dis rien à propos du grand danois. Quand enfin je lui demandai comment je devrais agir avec Pa, Mam et Eva, si je devais faire de nouveau une fugue ou si nous devions filer ensemble à Londres, pour devenir serveurs, elle éclata de rire.

« Est-ce que tu ne vois pas que c'est foutrement sérieux ? lui dis-je. Pa ne devrait pas blesser ma mère comme ça. Elle ne le mérite pas.

— Bien sûr qu'elle ne le mérite pas, mais le mal est fait,

d'accord, dans ce jardin à Beckenham, pendant que tu regardais dans la position que tu préfères, à quatre pattes, je veux dire ? Oh, Kremly, tu vas te fourrer dans de stupides situations et tu ne réalises même pas que c'est un trait de ton caractère. »

Maintenant, elle riait si fort, en me regardant, qu'elle dut s'arrêter, se pencher en avant pour reprendre son souffle, tandis qu'elle se tapait les cuisses avec les mains. Je poursuivis : « Mais est-ce que Pa ne devrait pas se contrôler un peu, penser à nous, à sa famille ? Nous donner la priorité ? »

C'était d'en parler pour la première fois qui me fit comprendre combien cette affaire me rendait malheureux. Notre famille tout entière coulait à pic et personne n'en disait seulement un mot.

« Qu'est-ce que tu peux être bourgeois, parfois, Kremly ! Les familles ne sont pas sacrées, tout spécialement pour les Indiens mâles qui ne font qu'en parler, mais n'en tiennent aucun compte.

— Ton père n'est pas comme ça du tout », dis-je.

Elle avait le chic pour me donner le cafard. Je ne le supportais pas aujourd'hui. Elle était si forte, Jammie, si maîtresse d'elle-même, et si ferme dans ses positions sur tout.

« Et il l'aime. Tu dis que ton père aime Eva.

— Oui, j'imagine que c'est comme ça. Je crois qu'il l'aime. Evidemment, il ne l'a pas vraiment crié sur les toits.

— Ecoute, Kremly, il faut laisser ses chances à l'amour, ne trouves-tu pas ? Ne crois-tu pas à l'amour ?

— Mais oui, bien sûr, bien sûr, théoriquement. Bon Dieu, Jammie ! »

Sans même que je m'en rende compte, nous passions devant des toilettes publiques, juste à côté du parc et la main de Jammie tirait sur la mienne. Tandis qu'elle cherchait à m'entraîner et que je commençais à respirer l'odeur d'urine, de merde, de désinfectant, que j'associais à l'amour, il me prit l'envie de m'arrêter et de réfléchir. Je ne croyais pas à la monogamie ou à des vieux trucs comme ça, mais mon esprit était encore tout occupé de Charlie et je ne pouvais penser à quelqu'un d'autre, pas même à Jammie.

Ce n'était pas courant, je le savais, ce désir que j'avais de coucher avec des garçons autant qu'avec des filles. J'aimais les corps solides, et la nuque des garçons. J'aimais que les hommes me touchent, me branlent, et j'aimais que des objets — le manche d'une brosse, des crayons, des doigts — soient enfoncés dans mon derrière. Mais j'aimais aussi les chattes et les poitrines, toute la douceur des femmes, les jambes longues et douces, et la manière de s'habiller des filles. Je sentais que ce serait un crève-cœur d'avoir à choisir entre les deux, exactement comme s'il fallait que je me décide entre les Beatles et les Rolling Stones. Je n'ai jamais aimé beaucoup réfléchir à ces choses, au cas où je découvrirais ma perversion et qu'il me faudrait suivre un traitement, prendre des hormones ou subir quelques séances d'électrochocs. Quand j'y pensais, je me trouvais heureux de pouvoir aller dans les fêtes et de revenir à la maison avec quelqu'un de n'importe quel sexe — non pas que j'aille à beaucoup de fêtes, non pas vraiment, mais si j'y avais été, je pouvais, voyez-vous, emprunter l'une ou l'autre voie. Mais mon amour principal, pour le moment, était Charlie, et même au-dessus de lui, il y avait Mam, Pa et Eva. Comment aurais-je pu penser à quelque chose d'autre ?

J'eus la magnifique idée de dire : « Et qu'as-tu à raconter, toi Jammie ? Allez, vas-y. »

Elle s'arrêta. Mon truc réussissait parfaitement. « Continuons à marcher autour du pâté de maisons, dit-elle. C'est horriblement sérieux, Kremly. Je ne sais pas ce qui m'arrive. Ce n'est pas une plaisanterie, d'accord ? »

Elle commença par le commencement.

Sous l'influence d'Angela Davis, Jamila avait commencé à s'exercer chaque jour. Elle apprenait le karaté, le judo, se levait tôt le matin pour faire du stretching, des tractions, du jogging. Elle filait, comme dans un rêve, Jamila ; elle aurait pu courir sur la neige sans laisser d'empreintes. Elle se préparait pour la guerre de guérilla qui commencerait forcément lorsque les Blancs, finalement, se retourneraient contre les Noirs et les Jaunes et essaieraient de les faire entrer dans des chambres à gaz ou de les pousser dans des bateaux percés.

Ce n'était pas aussi ridicule que ça en avait l'air. Le quartier dans lequel habitait Jamila était plus près de Londres que notre banlieue et bien plus pauvre. Il y avait plein de groupuscules néo-fascistes, des voyous qui avaient leurs pubs, leurs clubs, leurs boutiques. Le samedi, ils s'installaient dans la grand-rue pour vendre leurs journaux et leurs brochures. On les voyait aussi devant les écoles et les lycées, dans les terrains de foot, comme Millwall et Crystal Palace. La nuit, ils rôdaient dans les rues, pour attaquer les Asiatiques et enfoncer de la merde et des chiffons enflammés dans les boîtes aux lettres. Assez souvent, ces Blancs minables et détestés organisaient des réunions publiques et le drapeau britannique défilait dans les rues en leur compagnie, sous la protection de la police. Il n'y avait aucun indice que ces gens puissent disparaître, aucun signe que leur pouvoir puisse diminuer plutôt qu'augmenter. Les vies d'Anwar, de Jeeta et de Jamila étaient minées par la peur de la violence. Je suis sûr que c'était quelque chose à quoi ils pensaient chaque jour. Jeeta gardait des seaux d'eau, près de son lit, au cas où on lancerait une grenade incendiaire sur le magasin, durant la nuit. Bien des attitudes de Jamila découlaient de la possibilité qu'une bande de Blancs puisse tuer l'un d'entre nous un jour ou l'autre.

Jamila essayait de m'enrôler dans son groupe, de m'emmener aux séances d'entraînement, mais je n'arrivais pas à me lever le matin. « Pourquoi faut-il commencer l'entraînement à huit heures ? couinais-je.

— Cuba n'a pas été libéré par des gens qui se levaient

tard, non ? Fidel et le Che ne se levaient pas à deux heures de l'après-midi, ne crois-tu pas ? Ils n'avaient même pas le temps de se raser ! »

Anwar n'aimait pas ces séances d'entraînement. Il pensait que Jamila rencontrait des garçons dans les classes de karaté et au cours de ses marathons en ville. Parfois, alors qu'elle traversait Deptford en courant, brusquement elle apercevait, dans le renfoncement d'une porte, un homme au col relevé, qui ne montrait que le bout de son nez poilu. C'était Gros Bébé qui la regardait. Il se détournait, l'air dégoûté, lorsqu'elle lui envoyait un baiser.

Peu après que son nez velu eut été salué d'un baiser qui ne put atteindre sa destination, Anwar installa un téléphone dans la salle de séjour, puis s'enferma à clef dans la pièce pendant des heures. Le reste du temps, le téléphone était débranché. Jamila devait donc se servir d'une cabine publique. Anwar avait secrètement décrété qu'il était temps pour sa fille de se marier.

Grâce à ces conversations téléphoniques, le frère d'Anwar à Bombay arrangeait les fiançailles de Jamila avec un garçon brûlant d'envie de venir à Londres pour épouser la jeune fille. Malheureusement, ce garçon n'était pas un garçon. Il avait trente ans. Comme dot, ce personnage déjà mûr avait demandé un manteau bien chaud de chez Moss Bros, un poste de télévision couleurs, et curieusement, une édition complète des œuvres de Conan Doyle. Anwar avait accepté toutes ces conditions, après avoir néanmoins consulté mon père sur la question. Pa pensait que le désir de posséder les œuvres de Conan Doyle était fort étrange. « Quel Indien normal voudrait d'une telle chose ? Ce garçon doit être passé au crible immédiatement ! »

Mais Anwar ignora les intuitions de Pa. Il y avait déjà eu auparavant des frictions entre Anwar et Pa à propos des enfants. Pa était très fier d'avoir deux fils. Il était convaincu que cela signifiait qu'il avait « une bonne semence ». Tandis qu'Anwar, qui n'avait produit qu'une fille, ne devait avoir qu'une « pauvre semence ». Pa aimait revenir sur ce point devant Anwar. « Sûrement, *yaar*, on a en puissance plus qu'une fille et qu'une fille unique dans toute la production de semence d'une vie, tu ne crois pas ?

— Va te faire foutre, répondait Anwar irrité. C'est la faute de ma femme, espèce de salaud. Sa matrice est ratatinée comme une prune. »

Anwar avait averti Jamila de ce qu'il avait décidé : elle devait se marier à cet Indien, qui allait arriver pour enfiler son manteau et sa femme, qui ensuite serait heureuse à jamais dans ses bras musclés.

Anwar louerait un appartement voisin pour les jeunes mariés. « Suffisamment grand pour deux enfants », dit-il à une Jamila effrayée. Il lui prit la main et ajouta : « Bientôt, tu seras très heureuse. » Sa mère lui dit : « Nous sommes très contents pour toi, l'un et l'autre, Jamila. »

Ce n'était pas surprenant que quelqu'un ayant le caractère de Jamila et les croyances d'Angela Davis ne fût pas particulièrement heureux de ces dispositions.

« Que vas-tu donc lui dire ? demandai-je, tandis que nous marchions.

— Kremly, j'aurais filé immédiatement. Je me serais mise sous la protection du Conseil municipal. J'aurais fait n'importe quoi. Je serais partie vivre avec des amis, j'aurais fait une fugue. Mais il y a ma mère, il se défoule sur Jeeta. Il la maltraite.

— Il la frappe, vraiment ?

— Il le faisait jusqu'à ce que je lui dise que je le scalperais avec un burin de sculpteur s'il recommençait. Mais il sait comment transformer la vie de ma mère en enfer sans employer la force physique. Il a eu des années de pratique.

— En tout cas, dis-je, satisfait qu'il n'y ait plus grand-chose à tirer du sujet, en tout cas, il ne peut t'obliger à faire ce dont tu n'as pas envie. »

Elle se tourna vers moi. « Mais bien sûr qu'il peut ! Tu connais assez bien mon père mais tu ne le connais pas vraiment. Il y a quelque chose que je ne t'ai pas dit. Viens avec moi. Allez, viens, Karim », insista-t-elle.

Nous retournâmes à la boutique où elle me prépara en vitesse un *kebab* et un *chapati*, cette fois avec des oignons et des chilis verts. Le *kebab* dégorgeait un jus brunâtre sur les oignons crus. Le *chapati* me brûlait les doigts : c'était atroce.

« Emmène ça là-haut, Karim », dit-elle.

Sa mère nous interpella du tiroir-caisse. « Non, Jamila, pas là-haut ! » Et elle abattit une bouteille de lait sur sa caisse, ce qui fit sursauter un client.

« Qu'est-ce qui ne va pas, tante Jeeta ? demandai-je, en la voyant qui commençait à pleurer.

— Allons, viens », m'intima Jamila.

Je me préparais à enfourner autant de *kebab* que je pouvais dans ma grande gueule, sans m'étouffer, quand Jamila me tira dans l'escalier, tandis que sa mère continuait de crier : « Jamila, non, Jamila ! »

A ce moment-là j'aurais bien aimé être chez moi. J'en avais assez des drames familiaux. Si j'avais envie d'une salade ibsénienne, je n'avais qu'à rester à la maison. De plus, avec l'aide de Jamila, j'aurais aimé mettre au clair mes pensées à propos de Pa et d'Eva : devais-je prendre oui ou non une attitude conciliante. Maintenant, il n'y avait aucune chance qu'on puisse réfléchir à ce sujet.

Arrivé au milieu de l'escalier, je sentis une odeur vraiment pourrie. Un mélange de pied, de cul, de pet, un cocktail d'odeurs qui se précipitaient tout droit dans mes grandes narines. Leur appartement était toujours un foutoir avec des meubles déglingués, des traces de doigts sur les portes, un papier peint datant d'une centaine d'années et des vieux bouts de mégots écrasés sur toutes les surfaces planes possibles. Mais ça ne puait jamais, ça ne sentait que la merveilleuse cuisine de Jeeta, qui mijotait en permanence dans de grandes poêles culottées.

Anwar était assis sur un lit, dans la salle de séjour. Ce n'était pas son lit normal et celui-ci, de plus, ne se trouvait pas à sa place habituelle. Mon oncle portait une veste de pyjama effilochée, à l'air crasseux. Je remarquai que ses ongles de pied ressemblaient à des noix de cajou. Pour je ne sais quelle raison il avait la bouche ouverte et haletait, bien que de toute évidence il n'ait pas couru après un bus dans les cinq dernières minutes. Il n'était pas rasé, et plus maigre que je ne l'avais jamais vu. Ses lèvres étaient sèches et marbrées. Sa peau paraissait jaune et ses yeux étaient enfoncés. On aurait dit qu'ils étaient l'un et l'autre au centre d'une ecchymose. Près du lit se trouvait un pot de chambre plein, aux parois recouvertes d'un dépôt repoussant. Je n'avais jamais vu de moribond avant mais j'étais sûr qu'Anwar en était un bon échantillon. Il regardait mon *kebab* fumant, comme s'il s'agissait d'un instrument de torture. J'en avalai rapidement quelques bouchées, afin de m'en débarrasser.

« Pourquoi ne m'as-tu pas dit qu'il était malade ? » soufflai-je dans l'oreille de Jamila.

Mais je n'étais pas convaincu que mon oncle ne fût que malade, car la pitié, sur le visage de Jamila, était mêlée à une expression de fureur. Elle dévisageait son vieux qui, visiblement, ne voulait pas rencontrer ses yeux ni les miens. Il fixait le vide droit devant lui, comme il le faisait toujours lorsqu'il était assis devant la télévision, mais aujourd'hui, le poste n'était pas allumé.

« Il n'est pas malade, dit-elle.

— Non ? » demandai-je. Puis me tournant vers lui : « Bonjour, oncle Anwar, comment ça va, patron ? »

Sa voix était changée, elle était plus aiguë et plus faible. « Enlève ce foutu *kebab* de mon nez, dit-il. Et emmène cette foutue fille avec toi. »

Jamila me toucha le bras. « Regarde. » Elle s'assit sur le bord du lit et se pencha vers son père. « Je t'en prie, je t'en prie, arrête tout ça.

— Fous le camp, croassa-t-il. Tu n'es plus ma fille. Je ne sais pas qui tu es.

« — Au nom de nous tous, je t'en prie, arrête ça ! Voici Karim qui t'aime...

— Oui, oui ! dis-je.

— Il t'a apporté un délicieux et merveilleux *kebab* !

— Alors, pourquoi est-il en train de l'avaler ? » demanda non sans raison Anwar. Elle m'arracha le *kebab* des mains et l'agita sous le nez de son père. Evidemment, mon pauvre *kebab* commençait à se désintégrer et des morceaux de viande, de chili et d'oignons se répandirent sur le lit. Anwar n'en tint aucun compte.

« Mais que se passe-t-il donc ? demandai-je à Jamila.

— Regarde-le, Karim, il n'a pas mangé ni bu quoi que ce soit depuis huit jours, il va mourir, Karim. Hein qu'il va mourir s'il ne mange rien ?

— Mais oui, voyons. Tu vas y passer, patron, si tu ne manges pas ta platée comme tout le monde.

— Je ne mangerai pas. Je mourrai. Si Gandhi est parvenu à chasser les Anglais de l'Inde en ne mangeant pas, je peux espérer obtenir que ma famille m'obéisse pour les mêmes raisons.

— Que veux-tu qu'elle fasse ?

— Qu'elle épouse le garçon que j'ai choisi pour elle avec mon frère.

— Mais c'est complètement démodé, mon oncle, ça ne se fait plus, expliquai-je. Plus personne ne fait ce genre de truc maintenant. On épouse la personne avec qui on sort si l'on se soucie encore de se marier. »

Ce petit discours sur la morale contemporaine ne fit pas vraiment prendre son pied à mon oncle.

« Ce n'est pas ainsi que nous procédons, mon garçon. Nous procédons avec rigueur. Elle doit faire ce que je dis ou je mourrai. Elle m'aura tué. »

Jamila commença à donner des coups de poing dans le lit.

« C'est d'une telle stupidité ! Quelle perte de temps et d'énergie ! »

Anwar n'était pas attendri. Je l'avais toujours aimé

parce qu'il était toujours décontracté en face des choses ; il n'était pas perpétuellement angoissé comme mes parents. Et maintenant il faisait un ramdam du tonnerre pour un simple mariage, ce que je n'arrivais vraiment pas à croire. Cela me rendait triste de le voir se blesser ainsi, je ne parvenais pas à comprendre le mal que les gens s'infligent, comment ils bousillent leur vie et font en sorte que tout aille de travers, comme Pa et Eva, ou la dépression de Ted, ou encore maintenant l'oncle Anwar se mettant au régime strict de Gandhi. Et ce n'étaient pas les circonstances extérieures qui les obligeaient à se lancer dans ces folies, c'était simplement le résultat des illusions qu'ils avaient dans la tête.

Le manque de raison d'Anwar me faisait trembler, j'aime autant vous le dire. Je sais bien que je me rebellais contre tout. Mais il s'était enfermé dans une pièce seul, hors de portée de la raison, de la persuasion, de l'évidence. Même le bonheur, un rouage pourtant important lors des prises de décisions, ne servait à rien ici — je veux dire le bonheur de Jamila. Comme elle, j'avais envie de m'exprimer physiquement de quelque manière. Apparemment, c'était tout ce qui nous était laissé.

Je donnai un coup de pied dans le pot de chambre d'oncle Anwar suffisamment fort pour qu'un peu d'urine se répande sur les draps qui pendaient au bord du lit. Il n'en tint aucun compte. Jamila et moi, nous restions là, debout, nous préparant à partir. Mais voilà que j'avais fait en sorte que mon oncle dorme dans sa propre pisse. Supposons que plus tard il prenne un morceau du drap pour le porter à son nez ou à sa bouche. N'avait-il pas toujours été gentil avec moi, l'oncle Anwar ? Ne m'avait-il pas toujours accepté, exactement comme j'étais ? Il ne m'avait jamais grondé. Je filai dans la salle de bains, pour aller chercher un linge humide et je me mis à éponger le drap rempli de pisse jusqu'à ce que je sois sûr qu'il ne puerait plus. C'était peu raisonnable de ma part de détester autant son manque de raison, au point même de répandre de l'urine sur son lit. Mais tandis que je frottais le drap, je me rendis compte qu'il n'avait aucune idée de ce que j'étais en train de faire, agenouillé près de lui.

Jamila sortit pour me retrouver, tandis que je détachais mon vélo.

« Qu'est-ce que tu vas faire, Jammie ?

— Je ne sais pas. Que me conseilles-tu ?

— Je n'en sais rien non plus.

— Non ?

— Mais je vais réfléchir à tout ça, dis-je. Je te promets que je reviendrai avec une idée.

— Merci. »

Elle se mit à pleurer sans aucune honte, sans essayer de cacher son visage ni de s'arrêter. Habituellement, les pleurs des filles me gênaient. Parfois j'avais envie de les frapper pour les punir de faire tant d'histoires. Mais Jamila était vraiment dans la merde. Nous avons dû rester là, côte à côte, debout, devant « La Vitrine du Paradis » pour au moins une demi-heure, nous agrippant l'un à l'autre en pensant à nos avenirs respectifs.

CHAPITRE V

J'aimais boire du thé et rouler à bicyclette. Je pédalais jusqu'au magasin de thé de High Street pour voir quels étaient les mélanges qu'ils avaient récemment reçus. Ma chambre à coucher contenait des boîtes et des boîtes de thé et j'étais toujours heureux d'avoir des arômes nouveaux qui me servaient à concocter des mélanges multiples et originaux dans ma théière. En principe, je préparais mon bac blanc en histoire, en anglais et en économie politique. Mais quoi qu'il pût arriver, je savais que j'allais le rater. J'étais bien trop préoccupé par ailleurs. Parfois je prenais des amphétamines — « les bleus », les petites pilules bleues — pour me tenir éveillé, mais au fond ça me déprimait. J'avais l'impression que mes testicules se ratatinaient et que je n'allais pas tarder à avoir une crise cardiaque. Aussi, le plus souvent, je sirotais des thés bien forts, en écoutant des disques toute la nuit. J'aimais particulièrement les choses discordantes : King Crimson, Soft Machine, Captain Beefheart, Frank Zappa et Wild Men Fisher. C'était facile de trouver la plupart des musiques qu'on avait envie d'entendre dans les boutiques de High Street.

Durant ces soirées, comme tout autour de moi était

silencieux — la plupart des voisins allaient au lit à dix heures et demie — j'entrais dans un autre monde. Je lisais les articles de Norman Mailer sur un écrivain, un homme d'action qui menait une vie dangereuse, engagé politiquement dans l'opposition. Ces aventures ne venaient pas d'un passé lointain, mais d'une époque récente. J'avais acheté une télé au type qui vendait des frites, et étant donné que l'appareil, en noir et blanc, chauffait, ça puait la graisse et le poisson dans ma piaule, mais tard le soir, j'entendais parler des sectes, de curieuses expériences qui se passaient en ce moment, là-bas, en Californie. En Europe, des groupes terroristes posaient des bombes à des points stratégiques du capitalisme ; et à Londres, des psychologues affirmaient qu'il fallait vivre sa vie selon ses propres critères et non selon ceux de sa famille, si on ne voulait pas devenir fou. Au lit, je lisais *Rolling Stone*. Parfois j'avais l'impression que le monde entier venait converger dans cette petite pièce. Devenant de plus en plus frustré et excité devant ces images, j'ouvrais brusquement la fenêtre de la chambre à coucher au moment où l'aube apparaissait et je regardais les jardins, les pelouses, les serres, les cabanes, les fenêtres aux rideaux tirés. Je voulais que ma vie commence maintenant, à cet instant, juste au moment où j'étais prêt à m'y engager. Puis, il était l'heure d'aller distribuer les journaux et de me rendre à l'école. Et l'école, j'en avais vraiment marre.

Récemment, j'avais été frappé, jeté par terre par un professeur que j'avais traité de pédé. Ce type n'arrêtait pas de me faire asseoir sur ses genoux et lorsqu'il me posait une question du genre : « Quelle est la racine carrée de cinq mille six cent soixante-dix-huit et demi ? » à laquelle je ne pouvais évidemment répondre, il me faisait des chatouilles. Superbe éducation. J'en avais aussi assez d'être appelé avec affection Petite Crotte, Pain d'Epice et de rentrer à la maison couvert de crachats, de morve, de craie et de copeaux. On faisait beaucoup de menuiserie à l'école et les autres gamins aimaient m'enfermer, moi et mes amis, dans la resserre, nous obligeant à chanter : « Manchester United, Manchester United, nous sommes tes guerriers », tandis qu'ils brandissaient un ciseau à hauteur de notre gorge et coupaient nos lacets de chaussures. On faisait beaucoup de menuiserie à l'école parce que les autorités pensaient que nous ne pourrions nous en sortir grâce aux livres. Un jour, le professeur de menuiserie fut atteint d'une crise cardiaque, juste sous nos yeux, parce qu'un des garçons avait mis la bite d'un de ses camarades dans un étau et commençait à tourner le levier. Va te faire foutre, Charles Dickens, rien n'a changé. Un des mecs essaya de me marquer le bras avec un fer porté au rouge. Quelqu'un d'autre pissa dans mes chaussures et pendant ce temps mon père, bien sûr, continuait à penser qu'il fallait que je devienne docteur. Dans quel monde vivait-il donc ? Chaque jour, je m'estimais heureux de rentrer à la maison sans blessure grave.

Aussi, après en être passé par là, je sentais que j'étais prêt à prendre ma retraite. Il n'y avait rien que j'avais particulièrement envie de faire. On n'est pas obligé de faire absolument quelque chose. On peut simplement se laisser aller, dériver, et voir ce qui va se passer. Cela me convenait parfaitement, bien plus même que d'être douanier, footballeur professionnel ou guitariste.

Donc, je roulais à toute vitesse dans le sud de Londres, sur mon vélo, évitant de justesse, à plusieurs reprises, des camions, la tête penchée sur mon guidon de course, passant rapidement d'une des dix vitesses à une autre, me faufilant dans la circulation, grimpant parfois sur le trottoir, empruntant les sens interdits, freinant brusquement, reprenant de la vitesse en danseuse, au comble de l'excitation, à cause du mouvement et de mes pensées.

Mon esprit grouillait comme une fourmilière. Il me fallait débarrasser Jamila de ce mari qui aimait Arthur Conan Doyle. Elle pouvait s'enfuir de chez elle, mais pour aller où ? La plupart de ses amies, à l'école, vivaient avec leurs parents, et ceux-ci, le plus souvent, étaient pauvres ;

ils ne pouvaient donc prendre Jamila chez eux. Elle ne pouvait, bien sûr, rester avec nous : Pa se serait brouillé à mort avec Anwar. Avec qui pouvais-je parler de tout cela ? La seule personne que je connaissais, qui pourrait être objective et donc m'être utile, en se mettant de mon côté, était Eva. Mais, en principe, je ne devais pas l'aimer parce que l'amour qu'elle portait à mon père était en train de foutre en l'air notre famille. Pourtant, elle était le seul adulte à l'esprit un peu subtil de mon entourage, depuis qu'il m'avait fallu rayer Anwar et Jeeta de ma liste des gens normaux.

C'était évidemment bizarre que l'oncle Anwar se conduise comme un musulman. Je ne l'avais jamais vu croire en quoi que ce soit auparavant, aussi était-ce une nouveauté stupéfiante de constater qu'il réglait sa vie sur des principes fondés sur une autorité patriarcale absolue. A cause de l'amour indulgent et constant de sa mère (renforcé par les extravagances fabuleuses de sa merveilleuse imagination), mais surtout à cause de l'indifférence d'Anwar, Jamila avait pu obtenir des choses que pas mal de ses amies blanches auraient rêvé d'avoir. Durant des années, elle avait fumé, bu, dansé, fait l'amour, aidée en cela par une échelle d'incendie qui passait à côté de sa chambre et par le fait que ses parents étaient toujours si fatigués qu'ils dormaient comme des momies.

Peut-être y avait-il une similitude entre ce qui arrivait à Pa — par exemple sa découverte de la philosophie orientale — et les dernières positions d'Anwar. Peut-être était-ce la condition d'immigrant qui prenait vie en eux. Pendant des années, ils avaient été, l'un et l'autre, heureux de vivre comme des Anglais. Anwar bouffait même des rôtis de porc en croûte, dans la mesure où Jeeta ne le voyait pas. (Mon père pourtant ne touchait jamais au porc, bien qu'à mon avis ce fût là plutôt dû à un conditionnement qu'à des scrupules religieux, exactement comme je me refuserais à manger le scrotum d'un cheval. Un jour, je voulus faire une expérience et je lui offris un petit bout

99

grillé de bacon et tandis qu'il le mâchait avidement, je lui dis : « Je ne savais pas que tu aimais le porc fumé », il se précipita dans la salle de bains, se rinça la bouche avec de l'eau savonneuse, hurlant entre ses lèvres écumantes que je l'envoyais en enfer.)

Maintenant, comme ils vieillissaient tous les deux et semblaient vouloir s'établir ici, Anwar et Pa m'apparaissaient désirer retourner intérieurement en Inde, ou, tout au moins, résister à l'Angleterre. Ça me laissait perplexe : ni l'un ni l'autre n'exprimait le moindre désir de repartir réellement pour leur pays natal. « L'Inde est un endroit pourri », grommelait Anwar. « Pourquoi voudrais-je retourner là-bas ? C'est sale, horriblement chaud et il faut se battre comme un pauvre diable pour obtenir quoi que ce soit. Si j'allais quelque part, ce serait en Floride, à Las Vegas, histoire de jouer un peu. » Et mon père, quant à lui, était bien trop mêlé à mille choses ici pour penser à repartir.

Je réfléchissais à tout cela, en pédalant. Puis, il me sembla apercevoir mon père. Etant donné qu'il y avait fort peu d'Indiens dans ce quartier de Londres, ça pouvait difficilement être quelqu'un d'autre. Mais ce type avait une écharpe qui lui cachait la plus grande partie du visage, ce qui lui donnait l'air d'un gangster affolé qui n'arrive pas à trouver la banque où il doit faire son mauvais coup. Je descendis de vélo et restai debout, là, dans Bromley High Street, juste à côté de la plaque sur laquelle était écrit : « H.G. Wells est né ici. »

Le type avec le foulard était de l'autre côté de la rue, au milieu d'une foule en train de faire des courses. Les gens dans nos banlieues faisaient des courses avec frénésie. Pour eux, faire les courses était l'équivalent de la rumba et du chant pour les Brésiliens. Le samedi après-midi, quand les rues n'étaient plus qu'une masse de visages blancs, on assistait au carnaval des consommateurs qui dévalisaient les rayons. Tous les ans, après Noël, quand arrivaient les soldes, il y avait une queue d'une vingtaine d'imbéciles qui dormaient dans le froid en plein hiver, enveloppés dans des couvertures comme sur des transatlantiques, devant les supermarchés, pendant deux jours, en attendant l'ouverture du magasin.

Pa, normalement, ne se serait pas retrouvé au milieu d'une aussi folle agitation et pourtant, c'était bien lui, ce petit homme aux cheveux grisonnants, dépassant à peine un mètre cinquante, qui entrait dans une cabine téléphonique, alors que nous avions un téléphone en marche dans notre couloir. Je voyais maintenant qu'il ne s'était jamais servi d'un téléphone public auparavant. Il mit ses lunettes et lut attentivement les instructions à plusieurs reprises, puis posa un tas de pièces sur le sommet de l'appareil, avant de composer le numéro. Lorsqu'il eut obtenu sa communication, il s'anima, se mit à rire, parla sans discontinuer, pourtant à la fin de sa conversation, son visage reprit une expression accablée. Il reposa le combiné, se retourna et m'aperçut en train de le regarder.

Il sortit de la cabine, tandis que je poussais mon vélo dans sa direction, au milieu de la foule. J'avais fichtrement envie d'avoir son avis sur l'histoire d'Anwar, mais de toute évidence, il n'était pas d'humeur à parler de ça maintenant.

« Comment va Eva ? lui demandai-je.

— Elle t'embrasse. Elle t'embrasse. »

Au moins, il n'essayait pas de cacher qu'il venait de lui parler.

« Moi ou toi, Pa ? dis-je.

— Toi, mon garçon. Tu es son ami. Tu ne te rends pas compte à quel point tu l'as séduite. Elle t'admire, elle pense...

— Pa, dis-moi... Es-tu amoureux d'elle ?

— Amoureux ?

— Oui, est-ce que tu l'aimes ? Tu comprends. Bon Dieu, tu comprends. »

Ma demande semblait l'étonner. Je ne sais pas pourquoi. Peut-être était-il surpris que j'aie deviné. Ou peut-être n'avait-il pas voulu amener à son esprit l'idée fatale d'amour.

« Karim, dit-il, elle m'est devenue très chère. C'est quelqu'un avec qui je peux parler. J'aime être près d'elle. Nous nous intéressons aux mêmes choses, tu le sais bien. »

Je n'avais pas l'intention d'être agressif, ni sarcastique, parce qu'il y avait des choses essentielles que j'avais envie d'apprendre, mais je ne pus m'empêcher de dire : « Ce doit être très agréable pour toi. »

Mon père ne parut pas avoir entendu ma remarque ; il se concentrait sur ce qu'il disait, lui.

« Ce doit être de l'amour, parce que ça fait si mal, dit-il.

— Que vas-tu faire, alors, Pa ? Vas-tu nous laisser et partir avec elle ? »

Il y a parfois sur les visages certaines expressions que je ne veux plus jamais revoir, et celle-là est du nombre. L'embarras, l'inquiétude, la peur marquaient son visage. J'étais sûr qu'il n'avait pas pensé beaucoup à tout cela auparavant. C'était simplement arrivé par hasard, comme arrivent les choses. Maintenant il était surpris qu'on s'attende à ce qu'il leur donne une forme et explique ses intentions, afin que les autres puissent les comprendre. Mais rien n'avait été prémédité, c'étaient ses sentiments, la passion, qui l'avaient piégé.

« Je ne sais pas.

— Mais que sens-tu ?

— Je sens que je vis des choses dont je n'ai jamais eu l'expérience auparavant, des choses fortes, puissantes, bouleversantes.

— Tu veux dire que tu n'as jamais aimé Mam ? »

Il réfléchit un instant à ma question. Pourquoi donc avait-il besoin de réfléchir !

« Est-ce que personne ne t'a vraiment jamais manqué, Karim ? Une fille ? » Nous avons dû penser en même temps à Charlie, parce qu'il ajouta gentiment : « Ou un ami ? »

Je fis un signe affirmatif.

« Vois-tu, dès que je ne suis pas avec elle, Eva me manque. Quand je me parle à moi-même, au fond, c'est toujours à elle que je parle. Elle comprend un tas de choses. Je sens que si je ne vais pas avec elle, je commettrais une grande erreur, que je laisserais échapper une véritable opportunité. Et il y a encore autre chose. Quelque chose qu'Eva vient juste de me dire.

— Ouais ?

— Elle voit d'autres hommes.

— Quelle sorte d'hommes, Pa ? »

Il haussa les épaules : « Je n'ai pas demandé de précisions.

— Pas des Blancs en chemises à empesage permanent ?

— Espèce de snobinard, je ne comprends pas pourquoi tu détestes tellement les chemises à empesage permanent. Elles sont très pratiques pour les femmes. Mais tu te souviens de ce type, Shadwell ?

— Ouais.

— Elle sort souvent avec lui. Il est à Londres maintenant, il travaille pour le théâtre. Elle pense qu'il sera une star un jour. Il connaît plein de gens dans ce milieu. Eva aime ces trucs merdiques. Et tous ces gens viennent à ses soirées. » Ici, Pa hésita une seconde. « Il n'y a rien entre elle et ce zigoto, à vrai dire, mais je crains qu'il la séduise. Je me sentirais si perdu, Karim, sans elle.

— Je me suis toujours un peu méfié d'Eva, dis-je. Tout ça n'est qu'un chantage, je sais comment elle est.

— Oui, mais sa conduite s'explique aussi en partie parce qu'elle n'est pas heureuse sans moi. Elle ne peut pas m'attendre pendant des années et des années. Peux-tu lui jeter la pierre ? »

Nous nous enfonçâmes dans la foule. J'aperçus quelques camarades d'école, mais je tournai la tête, afin de les éviter. Je n'avais pas envie qu'ils me voient en larmes. « En as-tu parlé avec Mam ? demandai-je.

— Non, non, bien sûr.

— Et pourquoi pas ?

— Parce que j'ai peur, Karim. Parce qu'elle va tellement souffrir. Parce que je ne peux pas supporter l'idée de la regarder en face lorsque je lui en parlerai. Parce que vous allez tous tellement souffrir et que je préfère souffrir moi-même plutôt que de voir quelque chose de la sorte vous arriver.

— Donc, tu vas encore rester avec Allie, moi et Mam ? »

Il ne répondit pas pendant un long moment, et puis sa réponse se passa de mots. Il m'empoigna, m'attira vers lui et commença à m'embrasser sur les joues, sur le nez, sur le front, dans les cheveux. C'était complètement fou. Je faillis laisser tomber mon vélo. Les passants avaient l'air ahuri. Quelqu'un dit : « Retournez donc dans vos pousse-pousse. » La nuit tombait autour de moi. Je n'avais pas acheté de thé et il y avait une émission d'Alan Freeman sur les Kinks que je voulais absolument écouter. Je me détachai de Pa et me mis à courir en poussant mon vélo à côté de moi...

« Attends une seconde ! » cria-t-il.

Je me retournai. « Qu'y a-t-il, Pa ? »

Il paraissait bouleversé. « Est-ce le bon arrêt de bus ? »

C'était étrange la conversation que Pa et moi avions eue, parce que lorsque je le revis à la maison, plus tard, et au cours des jours qui suivirent, il se conduisit comme si elle n'avait jamais eu lieu, comme s'il ne m'avait jamais dit qu'il était tombé amoureux.

Chaque jour, après l'école, je téléphonais à Jamila, et chaque jour elle répondait à ma question : « Où en es-tu ? » toujours de la même façon : « Rien n'a changé, Kremly », ou : « La même chose en pire. » Nous nous mîmes d'accord pour avoir une rencontre au sommet dans Bromley High Street, après l'école, afin de prendre une décision au sujet de tout ça.

Mais ce jour-là, alors que je quittais l'école avec un groupe de garçons, j'aperçus Helen. C'était une surprise, parce que je n'avais guère pensé à elle depuis que je m'étais

104

fait sauter par son chien, un truc avec lequel elle se trouvait associée dans mon esprit. Helen et la bite du chien allaient ensemble. Et maintenant, elle se tenait devant mon école, portant un long manteau vert et un chapeau noir à larges bords. Elle attendait un autre garçon. Dès qu'elle me vit, elle courut vers moi pour m'embrasser. J'étais beaucoup embrassé ces derniers temps : j'avais certes besoin d'affection, c'est moi qui vous le dis. J'aurais rendu avec ferveur leurs baisers à tous ceux qui pouvaient avoir envie de m'embrasser.

Les garçons, dans la bande desquels je me trouvais, avaient des cheveux emmêlés et puants, qui leur tombaient sur les épaules, et portaient des vestes d'écoliers en loques, des pantalons à pattes d'éléphant et pas de cravate. Récemment avaient circulé de l'acide et quelques pilules de bonheur à l'école et quelques types flippaient. J'avais pris un demi-comprimé au moment de la prière du matin, mais les effets s'étaient dissipés maintenant. Des mecs échangeaient des disques, Traffic et les Faces. Je marchandais un disque de Jimi Hendrix — *Axis : Bold as Love* — avec un type qui avait besoin d'argent pour aller au concert Emerson, Lake et Palmer au Fairfield Hall. Merde alors. Je soupçonnais que cet imbécile avait un tel besoin d'argent qu'il avait caché les rayures et les griffures du disque avec du cirage noir, aussi étais-je en train d'examiner les sillons à la loupe.

Parmi les types se trouvait Charlie qui avait, pour la première fois depuis des semaines, daigné revenir à l'école. Il se tenait un peu à l'écart du reste des gamins, remarquable à cause de ses cheveux argentés et de ses souliers pointus. Il m'apparaissait moins glorieux et moins poétique maintenant ; son visage était plus dur, ses cheveux plus courts, ses pommettes plus saillantes. Je savais que c'était l'influence de Bowie. Bowie qui s'appelait alors David Jones, avait fréquenté notre école plusieurs années auparavant et là, dans une photographie de groupe, au réfectoire, on pouvait voir son visage. On trouvait souvent des élèves agenouillés devant cette icône, récitant des prières pour devenir pop-star, pour échapper à une vie de mécaniciens, d'employés de bureau, d'agents d'assurances, de dessinateurs industriels. Mais, en dehors de Charlie, personne n'y croyait vraiment. Nous étions un amalgame d'attente minable et d'espoir furieux. Personnellement, je n'avais que des espoirs furieux.

Charlie faisait semblant de ne pas me voir, il se conduisait ainsi avec la plupart de ses amis depuis que lui et son groupe, le Mustn't Grumble, avaient eu les honneurs de la première page du *Bromley and Kentish Times*, après une session à ciel ouvert dans un terrain de foot du coin. L'orchestre jouait depuis deux ans dans les écoles de danse, dans les pubs et en vedette américaine dans les grands concerts, mais jusqu'à maintenant ils n'avaient jamais eu les honneurs de la presse. Cette brusque célébrité impressionnait, mettait en émoi l'école, y compris les professeurs qui appelaient Charlie « Charlotte ».

Charlie s'anima à la vue d'Helen et s'approcha de nous. J'ignorais totalement qu'il la connaissait. Elle se dressa sur la pointe des pieds pour l'embrasser.

« Comment marchent les répétitions ? demanda-t-elle, en passant sa main dans les cheveux de mon copain.

— Super. Nous allons donner une autre session bientôt.

— J'y serai.

— Si tu ne viens pas, on ne jouera pas », dit-il. Elle éclata d'un rire sauvage. J'intervins. J'avais envie de glisser mon mot.

« Comment va ton père, Charlie ? »

Il me regarda d'un air amusé. « Bien mieux. » Puis, se tournant vers Helen : « Est à l'hôpital central. Il en sort la semaine prochaine. Il n'arrête pas de bramer qu'il rentre à la maison près d'Eva.

— Vraiment ? »

Eva vivant de nouveau avec son mari ? Cela m'étonnerait. Cela allait surprendre Pa aussi, sans aucun doute.

« Est-ce qu'Eva est contente ?

— Comme tu le sais, petite tapette, elle a failli mourir. Elle s'intéresse à d'autres choses maintenant. A d'autres gens. D'accord ? J'imagine que mon père va se faire vider par la peau des fesses et renvoyer chez sa maman aussitôt qu'il franchira le seuil de notre maison. Voilà ce qui va se passer entre eux.

— Merde.

— Ouais, mais de toute façon, je ne l'aime pas tellement que ça. C'est un sadique. Il y aura place dans la maison pour quelqu'un d'autre. Tout dans notre vie va bientôt changer. J'aime ton vieux, Kremly. Il m'inspire. »

Ça me bottait d'entendre ça. J'avais presque envie de dire : « Si Eva et Pa se marient nous serons frères, nous aurions donc eu des rapports incestueux. » Mais je parvins à la boucler. Néanmoins, cette pensée me donna un frisson de plaisir. Ça voulait dire que je resterais lié à Charlie pendant des années et des années, bien après que nous aurions quitté l'école. J'avais envie d'encourager Pa et Eva à vivre ensemble. De toute évidence, ça allait être à Mam de se remettre en selle ! Peut-être d'ailleurs avait-elle trouvé quelqu'un d'autre, mais j'en doutais.

Brusquement, la petite rue de banlieue devant l'école fut remplie par le bruit d'une explosion plus forte que tout ce que l'on avait pu entendre depuis le bombardement de la Luftwaffe, en 1944. Les fenêtres s'ouvrirent, les commerçants se précipitèrent sur le pas de leurs boutiques, les clients s'arrêtèrent de parler jambon pour se retourner ; nos professeurs oscillèrent sur leur vélo, au moment où le bruit les souffletait comme une brusque tornade. Quant aux élèves, ils se mirent à courir vers les grilles pour sortir du bâtiment. Beaucoup pourtant de nos camarades gardèrent un total sang-froid, ils haussèrent les épaules et se détournèrent d'un air dégoûté, crachant, jurant, traînant les pieds.

La Vauxhall rose avait des haut-parleurs quadriphoniques qui déversaient *Eight Miles High* des Birds. A l'arrière de la voiture, conduite par l'agent de Charlie, le Fish, un ancien élève d'une école privée, un grand type au beau visage, au dos droit, dont on disait que le père était amiral, se trouvaient deux filles. On disait aussi que sa mère appartenait à la noblesse. Le Fish avait des cheveux courts et portait des vêtements tout à fait ordinaires, comme par exemple une chemise blanche, un costume froissé et des chaussures de tennis. Toutefois, bien que ne faisant aucune concession à la mode, il y avait quelque chose chez lui de décontracté, de complètement « in ». Rien ne pouvait déconcerter ce type. Et ce mystère était dû à ses dix-neuf ans, ce qui faisait peu de différence avec nous, mais il était de la haute, non du peuple comme nous. Nous le considérions comme supérieur, juste le type qu'il fallait pour s'occuper de notre Charlie. Presque tous les après-midi, lorsque Charlie daignait venir en classe, le Fish se pointait pour emmener notre copain au studio, afin qu'il répète avec son groupe.

« Tu veux que je te dépose quelque part ? cria Charlie à Helen.

— Non, pas aujourd'hui. A bientôt ! »

Charlie s'avança à grands pas vers la voiture. Comme il s'approchait, les deux filles devinrent de plus en plus excitées, comme s'il poussait devant lui une brise qui les forçait à s'agiter. Lorsqu'il s'installa près du Fish, elles se penchèrent d'un seul élan en avant pour l'embrasser. Il se mit à se recoiffer en se regardant dans le rétroviseur, tandis que le monstre se replongeait dans le flot de la circulation, éparpillant les gamins qui s'étaient rassemblés à l'avant de la voiture, pour tenter d'ouvrir le capot, grand Dieu, et de jeter un coup d'œil au moteur. La foule se dispersa rapidement, dès que l'apparition se fut évanouie. « Quel branleur », dirent des mecs écœurés, accablés par la beauté de la scène. « Foutu branleur. » Nous allions retourner chez nous, dans les jupes de nos mères, à nos beignets de poisson, à nos pommes frites, à nos sauces tomate, à notre vocabulaire français, et préparer nos vêtements de foot pour le lendemain. Mais Charlie serait avec des musiciens.

Il irait dans des boîtes à une heure du matin. Il rencontrerait Andrew Loog Oldham.

Mais au moins pour l'instant, j'étais avec Helen.

« Je suis vraiment désolée de ce qui s'est passé lorsque tu es venu à la maison, dit-elle. Habituellement, il est très gentil.

— Un paternel peut avoir ses humeurs et tout ça.

— Non, je parle du chien. Je n'aime pas du tout que les gens ne soient utilisés que pour leur corps, qu'en penses-tu ?

— Ecoute », dis-je, me tournant brusquement vers elle et me servant du conseil que m'avait donné Charlie sur la manière de se conduire avec les femmes : Garde-les prêtes, mais traite-les sec. « Je dois aller à l'arrêt de bus. Je ne veux pas rester ici à glander tout l'après-midi et à rigoler comme un con. Où est le type que tu attends ?

— Mais c'est toi, imbécile.

— Tu es venu me voir ?

— Oui. As-tu quelque chose à faire cet après-midi ?

— Non, bien sûr que non.

— Alors reste avec moi.

— Ouais, bien sûr, sensas. »

Elle me prit le bras et nous nous mîmes à marcher en passant devant les élèves qui nous reluquaient. Elle me dit qu'elle allait se tirer de l'école pour aller vivre à San Francisco. Elle en avait assez de la médiocrité de la vie avec ses parents et cette idiote d'école lui gonflait la tête. Partout, en Occident, il y avait des mouvements de libération et des manières de vivre alternatives — il n'y avait jamais eu de croisades comme celles-là pour les gosses — et Dos Poilu l'obligeait à rentrer à sept heures. Je lui dis que les croisades d'enfants commençaient à rancir, étant donné que tout le monde en avait une overdose. Mais elle n'écoutait pas. Bien entendu, je ne la blâmais pas. Dès que nous entendions parler de quelque chose, ça prouvait que c'était déjà fini. Pourtant je ne supportais pas l'idée de la voir partir, principalement

109

parce que je détestais l'idée de rester derrière elle. Charlie était en train de faire des choses fantastiques, Helen se préparait à mettre les voiles, mais moi, qu'est-ce que je fabriquais ? Comment donc allais-je m'en sortir ?

Je relevai la tête et vis Jamila qui s'avançait rapidement vers moi. Elle était vêtue d'un t-shirt noir et de shorts blancs. J'avais oublié que j'avais rendez-vous avec elle. Elle courut les derniers mètres et se mit à haleter bien plus d'angoisse que de fatigue. Je la présentai à Helen. Jamila lui jeta à peine un coup d'œil. Helen laissa son bras glisser sous le mien.

« Anwar est de plus en plus mal, dit Jamila. Il va aller jusqu'au bout.

— Est-ce que vous voulez que je vous laisse tous les deux ? » demanda Helen.

Je m'empressai de lui répondre que non et demandai à Jammie si je pouvais dire à mon amie ce qui se passait.

« Oui, si tu veux démontrer que notre culture est ridicule, nos parents ringards, extrémistes, bornés. »

Donc, je parlai à Helen de la grève de la faim. Jamila intervenait pour donner des détails, pour nous mettre au courant des derniers incidents. Anwar n'avait pas lâché d'un pouce. Il refusait de grignoter un biscuit, de boire un verre d'eau ou de fumer une cigarette. Ou bien Jamila obéirait, ou il mourrait dans d'horribles souffrances, ses organes s'arrêteraient de fonctionner l'un après l'autre. Et si on l'emmenait à l'hôpital, il recommencerait indéfiniment jusqu'à ce que sa famille capitule.

Il commençait à pleuvoir, aussi nous nous assîmes tous les trois dans un abri de bus. On ne savait jamais où aller. Helen écoutait attentivement, patiemment, me tenant la main pour me calmer. Jamila dit : « J'ai quand même pris une résolution. C'est ce soir, à minuit, que je déciderai ce que je vais faire. Je ne peux continuer à tergiverser ainsi. »

Chaque fois que nous parlions à Jamila de s'enfuir de chez elle, de trouver un endroit où elle pourrait aller, chaque fois que nous lui expliquions la manière dont nous

dégoterions de l'argent pour l'aider à survivre, elle disait :
« Et qu'est-ce qui se passe avec ma mère ? » Anwar jetterait
la pierre à Jeeta pour tout ce que ferait Jamila. La vie de
Jeeta serait alors aussi cruelle que la mort et elle n'aurait
aucun moyen d'y échapper. J'eus la brillante idée de
proposer à Jamila qu'elle et Jeeta s'enfuient ensemble,
mais sa mère ne voudrait jamais quitter Anwar : les
épouses indiennes n'agissaient pas ainsi. Nous retournâmes les choses dans tous les sens jusqu'à ce que Helen
ait finalement une illumination.

« Nous allons interroger ton père, dit-elle. C'est quelqu'un de sage, qui est attaché aux valeurs spirituelles...

— Il est complètement bidon, dit Jamila.

— Au moins, on peut essayer », répliqua Helen.

Donc, nous voilà partis pour la maison.

Dans la salle de séjour, ses jambes blanches, presque
translucides, émergeant de sa robe de chambre, ma mère
était en train de dessiner. Elle referma son carnet de
croquis rapidement et le glissa derrière le coussin de son
fauteuil. Je lisais sur elle la fatigue de la journée qu'elle
avait passée dans le magasin de chaussures. J'avais
toujours envie de lui demander de me parler de sa journée,
mais je n'arrivais pas à me décider à dire quelque chose
d'aussi ridicule que : « Comment s'est donc passée ta
journée ? » si bien qu'elle ne parlait jamais de son travail,
à qui que ce fût. Jamila s'assit sur un tabouret et regarda
droit devant elle, d'un air vague, comme si elle était
heureuse de laisser le sujet du suicide de son père à la
charge des autres.

Helen n'eut aucun succès et ne contribua nullement à
accroître les chances de paix sur terre en déclarant qu'elle
avait été à la séance de Pa à Chislehurst.

« Je n'y suis pas allée, coupa Mam.

— Oh, comme c'est dommage ! C'était d'une telle
profondeur ! » Mam parut se contracter sur elle-même,
mais Helen poursuivit. « C'était une vraie libération. Ça
m'a donné envie d'aller vivre à San Francisco.

— Et voilà que cet homme lui donne envie d'aller vivre à San Francisco, reprit ma mère.

— Evidemment, j'imagine que vous avez appris tout ce qu'il peut enseigner. Etes-vous bouddhiste ? »

La conversation entre Mam et Helen semblait particulièrement incongrue. Elles parlaient de bouddhisme à Chislehurst avec un arrière-plan de fêtes, de liberté, de drogue. Mais, pour Mam, la Deuxième Guerre mondiale était toujours présente dans nos rues, dans les rues où elle avait grandi. Elle me parlait souvent des raids aériens de nuit, de ses parents épuisés par les guets contre l'incendie auxquels ils participaient, des maisons familiales brusquement noyées dans la poussière, de gens tués soudainement, de l'annonce de la mort du fils d'un voisin tombé au front. Quelle connaissance du mal ou des possibilités de destruction humaines pouvions-nous avoir ? Tout ce que je savais effectivement de la guerre était cette espèce de bloc épais et trapu, au bout du jardin, qui avait servi d'abri et qu'enfant, j'utilisais comme ma petite maison personnelle. Même alors, il contenait encore des rangées de bocaux de confiture et des lits-cages qui dataient de 1943.

« C'est facile pour nous de parler d'amour, dis-je à Helen, mais qu'en est-il de la guerre ? »

Jamila se dressa, l'air agacé. « Pourquoi veux-tu que nous parlions de la guerre, Karim ?

— C'est important, c'est...

— Espèce d'idiot. Je t'en prie... dit-elle se tournant d'un air implorant vers ma mère, nous sommes ici dans un but précis. Pourquoi me fais-tu attendre comme ça ? Rendons-nous vite à la consultation. »

Mam dit, montrant le mur de séparation : « Avec lui ? »

Jamila acquiesça de la tête et commença à mordiller ses ongles. Mam éclata d'un rire amer.

« Il n'est même pas capable de s'occuper de lui-même.

— C'est l'idée de Karim, dit Jamila, en se glissant hors de la pièce.

— Laisse-moi rire, me dit Mam. Pourquoi lui imposer

ça ? Pourquoi ne fais-tu pas quelque chose d'utile comme de ranger la cuisine ? Pourquoi ne vas-tu pas lire un de tes livres de classe ? Pourquoi ne fais-tu pas quelque chose qui te mènerait quelque part, Karim ?

— Ne t'excite pas, dis-je à ma mère.

— Et pourquoi pas ? » me répondit-elle.

Lorsque nous entrâmes dans sa chambre, Dieu était couché sur son lit et écoutait de la musique à la radio. Il jeta un coup d'œil approbateur en direction d'Helen et me fit un clin d'œil. Il l'aimait bien ; de toute façon, il était toujours heureux de me voir sortir avec quelqu'un, à condition que ce ne soit pas des garçons ou des Indiens. « Pourquoi sors-tu avec ces musulmans ? » me dit-il un jour, alors que j'avais ramené à la maison un ami pakistanais de Jamila. « Et pourquoi non ? » lui demandai-je. « Bien trop de problèmes », dit-il d'un air souverain. « Quels problèmes ? » insistai-je. Mon père n'était pas un as de la spécification ; il secoua la tête, comme pour me dire qu'il y avait tant de problèmes qu'il ne savait pas par lequel commencer. Puis, il ajouta, simplement pour le plaisir de la discussion : « Les dots et tout ça. »

Après que je lui eus exposé les faits, il nous dit : « Anwar est mon plus vieil ami sur terre. Nous autres, vieux Indiens, commençons à aimer l'Angleterre de moins en moins et nous nous retournons vers une Inde imaginaire. »

Helen prit la main de Pa et commença à la caresser pour le réconforter.

« Mais vous êtes chez vous, dit-elle. Nous sommes heureux que vous soyez là. Vous profitez de notre pays, tout en gardant vos traditions. »

Jamila leva les yeux au ciel. Helen était en train de la tuer, c'était tout à fait clair. Quant à moi, cette réflexion me fit rire, alors qu'il s'agissait pourtant d'une affaire des plus sérieuses.

« N'irais-tu pas le voir ? dis-je.

— Il n'écouterait pas Gandhi lui-même, lança Jamila.

— Bon, dit Pa. Vous revenez dans quatre-vingt-quinze

minutes, minutes que j'emploierai à méditer. Je vous donnerai ma réponse à la fin de cette séance.

— Parfait ! »

Donc, nous quittâmes tous les trois ce cul-de-sac qu'était Victoria Road. Nous marchions en direction du pub, dans ses rues obscures, où les sons ricochaient. Nous traversâmes des squares merdiques, passâmes devant l'école de l'époque victorienne avec ses toilettes extérieures, devant d'innombrables cratères de bombes, nos vrais terrains de jeux, nos classes d'éducation sexuelle, devant des jardins bien entretenus et devant des dizaines de salles de séjour où des étrangers à l'air familier regardaient des écrans de télévision vacillant comme des lumières mourantes. Eva appelait notre quartier « les hauts du fond ». La rue était si tranquille que personne n'avait envie de faire entendre le bruit gênant de sa propre voix.

Ici vivaient Mr. Whitman, l'agent de police, et sa jeune femme Noleen ; leurs voisins étaient un couple à la retraite, Mr. et Mrs. Holub, des socialistes qui avaient quitté la Tchécoslovaquie et qui ignoraient que leur fils faisait le mur, en pyjama, chaque vendredi et chaque samedi soir, pour entendre des musiques peu orthodoxes. En face de chez eux habitait un autre couple à la retraite, un professeur et sa femme, les Gothard, qui avaient pour voisins une famille de marchands de graines d'oiseaux, les Lovelace — la grand-mère Lovelace était dame-pipi au Library Gardens. Plus haut dans la rue vivait un journaliste de Fleet Street, Mr. Nokes, avec sa femme et leurs enfants obèses. Un peu plus loin, c'étaient les Scoffield — Mrs. Scoffield était architecte.

Toutes les maisons avaient été « retapées ». L'une avait un nouveau porche, une autre des doubles vitres, des fenêtres de style « georgian » ou une porte neuve avec des accessoires en cuivre. Les cuisines avaient été agrandies, les greniers aménagés, les cloisons abattues, des garages, construits. C'était une passion typiquement anglaise, peu importaient l'équilibre, la culture, le savoir, ce qui comptait c'était le kit, des maisons plus grandes, plus solides, avec le confort moderne, une accumulation laborieuse « d'arrangements » qui témoignaient du statut social — l'étalage palpable de l'argent gagné. La forfanterie était de règle. Combien de fois, lors de nos visites dans les familles du voisinage, ne nous emmenait-on pas faire le tour du propriétaire, avant même de nous offrir une tasse de thé ? « Et revoilà le grand tour », soupirait Pa. Il fallait admirer les pièces en enfilade, les placards si pratiques, les lits superposés, les douches, la cave à charbon, la serre.

Le pub, le *Chatterton Arms*, était plein de blousons noirs vieillissants avec des coiffures sculptées aussi compactes que des proues de navires. Il y avait aussi quelques sales rockers, vêtus de cuir et de chaînes, discutant de viols collectifs, leur occupation favorite. Et il y avait aussi deux ou trois skinheads avec leurs petites amies en chaussures plates, en Levis, en chemise de laine, avec des appareils dentaires. J'avais croisé la plupart d'entre eux à l'école : ils allaient au pub chaque soir, avec leur paternel, et ils y iraient toujours, ne le quitteraient jamais. Ces braves gens furent un peu surpris de voir entrer deux hippies et un Pakistanais. Les conversations commencèrent à tourner autour de nous et on nous lança plus d'un coup d'œil. Nous évitâmes soigneusement de les dévisager, pour ne pas leur donner de raisons de s'énerver. Néanmoins, je craignais un peu qu'ils ne nous sautent dessus lorsque nous serions dehors.

Jamila restait silencieuse, mais Helen parlait avec passion de Charlie, un sujet qu'elle avait choisi de toute évidence comme thèse de licence. Jamila ne se donnait même pas la peine de prendre un air méprisant, tandis qu'elle descendait bière sur bière. Elle avait rencontré Charlie deux ou trois fois chez nous mais celui-ci ne l'avait guère intéressée, c'est le moins qu'on puisse dire. « Vanité, ton nom est Charlie », fut son verdict. Charlie, d'ailleurs, ne faisait aucun effort avec elle. Pourquoi en aurait-il fait ?

Jamila ne pouvait lui servir à rien et il n'avait pas envie de la baiser. Jamila percevait clairement la personnalité de ce vieux Charlie : elle disait que sous l'idéalisme velouté qu'il affichait, en accord avec la mode du moment, il était possédé d'un arrivisme forcené.

Helen assurait que Charlie était non seulement une petite star dans notre école, mais qu'il était aussi la vedette d'autres écoles, en particulier des écoles de filles. Il y avait des nanas qui allaient à toutes les sessions du Mustn't Grumble, simplement pour se trouver à côté de lui. Elles enregistraient ses concerts sur des magnétophones à bobines. Les rares photographies de Charlie passaient de main en main, jusqu'à ce qu'elles fussent en lambeaux. Apparemment, une société de disques lui avait proposé de le prendre sous contrat, mais le Fish s'y était opposé, car à son avis le groupe n'était pas encore suffisamment au point. Lorsqu'il le serait, il deviendrait l'un des meilleurs du monde, affirmait le Fish. Je me demande si Charlie avait conscience de tout cela, s'il sentait ces choses, ou si sa vie, tandis qu'il la vivait au jour le jour, était aussi merdique, aussi incertaine que celle de n'importe qui d'autre.

* * *

Tard dans la soirée, avec Jammie et Helen derrière moi, je frappai à la porte de mon père. Aucune réponse.

« Peut-être est-il encore à un autre niveau », dit Helen. Je jetai un coup d'œil à Jammie, me demandant si, tout comme moi, elle entendait ronfler Pa. Mais oui, puis elle se mit à taper impatiemment et de toutes ses forces sur la porte jusqu'à ce que mon père nous ouvre. Ses cheveux étaient ébouriffés et il paraissait surpris de nous voir. Nous nous assîmes autour de son lit. Nous eûmes alors droit à un de ses formidables silences que j'acceptais maintenant comme inhérents à la sagesse.

« Nous vivons dans un âge de doute et d'incertitude. Les

vieilles religions qui dirigèrent la vie des gens, pendant 99,90 % de l'histoire humaine, se sont effondrées, ou sont devenues sans intérêt. Notre problème, c'est la sécularisation. Nous avons remplacé nos valeurs spirituelles, notre sagesse, par le matérialisme. Et maintenant, chacun tourne en rond et se demande comment faire pour vivre. Parfois, des gens désespérés se tournent même vers moi.

— Mon oncle, je t'en prie... »

Pa leva son index de quelques centimètres et Jamila garda de nouveau le silence bien qu'à contrecœur.

« J'ai décidé ceci. »

Nous étions tous les trois si concentrés que je faillis me mettre à rigoler.

« Je crois que le bonheur n'est possible que si l'on suit ses sentiments, ses intuitions, ses vrais désirs. On n'obtient que misère si l'on agit selon son devoir, ses obligations, sa culpabilité ou le désir de plaire aux autres. Nous devons accepter le bonheur lorsqu'il est possible, non pas égoïstement, mais en se souvenant que nous sommes partie du monde, reliés aux autres, et nullement séparés d'eux. Est-ce que les gens doivent rechercher leur propre bonheur aux dépens des autres ? Ou doivent-ils accepter d'être malheureux pour rendre les autres heureux ? Il n'y a aucune personne qui n'ait été confrontée à cette sorte de problème. »

Il s'arrêta pour respirer et nous regarda. Je savais qu'il pensait à Eva tandis qu'il nous disait cela. Je me sentis brusquement triste, démuni, comprenant qu'il allait certainement nous quitter. Et je ne voulais pas qu'il nous quitte, parce que je l'aimais tellement.

« Donc, si vous vous punissez vous-même, par des refus systématiques, à la manière puritaine, à la manière des chrétiens, vous n'aurez que des ressentiments et un surcroît de malheurs. » Ensuite, il se tourna vers Jamila :

« Il y a des gens qui n'arrêtent pas de demander des conseils. Ils demandent des conseils alors qu'ils devraient essayer de prendre réellement conscience de ce qui se passe.

— Merci beaucoup », dit Jamila.

Il était minuit quand nous la reconduisîmes chez elle. Elle pencha la tête au moment de franchir le seuil de sa maison. Je lui demandai alors si elle avait pris une décision.

« Oh oui », dit-elle en commençant à monter l'escalier vers l'appartement où ses parents, ses bourreaux, étaient couchés éveillés, dans des pièces séparées, l'un essayant de mourir, l'autre sans aucun doute souhaitant la mort. Le compteur électrique, dans le couloir, faisait entendre un violent tic-tac. Helen et moi regardâmes le visage de Jamila dans la pénombre, pour essayer de découvrir un signe indiquant ce qu'elle allait faire. Mais elle se détourna et fut plongée dans l'obscurité tandis qu'elle montait se coucher.

Helen dit que Jamila épouserait ce garçon. Je dis qu'elle ne l'épouserait pas, qu'elle le repousserait. Mais à vrai dire, c'était impossible de faire le moindre pronostic.

Helen et moi nous passâmes au-dessus des grilles d'Anerley Park pour nous coucher dans l'herbe près des balançoires. Nous regardâmes le ciel, avant de baisser nos culottes. On baisa un bon coup, mais rapidement, parce que Dos Poilu risquait de s'inquiéter. Je me demandais si nous pensions tous les deux à Charlie tandis que nous faisions l'amour.

CHAPITRE VI

L'homme qui était en marche vers l'Angleterre, vers nos yeux curieux, vers le chaud manteau d'hiver que je tenais sur mon bras, n'était pas Flaubert, même s'il avait, comme lui, une moustache grise, un triple menton et fort peu de cheveux. Celui qui n'était pas Flaubert était plus petit que moi, à peu près de la même taille que la princesse Jeeta. Mais, contrairement à elle — vu que l'exacte forme de son corps était difficile à déterminer à cause de l'ample *salwazr kamiz** que portait la princesse —, Changez avait un ventre proéminent qu'il recouvrait avec un pull-over rouge foncé, aux larges mailles. Le peu de cheveux secs que Dieu lui avait laissés se dressaient, à la verticale, sur sa tête, comme s'il les brossait soigneusement en avant chaque matin. De la main droite, il poussait un chariot sur lequel étaient posées deux valises dépenaillées qui n'échappaient à une désintégration totale que grâce à de minces ficelles et à une ceinture de pyjama.

Dès que celui qui n'était pas Flaubert aperçut son nom sur la feuille de carton que je brandissais, il s'arrêta de pousser le chariot, le laissant là au milieu de la foule trépidante de l'aéroport et se dirigea vers Jeeta et sa future épouse, Jamila.

Helen avait accepté de nous aider pour ce jour entre les jours, si bien qu'elle vint avec moi récupérer le chariot. Puis nous partîmes, en chancelant sous le poids, charger le bric-à-brac de Changez dans le coffre de la grosse Rover. Helen n'arrivait pas à tenir quoi que ce soit convenablement, parce qu'elle avait peur que des moustiques s'échappent des valises et lui collent la malaria. Celui qui n'était pas Flaubert se tenait près de nous, refusant de monter dans la voiture avant de nous avoir donné un signe de royal acquiescement, me permettant enfin de refermer le coffre de la voiture, maintenant que ses valises étaient à l'abri de la caste des voleurs et des étrangleurs.

« Peut-être a-t-il l'habitude d'avoir des domestiques », dis-je à Helen à voix haute, tandis que je maintenais la porte ouverte, afin qu'il puisse s'installer près de Jeeta et de Jamila. Helen et moi nous montâmes à l'avant. Ce fut pour moi le moment de déguster ma petite vengeance. En effet la Rover appartenait au père de Helen, Dos Poilu. S'il avait su que quatre sales Pakistanais posaient en ce moment leurs culs noirs sur ses coussins de cuir moelleux, et qui de plus se préparaient à utiliser sa fille comme chauffeur, qui, de mieux en mieux, avait été récemment baisée par l'un d'eux, il me semble qu'il aurait perdu sa bonne humeur.

Le véritable mariage devait avoir lieu le lendemain, ensuite Changez et Jamila passeraient quelques nuits au *Ritz*. Aujourd'hui, il y aurait une petite fête pour souhaiter la bienvenue au fiancé en Angleterre.

Anwar se tenait, l'air anxieux, à la fenêtre de « La Vitrine du Paradis », tandis que la Rover tournait le coin de la rue avant de s'arrêter devant la bibliothèque. Il avait même été jusqu'à changer de costume : il portait un truc de la fin des années cinquante, qui contrastait avec celui du début de ces mêmes années représentant sa tenue habituelle. Ce costume était criblé d'épingles et de plis, en effet Anwar n'avait plus maintenant que la peau et les os. Son nez et ses pommettes saillaient comme ils ne l'avaient jamais fait auparavant. Il était même plus pâle que Helen, si pâle qu'il eût été bien difficile de l'appeler Négro ou salaud de Nègre, même si le mot salaud pouvait lui être attribué en toute légitimité. Il était si faible qu'il avait du mal à lever les pieds en marchant. Il se déplaçait comme s'il avait des boulets attachés à ses chevilles. Et lorsque Changez l'embrassa dans la rue, il me sembla entendre craquer les os d'Anwar. Puis il secoua la main de Changez à deux reprises et lui pinça les joues. Cet effort parut l'avoir épuisé.

Anwar avait été extraordinairement expansif à propos de l'arrivée de Changez, peut-être était-ce parce qu'il n'avait pas de fils et qu'il allait maintenant en avoir un, ou peut-être était-il heureux d'avoir remporté cette victoire sur les femmes. Quelle que fût sa faiblesse — dont il était responsable — je ne l'avais jamais vu d'aussi bonne humeur ni aussi terriblement bavard. Les mots n'étaient pas son moyen d'expression naturelle, mais au cours de ces journées, quand je me rendais à la boutique pour l'aider, il me prenait inévitablement à part et m'achetait avec des *samosas*, des boissons glacées et la possibilité de ne pas travailler pour que je lui prête une oreille attentive. Je suis convaincu qu'il m'attirait dans la resserre — où nous nous asseyions sur des caisses, loin de Jeeta et de Jamila, comme des ouvriers d'usine qui tirent au flanc — parce qu'il avait honte, ou tout au moins n'était pas fier de cette amère victoire. Récemment, la princesse Jeeta et Jamila avaient été d'humeur lugubre, ne permettant pas une seconde à Anwar de jouir des plaisirs de sa tyrannie. Aussi, le pauvre salaud n'avait trouvé rien de mieux que de la célébrer avec moi. Finiraient-elles par comprendre les fruits de sa sagesse ?

« Les choses vont réellement changer ici, avec un autre homme sous la main, annonçait-il, radieux. La boutique a besoin d'être repeinte. Il me faut un garçon qui puisse grimper à l'échelle ! De plus, ce sera plus qu'utile d'avoir quelqu'un qui transporte les caisses de chez le grossiste. Quand Changez sera là, il dirigera la boutique avec Jamila et je pourrai emmener la femme — il parlait de sa femme — dans un bel endroit.

— Dans quel bel endroit voudrais-tu l'emmener, mon oncle ? A l'opéra ? J'ai entendu dire qu'il y avait un superbe *Rigoletto* en ce moment.

— Dans un restaurant indien que dirige un de mes amis.

— Et dans quel autre bel endroit ?

— Au zoo, nom de Dieu ! N'importe où là où elle aura envie d'aller ! » Anwar devint sentimental, comme le sont souvent les gens insensibles. « Elle a travaillé si durement toute sa vie. Elle mérite un peu de répit. Elle nous a donné tellement d'amour. Tellement d'amour. Si seulement les femmes pouvaient comprendre mon point de vue ! Elles commenceront à le comprendre lorsque le garçon sera là. Alors elles verront, hein ? »

J'appris aussi dans la resserre qu'Anwar brûlait d'envie d'avoir des petits-enfants. Selon lui, Jamila serait enceinte immédiatement et bientôt il y aurait des petits Anwar courant partout dans le magasin. Le grand-père s'occuperait de l'éducation des gosses, les emmènerait à l'école, à la mosquée, tandis que Changez repeindrait bien sûr le magasin, transporterait des caisses et engrosserait de nouveau ma petite Jamila. Alors qu'Anwar et moi avions ce genre de conversation, Jamila aimait ouvrir la porte de la resserre et pointer ses yeux noirs sur moi, comme deux pistolets, comme si j'étais en train de fricoter avec Eichmann.

Là-haut, dans l'appartement, Jeeta et Jamila avaient préparé des plats délicieux et fumants, du *keema*, des *aloos* *, du riz, des *chapatis* et des *nans* *. Il y avait des *tizers* : des sodas, de la bière, du *lassi*, tout cela joliment disposé sur une nappe blanche, avec aussi de petites serviettes en papier pour chacun de nous. On n'aurait jamais pu penser à voir l'état de propreté, l'air pimpant de cette pièce, qui donnait sur la route principale conduisant à Londres, qu'un homme avait essayé de s'y laisser mourir de faim, quelques semaines plus tôt.

Cette fête, au début, était en fait l'enfer sur terre, tout le monde était mal à l'aise, intimidé. L'oncle Anwar, digne émule d'Oscar Wilde, essaya, à trois reprises, de briser la glace, mais sans résultat. Je regardais les fils usés du tapis. Même Helen, qui examinait toute chose avec une immense curiosité, pleine de sympathie, et sur qui on pouvait compter pour émettre des opinions aussi joyeuses qu'irritantes, ne trouva à dire que « miam-miam » à deux reprises, en regardant par la fenêtre.

Bien que Changez et Jamila fussent assis loin l'un de l'autre, mes efforts pour essayer de les surprendre en train de se regarder furent voués à l'échec. Je peux certifier qu'aucun regard en coin ne fut échangé entre les futurs occupants d'un même lit. Que ferait Changez une fois qu'il aurait regardé sa femme ? La mode des collants et des mini-jupes était passée. Jamila portait ce qui paraissait être plusieurs sacs : des jupes longues, peut-être trois, enfilées l'une par-dessus l'autre, avec une camisole d'un vert passé, sous laquelle un œil un peu curieux pouvait apercevoir les arcs aplatis de sa poitrine sans soutien-gorge. Elle avait sur le nez, comme d'habitude, ses lunettes de la Sécurité sociale, et aux pieds une paire de chaussures brunes, genre orthopédique, qui donnaient l'impression qu'elle était sur le point de partir en escalade. Elle était folle de ces vêtements, ravie d'avoir trouvé une tenue qu'elle pouvait porter chaque jour, désirant, tel le paysan chinois, n'avoir jamais à penser à ce qu'elle allait mettre aujourd'hui. Des petites idées comme celle-ci, si typique de Jamila, qui n'avait aucune vanité quant à son physique, paraissaient excentriques aux autres et me faisaient, quant à moi, rire aux éclats. La seule personne qui ne trouvait pas sa tenue excentrique, simplement parce qu'il ne la remarquait pas, était son père. Il connaissait vraiment fort mal sa fille. Si quelqu'un lui avait demandé pour qui elle votait, quel était le nom de ses amies, ce qu'elle aimait dans la vie, il n'aurait pas pu répondre. C'était comme si, d'une manière curieuse, il avait été au-dessous de sa dignité de s'intéresser à elle. Il ne la voyait pas. Il y avait seulement certaines lignes de conduite auxquelles devait se plier cette femme qui était sa fille.

Finalement, quatre parents d'Anwar arrivèrent, apportant de nouvelles boissons, de nouvelles gâteries, des étoffes et des pots. Un des hommes donna une perruque à Jamila. Il y avait aussi une guirlande de santal pour Changez. Bientôt la pièce devint fort bruyante et tout le monde s'anima.

Anwar faisait la connaissance de Changez. Il ne paraissait pas le moins du monde déçu par lui, lui souriait, lui adressait de petits signes de tête, le touchait sans arrêt. Un certain temps s'écoula avant qu'Anwar ne remarque que ce gendre si attendu n'était pas l'extraordinaire spécimen physique qu'il espérait. Les deux hommes ne parlaient pas en anglais, de sorte que je ne sais pas exactement ce qu'ils se disaient, mais Anwar, après un coup d'œil, suivi d'un examen attentif et d'un pas sur le côté pour prendre du recul, désigna d'un air anxieux l'un des bras de Changez.

Celui-ci agita la main un instant et éclata de rire, sans la moindre gêne. Anwar essaya de rire aussi. Le bras gauche de Changez s'était desséché de quelque manière et, collé au bout d'un membre écourté, se trouvait un morceau de chair durcie, de la taille d'une balle de golf, un petit poing, avec juste un minuscule pouce se dressant hors de cette masse compacte là où auraient dû être des doigts agiles, capables de repeindre la boutique et de porter des caisses. On avait l'impression que Changez avait plongé sa main dans le feu et que la chair, les os, les nerfs, s'étaient amalgamés en fondant. Evidemment, je connaissais un plombier remarquable qui travaillait pour oncle Ted, et qui n'avait qu'une espèce de moignon pour main, néanmoins je voyais mal Changez repeignant le magasin d'Anwar avec un seul bras. En fait, même s'il avait eu quatre bras, aussi solides que ceux de Mohammed Ali, je doute fort qu'il eût su quoi faire avec un pinceau, ou même avec une brosse à dents, si vous voulez tout savoir.

Si Anwar avait maintenant quelques raisons d'entretenir certaines réserves vis-à-vis de Changez (même si celui-ci semblait totalement séduit par Anwar et riait à tout ce qu'il disait, même lorsque c'était extrêmement sérieux), cela ne pouvait en aucune mesure se comparer à l'aversion de Jamila. Changez avait-il la moindre idée de la répugnance avec laquelle sa future épouse — qui pour l'instant traversait la pièce en direction de la bibliothèque pour prendre un livre de Kate Millett et le parcourir durant quelques minutes, avant de le replacer sur le rayonnage, lorsque sa mère lui eut jeté un regard chargé à la fois de reproches et de compassion — échangerait des vœux de mariage avec lui ?

Jamila m'avait téléphoné le lendemain du jour où j'avais baisé Helen dans Anerley Park, pour m'informer de sa décision. Ce matin-là, j'étais si ravi d'avoir réussi à séduire la fille du propriétaire du chien que j'avais totalement oublié la grande décision que devait prendre Jamila. Elle m'apparut lointaine et glacée lorsqu'elle me dit qu'elle allait épouser l'homme que son père avait choisi parmi des millions d'autres et qu'elle n'avait rien à ajouter. Elle survivrait, me dit-elle. Elle n'accepterait, en tout cas, sûrement pas qu'on remette le sujet sur le tapis.

Je n'arrêtais pas de me dire : Tout à fait typique de Jamila, c'est exactement ce qu'elle devait faire, comme s'il s'agissait de quelque chose qui arrivait tous les jours. Elle épousait Changez par pure perversité, j'en étais sûr. Nous vivions dans des temps de révolte, de remise en question, après tout. Jamila s'intéressait aux anarchistes, aux situationnistes, aux Weathermen, elle découpait ces sortes d'articles dans les journaux pour me les montrer. Epouser Changez serait, à ses yeux, une rébellion contre la rébellion, quelque chose de nouveau, de créatif en soi. Tout dans sa vie serait sens dessus dessous, deviendrait matière à expérience. Elle proclamait qu'elle ne le faisait que pour Jeeta, mais quant à moi, je suppose qu'il y avait en elle un esprit réel de contradiction.

Je me retrouvai près de Changez lorsque nous commençâmes à manger. Helen me regardait, de l'autre côté de la table, incapable d'avaler quoi que ce soit, pratiquement prise de nausées à la vue de Changez qui tenait son assiette en équilibre sur ses genoux — sa guirlande pendouillait dans son *dal* * — tandis qu'il se servait de sa bonne main pour manger, utilisant habilement les doigts en bon état qui lui restaient. Peut-être ne s'était-il jamais servi d'une fourchette et d'un couteau auparavant. Evidemment, Jamila en serait ravie. Elle allait joyeusement se rendre chez ses amies et leur dire : « Savez-vous que mon mari ignorait jusqu'à aujourd'hui l'usage des couverts ? »

Mais Changez paraissait si seul — j'étais juste à côté de lui, de sorte que je pouvais voir des poils de barbe se dresser sur ses joues mal rasées — qu'il m'était impossible de me moquer de lui comme j'aurais aimé le faire. Il me parlait si gentiment, avec un enthousiasme si plein d'innocence, que j'avais envie de dire à Jamila : « Ecoute, il n'a pas l'air si terrible ! »

« Accepteriez-vous de m'emmener faire un tour pour voir deux ou trois choses qui m'intéressent ?

— Bien sûr, quand voulez-vous qu'on fasse ça ? répondis-je.

— J'aimerais aussi assister à un match de cricket. Nous pourrions peut-être aller à Lords. J'ai amené mes jumelles.

— Parfait.

— Et aller dans les librairies ? J'ai entendu dire qu'il y en avait beaucoup dans Charing Cross Road.

— En effet. Qu'aimez-vous lire ?

— Les classiques », dit-il avec assurance. Je me rendais compte qu'il avait quelque chose de pompeux, tant il se montrait catégorique dans ses goûts et ses jugements. « Vous aimez les classiques aussi ?

— Vous ne parlez pas de ces conneries grecques ? Virgile ou Dante ou Homo machin ?

— C'est P.G. Wodehouse et Conan Doyle mes favoris ! Pourriez-vous me conduire à la maison de Sherlock Holmes dans Baker Street ? J'aime aussi le Saint et Mickey Spillane. Et les westerns, bien sûr ! Tous les films avec Randolph Scott ! Ou Gary Cooper ! Ou John Wayne ! »

Je lui demandai, pour le mettre à l'épreuve : « Il y a un tas de choses qu'on peut faire. Nous pourrions bien sûr emmener Jamila avec nous. »

Sans lui jeter un coup d'œil, mais en remplissant sa bouche de riz, de pois chiches, jusqu'à ce que ses joues commencent à gonfler — c'était réellement un fameux mangeur —, il me dit : « Ce serait formidable. »

Jamila me souffla plus tard : « Ainsi, les deux petits cons deviennent de grands copains ! » Anwar avait appelé Changez pour lui expliquer patiemment les activités du magasin, les rapports avec les grossistes, la situation financière. Changez restait là, debout, en regardant par la fenêtre, en se grattant le derrière, ne prêtant aucune attention à son beau-père qui n'avait malheureusement pas d'autre possibilité que de continuer ses explications. Alors qu'Anwar parlait, Changez se tourna vers lui et lui dit : « Je pensais qu'il ferait bien plus froid que ça en Angleterre. »

Anwar fut sidéré et agacé par cette étrange interruption.

« Mais je parlais des prix des légumes, dit Anwar.

— Mais pourquoi ? demanda Changez ahuri. Je préfère essentiellement une alimentation carnée. »

Anwar ne trouva rien à répondre, mais la déception, la perplexité et la colère se lisaient sur son visage. Il baissa de nouveau les yeux sur la main ratée de Changez, comme s'il voulait s'assurer que son frère lui avait réellement envoyé un infirme pour servir de mari à sa fille unique.

« Changez ne me semble pas si mal, dis-je à Jamila. Il aime les livres. Et il ne m'apparaît pas être un obsédé sexuel.

— Comment le sais-tu, petit con ? Pourquoi ne l'épouses-tu pas ? Tu aimes les mecs, après tout.

— Mais c'est toi qui veux l'épouser.

— Je ne " voulais " rien d'autre que de vivre ma vie en paix.

— Tu as fait ton choix, Jammie. »

Elle était furieuse contre moi.

« Merde alors ! Quoi qu'il puisse arriver, je pourrais compter sur toi, sur ton aide et ton soutien. »

Dieu merci, pensai-je, comme Pa arrivait à la fête. Il était venu directement de son travail et portait son plus beau complet, fait sur mesure chez Burton, un gilet jaune avec une montre de gousset (un cadeau de ma mère) et une cravate à rayures roses et bleues, avec un nœud aussi gros qu'un morceau de savon de Marseille. Il ressemblait à une perruche. Ses cheveux luisaient d'huile d'olive, car il était convaincu que ce produit empêche de devenir chauve. Malheureusement, lorsqu'on s'approchait de lui, on était tenté de regarder partout pour découvrir la source de cette odeur — peut-être y avait-il une salade trop assaisonnée dans les parages. Récemment, pourtant, il avait remédié à cet inconvénient en se servant de son after-shave favori, *Tapage*. Pa était plus grassouillet qu'il ne l'avait jamais été. Il se transformait peu à peu en un petit bouddha obèse, mais comparé à toutes les personnes présentes, il était la vie même, malicieux, vif, rieur. A côté de lui, Anwar paraissait un vieillard. Pa se montrait magnanime aujourd'hui : il me rappelait ces habiles politiciens qui visitent une circonscription minable, mais qui n'arrêtent pas de sourire, d'embrasser des bébés, de serrer les mains avec délectation, avant de filer aussitôt que la décence le leur permet.

Helen répétait sans arrêt : « Emmène-moi loin d'ici, Karim », ce qui réellement me tapait sur les nerfs. Bientôt, pourtant, Pa, Helen et moi descendîmes l'escalier.

« Mais qu'y a-t-il donc ? demandai-je à Helen. Pourquoi en avais-tu tellement marre ?

— Un des parents d'Anwar s'est conduit grossièrement avec moi », dit-elle.

Apparemment, lorsqu'elle s'était approchée de ce type, il l'avait repoussée, s'était recroquevillé en marmonnant : « Porc, porc, porc, M.S.T., M.S.T., les Blanches, les Blanches. » A part ça, elle était également furieuse contre Jamila qui acceptait d'épouser Changez, un type dont la seule vue lui soulevait le cœur. Je lui dis alors d'aller se faire voir à San Francisco.

En bas, Anwar faisait faire le tour de la boutique à Changez. Tandis qu'il désignait, expliquait, remuait des boîtes de conserves, des paquets, des bouteilles, des brosses, Changez secouait la tête comme un écolier malin et espiègle qui tient à faire plaisir au conservateur passionné d'un musée, mais qui ne comprend rien à rien. Changez ne paraissait nullement prêt à diriger le destin de « La Vitrine du Paradis ». M'apercevant alors que je partais, il se précipita vers moi et me prit la main.

« N'oubliez pas les librairies, hein, les librairies ! »

Il suait, et de la manière dont il s'accrochait à moi, j'en conclus qu'il ne voulait pas rester seul.

« Et aussi, dit-il, dis-moi tu et appelle-moi par mon surnom — Bouboule.

— Bouboule ?

— Bouboule. Et quel est le tien ?

— Kremly.

— Au revoir, Kremly.

— Au revoir, Bouboule. »

Dehors, Helen donnait des coups d'accélérateur à la Rover, la radio grande ouverte. J'entendis mes paroles préférées d'*Abbey Road* : « Bientôt nous serons loin d'ici, appuie sur le champignon et essuie tes larmes. » A ma grande surprise, la voiture d'Eva était elle aussi garée devant la bibliothèque. Pa en tenait la portière ouverte. Il était plein d'entrain aujourd'hui, mais nerveux et plus autoritaire que je ne l'avais vu depuis longtemps. Car maintenant il était la plupart du temps sinistre et maus-

129

sade. On avait l'impression qu'il s'était décidé pour quelque chose dont il ignorait encore si c'était le bon choix. Aussi, au lieu d'être détendu et satisfait, il était plus tendu et moins tolérant que d'habitude.

« Monte, dit-il, en me désignant la banquette arrière de la voiture d'Eva.

— Pourquoi ? Où allons-nous ?

— Monte, te dis-je. Je suis ton père, non ? N'ai-je pas toujours pris soin de toi ?

— Non. J'ai l'impression d'être prisonnier. J'avais dit que je passerais la soirée avec Helen.

— N'as-tu pas envie d'être avec Eva ? Tu aimes Eva ? Et Charlie nous attend à la maison. Il veut absolument parler d'une ou deux choses avec toi. »

Eva, assise à la place du conducteur, m'adressa un sourire. « Je t'embrasse, je t'embrasse », dit-elle. Je savais que j'allais être dupé. Ils sont si stupides, les adultes, ils pensent qu'on ne peut pas voir le dessous des foutues choses qu'ils sont en train de manigancer.

Je retournai vers Helen et lui dis qu'il se passait des choses graves, que je ne savais trop ce que c'était, mais qu'il me fallait la quitter maintenant. Elle m'embrassa et démarra. Durant la journée, je m'étais senti calme, même si j'avais été parfaitement conscient que tout avait changé dans la vie de Jamila. Et maintenant, ce jour-là aussi, si je ne me méprenais pas sur la tête que faisaient ces deux-là dans la voiture, la même chose était en train de m'arriver. J'agitai la main en direction de la voiture d'Helen, je ne savais pas pourquoi. Je n'ai jamais revu cette fille depuis. Je l'aimais beaucoup, nous nous préparions à sortir ensemble et tout cela est arrivé et je ne l'ai jamais revue.

Assis derrière Eva et Pa dans la voiture, en observant leurs mains voltiger sans arrêt en direction l'un de l'autre, il n'était pas nécessaire d'être un génie pour voir qu'il s'agissait bien d'un couple. Là, devant moi, j'avais deux amoureux, oh oui. Tandis qu'Eva conduisait, Pa ne parvenait pas à détacher ses yeux de son visage.

Je connaissais à peine cette femme, Eva, qui était en train de me voler mon père. Mais que pensais-je vraiment d'elle ? Je ne l'avais même pas regardée attentivement.

Ce nouvel être dans ma vie n'était pas une femme qui aurait paru séduisante sur la photographie d'un passeport. Elle n'avait pas une beauté conventionnelle, sa silhouette n'était pas magnifiquement proportionnée et son visage était un peu trop potelé. Néanmoins elle était adorable parce que ce visage rond, aux cheveux raides teints en blond qui lui tombaient sur le front et sur les yeux, était un visage ouvert, un visage qui changeait constamment, un visage expressif, source même de sa beauté. Il cachait fort peu de chose, réagissait à la moindre sensation. Parfois, Eva redevenait une enfant et on voyait ce qu'elle avait dû être à huit, à dix-sept ou à vingt-cinq ans. Les différentes périodes de sa vie semblaient chez elle exister simultanément, comme si cette femme pouvait passer d'un âge à un autre, selon les sensations qu'elle éprouvait. Il n'y avait aucune froide maturité chez elle, grâce au ciel. Elle était cependant capable de se montrer extrêmement sérieuse et honnête, expliquant sa peine, sa douleur, comme si nous étions tous des êtres humains, ouverts comme elle, et non des êtres renfermés, secrets, compliqués. Le jour où elle me dit à quel point elle se sentait seule et abandonnée lorsqu'elle vivait avec son mari, cette confession, ces mots « seule et abandonnée », qui habituellement m'auraient fait rentrer sous terre, me donnèrent un frisson dans le dos.

Lorsqu'elle était ravie, et elle était souvent ravie, son ravissement se reflétait sur ses traits, comme le soleil dans un miroir. Elle vivait tournée vers l'extérieur, tournée vers vous, et son visage était toujours beau à regarder, parce qu'il n'exprimait que rarement l'ennui ou la lassitude. Elle ne laissait pas le monde l'accabler. Et elle aimait parler, notre vieille Eva.

Elle ne parlait pas pour donner une vague approbation, ou une aussi vague désapprobation, remplie à ras bord d'émotion. Je ne dis pas ça. Il y avait toujours des faits, solides, tangibles comme du pain, dans ses sentiments. Par exemple, c'est elle qui m'expliqua l'origine des dessins sur les châles de Paisley ; elle me raconta l'histoire de Notting Hill Gate, m'expliqua l'usage de la *camera obscura* par Vermeer, et pourquoi la sœur de Charles Lamb assassina leur mère, et aussi l'histoire de Tamla Motown. J'aimais tous ces trucs ; je les mettais par écrit. Eva déroulait le monde devant moi. C'est grâce à elle que je commençais à m'intéresser à la vie.

Pa, je crois, était légèrement intimidé par elle. Eva était plus intelligente que lui, plus riche de sentiments. Il n'avait jamais rencontré une telle passion chez une femme auparavant. C'était en partie ce qui le faisait désirer et aimer Eva. Cependant, cet amour, si irrésistible, passionné, qui grandissait en dépit de tout, conduisait à la destruction.

Je voyais chaque jour les méfaits de l'érosion dans les fondations de notre famille. Jour après jour, en rentrant du travail, Pa se rendait dans sa chambre à coucher et n'en sortait plus. Récemment, il nous avait encouragés, Allie et moi, à lui parler. Nous nous asseyions là, près de lui, pour lui raconter ce qui s'était passé à l'école. Je supposais qu'il aimait ces récits tachés d'encre, parce que, pendant que nos voix remplissaient la pièce comme une fumée, il pouvait rester allongé sur le dos, caché par ses couvertures, et penser à Eva. Ou alors, nous allions nous asseoir avec Mam, pour regarder la télévision, affrontant sa perpétuelle mauvaise humeur et ses soupirs d'auto-apitoiement. Et pendant ce temps, comme des tuyaux qui fuient, qui dégradent, avant d'éclater dans la mansarde, nos cœurs partout dans la maison se brisaient lentement, tandis qu'aucune parole n'était réellement échangée.

D'une certaine manière, c'était pire pour mon petit frère Allie qui n'avait aucun indice à se mettre sous la dent. Pour lui, la maison était remplie de souffrances et des tentatives, bien entendu ratées, de faire croire que la souffrance n'existait pas. Personne ne le mettait au courant. Personne ne lui disait : Mam et Pa sont malheureux ensemble. Il devait être plus troublé qu'aucun d'entre nous, à moins que son ignorance l'empêchât de se rendre compte à quel point les choses allaient mal. Quoi qu'il se passât durant ces jours, nous étions totalement isolés les uns des autres.

* * *

Lorsque nous arrivâmes chez elle, Eva mit sa main sur mon épaule et me dit de monter voir Charlie. « Je sais que c'est ce que tu as envie de faire. Ensuite, redescends. Nous avons à parler de choses importantes. »

Tandis que je grimpais l'escalier, je me disais que décidément je haïssais d'être dirigé de cette manière. Fais ceci, fais cela, va là, va ici. Je quitterais la maison très prochainement, j'en étais sûr. Pourquoi n'étaient-ils pas capables de déballer le truc important sur-le-champ ? En haut de l'escalier, je me retournai un instant et en découvris la raison : Eva et mon père se dirigeaient vers la chambre, main dans la main, cherchant à se toucher, s'agrippant, sortant leurs langues, se pressant l'un contre l'autre, même avant d'avoir passé la porte. Puis j'entendis qu'ils la fermaient à clef derrière eux. Ils n'étaient même pas capables d'attendre une demi-heure.

Je passai ma tête par la trappe de Charlie. Son antre avait changé énormément depuis la dernière fois. Ses livres de poésie, ses dessins, ses chaussures de cow-boy étaient éparpillés çà et là. Les placards et les tiroirs étaient ouverts comme s'il faisait sa valise. Il s'en allait, changeait du tout au tout. Pour commencer, il renonçait à jouer au hippie, ce qui devait être un soulagement pour le Fish et pas seulement professionnellement. Cela signifiait qu'il pourrait passer à Charlie des disques soul — Otis Redding et tout ça —, la seule musique qu'il aimait. Pour l'instant, le Fish était vautré dans un fauteuil noir en acier, il riait, tandis que Charlie parlait, s'agitait, faisait la moue, jouait avec ses cheveux. Pendant que Charlie s'affairait, le Fish ramassait une vieille paire de jeans effrangés, ou une

133

chemise à grand col, coupée dans un tissu à fleurs roses, ou un album de Barclay James Harvest, et les envoyait par le vasistas dans le jardin, en bas.

« C'est ridicule la manière dont les gens obtiennent des postes, disait Charlie. En vérité, ça devrait être distribué au hasard. On arrêterait les gens dans la rue et on leur dirait que maintenant ils sont directeurs du *Times* pour un mois. Ou qu'ils sont juges, commissaires de police ou dames-pipi. Il faudrait que tout ce truc soit totalement arbitraire. Il ne pourrait y avoir de rapport entre la situation et la personne, à moins que ce fût une totale discordance. N'es-tu pas d'accord ?

— Sans exception ? demanda le Fish d'un air languissant.

— Non. Tout simplement, il y a des gens qui devraient être exclus des hautes fonctions. Ceux, par exemple, qui courent après les bus ou mettent leurs mains dans leurs poches pour s'assurer qu'ils ne vont pas perdre leur monnaie. Il y a aussi ceux qui, bien que bronzés, ont des taches blanches sur les bras. Ces gens seraient exclus parce qu'on les enverrait dans des camps spéciaux pour les punir. »

Charlie me dit alors — je pensais qu'il ne m'avait pas remarqué : « Je descends tout de suite », comme si j'étais venu lui annoncer que son taxi l'attendait en bas.

Je dus paraître blessé, car il changea de ton :

« Hé, petit con, dit-il, viens ici. Autant être copains. D'après ce que j'entends, nous allons nous voir pas mal. »

Aussi je me glissai par le trou pour le retrouver. Il se pencha en avant et m'enlaça. Il me serrait tendrement, mais c'était un geste qui lui était habituel, semblable à cette manière qu'il avait de dire aux gens qu'il les aimait, en utilisant exactement le même ton de voix avec chacun d'eux. J'avais envie de mettre fin à toute cette merde.

Je tendis la main pour attraper un bon morceau de son cul. Il y en avait une bonne quantité et c'était fort aguicheur à mes yeux. Quand, comme je l'avais prévu, il sursauta de surprise, je lui collai ma main entre les jambes pour lui empoigner les couilles. Il éclata de rire, tout en grimaçant, et m'envoya balader de l'autre côté de la pièce, où j'atterris dans sa batterie.

Je restai là, par terre, pleurant à demi, faisant semblant de ne pas avoir mal, tandis que Charlie continuait de faire des allées et venues, jetant des vêtements à fleurs dans la rue, parlant de la possibilité pour la police d'arrêter et d'emprisonner les guitaristes de rock qui pliaient les genoux en jouant de leur instrument.

Quelques minutes plus tard, en bas, Eva, à côté de moi sur le divan, me tamponnait le front en murmurant : « Bande de sales gosses, bande de sales gosses. » Charlie était assis l'air penaud, en face de moi, et Dieu, installé à côté de lui, avait son visage grincheux. Eva avait enlevé ses chaussures et Pa, sa veste et sa cravate. Mon père avait organisé cette rencontre au sommet avec soin, et maintenant le côté zen de la chose s'était transformé en folie furieuse parce que juste au moment où Pa ouvrait la bouche pour commencer à parler, mon nez s'était mis à saigner. Du sang coulait maintenant sur mes genoux, à cause de la brutalité avec laquelle Charlie m'avait envoyé dinguer dans sa batterie.

Pa commença à la manière d'un chef d'Etat qui s'adresse aux Nations Unies, disant, avec le plus grand sérieux, qu'il s'était mis à aimer Eva de plus en plus au fur et à mesure qu'il l'avait mieux connue, et ainsi de suite. Mais bientôt il abandonna le côté ennuyeux et terre à terre des choses concrètes pour planer dans un air plus pur. « Nous nous accrochons au passé, dit-il, aux vieilleries, parce que nous avons peur. J'ai eu peur de blesser Eva, de blesser Margaret, et aussi de me blesser moi-même. » Ces conneries me tapaient réellement sur les nerfs. « Nos vies ont commencé à rancir, à se figer. Nous avons peur de ce qui est nouveau, de tout ce qui peut nous enrichir ou nous changer. » Ce discours avait pour effet de me donner l'impression que mes muscles étaient devenus mous et rouillés. J'avais envie de courir dans les rues, simplement pour me sentir encore vivant. « Mais en nous conduisant ainsi, nous sommes des morts-vivants, la vie est ailleurs, c'est... »

J'en avais vraiment assez. Aussi je lançai : « Est-ce que tu ne te rends pas compte à quel point cette salade est emmerdante ? »

Il y eut un silence dans la pièce, lourd d'inquiétude. Merde alors. « C'est vague et ça n'a pas de sens, Pa. Juste de l'air chaud en mouvement. » Tout le monde me regarda. Comment les gens peuvent-ils parler, simplement parce qu'ils aiment le son de leur voix, sans jamais penser aux gens qui les entourent ?

« Je t'en prie, supplia Eva, ne sois pas aussi grossier au point d'empêcher ton père de finir ce qu'il avait à dire.

— Très juste », lança Charlie.

Pa se remit à parler. Ce devait lui être difficile d'être si bref après avoir été agressé de la sorte : « J'ai décidé de vivre avec Eva. »

Tout le monde se tourna vers moi pour me regarder avec compassion. « Et que va-t-il se passer pour nous ? demandai-je.

— Ne t'inquiète pas, vous aurez de l'argent et nous nous verrons autant que tu le voudras. Tu aimes Eva et Charlie. Réfléchis, tu gagnes une nouvelle famille.

— Et Mam ? Est-ce qu'elle gagne une nouvelle famille ? »

Mon père se leva et enfila sa veste. « Je vais lui parler sur-le-champ. »

Tandis que nous restions assis là, Pa se rendit à la maison pour mettre un terme à notre vie de famille. Eva, Charlie et moi, parlions de choses et d'autres en buvant des rafraîchissements. Je ne sais pas trop de quoi nous parlions. Puis, je dis que j'avais envie de pisser, mais je quittai la maison en courant, pour marcher dans les rues, me demandant foutrement ce qu'il fallait faire, essayant d'imaginer ce que Pa disait à Mam et comment elle allait le prendre. Puis, j'entrai dans une cabine téléphonique et fis un appel en P.C.V. à tante Jean, qui, ivre, était aussi grossière que d'habitude. Aussi, je lui dis simplement ce que j'avais à dire et raccrochai l'appareil. « Ça serait pas mal si vous alliez là-bas, tante Jean. Dieu — je veux dire Pa — a décidé de vivre avec Eva. »

CHAPITRE VII

La vie avait continué d'être assommante, rien n'était arrivé pendant des mois, puis, un jour, tout, absolument tout, se trouva bouleversé, foutu en l'air. Quand je rentrai à la maison, Mam et Pa étaient enfermés dans leur chambre à coucher et le pauvre petit Allie tapait à la porte comme un gosse de cinq ans. J'essayai de l'entraîner loin de là et de le faire monter à l'étage, de peur qu'il ne soit traumatisé pour la vie, mais il m'envoya un coup de pied dans les couilles.

Presque immédiatement après l'ambulance du cœur arriva avec, à l'intérieur, tante Jean et oncle Ted. Celui-ci resta assis dans la voiture, tandis que Jean fonçait sans hésiter dans la chambre à coucher, me repoussant, alors que j'essayais de protéger l'intimité de mes parents. Elle me lança des ordres d'une voix forte.

En moins de quarante minutes, Mam était prête à partir. Tante Jean lui avait fait sa valise, tandis que j'avais préparé celle d'Allie. Elle pensait que j'irais aussi à Chislehurst avec elle, mais je dis que je m'y rendrais plus tard, à vélo, que je m'organiserais moi-même. Mais je savais parfaitement que je n'irais pas me fourrer sur son

138

territoire. Que pouvait-il y avoir de pire que de s'installer à Chislehurst ? Même pour deux jours, je ne supporterais pas la vue de tante Jean au saut du lit, sans maquillage, son visage blanc comme un linge, tandis qu'elle avalait pour le petit déjeuner ses pruneaux, ses harengs fumés, allumant déjà cigarette sur cigarette et m'obligeant à boire du thé Typhoo. Je savais aussi qu'elle dirait du mal de Pa toute la journée. Pour l'instant, Allie hurlait : « Va te faire foutre, espèce de sale bouddhiste ! » tandis qu'il partait avec Mam et Jean.

Donc, ils s'en allèrent tous les trois, le visage dégoulinant de larmes, le cœur plein de peur, de souffrance, de colère et la bouche pleine de cris. Pa hurlait de son côté : « Mais où allez-vous tous ? Pour quelle raison quittez-vous la maison ? Restez donc ici ! » Mais Jean lui cria de fermer sa grande gueule.

La maison était maintenant silencieuse, comme si personne n'était à l'intérieur. Pa, assis sur les marches, la tête dans ses mains, commençait à reprendre vie. Il voulait partir aussi. Il entassa des chaussures, des cravates, des livres, dans tous les sacs en plastique que je pouvais dénicher, puis, brusquement, s'arrêta, comme s'il se rendait compte tout à coup que c'était indigne de lui de défigurer la maison avant de la quitter.

« Oublions ça, dit-il. On laisse tout, d'accord ? » J'aimais cette idée : ça me semblait extrêmement noble de partir les mains vides, comme si nous étions au-dessus des choses matérielles.

Finalement, Pa téléphona à Eva pour lui dire que le terrain était libre. Elle entra non sans hésitation dans la maison, mais se montra toujours aussi chaleureuse, aussi gentille. Elle fit monter Pa dans sa voiture. Puis elle me demanda ce que j'allais faire. Il me fallut lui dire que je voulais rester avec elle. Elle ne broncha pas, contrairement à ce à quoi je m'attendais. Elle me dit simplement : « D'accord, va chercher tes affaires, ce sera merveilleux de t'avoir avec nous. Nous allons vivre des moments fantastiques ensemble, tu sais cela, n'est-ce pas ? »

Donc, j'allai chercher une vingtaine de disques, dix paquets de thé, le *Tropique du Cancer* de Miller, *Sur la route* de Kerouac et le théâtre de Tennessee Williams. Et me voilà parti pour vivre avec Eva. Et Charlie.

Cette nuit-là, Eva m'installa dans sa petite chambre d'amis, toute propre. Avant d'aller au lit, je me rendis dans la grande salle de bains, à côté de sa chambre à coucher, où je n'avais jamais mis les pieds auparavant. La baignoire était au milieu de la pièce, avec un robinet ancien, en cuivre. Il y avait des bougies sur le bord et un seau d'autrefois en aluminium. Sur les étagères en chêne étaient rangés des rouges à lèvres, des fards à joues, des lotions démaquillantes, des crèmes, des laques, des savons pour peaux douces, pour peaux sensibles, pour peaux normales, des savons enveloppés dans des papiers exotiques et glissés dans de jolies boîtes. Il y avait des pois de senteur dans un pot de confiture et un coquetier et des pétales de rose dans une saucière de Wedgwood. Il y avait des flacons de parfum, de la ouate, des crèmes traitantes, des bandeaux, des barrettes, des shampooings. C'était déroutant : un tel étalage de vanité me mettait mal à l'aise, même si ça représentait un univers sensuel, plein d'odeurs, de douceur, de sensations, qui m'excitait comme une caresse imprévue, alors que je me déshabillais, après avoir allumé les bougies, pour me glisser dans la baignoire de la salle de bains d'Eva.

Plus tard, dans la soirée, elle vint dans ma chambre en kimono, pour m'apporter une coupe de champagne et un livre. Je lui dis qu'elle paraissait heureuse, radieuse, ce qui l'illumina encore davantage. Les compliments sont des outils fort utiles dans le commerce de l'amitié, me dis-je à moi-même. Dans ce cas, c'était parfaitement vrai. Elle me dit : « Merci pour ce que tu viens de dire. J'ai été fort peu heureuse pendant longtemps, mais maintenant je crois que je vais l'être.

— Qu'est-ce que c'est que ce livre ? demandai-je.

— Je vais te faire un peu de lecture, dit-elle, pour t'apprendre à aimer le son des bonnes phrases. Et aussi parce que tu vas me lire des choses, dans les mois à venir, pendant que je ferai la cuisine et les tâches ménagères. Tu as une belle voix. Ton père m'a dit que tu ne détesterais pas être acteur.

— En effet.

— Alors, on va essayer de penser à ça. »

Eva s'assit sur le bord du lit et commença à me lire *The Selfish Giant*. Elle jouait tous les personnages et imita la voix d'un curé béat pour animer la fin sentimentale de cette histoire. Elle n'en faisait pas trop, elle voulait simplement me montrer que j'étais en sécurité avec elle, que la fin du mariage de mes parents n'était pas la pire chose qui soit jamais arrivée, qu'elle avait suffisamment d'amour pour nous protéger tous. Elle était forte, sûre d'elle maintenant. Elle me fit la lecture pendant longtemps et j'appréciais énormément que mon père l'attende impatiemment pour la baiser, de nouveau, durant cette nuit des nuits qui était en réalité leur lune de miel. Je la remerciai avec chaleur. Elle me dit alors : « Mais tu es beau et l'on devrait donner à ceux qui sont beaux tout ce qu'ils veulent.

— Holà, mais qu'arrive-t-il aux laids, alors ?

— Les laids, dit-elle en faisant sortir le bout de sa langue, c'est de leur faute s'ils le sont. On doit les condamner, non les prendre en pitié. »

Je me mis à rire, mais je pensais alors savoir d'où Charlie avait hérité un peu de sa cruauté. Dès qu'Eva fut partie, je me couchai pour la première fois dans la même maison que Charlie, qu'Eva et que mon père et je me mis à penser à la différence qui existe entre les gens intéressants et les gens gentils. Et comme il peut très bien ne pas s'agir des mêmes. On a envie d'être avec les gens intéressants — leur esprit original vous aide à voir les choses d'un œil neuf. Avec eux rien n'est fade ou monotone. Je brûlais de savoir ce qu'Eva pensait des choses, ce qu'elle pensait de Jamila,

141

disons, et du mariage de Changez. J'avais envie d'avoir son avis. Eva pouvait être snob, c'est évident, pourtant, si je voyais un spectacle ou entendais un morceau de musique, ou visitais un endroit, je n'étais pas content tant qu'Eva ne m'avait pas montré les choses sous un angle bien à elle. Elle regardait tout de son point de vue et était capable d'établir des relations. Et puis il y avait aussi les gens gentils qui ne sont pas intéressants et dont on n'a nulle envie de savoir ce qu'ils pensent de quoi que ce soit, comme ma mère, par exemple. Ils sont bons, humbles et méritent beaucoup d'amour, mais ce sont les gens intéressants comme Eva, avec leur côté tranchant, qui arrivent partout, même dans le lit de mon père.

Lorsque Pa alla habiter avec Eva et que Jamila et Changez s'installèrent dans leur appartement, il y avait cinq endroits où je pouvais demeurer : avec Mam chez tante Jean ; dans notre maison vide ; avec Pa et Eva ; avec Anwar et Jeeta ou encore avec Changez et Jamila. Finalement, j'arrêtai d'aller à notre vieille école et Eva s'arrangea pour me trouver un collège où je pourrais finir de préparer mon bac. Ce collège m'apparut comme la meilleure des choses qui pût m'arriver.

Les professeurs ressemblaient aux élèves et tout le monde était à égalité, mais oui, mais oui. Je me ridiculisai en appelant les professeurs hommes « monsieur » et les professeurs femmes « madame ». C'était la première fois aussi que j'allais dans une école mixte. Il y avait là une flopée de filles des plus curieuses. Les jours de l'innocence étaient bien passés pour elles. Elles se moquaient de moi sans arrêt, je ne sais pas pourquoi ; je suppose qu'elles pensaient que j'étais encore un gosse. Après tout, je venais juste d'arrêter de faire ma tournée de journaux le matin. Je les entendais parler avec passion de choses que j'ignorais auparavant : avortement, héroïne, Sylvia Plath, prostitution. Ces filles étaient d'origine bourgeoise, mais elles avaient fui leurs familles. Elles étaient toujours en train de se tripoter. Elles baisaient avec les maîtres, leur demandaient de l'argent pour acheter de la drogue. Elles ne s'inquiétaient guère d'elles-mêmes ; elles faisaient la navette entre le collège et l'hôpital, pour cause d'avortements, d'overdoses, de désintoxications. Elles essayaient cependant de s'occuper les unes des autres et parfois même de moi. Elles pensaient que j'étais mignon, doux, gentil et tout ça, ce qui ne me déplaisait pas. J'aimais ça parce que j'étais seul pour la première fois de ma vie, une sorte de voyageur sans bagages.

J'avais énormément de temps libre et au lieu de mener une vie régulière dans ma chambre à coucher avec ma radio et mes parents au rez-de-chaussée, j'allais maintenant de maison en maison, d'appartement en appartement, en transportant mes affaires dans un grand sac de toile, sans jamais laver mes cheveux. Je n'étais pas tellement malheureux à l'idée de parcourir le sud de Londres en tous sens, de traverser les banlieues en bus, alors que personne ne savait où j'étais. Quand quelqu'un — Mam, Pa, Ted — essayait de me repérer, j'étais toujours ailleurs, assistant par exemple exceptionnellement à un cours, avant de filer voir Changez et Jamila. Je ne voulais pas recevoir d'éducation. Ce n'était pas le bon moment dans ma vie pour me concentrer, vraiment pas. Pa était toujours convaincu que je voulais avoir une bonne situation — avocat, lui avais-je dit récemment parce qu'il savait maintenant que cette histoire de médecin n'était que du vent. Mais je savais que le moment viendrait où il me faudrait lui apprendre que le système scolaire et moi avions rompu. Cette révélation briserait évidemment son cœur d'immigré. Mais l'esprit de l'époque, parmi les gens que je connaissais, avait plutôt tendance à se tourner vers la dérive et l'oisiveté. Nous ne voulions pas d'argent. Pour quoi faire ? Nous pouvions en avoir grâce à nos parents, à des amis ou au gouvernement. Et s'il fallait vraiment s'ennuyer — on s'ennuyait d'ailleurs généralement, faute d'être suffisamment motivés — on pouvait du moins s'ennuyer à notre manière, affalés sur un matelas, dans des maisons en ruine, échappant ainsi au travail et au système. Je n'avais aucune envie de travailler dans un endroit où il me serait interdit de porter mon manteau de fourrure.

De toute façon, il y avait tant de choses à observer. Oh oui, j'étais intéressé par la vie. J'étais un témoin passionné des amours d'Eva et de Pa, et même encore plus fasciné par Changez et Jamila qui vivaient, qui aurait pu le croire, au sud de Londres.

L'appartement de Jamila et Changez, loué par Anwar, était une espèce de truc de deux pièces, près du champ de courses pour chiens de Catford. Il contenait un minimum de meubles déglingués, appuyés contre des murs peints en jaune, et un appareil de chauffage à gaz. L'unique chambre à coucher, dans laquelle se trouvait un grand matelas, recouvert par un dessus-de-lit d'étoffe indienne, aux couleurs tourbillonnantes, était la pièce de Jamila. Au bout du lit se trouvait une petite table à jeux que Changez avait offerte à sa femme en cadeau de mariage. Je l'avais ramenée moi-même de chez un brocanteur du coin. Elle était recouverte d'une nappe de style Liberty et j'avais acheté à Jamila un vase blanc dans lequel se trouvaient toujours des jonquilles ou des roses. Jamila gardait ses crayons et ses stylos dans un pot de beurre de cacahuètes. Sur la table et en tas autour d'elle, par terre, s'entassaient ses livres post-Miss Cutmore : les « classiques » comme elle les appelait — Angela Davis, Baldwin, Malcolm X, Greer, Millett. On n'était pas censé accrocher quoi que ce fût aux murs, mais Jamila y avait punaisé des poèmes, qu'elle avait copiés à la bibliothèque, de Christina Rossetti, de Plath et de Shelley et d'autres végétariens. Elle les lisait quand elle se levait pour se dégourdir les jambes, en faisant quelques pas autour de la minuscule pièce. Sur une planche de bois, clouée à l'appui de fenêtre, était posé son lecteur de cassettes. Du petit déjeuner jusqu'à ce que tous les trois nous nous enfilions les dernières bières de la soirée, la pièce retentissait des chants d'Aretha et des autres mamas. Jamila ne fermait jamais la porte, si bien que Changez et moi, tout en buvant, pouvions regarder le profil aigu et concentré de notre Jamila qui, la tête penchée, lisait, chantait, ou écrivait en se servant de vieux cahiers de classe. Tout comme moi, elle avait renoncé à ces « vieilles, ennuyeuses saletés blanches » qu'on nous enseignait à l'école et au collège. Mais Jamila n'était pas paresseuse, elle faisait sa propre éducation. Elle savait ce qu'elle voulait apprendre et savait où ça se trouvait, elle n'avait donc qu'à se le fourrer dans la tête. En regardant Jamila, je me disais parfois que le monde était divisé en trois sortes de gens : ceux qui savent ce qu'ils veulent faire ; ceux (les plus malheureux) qui ne savent jamais ce qu'ils feront dans la vie ; et ceux qui découvrent leur voie très tard. Je faisais partie de la dernière catégorie, j'imagine, ce qui ne m'empêchait pas de souhaiter être né sous le signe de la première.

Dans la salle de séjour, il y avait deux fauteuils et une table sur laquelle on mangeait des plats préparés. Devant, il y avait deux chaises en acier dont les sièges en plastique blanc étaient en piteux état. A côté était placé au ras du sol un lit de camp sur lequel étaient jetées des couvertures marron. Dès le début, Jamila avait demandé à Changez de dormir là. Il n'était plus question maintenant de faire autrement. Changez n'avait élevé aucune objection au moment crucial où peut-être il était encore temps d'agir. C'était ainsi qu'il allait en être entre eux. De la même manière, elle l'avait fait dormir par terre, à côté de leur lit nuptial, au *Ritz*.

Tandis que Jamila travaillait dans sa chambre, Changez s'allongeait joyeusement sur le lit de camp, sa bonne main tenant un livre de poche au-dessus de sa tête, un de ses « livres spéciaux » sans aucun doute. « Celui-là est vraiment super spécial », disait-il, fourrant de côté un autre Spillane ou James Hadley Chase ou Harold Robbins. Je pense qu'une bonne partie des ennuis qui allaient suivre commencèrent le jour où je donnai à lire à Changez un roman de Harold Robbins, parce que cette lecture excita Changez d'une manière que n'avait jamais provoquée la lecture de Conan Doyle. Si vous pensez que les livres ne changent pas les gens, regardez simplement Changez : des possibilités dont il n'avait pas rêvé à propos des comportements sexuels, brusquement, sautèrent à ses yeux. Un homme récemment marié et totalement chaste voyait maintenant l'Angleterre comme nous voyons la Suède : un trésor de possibilités sexuelles.

Mais avant que les ennuis reliés au monde du sexe trouvent leur vraie cadence, il y avait déjà ceux rattachés au rapport entre Anwar et Changez. Car, bien entendu, Changez aurait dû s'occuper de la boutique, d'autant plus qu'Anwar s'était affaibli, en suivant à la lettre le régime de Gandhi, pour parvenir à faire arriver son gendre en Angleterre.

Comme initiation à l'épicerie, Anwar expliqua à Changez le fonctionnement du tiroir-caisse qu'il est possible de faire fonctionner avec un seul bras et un demi-cerveau. Anwar fut très patient avec Changez, il lui parlait comme à un enfant de quatre ans, ce qui, bien entendu, était exactement ce qu'il fallait faire. Mais Changez était bien plus malin qu'Anwar. Il fit en sorte de montrer qu'il était totalement incapable d'envelopper le pain et de rendre la monnaie. Ce n'était pas dans ses possibilités de maîtriser l'arithmétique. Il y avait soudain une telle queue devant la caisse que les clients préféraient s'en aller. Anwar pensa alors qu'il serait peut-être mieux de remettre à plus tard le travail au tiroir-caisse. Il trouva pour son gendre une autre occupation, car il tenait à le garder dans l'atmosphère de l'épicerie.

Le nouveau travail de Changez consistait à rester assis sur un tabouret à trois pieds, derrière les cageots de légumes, afin d'essayer de prendre sur le fait les voleurs à l'étalage. C'était absolument enfantin : dès qu'on voyait quelqu'un commettre un vol, il fallait crier : « Veux-tu remettre ça tout de suite, espèce de voleur, de trou du cul ! » Anwar n'avait pas prévu que Changez avait une maîtrise parfaite de l'art de dormir assis. Jamila me dit qu'un jour Anwar entra dans la boutique et trouva Changez en train de ronfler, assis sur son tabouret, tandis que devant son nez un V.E. enfonçait un bocal de harengs dans son pantalon. Anwar explosa, sauta jusqu'au plafond. Il s'empara d'un régime de bananes et le jeta à la tête de son beau-fils qui fut frappé si durement en pleine poitrine qu'il en tomba de son tabouret. Il se blessa, dans sa chute, au seul bras qui lui restait. Il se tortillait sur le sol, incapable de se relever. Finalement, ce fut la princesse Jeeta qui l'aida à quitter le magasin. Anwar hurlait contre Jeeta et Jamila et même contre moi. Je ne pouvais qu'en rire, comme nous le fîmes tous, mais personne n'osait lui dire la vérité : tout cela était survenu par sa propre faute. Au fond, il me faisait pitié.

Son désespoir devint évident. Il était grincheux sans arrêt, se mettant en colère pour un rien et, alors que Changez soignait sa blessure chez lui, Anwar vint me trouver, dans la resserre où je travaillais. Il avait déjà perdu toute considération et tout espoir à propos de Changez. « Où en est maintenant ce gros ballot de merde ? demanda-t-il. Ne va-t-il pas mieux ? » « Il se remet peu à peu », dis-je. « Je vais lui soigner ses couilles au lance-flammes ! » lança l'oncle Anwar. « Peut-être pourrais-je téléphoner au Front national pour leur donner le nom de Changez. Ça, c'est une bonne idée, hein ? »

Pendant ce temps, Changez se perfectionnait dans l'art de rester allongé sur son lit de camp, de lire des livres de poche et de traîner en ville avec moi. Il était toujours prêt à faire n'importe quoi, à condition que ça n'ait rien à voir avec un tiroir-caisse ou un tabouret à trois pieds. Et parce qu'il était légèrement borné, ou tout au moins vulnérable et gentil, et sans aucune volonté, il faisait partie de ces rares êtres dont je pouvais me moquer, en les dominant en toute impunité. Nous devînmes donc vraiment copains. Il me suivait partout où j'avais envie d'aller, tandis que je m'arrangeais pour ne recevoir aucune éducation.

Contrairement aux autres, il me trouvait totalement déviant. Il était choqué lorsque j'enlevais ma chemise dans la rue pour que ce foutu soleil me caresse la poitrine. « T'es vraiment pas conformiste et vachement culotté, *yaar*, me disait-il souvent. Et regarde comme tu t'habilles, comme un vagabond, comme un bohémien. Ton père ne te dit rien ? Est-ce qu'il n'essaie pas de te dresser ?

— Mon père est trop occupé par la nana avec laquelle il a filé, répliquais-je, pour penser beaucoup à moi.

— Seigneur, disait-il, tout ce pays est devenu sexuellement détraqué. Ton père devrait retourner en Inde pendant quelques années et t'emmener avec lui. Peut-être dans un village retiré. »

Le dégoût de Changez pour les choses de tous les jours m'incitèrent à lui faire découvrir le sud de Londres. Je me demandais combien de temps ça lui prendrait pour s'y faire, pour devenir, en d'autres termes, corrompu. J'y travaillais dur. Nous passions des jours et des jours à danser au *Pink Pussy Club*, à bâiller au *Croydon Greyhound*, à zieuter les stripteaseuses le dimanche matin au pub, à roupiller devant les films de Godard et d'Antonioni, à nous exciter au match de Millwall Football Ground, où j'obligeais Changez à porter une casquette à pompon rabattue sur le visage, au cas où les mecs s'apercevraient qu'il était paki et que je pouvais l'être aussi.

C'était Jamila qui soutenait financièrement Changez, qui payait tout, en travaillant au magasin le soir. Je donnais aussi à Changez un peu de fric, pris sur celui que me remettait mon père. Le frère de Changez lui envoyait aussi de l'argent, ce qui n'était pas habituel. Ç'aurait dû être le contraire puisque Changez avait fait son chemin dans l'Ouest opulent. Mais j'étais sûr qu'on fêtait encore en Inde le départ de Changez.

Jamila se retrouva bientôt dans la position fort agréable de n'éprouver pour son mari ni amour ni haine. Ça l'amusait de penser qu'elle continuait à vivre comme s'il n'était pas là. Pourtant, tard le soir, ils aimaient jouer aux cartes ensemble et elle l'interrogeait alors sur l'Inde. Il lui racontait des histoires d'épouses qui s'étaient enfuies, de dots trop petites, d'adultères parmi les gens riches de Bombay (ce qui prit un grand nombre de soirées) et, comble des délices, de corruption politique. Il avait, de toute évidence, tiré un certain nombre de trucs des livres de poche. En effet, il déroulait ses histoires comme un gamin tire sur son chewing-gum. Il s'en sortait très bien, reliant les histoires entre elles, ajoutant à la petite boule ici et là un peu plus de salive, revenant sur certains personnages en disant : « Tu sais ce type très très méchant, qu'on a coincé tout nu, dans une cabine de bains ? » exactement comme dans un feuilleton américain. Il savait qu'à la fin de la journée la bouche de sa femme qui n'avait cessé de siroter le jus de cerveaux poussiéreux, et qui le rendait fou, lui dirait inévitablement : « Hé, Changez, mon petit mari, ou quoi que tu sois, ne sais-tu rien de plus sur ce foutu politicien qu'on a envoyé en prison ? »

De son côté, par pure politesse, il fit l'erreur de lui demander quelles étaient ses idées sociales et politiques. Un matin, elle lui fourra donc les *Lettres de prison* de Gramsci dans les bras, ne se rendant pas compte que sa passion pour les livres de poche correspondait en fait à un choix. « Pourquoi n'as-tu pas lu ça si tu es si intéressé ? » lui dit-elle d'un ton provocateur quelques semaines plus tard.

« Parce que je préfère l'entendre de ta bouche. » Et, effectivement, il voulait l'entendre de sa bouche. Il voulait voir la bouche de sa femme remuer, parce que c'était une bouche qu'il s'était mise à aimer de plus en plus. C'était une bouche qu'il désirait réellement connaître.

Un jour, alors qu'on rôdait autour de brocantes et de librairies d'occasion, Changez me prit le bras et me força à le regarder. C'était une vue qui n'avait rien d'agréable. Il parvint cependant à me dire, après avoir passé des

semaines à hésiter autant qu'un plongeur peureux en haut
d'un rocher : « Crois-tu que ma petite Jammie finira par
coucher avec moi ? Elle est ma femme, après tout. Je ne
songe pas à quoi que ce soit d'illégal. Mais je t'en prie, toi
qui la connais depuis toujours, quelles sont, à ton avis, en
toute honnêteté, en toute franchise, mes chances à cet
égard ?

— Ta femme ? Coucher avec toi ?

— Oui.

— Jamais.

— Quoi ?

— Aucune chance, Changez. »

Il ne pouvait accepter ça. Je développai mon point de
vue : « Elle ne te toucherait pas, même avec des pincettes.

— Mais pourquoi ? Je t'en prie, sois sincère, comme tu
l'as été jusqu'à maintenant, sur d'autres sujets. N'hésite
pas à être vulgaire, Karim, selon ta bonne habitude.

— Tu es bien trop laid pour elle.

— Réellement ? Mon visage ?

— Ton visage. Et ton corps. Toute ta personne. Pouah.

— Ah oui ? » A ce moment, je m'aperçus dans la vitrine
d'une boutique, et je fus content de ce que je voyais. Je
n'avais pas de travail, aucune éducation, aucun projet,
mais je n'étais vraiment pas mal, pas mal du tout. « Jamila
est quelqu'un qui a de la classe, tu vois.

— J'aimerais avoir des enfants avec ma femme.

— Il n'en est pas question », dis-je en secouant la tête.
Ce problème des enfants n'était pas sans importance
pour Changez le joufflu. Il y avait eu récemment un
incident qui était resté gravé dans sa mémoire. Anwar nous
avait demandé à Changez et à moi de laver le sol du
magasin, pensant peut-être que je pourrais, avec succès,
superviser son gendre. Sûrement, ça ne pouvait pas se
passer mal. Je frottais par terre et Changez tenait, d'un air
pitoyable, le seau, dans la boutique déserte, tout en me
demandant si je n'avais pas d'autres romans de Harold
Robbins à lui prêter. Puis Anwar apparut et nous observa

en train de travailler. Finalement, il se décida à parler. Il demanda à Changez des nouvelles de Jamila, comment elle allait. Il voulait savoir si Jamila « n'attendait pas ».

« N'attendait pas quoi ? demanda Changez.

— Mon foutu petit-fils, nom de Dieu ! » s'exclama Anwar.

Changez ne dit rien, mais recula en traînant les pieds, pour s'écarter du feu ronflant du mépris d'Anwar, feu entretenu par une déception sans limites.

« Sûrement, dit Anwar, en se tournant vers moi, sûrement il doit bien y avoir quelque chose entre ces pattes d'âne ? »

A cette réflexion, Changez commença à exploser, l'onde de choc partit du centre de son gros ventre. Des vagues de colère le parcoururent, son visage parut soudain s'agrandir, tandis qu'il s'aplatissait comme une méduse. Même son bras infirme s'agitait par saccades. Bientôt tout le corps de Bouboule fut secoué de colère, d'humiliation, de frustration.

Il cria : « Oui, il y a plus entre ces pattes d'âne ici qu'entre ces oreilles d'âne que je vois là ! »

Et il fit un brusque mouvement en avant, en direction d'Anwar, en brandissant une carotte qu'il venait de saisir dans un cageot. Jeeta, qui avait tout entendu, se précipita dans la pièce. Une nouvelle force, ou une nouvelle audace, semblait s'être emparée d'elle depuis les récents événements. Elle s'était fortifiée, tandis qu'Anwar s'affaiblissait. Son nez s'était busqué, comme le bec d'un oiseau de proie. Elle le plaça, entre Anwar et Changez, pour les séparer, afin que ni l'un ni l'autre ne puisse en venir aux mains. Puis elle donna une petite claque à Anwar. Je ne l'avais jamais entendue parler de cette manière. Elle ne craignait absolument plus rien. Elle aurait pu raccourcir Gulliver rien qu'en lui soufflant dessus. Anwar se retourna et s'éloigna en maugréant. Puis elle nous ordonna, à Changez et à moi, d'aller faire un tour.

Maintenant Bouboule, qui n'avait pas eu beaucoup de

temps jusqu'ici pour penser à son expérience anglaise, commençait à se poser des questions sur sa situation réelle. Ses droits conjugaux les plus clairs lui étaient refusés, ses droits en tant qu'être humain lui étaient par moments déniés, des brimades inutiles lui étaient imposées partout et les insultes voltigeaient autour de sa tête, comme une pluie de crachats. Pourtant, c'était un homme important, issu d'une grande famille de Bombay ! Que se passait-il donc ? Il fallait agir ! Mais bien sûr, commencer par le commencement. Changez cherchait quelque chose dans sa poche. Il en sortit finalement un bout de papier sur lequel était écrit un numéro de téléphone. « S'il en est ainsi...

— S'il en est ainsi ?

— S'il en est réellement ainsi à propos de ma laideur, il y a quelque chose que je dois faire. »

Changez donna un coup de fil. Ça semblait très mystérieux. Puis il me fallut le conduire devant une grande maison individuelle divisée en appartements. Une vieille femme ouvrit la porte — elle semblait l'attendre — et avant d'entrer, il se retourna pour me prier de patienter. Aussi, je restai là, à tourniquer comme un imbécile pendant une vingtaine de minutes. Lorsqu'il ressortit, j'aperçus derrière lui, sur le seuil, une petite Japonaise d'âge moyen, aux cheveux noirs, vêtue d'un kimono rouge.

« Son nom est Shinko », me dit-il, l'air heureux, comme nous retournions vers son appartement. Le pan de la chemise de Changez sortait de sa braguette déboutonnée, ainsi qu'un petit drapeau blanc. Je décidai de ne pas le lui faire remarquer.

« Une prostituée, hein ?

— Ne sois donc pas pénible ! C'est une amie maintenant. Une amie pour moi dans une Angleterre froide et inamicale !» Il me jeta un coup d'œil joyeux. « Elle fait tous ces trucs à la lettre, exactement comme c'est décrit dans Harold Robbins ! Karim, mes problèmes sont résolus ! Je peux aimer ma femme à la manière habituelle et aimer Shinko à la manière exceptionnelle ! Prête-moi une livre, veux-tu ? J'ai envie d'offrir des chocolats à Jamila. »

J'aimais beaucoup glander avec Changez et bientôt je le considérai comme faisant partie de ma famille, comme une part permanente de ma vie. Mais j'avais aussi une véritable famille dont je devais m'occuper — je ne pense pas à Pa qui était déjà bien absorbé, mais à Mam. Je lui téléphonais chaque jour, mais je ne l'avais pas vue durant le temps que j'avais passé chez Eva. Je n'arrivais pas à me faire à l'idée de trouver ensemble ma mère, mon oncle et ma tante dans cette maison.

Lorsque je décidai d'aller à Chislehurst, les rues étaient calmes, désertes, en comparaison de celles du sud de Londres, comme si le quartier avait été évacué. Le silence était sinistre. On avait l'impression qu'il était mis en tas, prêt à me tomber sur la tête. Pratiquement, la première chose que je vis en descendant du train, tandis que je marchais de nouveau dans ces rues, fut Dos Poilu et son chien, le grand danois. Dos Poilu fumait sa pipe et riait avec un voisin, devant sa grille. Je traversai la rue et revins sur mes pas pour l'observer. Comment pouvait-il se tenir là, si innocemment, alors qu'il m'avait malmené si fort ? Je me sentis soudain pris de nausées sous l'effet de la colère et de l'humiliation — des sentiments que je n'avais nullement éprouvés sur le moment. Je ne savais que faire. Une envie puissante me disait de regagner la gare et de prendre le train pour retourner chez Jamila. Pourtant, je restai là durant au moins cinq minutes, à regarder Dos Poilu, en me demandant de quel côté me diriger. Comment aurais-je pu expliquer ma décision à Mam, alors que je lui avais promis de venir la voir ? Il me fallait poursuivre ma route.

Au fond, ça me faisait du bien qu'on me fasse souvenir à quel point je haïssais la banlieue et qu'il me fallait continuer à pénétrer au cœur de Londres, à la recherche d'une nouvelle vie, afin de m'éloigner avec certitude de gens et de rues comme celles-ci.

Chez Jean, Mam s'était mise au lit, du jour où elle avait quitté notre maison, et ne s'était pas levée depuis. Mais Ted était au poil : je brûlais d'envie de le voir. Il avait complètement changé, m'avait dit Allie. Ted avait perdu sa vie afin de la trouver. C'était un des triomphes de Pa. Ted était réellement quelqu'un que Pa était parvenu à libérer.

Oncle Ted n'avait absolument rien fait depuis le jour où Pa l'avait exorcisé, alors qu'il était assis, un tourne-disque sur ses genoux. Maintenant Ted ne se levait pas, ne prenait pas son bain avant onze heures, puis il lisait le journal jusqu'à ce que les pubs ouvrent. Il passait les après-midi à faire de longues promenades ou à assister à des séances de méditation dans le sud de Londres. Le soir, il refusait de parler — il avait fait vœu de silence — et il jeûnait durant une journée entière, une fois par semaine. Il était heureux, ou du moins plus heureux, sauf que rien dans sa vie ne lui semblait avoir beaucoup de sens. En tout cas, il le reconnaissait maintenant, il était capable d'en faire l'examen. Pa lui avait demandé « d'explorer ce territoire ». Pa avait dit aussi à Ted que des années étaient peut-être nécessaires avant qu'un sens n'émerge, mais en attendant, il devait vivre au présent, profiter du ciel, des arbres, des fleurs, du goût de la bonne cuisine et aussi réparer quelques petites choses dans la maison d'Eva — par exemple la lampe de chevet de Pa et son magnétophone — s'il éprouvait le besoin d'une thérapie pratique. Ted lui avait répondu qu'il irait à la pêche s'il avait besoin de cette sorte de thérapie. Les choses techniques risquaient de le catapulter de nouveau sur une orbite redoutable. « Quand je pense à moi, disait Ted, je me vois couché dans un hamac, me balançant doucement, doucement. »

Cette conduite de Ted, basée sur la notion de hamac, sa conversion au Ted-bouddhisme, comme l'appelait Pa, mettaient tante Jean en fureur. Elle n'avait qu'une envie :

couper la corde de ce hamac qui se balançait doucement. « Elle est féroce avec lui », disait Mam non sans délectation. Ce combat entre Ted et Jean paraissait être le seul plaisir de sa vie. Qui pourrait l'en blâmer ? Jean se mettait en rage, disputaillait, allait même jusqu'à faire preuve de tendresse dans son effort pour ramener Ted à un ordinaire mais laborieux malheur. Après tout, ils n'avaient plus maintenant de revenus. Ted aimait à se vanter : « J'ai eu dix hommes sous mes ordres », et maintenant il n'en avait plus un seul. Il n'y avait rien sous lui qu'un air raréfié et la perspective de la faillite. Pourtant il souriait et disait : « C'est ma dernière chance d'être heureux, je ne peux pas la laisser échapper, Jeanie. » Un jour, tante Jean lui rentra dans le chou en mentionnant les nombreuses vertus de son ancien et charmant ami conservateur, mais Ted se vengea en disant un soir (rompant ainsi son vœu de silence) : « Que ce garçon avait vite fait de découvrir la vérité, tout au moins en ce qui la concernait, elle. »

Quand j'arrivai à la maison, Ted chantait une chanson à boire et me fourra presque dans un placard pour parler de son sujet favori : Pa. « Comment est ton père ? » me souffla-t-il dans l'oreille. « Est-il heureux ? » Il devint rêveur, comme s'il parlait d'un épisode d'Homère. « Il s'est levé un jour et a filé avec cette femme chic. C'est incroyable. Je ne le blâme pas. Je l'envie ! Nous avons tous envie de faire la même chose, hein ? Couper le lien et filer. Mais qui l'ose ? Personne, en dehors de ton père. J'aimerais le voir. En parler en détail avec lui. Mais il est interdit de le voir dans cette maison. On ne peut même pas parler de lui. » Comme tante Jean entrait dans le couloir, en sortant de la salle de séjour, Ted appuya un doigt contre ses lèvres. « Motus. » « A propos de quoi, mon oncle ? » « A propos de n'importe quel foutu truc ! »

Encore aujourd'hui, tante Jean avait le dos droit, elle était éclatante dans ses chaussures à hauts talons, sa robe bleu foncé avec sa broche en diamants — représentant un poisson en train de sauter — épinglée sur sa poitrine. Ses ongles étaient de petits coquillages nacrés, absolument parfaits. Elle resplendissait tellement qu'on aurait pu penser qu'elle venait d'être fraîchement repeinte. On craignait, en la touchant, de maculer quelque chose. Elle semblait d'attaque pour présider un de ces cocktails au cours desquels elle mettait la trace de ses lèvres sur les joues, sur les lèvres, sur les cigarettes, sur les serviettes, sur les biscuits, sur les petites tiges de bois des amuse-gueule, pour ne laisser pratiquement aucune surface qui ne fût pas barbouillée de rouge. Mais il n'y avait plus de fête dans cette maison de demi-mort, une vieille baraque abritant un type converti et une femme désespérée. Jean était coriace. Elle aimait boire et tiendrait encore un bon bout de temps, mais que ferait-elle quand elle se rendrait compte que, vu les circonstances, cette situation risquait de durer toute sa vie, qu'il s'agissait d'une condamnation à perpétuité et non d'une suspension temporaire de ses plus chers plaisirs ?

« C'est toi, n'est-ce pas ? dit tante Jean.

— Ouais, je suppose.

— Qu'est-ce que tu as fabriqué ?

— J'étais en classe. C'est pourquoi j'ai créché dans d'autres endroits. Pour être plus près du collège.

— Certainement, je te crois. Fais plutôt marcher ta mère, Karim.

— Allie est là, n'est-ce pas ? »

Elle se détourna. « Allie est un bon garçon, mais il s'occupe trop de ses fringues, tu ne trouves pas ?

— Ouais, il a toujours aimé exagérer.

— Il change de vêtements trois fois par jour. C'est un peu efféminé, non ?

— Efféminé, effectivement.

— Je pense qu'il s'épile aussi les sourcils, dit-elle d'un ton ferme.

— Ecoute, il est très poilu, tante Jean. On l'appelle Noix de Coco à l'école.

— Les hommes doivent être poilus, Karim. Les vrais hommes sont toujours extrêmement velus.

— Serais-tu devenue détective récemment, tante Jean ? N'as-tu pas encore fait ta demande pour entrer dans les forces de police ? » dis-je en m'engageant dans l'escalier. Ce bon vieil Allie, pensai-je.

Je ne m'étais jamais beaucoup soucié d'Allie et la plupart du temps j'oubliais même que j'avais un frère. Je ne le connaissais pas très bien et le méprisais parce qu'il se conduisait bien et n'arrêtait pas de tourniquer autour de moi, afin de pouvoir raconter des histoires sur mon compte. Je le tenais à distance, afin que le reste de la famille ne soit pas au courant de ce que je fabriquais. Mais pour une fois, j'étais bien content qu'il soit dans les parages. En effet, il était à la fois un compagnon pour ma mère et un embarras pour tante Jean.

Je ne suis peut-être pas quelqu'un de compatissant, ou un truc comme ça. Je veux bien parier que je suis au fond un vrai salaud, que je me fous de tout le monde, mais j'aime mieux vous dire que je détestais foutrement grimper ces escaliers pour aller voir ma mère, en particulier avec Jean en bas de la cage, observant chacun de mes pas. Elle n'avait probablement rien d'autre à faire.

« Si tu étais encore en bas, dit-elle, je t'enverrais une de ces claques qui t'enlèverait un peu de ton culot.

— Quel culot ?

— Ce sacré culot qui pourrit au fond de toi.

— Ferme-la, veux-tu, dis-je.

— Karim, s'exclama-t-elle en s'étouffant à demi de colère. Karim !

— Oh ! va te faire voir, tante Jean, dis-je.

— Petit salaud de bouddhiste, hurla-t-elle. Sales bouddhistes tous tant que vous êtes. »

J'entrai dans la chambre de Mam. Je continuais d'entendre tante Jean dans mon dos, mais je ne parvenais pas à comprendre ce qu'elle disait maintenant.

La chambre d'amis de tante Jean, dans laquelle Mam était couchée en boule dans sa chemise de nuit rose, les cheveux non peignés, avait un mur entier de placards en

157

miroir. Ces placards étaient remplis de vieilles, mais scintillantes robes du soir, rappelant les jours fastes et parfumés. Près du lit trônaient les clubs de golf de Ted et plusieurs paires de chaussures de sport poussiéreuses. On n'avait même pas pris la peine de débarrasser la chambre. Allie m'avait dit au téléphone que c'était Ted qui apportait à manger à ma mère. Il disait : « Tiens, Marge, voilà un joli petit morceau de poisson avec du pain beurré. » Mais finalement, c'était lui qui avalait ce qu'il avait apporté.

Je n'avais aucune envie d'embrasser ma mère, de peur que d'une manière ou d'une autre sa faiblesse, sa détresse ne me contaminent. Naturellement, je ne pensais pas une seconde que ma vitalité, mon dynamisme, puissent la stimuler.

Nous restâmes assis un certain temps, ne parlant qu'à peine. Puis je commençai à décrire les livres « spéciaux » de Changez, son lit de camp et le spectacle étrange d'un homme qui tombe amoureux de sa propre épouse. Mais Mam, bientôt, se désintéressa complètement de mon histoire. Si le malheur des autres gens ne parvenait pas à lui redonner courage, alors rien n'y réussirait. Son esprit s'était transformé en verre et toute sa vie glissait dessus. Je lui demandai de me dessiner.

« Non Karim, pas aujourd'hui », soupira-t-elle.

J'insistai lourdement. « Dessine-moi, dessine-moi, dessine-moi, Mam ! » Je me mis à l'injurier. J'étais vraiment en rage et tout. Je ne voulais pas qu'elle se soumette à cette manière de voir la vie qui sous-tendait son attitude, cette philosophie qui la coinçait dans les parties les plus sombres de l'univers. Pour ma mère, la vie était fondamentalement un enfer. On devenait aveugle, on se faisait violer, les gens oubliaient votre anniversaire, Nixon était élu, son époux s'enfuyait avec une blonde de Beckenham, et puis l'on devenait vieux, on ne pouvait plus marcher et l'on mourait. Rien de bon ne pouvait venir des choses d'ici-bas. Alors que cette façon de voir aurait pu, bien entendu, engendrer un véritable stoïcisme, dans le cas de ma mère, elle l'amenait à s'apitoyer sur soi-même. Aussi, je fus assez surpris lorsque finalement elle commença à me dessiner, sa main se déplaçant légèrement une fois de plus sur la page, ses yeux reflétant maintenant un certain intérêt. Je restai assis, aussi immobile que je pouvais. Lorsqu'elle se glissa hors du lit, pour aller aux toilettes, en me demandant de ne pas regarder son dessin, j'en profitai pour y jeter un coup d'œil.

« Ne bouge pas, grogna-t-elle, quand elle revint pour reprendre son dessin. Je ne parviens pas à saisir tes yeux. »

Comment pouvais-je le lui faire comprendre ? Peut-être ne devrais-je rien dire, mais je me flattais d'être rationnel.

« Mam, dis-je, c'est moi que tu regardes, ton fils aîné, Karim. Mais ce dessin — c'est un bon dessin, vraiment bon — c'est Pa. Sans tous ses poils. C'est son gros nez, son double menton. Ces poches sous les yeux sont ses valises et pas les miennes. Mam, ça n'a absolument rien à voir avec mon visage.

— Ecoute mon petit, père et fils finissent par se ressembler, tu ne crois pas ? dit-elle me jetant un regard appuyé. Vous m'avez quittée tous les deux, non ?

— Je ne t'ai pas quittée, dis-je. Je suis là quand tu as besoin de moi. Je fais mes études, c'est tout.

— Ecoute, je sais ce que tu étudies. » C'était curieux comme ma famille, le plus souvent, prenait une attitude sarcastique en face des choses que je faisais. Elle ajouta : « Je suis absolument seule. Personne ne m'aime.

— Mais si, bien sûr.

— Non, personne ne m'aide. Personne ne fait quoi que ce soit pour moi.

— Je t'aime, Mam, dis-je. Même si je ne me conduis pas exactement comme tu le voudrais tout le temps.

— Non », dit-elle.

Je l'embrassai, la serrai contre moi, puis essayai de quitter la maison sans dire au revoir à qui que ce soit. Je me faufilai au rez-de-chaussée et parvins à sortir et à atteindre la grille sans être vu. Mais alors Ted fit le tour de la maison en courant et me prit par le bras. Il devait s'être tapi pour m'attendre.

« Dis à ton père que j'apprécie fort ce qu'il a fait. Tout ce qu'il a foutrement fait pour moi !

— Très bien, je le lui dirai, fis-je en m'éloignant.

— N'oublie pas.

— Non, non. »

Je rentrai presque en courant dans le sud de Londres, pour retrouver au plus vite l'appartement de Jamila. Je me préparai un thé à la menthe et m'assis en silence à la table de la salle de séjour. Mon esprit était affreusement agité. J'essayai de me distraire en me concentrant sur Jamila. Elle était assise à sa table, comme d'habitude, son visage éclairé par la petite lampe de lecture posée à côté d'elle. Un grand vase de fleurs des champs de couleur pourpre et d'eucalyptus était posé sur un tas de livres provenant de la bibliothèque municipale. Quand on pense aux gens qu'on chérit, il y a des moments qu'on aime particulièrement — des après-midi, quelquefois des semaines entières — des moments où ils sont au mieux de ce qu'ils seront jamais, quand ils sont jeunes et sages, quand la beauté et l'équilibre s'accordent parfaitement. Tandis que Jamila était assise là, chantonnant, en lisant, absorbée par sa lecture, tandis que les yeux de Changez, couché sur le lit, étaient posés sur elle, avec autour de lui ses « livres spéciaux » recouverts de papier pelucheux, ses magazines sur le cricket et ses paquets de biscuits à moitié dévorés, je sentais que c'était l'un des derniers moments privilégiés de Jamila. Moi aussi, j'aurais pu rester là assis, comme le fan d'une actrice regardant son idole, comme un amoureux dévorant sa bien-aimée, heureux de ne pas penser à Mam et aux choses qu'il aurait fallu faire pour elle. Y a-t-il d'ailleurs quelque chose qu'on puisse faire pour les autres ?

Changez me laissa finir mon thé et mon angoisse se dissipa un peu. Puis, il me regarda.

« Bon, dit-il.

— Bon quoi ? »

Changez dégagea son corps du lit de camp, comme quelqu'un qui essaie de marcher avec cinq ballons de foot sous les bras. « Viens donc », dit-il en m'attirant dans la minuscule cuisine.

« Ecoute, Karim, murmura-t-il. Je dois sortir cet après-midi.

— Ouais ?

— Oui. »

Il essaya de prendre une expression chargée de signification et d'importance. Tout ce qu'il faisait me procurait du plaisir. L'agacer était un des ravissements les plus sûrs de ma vie. « Sors donc, dis-je. Il n'y a pas ici de gardien qui puisse t'en empêcher.

— Chut. Je dois rejoindre mon amie Shinko, dit-il sur un ton confidentiel. Elle m'emmène à la Tour de Londres et il y a de nouvelles positions que j'ai découvertes récemment, *yaar*. Assez terribles et tout, avec la femme sur ses genoux et l'homme derrière. Donc, tu restes ici et tu t'occupes de Jamila.

— M'occuper de Jamila ? répétai-je en riant. Bouboule, elle se fiche éperdument que tu sois là ou non. Elle se moque totalement de l'endroit où tu peux être.

— Quoi ?

— Pourquoi devrait-elle s'intéresser à toi, Changez ?

— Bon, bon, dit-il sur la défensive, en reculant. Je vois. »

Je continuai à l'asticoter. « A propos de position, Changez, Anwar a récemment demandé celle que tu avais envie de prendre avec lui au magasin. » Crainte et consternation apparurent immédiatement sur le visage de Changez. J'étais au paradis. Ce n'était certes pas son sujet favori. « Tu parais avoir une trouille de tous les diables, Changez.

— Cet emmerdeur de beau-père serait capable de me faire débander pour toute la journée, dit-il. Je préfère filer. »

Mais je le retins par son moignon et poursuivis : « J'en ai marre de l'entendre râler après toi. Il faut que tu fasses absolument quelque chose.

— Ce connard, pour qui me prend-il, pour son domestique ? Je ne suis pas épicier. Les affaires ne sont pas mon fort, *yaar*, vraiment pas mon fort. Je suis plutôt du genre intellectuel, je ne suis pas un de ces immigrants illettrés qui arrivent ici pour trimer comme des bêtes jour et nuit, et sales à faire peur. Dis-lui de se rappeler ça.

— Bon, je le lui dirai. Mais je t'avertis qu'il va écrire à ton père et à ton frère pour les informer du trou du cul fainéant que tu es, Changez. Je peux te le dire sans erreur possible, parce qu'il m'a fait taper le modèle de ce truc à ton sujet. »

Il s'empara de mon bras. La panique tordait ses traits. « Pour l'amour du ciel, ne fais pas ça ! Vole la lettre si tu peux. Je t'en prie.

— Je ferai ce que je peux, Changez, parce que je t'aime comme un frère.

— Moi aussi, non ? » dit-il affectueusement.

Il faisait chaud et j'étais allongé nu sur le dos, sur le lit, avec Jamila à côté de moi. J'avais ouvert toutes les fenêtres de l'appartement, rempli des émanations de voitures et du tumulte des chômeurs se disputant dans la rue. Jamila me demanda de la caresser. Je la frottai entre les cuisses avec de la vaseline, selon ses instructions. « Plus fort », « Un peu plus d'énergie, s'il te plaît » et « Oui, c'est ça, mais tu es en train de faire l'amour, pas de te laver les dents. » Avec mon nez chatouillant son oreille, je lui demandai : « Tu te fous complètement de Changez ? »

Je pense qu'elle fut surprise qu'une telle question puisse me venir à l'esprit. « Il est gentil, Changez, c'est vrai, cette manière qu'il a de grogner de plaisir en lisant, de s'affairer dans la pièce pour me demander si j'ai envie d'un peu de *keema*. Mais j'ai été obligée de l'épouser. Je n'ai pas envie de l'avoir ici. Je ne vois pas pourquoi je devrais me soucier de lui.

— Mais s'il t'aime, Jammie ? »

Elle se mit sur son séant pour me regarder. Elle m'entoura de ses bras et me dit, le regard chargé de passion : « Karim, ce monde est plein de gens qui méritent notre sympathie et nos soins, des gens oppressés, par exemple notre peuple qui vit dans ce pays raciste, qui doit subir quotidiennement la violence. C'est avec eux que je sympathise. Pas avec mon mari. En fait, il m'irrite incroyablement par moments. Mangeur de Feu, ce type ne vit qu'à peine ! C'est pitoyable ! »

Puis je déposai sur son ventre et sur ses seins de petits baisers, que je savais qu'elle adorait, la mordillant, lui donnant de minuscules coups de langue, pour la détendre. Mais elle restait avec Changez. Elle me dit : « Au fond, ce n'est qu'un parasite, un mec totalement frustré. Voilà ce que je pense de lui, s'il m'arrive jamais de penser à lui.

— Frustré ? Il est parti se défouler, crois-moi. Il a filé voir sa petite putain ! Elle s'appelle Shinko.

— Non, réellement ? C'est vrai ?

— Bien sûr.

— Allez, raconte-moi ça ! »

Aussi je lui parlai du saint patron de Changez, Harold Robbins, de Shinko et des multiples positions. Ça nous donna envie d'en essayer de notre côté, comme Shinko et Changez étaient probablement en train de le faire tandis que nous parlions d'eux. Plus tard, alors que nous nous étreignions, Jamila me dit : « Mais qu'est-ce qui t'arrive, Karim ? Tu as l'air triste ? Tu es triste, n'est-ce pas ? »

C'est vrai, j'étais triste. Comment ne l'aurais-je pas été en pensant à ma mère, couchée là-bas dans ce lit, jour après jour, complètement détruite parce que Pa avait filé avec une autre femme ? S'en remettrait-elle jamais ? Elle avait de solides qualités, Mam, du charme, de la gentillesse, du savoir-vivre, mais est-ce que quelqu'un saurait les apprécier sans en profiter pour la blesser ?

Puis Jammie me dit : « Qu'est-ce que tu vas faire de ta vie maintenant que tu as cessé d'aller au collège ?

— Quoi ? Mais je n'ai pas arrêté d'aller au collège. Simplement je ne vais plus aux cours aussi souvent. Ecoute, ne parlons pas de ça, ça me déprime. Et toi, que vas-tu faire maintenant ? »

Elle devint passionnée. « Oh moi, je ne glande pas du tout, même si j'en ai l'air. Je prépare vraiment quelque chose, simplement je ne sais pas encore exactement ce que ce sera. Je sens qu'il me faut apprendre certaines choses et qu'un jour elles me seront d'une grande utilité, pour comprendre le monde. »

On recommença à faire l'amour et nous devions ensuite être bien fatigués, parce que ce ne fut que deux heures plus tard que je me réveillai. Je frissonnai. Jamila était profondément endormie, avec un drap lui cachant les jambes. Dans une sorte de brouillard, je rampai hors du lit pour ramasser une couverture qui était tombée par terre. Et comme je jetais un coup d'œil dans la salle de séjour, j'aperçus, dans l'obscurité, Changez, allongé sur son lit de camp, qui me regardait. Son visage n'avait aucune expression. Un peu de gravité peut-être, mais il m'apparut surtout vide. Il me regardait comme s'il avait été couché là, sur son ventre, depuis fort longtemps. Je fermai la porte de la chambre à coucher, m'habillai rapidement et réveillai Jamila. Je m'étais souvent demandé ce que je ferais dans une telle situation, c'était très simple. Je me glissai hors de l'appartement sans jeter un coup d'œil à mon ami, laissant mari et femme face à face, sentant que j'avais trahi tout le monde, Changez, Mam, Pa et moi-même.

CHAPITRE VIII

« T'en fais pas une, dit mon père. Tu n'es qu'un foutu bon à rien. Tu te détruis volontairement, sais-tu cela ? Ça me rend malade.

— Ne crie pas, je t'en prie, je ne peux pas le supporter.

— Il le faut bien, mon garçon, pour faire rentrer ça dans ta caboche. Comment as-tu pu rater tous tes examens, sans exception ? Comment est-ce possible de les avoir ratés tous ?

— C'est facile, dis-je. Il suffit de ne pas y aller.

— C'est ce que tu as fait ?

— Oui.

— Mais pourquoi, Karim, et pourquoi as-tu quitté la maison ? Pour t'occuper en principe de ces foutus examens. Tu as pu le faire parce que je te faisais confiance. Maintenant, j'en vois la vraie raison, dit-il amèrement. Comment as-tu pu agir ainsi ?

— Parce que je ne suis vraiment pas dans l'humeur de bosser. Je suis bien trop bouleversé par ce qui arrive. N'oublie pas que tu as quitté Mam et tout ça. C'est un sacré truc. Ça m'a complètement déglingué.

— Ne rejette pas la faute sur moi si tu fais en sorte de

165

rater ta vie, dit-il, avec toutefois des larmes plein les yeux. Pourquoi ? Pourquoi ? Pourquoi ? Ne t'en mêle pas, Eva, lança-t-il comme celle-ci entrait dans la pièce, inquiétée par nos cris. Ce gamin est un raté. Alors, qu'est-ce que tu vas faire, hein ?

— Je veux réfléchir.

— Réfléchir, petit imbécile ! Comment peut-on réfléchir quand on n'a pas la moindre cervelle ? »

Je savais que cette scène finirait par arriver, j'y étais presque préparé. Ce mépris était pour moi une tornade qui m'enlevait tous mes moyens, toutes mes ressources. Je me sentais plus déprimé que je ne l'avais jamais été auparavant. Puis Pa me laissa à moi-même. Je ne pouvais plus dormir chez Jamila, ayant peur d'affronter Changez. Aussi me fallait-il voir Pa chaque jour et supporter ses lamentations. Je ne comprenais pas pourquoi il prenait ça si foutrement à cœur. Pourquoi se faisait-il un tel mauvais sang ? J'avais l'impression qu'il pensait qu'il y avait une espèce de vie commune à nous deux. Que je faisais en quelque sorte partie de lui, que j'étais un prolongement de sa personnalité, et moi, au lieu de chercher à lui être complémentaire, je le couvrais de merde.

Aussi ce fut une forte et agréable surprise quand, un jour, j'ouvris la porte d'entrée de la maison d'Eva, pour découvrir l'oncle Ted qui se tenait sur le seuil, dans sa salopette verte, sa sacoche d'outils à la main, un large sourire creusant ses grosses joues. Il pénétra dans le couloir et commença à examiner, d'un œil connaisseur, les murs et le plafond. Eva entra et l'accueillit comme s'il s'agissait d'un artiste revenant d'un exil stérile, Rimbaud rentrant d'Abyssinie. Elle lui prit les mains et ils se regardèrent dans les yeux.

Grâce à Pa, Eva avait entendu parler de l'âme poétique de Ted l'entrepreneur. Elle n'ignorait pas qu'il avait changé de vie, qu'il avait refusé de rester sur les rails et qu'il laissait maintenant en friche son talent. Ces remarques de mon père retinrent l'attention d'Eva et elle fit en sorte de dîner au restaurant avec les deux hommes. Ensuite, ils allèrent dans un club de jazz dans King's Road — l'oncle Ted n'avait jamais vu de mur noir auparavant. Là, Eva, sournoisement, dit à Pa : « Je crois que ce serait peut-être le moment d'emménager à Londres, tu ne crois pas ?

— J'aime la tranquillité de Beckenham, là au moins, personne ne te casse les couilles », répondit Pa pensant qu'on en avait ainsi fini avec ce sujet, comme ç'aurait été le cas s'il s'était adressé à Mam.

Mais l'affaire était loin d'être mise au rancart. Entre les morceaux de jazz, Eva fit une proposition à Ted : Venez donc embellir ma maison, Ted, on passera des disques swing, en buvant des margaritas. Ça ne ressemblerait sûrement pas à du boulot. Ted sauta sur l'occasion de travailler pour Eva et Pa, en partie par curiosité — pour voir ce que la liberté avait fait de Pa et ce qu'elle pourrait peut-être faire de Ted — et en partie à cause d'un certain goût du travail qui commençait à lui revenir. Bien entendu, il fallait auparavant en parler à tante Jean. C'était là que résidait la grande difficulté.

Tante Jean évidemment se retrouva dans tous ses états. Voilà qu'il y avait du travail, du travail payé, pendant des semaines, et un travail que Ted était heureux de faire. Il était prêt à commencer immédiatement, sauf que son employeur était l'ennemi juré de Jean, une horrible bonne femme, une mutilée, une ravageuse des foyers. Jean réfléchit pendant une journée entière, tandis que nous retenions notre souffle. Finalement, elle résolut ainsi le problème : elle acceptait de laisser Ted travailler, à la condition que personne n'en parle à Mam et que son mari lui donne un rapport quotidien sur ce qui se passait exactement entre Pa et Eva. Nous acceptâmes ces conditions, en essayant d'imaginer des trucs lubriques que Ted raconterait à Jean.

Eva savait ce qu'elle voulait : elle voulait transformer la maison dans son ensemble, s'occuper de chaque centimètre carré. Elle voulait aussi des gens énergiques et habiles autour d'elle. Nous nous mîmes au boulot sur-le-champ. Avec soulagement, j'abandonnai mes prétentions à l'intelligence, et devins un manœuvre du genre mystique. Je transportais, je chargeais, j'abattais. Eva était la tête et Ted le fidèle exécutant des directives de son employeur. Pa évitait soigneusement ce foutoir, il cracha même un jour une malédiction arabe à notre intention : « Que le diable emporte les bâtisseurs ! » Ted répliqua par un vers obscur qu'il pensait devoir réjouir mon père. « Haroon, j'embrasse le plaisir pendant qu'il vole », dit-il en s'attaquant au mur à coups de marteau.

Tous les trois, nous travaillions bien, joyeusement, allégrement. Eva était devenue pour le moins originale : souvent, lorsqu'il fallait prendre une décision, Ted et moi attendions ses ordres, pendant qu'elle cherchait un endroit calme à l'étage pour méditer sur la forme exacte de la serre ou sur les dimensions de la cuisine. La solution surgirait de son inconscient. Ce n'était d'ailleurs pas si terriblement différent, je suppose, que ce qui se passait dans le livre que j'étais en train de lire, *Père et Fils*, d'Edmund Gosse, dans lequel le père se mettait à prier avant de prendre n'importe quelle décision importante, puis attendait tranquillement les directives de Dieu.

Avant le déjeuner, Eva nous entraînait dans le jardin où nous nous pliions, nous étirions, nous asseyions en tailleur, le dos droit, respirant alternativement par l'une ou l'autre narine, avant de manger notre salade et notre fruit. Ted s'adonnait à ce rituel avec un empressement immense et puéril. Il prenait la position du cobra, comme si elle avait été inventée pour lui. Contrairement à moi, il paraissait heureux de se rendre ridicule, s'imaginant qu'il était devenu une personne différente et ouverte. Eva nous encourageait à ces jeux, mais se montrait un entrepreneur astucieux. Nous travaillions pour elle, parce que nous l'aimions, mais elle ne supportait absolument pas les choses bâclées : c'était une perfectionniste. Elle avait du goût, elle voulait qu'on utilise les meilleurs matériaux, ce qui était inhabituel. En effet, en banlieue, les maisons victoriennes et édouardiennes étaient généralement éventrées, mises à nu, pour se voir retaper à l'aggloméré et au formica.

Finalement, la maison fut entièrement peinte en blanc, chaque pièce. « Le blanc est la seule couleur qui convienne à une maison », déclara Eva. Il y avait des parquets en bois sombre ciré et des volets verts. Des cheminées noires en fer forgé furent réinstallées, malgré l'agacement de Ted, qui avait passé une bonne partie de sa vie d'entrepreneur à enlever ces foyers, afin que des femmes comme ma mère n'aient plus à se lever tôt dans des pièces glacées, avant d'allumer le feu à genoux.

A la fin de la journée, tante Jean flanquait le dîner d'oncle Ted sur la table — du pâté en croûte et des chips, un joli morceau de romsteck, accompagné de sauce tartare (il n'avait pas encore trouvé le culot de devenir végétarien) — puis elle s'asseyait en face de lui, avec une boisson forte et lui demandait de parler d'Eva et de Pa.

« Alors, que lui as-tu dit hier au soir, oncle Ted ? » lui demandai-je le lendemain, tandis que nous travaillions. Mais qu'y avait-il à dire ? Je ne pouvais imaginer Ted analysant la nature du bonheur tendu d'Eva et de Pa, ou racontant comment ces deux-là essayaient toujours de faire descendre la culotte du survêtement de l'autre, ou comme ils se passionnaient pour des jeux ridicules, consistant, par exemple, à tenter de jeter dix bâtonnets chacun dans une poubelle et de compter les points en fin de partie.

Peut-être Ted était-il plus explicite. Peut-être racontait-il ce qu'il voyait lorsqu'il arrivait au travail le matin — Eva dans son pyjama de soie bleue et sa robe de chambre rouge, criant, riant, me donnant des ordres pour préparer le petit déjeuner, et lisant les journaux à voix haute. Avant, Mam et Pa achetaient le *Daily Mirror*, un point, c'est tout. Eva aimait remplir la maison chaque jour avec environ cinq quotidiens et trois magazines. Elle feuilletait *Vogue*, le *New*

Statesman et le *Daily Express*, avant de balancer les journaux dans la corbeille à papier placée près de son lit. Peut-être Ted parlait-il à Jean des promenades que nous faisions tous les quatre lorsque Eva en avait assez de travailler, et aussi de ce jour où, ayant mal aux pieds, Eva arrêta un taxi — ce qui était pour Pa, Ted et moi, digne de la décadence de Rome. Nous nous baladâmes pendant deux heures dans le sud de Londres. Eva buvait de la bière et sortait la tête par la fenêtre. Elle poussa des hourras lorsque nous arrivâmes dans Old Kent Road, avant de nous arrêter à côté du célèbre cabinet du docteur Lal et de la salle de danse où Mam rencontra Pa et tomba amoureuse de lui. Mais je doute fort que Ted ait pu parler de toute cette gaieté, de tout ce bon temps que nous prenions ensemble. Ce n'aurait certainement pas été ce qu'attendait Jean. Cela ne lui aurait servi à rien.

Evidemment, Ted et moi n'étions pas toujours là pour espionner les complications fiévreuses de ce nouvel amour. Pa et Eva passaient beaucoup de soirées de l'autre côté de la Tamise, dans le centre de Londres, pour voir les pièces dont on parlait, des films allemands, ou pour assister aux conférences d'intellectuels marxistes ou se rendre aux soirées de gens chics. Le vieil ami d'Eva, Shadwell, commençait à s'imposer comme metteur en scène. Il travaillait comme assistant à la Royal Shakespeare Company, où il dirigeait des ateliers de travaux pratiques sur Beckett et mettait en scène des pièces d'Artaud et de jeunes écrivains, dans des théâtres d'avant-garde. Eva dessina pour Shadwell le décor d'un de ses spectacles et en fit les costumes. C'était quelque chose qu'elle aimait vraiment. Cela la conduisit, accompagnée de Shadwell et de Pa, à se rendre à des dîners et à des soirées où elle rencontrait toutes sortes de gens (assez) importants — non la sorte que nous connaissions en banlieue, mais d'authentiques artistes, des gens qui écrivaient réellement, qui mettaient des pièces en scène et ne faisaient pas qu'en parler. Eva voulait tirer parti de tout ça ; elle parlait décoration, mobilier avec les gens riches. Des gens qui achetaient sans arrêt de nouvelles maisons à la campagne, et Eva savait alors fort bien se rendre indispensable.

Comme ils paraissaient, Eva et Pa, élégants, séduisants quand ils partaient pour ces soirées de Londres ! Pa, dans ses beaux costumes, et Eva, enveloppée de châles, chapeautée, portant des sacs et des chaussures coûteuses. Ils resplendissaient de bonheur. Pour ma part, je tournicotais dans la maison vide, ou téléphonais à Mam pour bavarder un peu. Parfois, je me couchais par terre, dans la mansarde de Charlie, en me demandant ce qu'il faisait et s'il prenait du bon temps. Pa et Eva revenaient tard et je me levais pour les voir et les entendre bavarder en se déshabillant. Qui avait dit quoi à qui à propos de la dernière pièce, du dernier roman, ou du dernier scandale à relents sexuels. Eva buvait du champagne en regardant la télévision, couchée dans son lit, ce qui me choquait. Au moins une fois par semaine, elle disait qu'elle était décidée à nous emmener à Londres pour de bon. Pa parlait de la pièce et déclarait que cet écrivain n'avait vraiment pas l'étoffe de Tchekhov. Tchekhov avait toujours été l'écrivain préféré de mon père et il déclarait à qui voulait l'entendre que les pièces de Tchekhov, et ses nouvelles, lui rappelaient l'Inde. Je ne comprenais pas pourquoi jusqu'au jour où je me rendis compte qu'il pensait aux personnages indolents, oisifs, nostalgiques de cet auteur. Ces hommes et ces femmes ressemblaient fort aux adultes qu'il connaissait lorsqu'il était enfant.

Mais un des sujets dont devaient parler Jean et Ted était l'argent. C'était même quelque chose qui m'inquiétait. La maison avait provoqué une hémorragie financière. Contrairement à Mam, qui acceptait la pénurie comme normale, Eva achetait tout ce qu'elle désirait. Si elle entrait dans une boutique et que quelque chose retenait ses yeux — un livre sur les dessins de Matisse, un disque, des boucles d'oreilles Yin et Yang, un chapeau chinois — elle l'achetait immédiatement. Elle n'avait aucun des sentiments de culpabilité, d'angoisse, à propos de l'argent, qui nous caractérisaient tous. « Je l'ai mérité, disait-elle toujours dans ces cas-là. J'étais malheureuse avec mon mari et je ne veux plus être malheureuse. » Rien ne pouvait l'arrêter. Lorsqu'un jour je fis allusion à cette folle prodigalité, alors que nous étions en train de peindre un mur côte à côte, elle écarta le sujet en me disant : « Quand nous n'en n'aurons plus, je m'arrangerai pour en trouver.

— Comment ça, Eva ?

— N'as-tu pas remarqué, Karim, que le monde est rempli d'argent ! N'as-tu pas remarqué qu'il coule à flots partout dans le pays ?

— Oui, bien sûr que je l'ai remarqué, Eva, mais il ne coule pas devant la porte de notre maison.

— Quand nous en aurons besoin, je le ferai arriver jusqu'ici.

— Elle a raison », dit mon père d'un ton quelque peu doctoral, quand j'allai le trouver pour lui rapporter ce qu'Eva m'avait dit, dans l'espoir de lui faire voir à quel point cela était fou. « Tu dois être dans l'état d'esprit qu'il faut pour faire venir à toi des masses d'argent. »

Venant de quelqu'un qui, de toute évidence, n'avait jamais été dans l'état d'esprit correct et magnétique pour attirer à lui autre chose que son salaire — de l'argent d'ailleurs qu'Anwar qualifiait toujours « de revenu immérité » —, cette remarque m'apparut un peu forte. Mais l'amour et Eva avaient déroulé un tapis devant lui qui rendait la démarche de Pa assurée. Un tapis sur lequel il dansait maintenant avec exubérance. C'était au point qu'ils me faisaient, ces deux-là, me sentir conservateur.

Pa recommença à jouer les gourous. Il tenait des séances à la maison, une fois par semaine, sur le taoïsme et la méditation. C'était la même chose qu'autrefois, sauf qu'Eva voulait maintenant que les gens paient pour y assister. Pa avait une foule assidue et sérieuse de jeunes à la tête penchée, des étudiants, des psychanalystes, des infirmières, des musiciens. Ces gens l'adoraient. Certains l'appelaient au téléphone ou venaient le voir, tard dans la soirée, pris de panique ou de peur, impatients de se confier à son oreille amicale. Il fallait être inscrit sur une liste d'attente pour pouvoir se joindre au groupe. Mon rôle, dans ces réunions, était essentiellement de passer l'aspirateur, d'allumer l'encens, d'accueillir les invités comme un majordome et de leur offrir des friandises indiennes. Eva exigea aussi de Pa qu'il améliore ses prestations : elle le poussa à consulter les livres ésotériques de la bibliothèque, tôt le matin, avant qu'il ne se rende à son travail. Elle l'interrogeait au petit déjeuner, de la voix dont elle s'était sûrement servie pour demander à Charlie si son dessin industriel était prêt pour le lendemain : « Et qu'as-tu donc appris ce matin ? »

Eva connaissait quelqu'un au journal local, la même personne qui avait été si coopérative en publiant la photographie de Charlie sur la première page du *Bromley and Kentish Times*. Ce journaliste accepta d'interviewer Pa. Celui-ci fut donc photographié dans son gilet rouge et son pyjama indien, assis sur un coussin doré. Ses amies du train de banlieue furent impressionnées par cette célébrité soudaine et Pa me parla avec délices de la manière dont on le montrait du doigt, sur le quai numéro deux. D'être enfin reconnu comme quelqu'un ayant accompli quelque chose dans sa vie transportait mon père. Avant de rencontrer Eva, il commençait à se considérer comme un raté qui menait une vie stupide et morne. Au bureau, on le prenait pour un Indien paresseux, sans éducation, qui avait abandonné femme et enfants. Il sentait l'hostilité des employés qui travaillaient avec lui. On se moquait de lui, en face et dans son dos. Sur la photographie du journal, quelqu'un dessina une bulle sortant de sa bouche qui disait : « Les noirs mystères de la vie résolus par un fakir noir aux frais du contribuable. » Pa parla alors de quitter son travail. Eva lui dit qu'il n'avait qu'à donner sa démission s'il en avait envie, elle se chargeait de les faire vivre tous les deux — d'amour et d'eau fraîche je suppose.

Je doute fort que Ted parlât à tante Jean de ce genre de choses, ou des autres expressions de l'amour qui remplissaient nos jours — Eva, par exemple, imitant les innombrables grognements, soupirs, reniflements, gémissements qui ponctuaient la conversation de Pa. Ted et moi, la découvrîmes un jour dans la cuisine aux murs nus, exécutant une symphonie de tous ces bruits paternels, comme une mère fière de son enfant répéterait ses premiers mots. Pa et Eva pouvaient parler des choses les plus quotidiennes comme par exemple du caractère des gens que Pa rencontrait dans le train, pendant des heures, jusqu'à ce que je finisse par leur crier : « Mais de quoi, nom de Dieu, parlez-vous donc ? » Ils me regardaient alors avec surprise, tant ils étaient fascinés par leur propre conversation. En fait, je crois qu'ils ne se souciaient guère de ce qu'ils disaient ; les mots eux-mêmes étaient une forme de caresse, un échange de fleurs et de baisers. Eva ne pouvait quitter la maison un certain temps sans y revenir en disant : « Dis donc, Haroon, j'ai trouvé quelque chose qui peut-être va te plaire » — un livre sur les jardins japonais, un foulard de soie, un stylo Waterman, un disque d'Ella Fitzgerald, et une fois même, un cerf-volant.

Leur attitude m'inspira une théorie rageuse de l'amour. Sûrement l'amour devait être quelque chose de plus généreux que cet égotisme à deux exacerbé. Chez eux, l'amour apparaissait comme un petit salaud égoïste, muni d'œillères, un être dédaigneux, qui s'ébattait aux dépens d'une femme qui gardait le lit dans la maison de tante Jean, sans que personne se préoccupât d'elle. L'horrible tristesse de Mam était le prix que Pa avait choisi de payer pour son propre bonheur. Comment pouvait-il avoir fait ça ?

Pour être juste à son égard, cette horrible tristesse l'obsédait. Eva et lui se disputaient à ce sujet : elle le trouvait trop compatissant. Mais comment aurait-il pu en être autrement ? Parfois, alors que nous regardions la télévision, ou que nous étions à table, une vague de regret passait sur le visage de mon père. Regrets, douleur,

174

culpabilité le submergeaient. Comme il avait durement traité ma mère, nous disait-il, alors qu'elle lui avait tant donné, s'était occupée de lui, l'avait aimé. Et lui, maintenant, était assis, dans cette maison confortable d'Eva, radieux, attendant impatiemment d'aller gambader au lit.

« Je me sens criminel, confia-t-il un jour innocemment à Eva, dans un moment d'abandon, la vérité montrant le bout de son nez assez mal à propos. Je ressemble à quelqu'un qui vivrait des jours heureux grâce à l'argent qu'il aurait obtenu en blessant grièvement quelqu'un. » Eva ne pouvait s'empêcher, alors, de le houspiller. Il ne mesurait pas à quel point il l'avait cruellement blessée. Elle était peu raisonnable sur ce sujet.

« Mais tu n'as pas envie d'elle ! Vous n'étiez pas fait l'un pour l'autre ! Vous vous abrutissiez ensemble. N'avez-vous pas vécu suffisamment longtemps tous les deux pour vous en apercevoir ?

— J'aurais pu m'y prendre autrement, disait-il. Lui porter plus d'attention. Elle ne méritait pas d'être blessée ainsi. Je n'ai pas confiance dans les gens qui quittent les autres.

— Ta culpabilité et tes regrets finiront par nous détruire !

— C'est quelque chose qui fait partie de moi...

— Je t'en prie, chasse ça de ton esprit. »

Mais comment aurait-il pu chasser ça de son esprit ? Ça le rongeait, comme l'eau rouille, pourrit, dégrade, jour après jour, un toit de tôle. Bien entendu, il ne fit plus jamais de remarques aussi innocentes. Donc Eva et lui continuèrent d'avoir envie de faire l'amour à chaque instant. Je la surprenais en train de glousser, tandis qu'elle lui infligeait de stupides agaceries, comme par exemple de couper les poils de ses oreilles et de ses narines avec d'énormes ciseaux. Pourtant, il y avait des regards qui échappaient sans doute possible à cette mise au pas générale, des regards qui m'incitaient à penser que mon père ne pouvait jouir que d'un bonheur corrompu.

175

Peut-être était-ce dans l'espoir de parvenir à écoper toute cette eau qu'Eva mit en vente, aussitôt qu'elle fut en bon état, la belle maison blanche, repeinte par Ted. Elle avait décidé d'emmener Pa ailleurs. Elle allait chercher un appartement à Londres. C'en était fini de la banlieue : la banlieue, c'était quelque chose qu'il fallait quitter. Peut-être Eva pensait-elle qu'un déménagement empêcherait mon père de penser à Mam. Un jour, alors que nous étions à trois dans la voiture d'Eva, roulant dans High Street, Pa, à l'arrière, commença à pleurer. « Mais que se passe-t-il ? lui demandai-je. Qu'est-il arrivé ?

— C'était elle, me répondit-il. Je crois que j'ai vu ta mère entrer dans une boutique. Et elle était seule. Je ne veux pas qu'elle soit seule. »

Pa ne parlait pas à Mam au téléphone et n'allait pas la voir, sachant, qu'à long terme, c'était ce qu'il y avait de plus sage. Cependant, il avait des photographies d'elle dans chacune des poches de sa veste, et d'autres en tombaient aussi, aux mauvais moments, des livres qu'il lisait, ce qui bouleversait Eva. Quand il m'interrogeait sur Mam, Pa et moi devions aller dans une autre pièce, loin d'Eva, comme si nous parlions de quelque chose de honteux.

En vidant la maison, en nous installant à Londres, Eva était aussi à la poursuite de Charlie qui ne venait que rarement dans les parages, maintenant. Pour lui aussi, c'était évident que la banlieue était un endroit qu'il fallait quitter, rien d'autre qu'un point de départ dans la vie. Ensuite, on partait ou on pourrissait. Charlie aimait dormir ici et là, ne possédant rien, ne vivant jamais dans un endroit fixe et baisant tout ce qui croisait sa route. Parfois, il allait même jusqu'à répéter avec son orchestre ou à écrire des chansons. Il vivait de cette manière excessive, non pas par désespoir, mais dans l'excitation due à l'élargissement de sa vie. Parfois, levé tôt le matin, je le trouvais dans la cuisine, en train de manger comme un ogre, comme s'il ignorait quand il pourrait prendre son prochain repas, comme si chacune de ses journées était une sorte d'aventure qui risquait de se terminer à n'importe quel moment. Et puis, il disparaissait.

Pa et Eva allaient assister aux concerts que Charlie donnait dans les écoles d'art, dans les pubs, dans de petits festivals au milieu de champs boueux. Eva se tortillait, se déchaînait parmi les spectateurs, une bière à la main. Pa clignait des yeux un peu en arrière, mal à l'aise au milieu de ce bruit et de cette foule prise de danse de Saint-Guy, qui s'agitait au-dessus de jeunes corps inertes, comateux, vautrés dans des flaques de bière. Il était gêné par cette souffrance, ces vêtements puants, ces mecs qui flippaient, ces gosses de quatorze ans qu'on emmenait en ambulance, ces couples qui baisaient sans amour, au hasard, et par ces misérables fugueurs qui avaient fui leurs familles pour se retrouver dans des squats sordides à Herne Hill. Il aurait de loin préféré donner des conseils à une de ses disciples — à la fort sérieuse Fruitbat, peut-être, ou à son amoureux au sourire implacable, Chogyam-Jones, qui s'habillait dans ce qui pouvait passer à la rigueur pour un tapis chinois. Leurs flatteries lui étaient devenues nécessaires. Mais Pa accompagnait Eva partout où elle avait besoin de lui. Mon père jouissait de la vie, certainement plus qu'il ne l'avait jamais fait auparavant, et quand Eva, finalement, lui annonça qu'on allait déménager à Londres, il admit que c'était la chose à faire.

Tandis que nous rangions les affaires de Charlie dans la mansarde, Pa et moi parlâmes des problèmes de mon ami : celui-ci savait bien que son groupe n'apportait rien de nouveau. La vedette en était cet impressionnant chanteur-guitariste aux magnifiques pommettes et aux cils de fille à qui l'on demandait de présenter des modèles de mode dans les magazines, mais certes pas de jouer à l'Albert Hall. Son échec rendait Charlie hargneux. Il avait pris l'habitude d'avoir en permanence dans sa poche un livre de poésies qu'il ouvrait à n'importe quel moment pour vous offrir une lampée de sublime. C'étaient des manières affectées, horripilantes, dignes d'un type sorti d'Oxford, d'autant plus agaçantes que Charlie pouvait se conduire ainsi au beau milieu d'une conversation, ainsi qu'il l'avait fait récemment, à un concert donné dans une université : le président de l'association des élèves était en train de lui parler lorsque Charlie plongea sa main dans sa poche, pour en sortir son livre et se mettre à lire. Le type ouvrit alors des yeux grands comme des soucoupes, ne parvenant pas à y croire.

Quel déconcertant garçon en vérité ! Mais dès le début, Eva avait proclamé qu'il était l'image même du talent, qu'il était beau et que Dieu avait soufflé dans sa bite. C'était Orson Welles en personne, pour le moins. Naturellement, cette connaissance ancienne de sa divinité imprégnait maintenant sa personnalité. Il était fier, distant, lointain et d'une générosité ponctuelle. Il s'arrangeait pour que les autres pensent que bientôt des poèmes surprenant le monde jailliraient de sa tête comme ç'avait été le cas pour d'autres jeunes Anglais, tels que Lennon, Jagger, Bowie. Comme André Gide qui, jeune, s'attendait à ce que les gens l'admirent pour les livres qu'il écrirait dans un avenir plus ou moins lointain, Charlie en vint à aimer qu'on l'apprécie dans plusieurs endroits à la mode pour ses seules possibilités. Il obtenait ce genre d'estime grâce à son charme qu'on prenait souvent pour du talent. J'imagine qu'il arrivait à se charmer lui-même.

Mais qu'est-ce que c'était que ce charme ? Comment avait-il pu s'exercer sur moi si longtemps ? J'aurais fait n'importe quoi pour Charlie, et je le faisais encore aujourd'hui, triant les affaires qu'il avait amassées pendant près de vingt ans. Je n'étais pas le seul, d'ailleurs, à être si vulnérable en face de lui. Beaucoup de gens lui disaient oui, avant même qu'il ait demandé quoi que ce fût. Comment cela marchait-il ? J'avais observé différentes sortes de charmeurs. Il y avait d'abord ceux qui étaient tout simplement ravissants, et c'étaient ceux-là qui possédaient le moins de talent. Ensuite il y avait ceux qui étaient forts et puissants, mais démunis d'autres qualités. Néanmoins, cette puissance était leur œuvre, contrairement à de jolies pommettes. Au-dessus, il y avait ceux qu'on ne se lassait pas d'écouter, et plus haut encore, ceux qui savaient vous faire rire. D'autres avaient l'art de vous émerveiller par l'ampleur de leur savoir et de leur intelligence, c'était un plaisir pour nous et un accomplissement pour eux.

Charlie avait un peu de tout cela, il jouait sur la gamme complète. Mais sa grande force résidait dans son habileté à vous faire vous émerveiller de vous-même. L'attention qu'il vous portait, quand il s'intéressait à vous, était absolue. Il savait comment vous regarder, comme si vous étiez la seule personne qui ait jamais retenu son attention. Il vous posait des questions sur votre vie et semblait savourer chaque instant de votre conversation. Il excellait dans l'art d'écouter, sans montrer le moindre cynisme. Ce qui posait problème car les névrosées s'agglutinaient autour de lui. Personne d'autre ne les aurait écoutées, mais Charlie, lui, l'avait fait, disons au moins une fois, et elles ne pouvaient l'oublier. Peut-être d'ailleurs les avait-il baisées aussi. Mais Eva devait ensuite tenir ces filles à distance, elle leur disait que si c'était urgent, elles pouvaient laisser un message. Et pendant ce temps, Charlie se sauvait de la maison, en escaladant la clôture de derrière, tandis qu'on l'attendait devant.

Après l'avoir vu au travail pendant si longtemps, je commençais à percevoir le charme de Charlie comme une méthode qui consisterait à dévaliser des maisons, en persuadant leurs propriétaires de vous inviter à entrer avant de vous emparer de leurs possessions. Je n'avais aucun doute là-dessus : c'était du vol. S'il y avait des choses qui vous appartenaient dont il avait envie, il les prenait. Ce n'étaient que manipulations et faussetés. Pourtant, je l'admirais énormément. Je prenais des notes sur ses techniques, car elles marchaient parfaitement, en particulier avec les filles.

Mais, en fin de compte, rien de cela n'était innocent. Non. Charlie appartenait au type le plus cruel, le plus fatal de séducteur. Il arrivait à vous extorquer non seulement des plaisirs sexuels, mais aussi votre amour, votre fidélité, votre admiration, avant de fiche le camp. J'aurais bien volontiers pratiqué sa magnifique méthode, mais il y avait un point essentiel qui me manquait : l'implacable volonté de Charlie et son désir forcené, entêté de posséder tout ce qui le tentait. Ne nous y trompons pas, il était extraordinairement ambitieux. Mais il n'arrivait à rien et se sentait frustré. Il se rendait bien compte que le temps passait et que finalement il ne faisait partie que d'un orchestre pourri de rock'n'roll appelé Mustn't Grumble, qui n'était rien d'autre que du vent.

Charlie ne voyait que rarement son père, quand celui-ci, un personnage triste et patient, vivait avec eux. En revanche, lorsqu'il habitait chez sa mère, il passait des heures avec mon père, avec qui il parlait en tout franchise. Ensemble, ils se livraient à des prédictions concernant son talent. Pa lui dessinait les cartes de son inconscient, lui suggérait les chemins à prendre, la vitesse à laquelle se déplacer, les costumes du voyage, et la manière de s'installer au volant à l'approche de la dangereuse vie intérieure. Et pendant des jours et des jours, sous la lumière de pleine lune des hautes espérances, Charlie s'acharnait à arracher un fragment de beauté à son âme — à mon avis (et à mon soulagement) totalement en vain. Ses chansons étaient toujours aussi merdiques.

Il me fallut un certain temps pour le découvrir, car j'avais encore une telle sympathie pour Charlie que je ne pouvais le regarder froidement. Mais, lorsque j'eus conscience de sa faiblesse — de son désir de se joindre au club des Génies —, j'étais enfin sûr de le tenir. Si je le voulais, je pourrais me venger de lui, ce qui serait aussi — piteux pouvoir — la condamnation de ma vie inutile.

Parfois, je disais à Eva que je voulais être photographe ou acteur, ou peut-être journaliste, de préférence correspondant de guerre au Cambodge ou à Belfast. Je haïssais toute autorité et avais horreur d'être commandé. J'aimais travailler avec Ted et Eva. Et on me laissait aller et venir, plus ou moins comme j'en avais envie. Cependant, mon désir était de faire partie du Mustn't Grumble comme second guitariste. Après tout, je savais jouer un peu. Quand j'en parlai à Charlie, il faillit s'étrangler de rire. « Mais écoute, il y a bien un boulot qui t'irait parfaitement, me dit-il.

— Ah oui, qu'est-ce que c'est ?

— Ça commence samedi. »

Il m'engagea comme membre de l'équipe technique du Mustn't Grumble. J'étais toujours un moins que rien, mais en bonne position pour attaquer Charlie, le moment venu.

Ce moment se présenta un soir, alors qu'après un concert dans une école d'art j'aidais à replacer le matériel dans la camionnette. J'avais entendu Pa et Eva, au bar, parler du spectacle comme s'il s'agissait des adieux de Miles Davis. Charlie passa devant moi, son bras autour d'une fille, dont les seins étaient à l'air et me dit, pour la faire rire : « Dépêche-toi, Karim, apporte-moi mon acide dans ma loge, et que ça saute.

— Mais pourquoi se presser ? répondis-je. Tu n'arriveras de toute façon nulle part, que ce soit avec l'orchestre ou seul. »

Il me regarda l'air perplexe, tripotant et caressant ses cheveux, comme toujours, ne sachant pas si je plaisantais ou non. « Qu'est-ce que tu veux dire ? »

Cette fois, je le tenais. Il marchait à fond.

« Qu'est-ce que je veux dire ?

— Ouais, fit-il.

— Pour arriver quelque part, il faut du talent, Charlie. Il faut avoir quelque chose entre les oreilles, dis-je en me tapant le front. Et si j'en juge par ce que je vois, un minet de ton genre n'a pas grand-chose là-haut. T'as une jolie

181

gueule et tout ça, je suis d'accord. Mais ton travail ne me surprend pas et j'ai besoin qu'on me surprenne. Tu me connais. J'ai besoin d'être foutrement secoué. Et je ne suis pas foutrement secoué. Ça non. »

Il me regarda un instant, l'air de réfléchir. La fille le tiraillait. A la fin, il dit : « N'étais pas au courant. De toute façon, je disloque le groupe. Ce que tu viens de dire ne sert donc absolument à rien. »

Puis il se retourna pour s'éloigner. Le lendemain, il disparut de nouveau. Il n'y eut plus de concert. Pa et moi finissions maintenant d'emballer ses affaires.

Avant de m'endormir, je fantasmais à propos de Londres, et de ce que je ferais là-bas, quand la ville m'appartiendrait. Londres avait un son particulier. C'était, il me semble, des types dans Hyde Park, qui jouaient du bongo avec leurs mains. Il y avait aussi l'orgue électronique des Doors dans *Light My Fire*. Et là-bas des gamins habillés en manteaux de velours menaient une vie libre ; des milliers de Noirs y vivaient, de sorte que je ne me sentirais pas bizarre. Il y avait aussi des librairies avec des présentoirs pleins de magazines, imprimés sans capitales et sans points, ces contraintes bourgeoises. Et il y avait des magasins qui vendaient tous les disques qu'on pouvait souhaiter. Il y avait des fêtes où des filles et des garçons qu'on ne connaissait pas vous emmenaient à l'étage pour baiser ; il y avait bien sûr toutes les drogues à portée de main. Comme vous voyez, je ne demandais pas beaucoup à la vie, rien que la prolongation de mon désir. Mais, au moins, mes buts étaient clairs, je savais ce que je voulais. J'avais vingt ans. J'étais prêt à tout.

Deuxième Partie

EN VILLE

CHAPITRE IX

L'appartement de West Kensington comprenait à vrai dire trois grandes pièces, autrefois élégantes, avec des plafonds si hauts que je regardais souvent leurs proportions bouche bée, comme si j'étais dans une cathédrale abandonnée. De toute façon, c'était le plafond qui était la partie la plus intéressante de l'appartement. Les W.-C. étaient au bout du couloir, avec une fenêtre cassée, par laquelle le vent s'engouffrait avant de venir vous fouetter le cul. Les lieux avaient appartenu à une Polonaise qui y avait vécu enfant, puis les avait loués à des étudiants au cours des quinze dernières années. Eva avait acheté l'appartement à sa mort tel qu'il était, meubles compris. Les pièces avaient d'anciennes moulures fendillées et un cordon de sonnette à la poignée métallique qui servait à appeler les domestiques, confinés au sous-sol. Ce sous-sol était maintenant habité par Thin Lizzy, un ingénieur des Ponts et Chaussées, un homme qui avait le malheur — c'est Eva qui me l'apprit — d'avoir des poils sur les épaules. Les murs lugubres, aux couleurs ternies, étaient couverts de miroirs sombres fendus et de grandes peintures enfumées qui s'envolaient les unes après les autres, pen-

185

dant nos absences, sans qu'il y eût, pourtant, aucun signe d'effraction. Ce qui nous rendait perplexes, d'autant plus qu'Eva ne semblait guère se soucier de leur disparition. « Hé, je crois qu'il y a un autre tableau qui a disparu, Eva », disais-je. « Effectivement. C'est un peu d'espace gagné », répondait-elle. Finalement, elle admit que c'était Charlie qui volait les toiles afin de les revendre, mais que nous ne devions pas en parler. « Au moins, il fait preuve d'initiative, dit-elle. Est-ce que Jean Genet n'était pas un voleur, après tout ? »

Ces trois grandes pièces avaient été coupées par des cloisons afin de créer de plus petits espaces, par exemple une cuisine qui contenait aussi une baignoire. Ça ressemblait en fait à un appartement d'étudiants, un bouge minable et sale avec du lino par terre et de grandes fleurs blanches séchées qui nous faisaient signe sur le marbre de la cheminée. Les vastes espaces de ces pièces étaient délimités par des meubles brunâtres et déglingués. Il n'y avait même pas de lit pour moi : je dormais sur le sofa de la salle de séjour. Charlie, qui lui aussi ne savait guère où aller, couchait parfois sur le plancher, à côté de moi.

Pa restait planté à regarder l'appartement avec une expression de dégoût. Eva ne l'avait pas emmené le visiter auparavant, elle l'avait acheté, à toute vitesse, après avoir vendu la maison de Beckenham qu'elle avait bien entendu dû quitter. « Oh ! Seigneur, grommelait Pa, comment avons-nous fait pour en arriver à vivre dans une telle saleté ? »

Il craignait de s'asseoir, de peur qu'une araignée ne surgisse brusquement des coussins. Eva avait dû recouvrir une chaise avec des sacs de plastique agrafés ensemble, avant que mon père ne trouve le siège suffisamment hygiénique pour ses fesses. Eva était heureuse. « Je peux vraiment faire quelque chose avec ça », n'arrêtait-elle pas de répéter, en marchant de long en large, tandis que Pa pâlissait à vue d'œil. Alors, là, en plein milieu de la pièce, elle le prenait à bras-le-corps et l'embrassait à n'en plus

186

finir, afin de l'empêcher de se lamenter, de perdre confiance en elle et de vouloir retourner avec Mam. « Qu'en penses-tu ? » me demanda Pa, en se tournant vers moi qui pourtant lui posais un problème. « J'aime ça », dis-je, ce qui lui fit plaisir.

« Mais est-ce que ce sera bien pour Karim ? » demanda-t-il à Eva. Elle répondit que oui. « De toute façon, je m'occuperai de lui », ajouta-t-elle avec un sourire.

La capitale ouvrit toutes grandes, d'un coup, les fenêtres de mon esprit. Pourtant, le seul fait de vivre dans un endroit si brillant, si éclatant, si déréglé, donnait le vertige à cause des innombrables possibilités qu'il offrait, mais que rien ne vous aidait à saisir. Je n'avais encore aucune idée de ce que j'allais faire, je me sentais indécis, perdu dans la foule. Je n'étais pas encore capable de comprendre comment fonctionnait cette ville, mais je commençais cependant à l'entrevoir.

West Kensington était composé de rangées de maisons de cinq étages au stuc pelé, aménagées en studios. La plupart étaient occupés par des étudiants étrangers, des gens qui ne faisaient que passer, ou de pauvres types qui habitaient là depuis des années. Le métro plongeait sous terre, au milieu de Barons Court Road. Les rails, parallèles à la rue, se dirigeaient vers Charing Cross et, au-delà, vers l'East End, d'où était venu oncle Ted. Contrairement à la banlieue qu'aucune personnalité n'avait jamais habitée — en dehors de H.G. Wells — ici, on ne pouvait ignorer les VIP. Gandhi lui-même avait eu une chambre à West Kensington et le célèbre propriétaire Rachman de l'affaire Profumo avait laissé un appartement à la disposition du jeune Mandy Rice-Davies dans la rue voisine ; Christine Keeler venait y prendre le thé. Les terroristes de l'IRA y louaient de minuscules chambres. Ils se rencontraient dans les pubs de Hammersmith en chantant après la fermeture : « Des armes pour l'IRA ». Mesrine avait eu une chambre à côté de la station de métro.

Donc, c'était Londres enfin, et rien ne me donnait plus

de plaisir que de me balader toute la journée dans mes nouveaux territoires. Londres m'apparaissait comme une maison avec cinq mille pièces différentes. Le truc, c'était de découvrir comment elles étaient reliées afin de pouvoir les traverser en enfilade. Vers Hammersmith, il y avait la Tamise et les pubs, pleins de voix braillardes issues des classes moyennes. Il y avait aussi les jardins retirés qui bordaient le fleuve, le long de Lower Mall, et les promenades ombragées qu'on pouvait faire en empruntant le chemin de halage en direction de Barnes. Cette partie de l'Ouest londonien ressemblait pour moi à la campagne. Sans aucun de ses désavantages — ni vache ni fermier.

Tout près se trouvait le quartier chic de Kensington, où les dames riches faisaient leurs courses, et un peu plus au sud commençait Earls Court, avec des hommes au visage poupin et des putains se disputant, se bousculant à l'intérieur des pubs. Il y avait des travestis, des défoncés, des gangsters et d'innombrables personnes déboussolées. On trouvait aussi de petits hôtels sentant le sperme et le désinfectant, des agences de voyages australiennes, des boutiques ouvertes jour et nuit, dirigées par de minuscules Bengalis, des bars à la clientèle sado-masochiste, des pédales moustachues, échangeant des signes codés avec la rue et d'étranges rôdeurs, sans le sou, à l'œil fureteur. A Kensington, personne ne vous regardait. A Earls Court, tout le monde vous regardait, en se demandant ce qu'on allait bien pouvoir vous extorquer.

Mais West Kensington était un endroit entre les deux, où les gens demeuraient un moment, avant de déménager vers le nord. On ne restait là que lorsqu'on était incapable de faire autrement. C'était assez tranquille, avec quelques boutiques dont aucune n'était réellement intéressante, et des restaurants qui s'ouvraient avec une magnificence optimiste. Ils lançaient au début plein d'invitations. Mais, après quelques semaines, on ne voyait plus que la silhouette accablée du propriétaire debout sur le pas de sa porte, se demandant à quel moment exact il s'était trompé.

Ses yeux vous disaient que ce quartier ne risquait pas de retrouver vie avant sa mort à lui. Eva ignorait de tels regards : c'était là qu'elle comptait faire quelque chose. « Cet endroit va devenir à la mode », prédisait-elle, tandis que nous bavardions, assis autour d'un poêle à pétrole — la seule source de chaleur pour le moment — sur le haut duquel avait été étendu les sous-vêtements humides de Pa.

Juste au coin de la rue se trouvait un bar célèbre et bruyant, lieu de bagarres et de trafic de drogues, appelé le *Nashville*. Sa façade était faite de poutres de chêne et de verre bombé, ce qui lui donnait l'air d'un juke-box Wurlitzer. Tous les soirs de nouveaux groupes envoyaient en l'air West Kensington.

Comme Eva le savait, cet emplacement de l'appartement serait forcément un aimant pour Charlie. Lorsqu'il se pointa un soir, pour souper et dormir, je lui dis : « Allons faire un tour au *Nashville*. »

Il me regarda d'un air perplexe puis acquiesça. Il semblait curieux d'aller là-bas pour se rendre compte du travail des groupes les plus récents, pour voir ce qui se passait en musique. Pourtant, il montrait une sorte de lenteur à réagir. Plus tard, il essaya même de me faire changer d'avis, me disant : « Si on allait dans un endroit plus tranquille pour parler ? » Charlie avait évité les concerts et les sessions depuis des mois. Il craignait de trouver les orchestres londoniens trop bons, de voir un jeune groupe plein de promesses et de talents mettre en miettes ses espoirs et ses aspirations dans une seconde terrifiante d'illumination et de prise de conscience. Personnellement, j'allais au *Nashville* tous les soirs et pensais que la gloire de Charlie, en banlieue, resterait ce qu'il aurait eu de mieux dans sa vie. A Londres même, les mecs étaient réellement fabuleux. Ils s'habillaient, se déplaçaient, parlaient comme de petits dieux. C'était comme si nous étions débarqués de Bombay. Nous ne pourrions jamais les rattraper.

Comme je le supposais, je dus inviter Charlie. Je le fis

volontiers, parce que j'aimais encore beaucoup être en sa compagnie, pourtant je n'avais que peu d'argent. Comme les prix de l'immobilier grimpaient à Londres, le plan astucieux d'Eva consistait à décorer l'appartement comme nous l'avions fait pour la maison, et de le revendre avec bénéfice, avant de déménager. Mais pour le moment, elle méditait des heures durant, attendant que les voix mystérieuses de l'appartement lui fassent connaître la gamme de couleurs qui convenait aux murs. Lorsque les ordres viendraient, Ted et moi n'aurions plus qu'à obéir puis nous serions payés. Mais, jusque-là, je serais fauché, et Ted restait chez lui, parlant avec Mam de la guerre et essayant d'empêcher Jean de boire.

Charlie s'enivra rapidement. Comme nous étions assis dans un recoin du *Nashville*, je remarquai que Charlie commençait à cocotter. Il ne changeait que rarement de vêtements, et quand il le faisait il ramassait simplement ce qui se trouvait autour de lui — les collants d'Eva, les gilets de Pa et bien entendu mes chemises qu'en principe il m'empruntait, mais que je ne revoyais jamais. Il débarquait dans une fête, voyait une plus belle chemise dans un placard, se la mettait sur le dos et laissait la mienne derrière. Je décidai d'enfermer mes chemises à clef dans un tiroir du bureau, tous les soirs. Malheureusement, comme je venais juste de perdre la clef, mes Ben Shermans dormaient à l'intérieur du tiroir.

Je brûlais d'envie, depuis longtemps, de dire à Charlie combien j'avais été déprimé et seul depuis que nous avions emménagé à Londres. Mais avant même que je puisse émettre la moindre plainte, Charlie me devança. « Je suis suicidaire », lança-t-il avec emphase, comme s'il annonçait sa grossesse. Il tournait en rond, au fin fond du désespoir, là où on se fiche totalement de ce qui vous arrive ou de ce qui arrive aux autres.

Un footballeur remarquable, avec une permanente tout aussi remarquable, était assis à côté de Charlie et nous écoutait parler. Ce type prit bientôt pitié de Charlie, comme ça arrivait souvent. Charlie commença alors à lui poser des questions sur les pressions que la célébrité peut exercer sur vous, comme si c'était quelque chose qui le préoccupait jour après jour. « Que fais-tu, demanda Charlie, quand les reporters refusent de te laisser tranquille ? Lorsque tu les retrouves devant ta fenêtre chaque matin ? » « Ça vaut vraiment le coup, répondit le type à la permanente, parfois je pique un sprint jusqu'au terrain et me mets à bander, tant je suis excité. »

Il finit par offrir à boire à Charlie, mais pas à moi. J'avais envie de larguer le mec à la permanente pour parler tranquillement à Charlie, mais le type s'incrustait. Heureusement, j'avais pris un peu de speed plus tôt. Avec ce truc, je pouvais passer à travers n'importe quoi. Mais quand même, je me sentais déçu. Puis, comme quelqu'un annonçait qu'un groupe se préparait à jouer un peu plus loin, ma chance apparut. Je vis Charlie se jeter brusquement en avant et vomir sur les genoux du footballeur, avant de tomber à la renverse de son tabouret. Le type à la permanente se fâcha. Après tout, il avait une flaque composée du dernier repas chinois de Charlie, fumant sur son entrejambe. Il nous avait confié un peu plus tôt qu'il projetait d'emmener une fille au *Tramp*, dans la soirée. En tout cas, le type à la permanente se dressa brusquement et se mit à donner des coups de pied, des coups de ses pieds célèbres, dans l'oreille de Charlie, jusqu'à ce que les videurs le fassent sortir. Je parvins à traîner Charlie jusque dans la grande salle et à l'appuyer contre un mur. A demi dans les pommes, il s'efforçait de ne pas pleurer. Il mesurait ce qu'il était devenu.

« Du calme, lui dis-je. Surtout ne vois personne ce soir.

— Je me sens mieux, d'accord ?

— Bien.

— Pour le moment.

— Bon. »

Je me détendis et jetai un coup d'œil sur la pièce plongée dans la pénombre. Près du mur du fond était installée une petite estrade avec une batterie et un micro. Peut-être n'étais-je qu'un banlieusard et tout ça, mais je commençais à me rendre compte que je me trouvais au milieu du public le plus bizarre que j'aie jamais vu dans cet endroit. Il y avait, comme d'habitude, à l'autre bout de la salle, quelques silhouettes aux cheveux longs, aux visages fatigués, traînassant, en pantalons de velours ou en jeans sales, aux bottes rapiécées, avec sur le dos des peaux de chèvre, qui parlaient du prix du billet d'autocar pour aller à Fès, de Barclay James Harvest et de fric. C'était la clientèle habituelle, les habitants défoncés des squats et des sous-sols du coin.

Mais devant, près de l'estrade, j'apercevais une trentaine de mecs en vêtements noirs déchirés. Et ces vêtements étaient truffés d'épingles de sûreté. Tous les cheveux étaient noirs, coupés court, réellement court, ou s'ils étaient longs, au lieu de tomber, ils se dressaient comme des piquants, vers le haut et sur les côtés, semblables à une poignée d'aiguilles. Un cyclone n'aurait pu faire bouger ces coiffures. Les filles portaient du cuir, des jupes collantes, des collants noirs troués et des caoutchoucs aux pieds. Elles s'étaient fourré du fond de teint blanc et du rouge à lèvres éclatant. Elles montraient les dents et mordaient ce qui passait à leur portée. Accompagnant cette bande, il y avait trois travestis extravagants, portant des robes, avec du rouge sur les pommettes et sur les lèvres. L'un d'eux avait attaché avec un bout de ficelle un Tampax usagé autour de son cou. Charlie remuait sans arrêt, collé au mur. Il s'entoura de ses bras, s'apitoya sur lui-même, alors que nous contemplions cette race étrange, habillée avec une décontraction et une originalité que nous n'avions jamais imaginées possibles. Je commençais à comprendre ce que Londres signifiait et à quelle sorte de violence nous avions affaire ici. Voilà qui nous situait exactement.

« Qu'est-ce que c'est que cette merde ? » demanda Charlie. Malgré son ton dédaigneux, il avait le souffle légèrement coupé et un peu d'émerveillement perçait dans sa voix.

« Du calme, Charlie, dis-je en continuant à examiner le public.

— Du calme ? Je me suis fait tabasser. Un footballeur m'a tapé dans les couilles.

— Un footballeur célèbre, vieux.

— Et regarde-moi cette estrade, dit Charlie. Qu'est-ce que c'est que ces conneries ? Pourquoi m'as-tu emmené dans ce lieu pourri ?

— T'as envie de partir ?

— Oui. Tout ça me donne la nausée.

— Bon, dis-je. Appuie-toi sur mon épaule et on va te sortir de là. Je n'aime pas la dégaine que ça prend par ici. C'est trop bizarre.

— Oui, bien trop bizarre.

— C'est vraiment trop, non.

— Ouais. »

Mais avant que nous puissions bouger, les mecs de l'orchestre entraient en scène, en traînant les pieds. Des jeunes types, vêtus de vêtements semblables à ceux du public. Les fans, brusquement, commencèrent à sauter sur place, à s'agiter comme des diables. Ils crièrent, et crachèrent en direction de l'orchestre, jusqu'à ce que le chanteur, un maigrichon, aux cheveux roux, dégouline de salive. Il semblait s'être attendu à cet accueil et en retour, insultait le public, renvoyait les crachats, glissait et tombait sur son cul, buvait et marchait en traînant les pieds sur la scène, comme s'il était dans sa salle de séjour. De toute évidence, son but n'était pas d'apparaître charismatique : il serait lui-même, dans n'importe quelle circonstance, quoi qu'il arrive. Ce petit mec voulait évidemment être une antistar et c'était fascinant. Ce devait être dur pour mon copain.

« Il est idiot, non, dit Charlie.

— Ouais.

— Je veux bien parier qu'ils ne savent pas jouer.

193

Regarde-moi ces instruments. D'où les sortent-ils, d'une vente de charité ?

— Ça m'en a tout l'air, dis-je.

— Des amateurs », fit-il.

Puis le groupe de minables commença à jouer, et la musique nous fut jetée à la gueule. C'était plus agressif que tout ce que j'avais entendu depuis les débuts des Who. Ce n'était certes ni la paix ni l'amour, il n'y avait pas de solo de batterie ou d'effets efféminés au synthétiseur. Pas le moindre soupçon de « recherche » ou « d'expérimental » ne sortait de ces petits mecs vicieux, blafards, venus des logements sociaux, avec des cheveux en porc-épic, beuglant l'anarchie et la haine. Aucun morceau ne durait plus de trois minutes, et quand il était fini le mec aux cheveux roux nous insultait à mort. Il semblait s'adresser directement à Charlie et à moi. Je sentais que mon copain s'énervait derrière moi, je comprenais que Londres était en train de nous achever, tandis que j'entendais : « Foutez le camp les puants, les hippies à la manque ! Bande de petites putes ! Vos haleines sentent le pet ! Minables ! » nous lançait-il.

Je renonçai à regarder Charlie tant que dura la musique. Comme les lumières se rallumaient je vis qu'il se tenait droit, tout à fait réveillé, avec pourtant des morceaux de vomi séché accrochés à ses joues.

« Allons-y », dis-je.

Nous étions assommés. Nous n'osions parler, de peur de nous retrouver avec ces deux types affreusement banals que nous étions. Les mecs se tirèrent en vitesse. Charlie et moi jouâmes des coudes au milieu de la cohue. Puis il s'arrêta.

« Qu'est-ce qu'il y a, Charlie ?

— Je veux aller dans les coulisses parler à ces types. »

Je grognai : « Pourquoi voudraient-ils te parler ? »

Je me dis qu'il allait me frapper. Mais il le prit très bien.

« Ouais, il n'y a aucune raison qui les pousserait à

m'aimer, dit-il. Si je me pointe dans leurs loges, ils m'enverront chier à coups de pied. »

On déambula dans West Kensington, en mangeant du cervelas et des frites, baignant dans le vinaigre et couvertes de sel. Les gens s'agglutinaient devant le fast-food, d'autres allaient acheter des cigarettes à la boutique indienne du coin, avant de se planter à l'arrêt du bus. Dans les cafés, le personnel retournait les chaises sur les tables, en criant : « Dépêchons-nous maintenant, s'il vous plaît, dépêchons-nous, merci. » Devant le pub, les gens se demandaient ce qu'ils allaient faire. La ville, la nuit, m'intimidait : les alcoolos, les clodos, les défoncés, les dealers criaient et cherchaient la bagarre. Les cars de police faisaient leur ronde et parfois les forces de l'ordre se répandaient dans la rue pour empoigner les mecs par les cheveux et cogner leurs têtes contre les murs. De pauvres gosses pissaient dans les encoignures des portes.

Charlie était tout excité. « Voilà, voilà, disait-il, tandis que nous avancions. C'est foutrement ça. » Sa voix couinait de ravissement. « Les années soixante viennent de clamser. Les mecs que nous avons vus ce soir ont tué définitivement l'espoir. Ils sont foutrement dans le futur.

— Ouais, peut-être, mais on ne peut pas se coller à eux, dis-je d'un air détaché.

— Et pourquoi pas ?

— Parce que de toute évidence on ne peut pas porter des snow-boots, des épingles de sûreté et tout ça. De quoi aurions-nous l'air ? Pas de doute là-dessus, Charlie.

— Et pourquoi pas Karim ? Pourquoi pas, mon vieux ?

— Ça ne nous ressemblerait pas.

— On peut changer. Qu'est-ce que tu dis ? Pourquoi ne devrions-nous pas les suivre ? Les mecs de banlieue comme nous savent toujours où ça se passe.

— Ce serait complètement artificiel, dis-je. Nous ne sommes pas comme eux. Nous n'avons pas la formidable haine qui les tient. Nous n'avons pas les mêmes raisons.

Nous n'habitons pas dans leurs immeubles. Nous ne sommes pas passés par où ils sont passés. »

Il se tourna vers moi et me jeta un de ses plus méchants regards.

« Tu n'arriveras à rien, Karim. Tu ne feras rien de ta vie parce que, comme toujours, tu te tournes dans la mauvaise direction et prends la mauvaise voie. Mais n'essaie pas de m'entraîner avec toi. Je n'ai nul besoin de ton découragement. Ne crois pas que je vais finir comme toi.

— Comme moi ? » Je pouvais à peine parler. « Qu'y a-t-il en moi que tu détestes si fort ? » parvins-je à balbutier.

Mais Charlie ne me regardait plus, il regardait de l'autre côté de la rue. Quatre mecs du *Nashville*, deux filles et deux garçons, s'entassaient dans une voiture. Ils apostrophaient et insultaient les passants et tiraient des coups de pistolet à eau. Puis je vis Charlie se faufiler au milieu de la circulation, dans leur direction. Il disparut derrière un bus, et je pensai durant une seconde qu'il avait été renversé. Quand je le revis, il arrachait sa chemise — qui était une des miennes. Tout d'abord, je pensais qu'il allait s'en servir pour faire signe aux gens, mais il en fit un paquet qu'il jeta contre un car de police. Quelques secondes plus tard, il grimpait à l'avant de la voiture, son torse nu appuyé sur les genoux d'un des zigs. La voiture remontait déjà North End Road, alors qu'il n'avait pas encore réussi à fermer la portière. Charlie partait pour de nouvelles aventures et je rentrais à pied à la maison.

Quelques jours plus tard, Eva me fit une révélation, « Karim, me dit-elle, nous allons recommencer à travailler ensemble. Le moment est venu. Téléphone à ton oncle Ted.

— Formidable, dis-je. Enfin. »

Mais il y avait quelque chose qu'elle voulait faire d'abord. Elle désirait, en quelque sorte, pendre la crémaillère. Il y avait une manière d'organiser les soirées qu'elle avait envie d'essayer. On invite des gens qui, pense-t-on, se détestent, et on les regarde se mêler, s'agiter ensemble. Pour je ne sais trop quelle raison, je ne la crus pas lorsqu'elle m'exposa sa théorie ; je n'étais nullement convaincu de sa sincérité. De toute façon, quels que soient ses projets — et elle en avait — elle consacrait maintenant ses journées à établir, en la modifiant sans arrêt, la liste de ses futurs invités, sur un morceau de carton, épais, de couleur crème, qu'elle gardait en permanence sur elle. Elle montrait une réserve inhabituelle à propos de cette affaire et avait des conversations interminables avec Dieu sait qui au téléphone. Bien entendu, elle ne parlait ni à Pa ni à moi de ce qu'elle projetait.

Je savais pourtant que Shadwell était dans le coup. C'était une des relations qu'elle utilisait. Elle et lui agissaient comme des conspirateurs. Ils flirtaient ensemble et elle se servait de lui, le faisait marcher, lui demandait toutes sortes de services. Ça m'agaçait, mais Pa ne s'en préoccupait pas le moins du monde. Il se montrait particulièrement condescendant avec Shadwell, ce dernier à ses yeux ne représentait aucune menace. Il trouvait d'ailleurs tout à fait normal que les gens tombent amoureux d'Eva.

Néanmoins, ce projet avait des conséquences pour Pa. Par exemple, il voulait inviter à la fête le petit groupe de ses disciples qui participaient aux séances de méditation. Mais Eva ne souhaitait en inviter que deux. Elle ne voulait pas que ses nouvelles relations, ces gens raffinés, puissent penser qu'elle était en rapport avec une bande de hippies de Bromley. Donc, seuls Chogyam-Jones et Fruitbat furent invités. Ils arrivèrent une heure trop tôt, alors qu'Eva était encore en train de raser ses jambes dans la baignoire de la cuisine. Eva les supportait, dans la mesure où ils acceptaient de payer pour entendre les pensées de Pa et donc lui permettaient de dîner. Mais, lorsqu'ils se rendirent dans la chambre à coucher pour se mettre à psalmodier, je l'entendis dire à Pa, tandis qu'elle enfilait son corsage de soie jaune pour cette élégante soirée : « Le futur ne doit pas trop s'embarrasser du passé. » Plus tard, alors que la fête commençait, et qu'Eva parlait avec Pa de l'origine du mot « bohémien », Fruitbat sortit un calepin et demanda à son hôtesse si elle pouvait y écrire quelque chose que mon père venait de dire. Notre bouddha de banlieue hocha la tête d'un air souverain tandis qu'Eva regardait Fruitbat, comme si elle voulait lui couper les paupières avec des ciseaux.

Quand cette fête, passionnément attendue, arriva effectivement, il nous fallut, à Pa et à moi, environ quarante minutes pour nous rendre compte que nous ne connaissions pratiquement personne parmi les invités. Shadwell, quant à lui, paraissait les connaître tous. Il se tenait près de la porte, saluant les gens au moment où ils entraient, minaudant, gloussant, leur posant des questions sur Trucmuche et les autres. Il se donnait des airs d'homosexuel, ce qui n'était qu'une pose, un moyen de se faire remarquer. Comme toujours, il était l'image même de la santé. Habillé de chiffons noirs, et chaussé de bottes de la même couleur, il s'agitait, se tortillait comme un maniaque. Son visage était livide, sa peau, scrofuleuse, ses dents, gâtées.

Depuis que je vivais dans l'appartement, Shadwell était venu voir Eva au moins une fois par semaine. Il se pointait durant la journée, lorsque Pa était au bureau. Ils allaient, lui et elle, faire de longues promenades ensemble, voir des films de Scorcese au ICA, et des expositions de couches sales. Eva ne faisait aucun effort pour que nous puissions avoir, Shadwell et moi, le moindre contact. En fait, je sentais qu'elle souhaitait décourager toute conversation. Quand je les voyais ensemble, ils paraissaient toujours être excessivement tendus, comme s'ils venaient de se disputer, ou de partager un terrible secret.

Maintenant que les participants à la fête arrivaient dans leurs chatoyants costumes, je commençais à comprendre qu'Eva voulait faire de cette soirée non pas une fête, mais un moyen de se lancer à Londres. Elle avait invité tous les gens de théâtre et de cinéma qu'elle avait pu rencontrer au cours de ces dernières années, et même un tas qu'elle ne connaissait pas du tout. La plupart d'entre eux étaient des relations de Shadwell, des gens que parfois il n'avait rencontrés qu'une fois ou deux. Acteurs de troisième ordre, assistants metteurs en scène, écrivains du dimanche, producteurs à temps partiel et leurs amies, s'ils en avaient, venaient encombrer notre appartement. Comme ma nouvelle maman chérie (que j'aimais effectivement) se déplaçait, l'air radieux, pour présenter Derek, qui venait de mettre en scène *Equus*, au Contact Theatre, à Bryan, un journaliste free-lance spécialiste de cinéma, ou Karen, secrétaire d'un agent littéraire, à Robert, un styliste, et tandis qu'elle parlait du nouvel album de Dylan et des projets des Riverside Studios, je compris qu'elle voulait effacer, arracher de son corps, les stigmates de la banlieue. Elle ne se rendait pas compte que ceux-ci n'étaient pas collés à sa peau, mais qu'ils coulaient avec son sang, elle ne voyait pas qu'il n'y avait rien de plus « banlieue » que des banlieusards qui se désavouent eux-mêmes.

Ce fut un soulagement lorsque finalement j'aperçus quelqu'un que je connaissais. De la fenêtre je remarquai Jamila descendant d'un taxi, accompagnée de Changez et d'une Japonaise. J'étais ravi de revoir la face rondouillarde de mon ami. Il plissait les yeux pour examiner cet hôtel particulier dégradé, dans lequel se trouvait notre appartement. Comme je croisais son regard, je sentis à quel point je désirais encore le tenir dans mes bras, pincer ses bourrelets. Evidemment, je ne l'avais pas revu depuis le jour où, allongé sur son lit de camp, il me regardait dormir, entièrement nu, près de sa femme bien-aimée, cette femme que je lui avais toujours présentée comme étant pour moi « une sœur ».

Evidemment, j'avais souvent parlé à Jamila au téléphone, et apparemment, Changez — Changez le placide, le stable, le massif, l'indéracinable — s'était excité comme un fou après l'incident des corps nus. Il avait insulté Jamila, l'avait accusée d'adultère, d'inceste, de trahison, de putasserie, de duperie, d'homosexualité, de frigidité, de mensonge, de dureté, de haine conjugale, sans parler d'insultes plus courantes.

Jamila fut à la fois subtile et violente ce jour-là. Elle exposa en détail à qui, en fin de compte, son foutu corps appartenait. De plus, de quoi se mêlait-il : est-ce qu'il ne baisait pas régulièrement par ailleurs ? Il pouvait se fourrer son hypocrisie dans son gros pétard ! Changez, essentiellement un musulman traditionnel, lui expliqua les enseignements du Coran sur ce sujet, et, puisque les mots n'étaient pas suffisants pour la convaincre, il lui envoya une baffe. Mais Jamila n'était pas quelqu'un qui acceptait les marrons. Elle répondit par un revers de la main sur la bouche molle de Changez, d'une telle force que celui-ci garda le bec fermé pour une quinzaine de jours. Pendant ce temps, il reposa ses mâchoires meurtries sur son lit de camp — un radeau dans cette tempête — et se tut.

Pour le moment, il me serrait la main, puis je l'étreignis. Je craignais légèrement, je dois l'admettre, qu'il ne me poignarde.

« Comment vas-tu, Changez ?
— La forme, la forme.
— Oui ? »

Sans la moindre hésitation, il me dit : « Inutile de tourner autour du pot. Comment pourrais-je te pardonner d'avoir baisé ma femme ? Est-ce quelque chose qu'on peut faire à un ami, hein ? »

Je l'attendais de pied ferme.

« J'ai connu Jammie toute ma vie, *yaar*. Un arrangement de longue date. Elle a toujours été mienne, dans la mesure où elle a jamais été à quelqu'un. Mais elle n'a jamais été à quelqu'un et tu le sais bien, elle ne le sera jamais. Elle est elle, c'est tout. »

Il secoua la tête en s'asseyant et son visage sincère et triste, son visage blessé, se mit à trembler.

« Tu m'as dupé. C'était un coup porté au cœur même de ma vie. Je n'ai pu le supporter. C'était trop pour moi — ça m'a frappé de plein fouet dans le ventre, Karim. »

Que peut-on dire quand un ami expose ses blessures sans amertume et sans montrer la moindre vindicte ? Je n'avais certes pas voulu le frapper au cœur même de sa vie.

« Comment ça va entre vous deux, de toute façon ? » demandai-je pour changer de sujet. Je m'assis à côté de lui et nous ouvrîmes chacun une Heineken. Changez avait l'air pensif, sérieux.

« Il me faut absolument aborder de façon réaliste le problème de l'adaptation. C'est tellement inhabituel pour moi, un Indien, toutes ces choses qui arrivent au contact de ma femme. Jamila me fait faire les courses, la lessive, la vaisselle. Et elle est devenue amie avec Shinko.

— Shinko ? »

Il m'indiqua la Japonaise avec qui il était arrivé. En la regardant je la reconnus. Je me souvins alors qui était Shinko. C'était la petite putain de mon ami, avec qui il avait pratiqué les positions de Harold Robbins. J'étais abasourdi. Je pouvais à peine parler, bien que je fusse capable de ricaner. Et elles étaient là, la femme et la petite pute de Changez, en train de bavarder sur la danse moderne avec Fruitbat.

Je demandai, perplexe : « Est-ce que Shinko était une amie de Jamila, avant ?

— Elle ne l'est que récemment, petit con. Jamila s'est aperçue qu'elle n'avait que peu d'amies, aussi est-elle allée rendre visite à Shinko dans cette maison que tu connais. Après tout, c'est toi qui lui as parlé de Shinko, sans aucune raison, gratuitement. Merci beaucoup. Je ferai la même chose pour toi un de ces jours. C'était sacrément embarrassant tout d'abord, et tout ça, j'aime mieux te le dire, alors que ces deux filles étaient assises là, sous mon nez, mais tu vois, les filles, elles, ça ne les gênait nullement.

— Et qu'as-tu fait ?

— Rien ! Qu'aurais-je pu faire ? Elles sont devenues

amies à l'instant même ! Elles parlaient de trucs que généralement on garde pour l'oreiller. Le pénis ici, le vagin là, l'homme dessus, la femme ici, et là, et partout. Il me faut bien me résigner à toutes les humiliations qui me tombent sur la tête dans ce grand pays ! Ç'a été si difficile depuis que Anwar-saab est devenu fou à lier.

— Mais de quoi parles-tu donc, Changez ? Je ne sais rien de tout ça. »

Il se redressa, me jeta un regard froid et haussa les épaules d'un air suffisant.

« Mais qu'est-ce que tu pourrais donc bien savoir ?

— Hein ?

— Tu ne vas jamais là-bas, *yaar*, exactement comme tu m'évites maintenant.

— Je vois.

— Ça te rend triste », dit-il.

J'acquiesçai de la tête. C'était vrai que je n'avais pas été voir Jeeta ou Anwar depuis longtemps, sans doute à cause du déménagement, de ma déprime, de tout ça, de l'envie de commencer une vie nouvelle à Londres, de faire connaissance avec la ville.

« Ne laisse pas ceux de ton clan derrière toi, Karim. »

Avant que je n'aie l'occasion de laisser ceux de mon clan derrière moi, ou de découvrir précisément comment Anwar était devenu fou à lier, Eva vint me chercher.

« Excusez-moi, dit-elle à Changez. Allons, lève-toi, ajouta-t-elle à mon intention.

— Mais je suis très bien ici », dis-je.

Elle me tira pour me forcer à me lever. « Ecoute, Karim, n'as-tu pas envie de faire enfin quelque chose pour toi ? » Ses yeux étaient brillants d'excitation. Elle semblait électrisée. En me parlant, elle n'arrêtait pas de jeter des regards autour d'elle. « Karim, mon petit, le grand moment de ta vie est arrivé. Il y a quelqu'un ici qui meurt d'envie de te rencontrer, de te rencontrer vraiment. Un homme qui peut t'aider. »

Elle me fit traverser la cohue. « A propos, me glissa-

202

t-elle dans l'oreille, ne commence pas à te montrer arrogant ou affreusement égocentrique. »

Ça m'embêtait qu'elle m'éloignât de Changez. « Pourquoi pas ? » dis-je.

« Laisse-le parler », recommanda-t-elle.

Elle avait fait allusion à quelqu'un qui allait m'aider, mais je ne voyais devant moi que Shadwell. « Oh non », dis-je en essayant de me défiler. Mais elle continua de me tirer en avant, comme une mère avec son garnement. « Allons, dit-elle, c'est ta chance. Parle de théâtre. »

Shadwell n'avait pas réellement besoin d'être poussé. C'était facile de voir qu'il était intelligent, cultivé mais aussi très ennuyeux. Comme beaucoup d'emmerdeurs de grande envergure, ses pensées étaient classées par ordre alphabétique. Dès que je lui posais une question, il déclarait : « La réponse à ta question est — en fait les diverses réponses à ta question sont... A. » Et l'on avait alors A suivi de B et de C, tandis que de l'autre côté on avait F et par-derrière, probablement G, jusqu'à ce que finalement on ait étendu devant soi l'alphabet tout entier, chaque lettre représentant en elle-même un Sahara qu'il fallait traverser en rampant. Il parlait théâtre et des écrivains qu'il aimait : Arden, Bond, Orton, Osborne, Wesker, chacun d'entre eux semblait suffoquer pour être simplement durant une minute un nom gargouillant dans sa bouche. Je n'arrêtais pas d'essayer de retourner vers le visage lugubre de Changez qui était appuyé, l'air morose, sur sa bonne main, tandis qu'autour de lui les invités faisaient retentir l'air du bruit de la culture. Je voyais les yeux de Changez poser un regard caressant sur les formes de sa femme, puis sur les superbes hanches de sa petite pute, alors que toutes les deux se tortillaient au son de Martha Reeves et des Vandellas. Puis, sur une impulsion, Changez se dressa et se mit à danser avec elles, levant ses pieds lourdement, l'un après l'autre, comme un éléphant de cirque, battant des coudes, comme si on lui avait demandé, dans un cours d'art dramatique, de représenter un flamant rose. Je voulais danser avec lui, pour fêter la renaissance de notre amitié. Je m'écartai doucement de Shadwell. Mais à ce moment je croisai le regard d'Eva. Ses yeux flamboyaient.

« Je vois, dit Shadwell, que tu as envie de filer vers des individus plus charismatiques. Mais Eva m'a dit que tu étais intéressé par le théâtre.

— Oui, pendant un bon bout de temps, je crois.

— Bon. Es-tu intéressé ou pas ? Et dis-moi si je dois m'occuper de toi ou non ?

— Oui, si vous êtes intéressé.

— Parfait, je suis intéressé. J'aimerais que tu fasses quelque chose pour moi. On m'a donné un théâtre pour une saison. Viendrais-tu jouer une pièce pour moi ?

— Oui, dis-je. Oui, oui, bien sûr. »

Après que les autres furent partis, à trois heures du matin, alors que nous étions assis au milieu de la pagaïe, et que Chogyam et Fruitbat fourraient les ordures dans des sacs en plastique, j'eus soudain envie de parler de Shadwell avec Eva. Je lui dis qu'il était emmerdant comme la pluie. Eva était déjà de mauvaise humeur. Cette madame Verdurin de Londres ouest avait senti que Pa et moi n'avions pas particulièrement apprécié les qualités de ses hôtes. « Avec quels types intelligents as-tu fait connaissance ce soir, Karim ? Tous les deux vous vous êtes conduits comme si vous étiez encore dans la cambrousse. De plus, c'est très méchant, Karim, d'en vouloir à Shadwell, parce qu'il est ennuyeux. C'est un malheur de l'être, ce n'est pas un défaut. C'est comme de naître avec un nez qui ressemble à un navet.

— Changement de rengaine », dis-je à Pa. Mais il ne m'écoutait pas. Il regardait Eva. Maintenant il avait des envies de jouer : il n'arrêtait pas de tapoter un coussin près de lui et de dire : « Viens ici, viens ici, petite Eva, afin que je te confie un secret. » Ils jouaient encore tous les deux à ces jeux exaspérants que je ne pouvais éviter, comme par exemple de mettre un peu de sperme sur le nez de l'autre

204

et de s'appeler, grand Dieu, Pata et Pouf. Chogyam se tourna vers Pa. « Que pensez-vous du problème des gens ennuyeux ? »

Pa s'éclaircit la voix et déclara que les gens ennuyeux l'étaient délibérément. C'était un choix, il n'était pas possible de régler l'affaire en disant que c'était quelque chose qui ressemblait à des navets. Les raseurs voulaient, en quelque sorte, vous administrer un narcotique, afin de vous désensibiliser à leur présence.

« De toute façon », murmura Eva, en s'asseyant maintenant à côté de Pa et en enlaçant sa tête somnolente sans me quitter des yeux, « Shadwell a effectivement un théâtre et pour une raison ou pour une autre, il t'aime beaucoup. Essayons de voir si on parvient à te trouver un rôle, non ? N'est-ce pas ce que tu voulais ? »

Je ne savais que dire. C'était une chance à saisir, mais j'avais peur de la prendre, peur de m'exposer et d'échouer. Contrairement à Charlie, ma volonté n'était pas plus forte que mes appréhensions.

« Décide-toi, dit-elle. Je t'aiderai, Kremly, à faire ce que tu désires vraiment. »

Au cours des semaines suivantes, avec Eva comme conseillère — ce qui me plaisait beaucoup — je préparai un monologue de Sam Shepard tiré de *The Mad Dog Blues* en vue de mon audition avec Shadwell. Je n'avais jamais travaillé si intensément à quoi que ce soit dans ma vie ; ni une fois que j'eus commencé, autant envie de quelque chose. Le monologue commençait ainsi : « J'étais dans un car Greyhound, qui allait de Carlsbad à Loving, au Nouveau-Mexique. Je revenais pour voir mon père. Après dix ans. Sapé dans un costume croisé, ayant aux pieds des souliers étincelants. Le chauffeur cria " Loving " et je descendis du car... »

Je savais fort bien ce que je faisais ; j'étais préparé à fond ; pourtant cela ne voulait pas dire que le jour venu je n'allais pas m'effondrer nerveusement. « Connaissez-vous

205

un peu *The Mad Dog Blues* ? » demandai-je à Shadwell, absolument certain qu'il n'en avait jamais entendu parler.

Il était assis au premier rang de son théâtre et me regardait, un carnet en équilibre sur la jambe de son pantalon à l'odeur de rance. Il acquiesça de la tête. « Shepard me botte. Et il n'y a pas beaucoup de types qui ne voudraient pas lui ressembler parce que A, il est séduisant, B, il sait écrire et jouer, C, il connaît la batterie et D, c'est un sauvage et un rebelle.

— Oui.

— Maintenant, vas-y, je t'en prie, avec *The Mad Dog Blues*. Brillamment. »

Le théâtre de Shadwell était une petite construction en bois, qui ressemblait à une grande hutte. Il était situé dans la banlieue nord de Londres. Le foyer était minuscule mais la scène importante, avec de bons éclairages et deux cents fauteuils dans la salle. On y jouait des pièces comme *French without Tears*, les derniers Ayckbourn ou Frayn, ou parfois une pantomime. C'était essentiellement un théâtre d'amateurs, mais il y avait pourtant trois spectacles professionnels par an, principalement des pièces au programme scolaire, comme *The Royal Hunt of the Sun*.

Quand j'eus fini, Shadwell commença à applaudir du bout des doigts, comme s'il craignait que ses mains puissent se contaminer l'une l'autre. Puis, il monta sur scène. « Merci Karim.

— Vous avez aimé, hein ? demandai-je, le souffle court.

— Tellement que je vais te demander de recommencer.

— Quoi ? De nouveau ? Mais je crois que c'était ce que je peux faire de mieux, Mr. Shadwell. »

Il ne tint aucun compte de ma phrase. Il avait son idée. « Seulement, cette fois, deux choses supplémentaires vont se passer : A, une guêpe va bourdonner autour de ta tête. Et B elle va vouloir te piquer. Ta motivation — tous les acteurs aiment avoir un semblant de motivation —, ce sera de l'écarter, de la repousser, de te battre avec elle. D'accord ?

« — Je ne suis pas sûr que Sam Shepard serait d'accord avec ce truc de la guêpe, remarquai-je d'un ton confidentiel. Franchement, il ne serait pas d'accord du tout. »

Shadwell se retourna et regarda intensément dans ce qui semblait être tous les interstices du théâtre désert. « Mais il n'est foutrement pas là, à moins que je sois devenu aveugle. »

Et il alla s'asseoir, attendant que je recommence. Je me sentais un vrai branleur en me débattant avec cette guêpe, mais je voulais le rôle, quel que soit ce rôle. Je ne pouvais pas imaginer de retourner dans l'appartement de West Kensington sans savoir que faire de ma vie, et m'efforçant d'être gentil, sans jamais être respecté par personne.

Quand j'en eus terminé avec Shepard et la guêpe, Shadwell passa son bras autour de moi. « Bravo ! Tu mérites un café. Allez, viens. »

Il m'emmena dans un routier qui se trouvait à côté. Je me sentais transporté de joie, surtout lorsqu'il me dit : « Je cherche un acteur exactement comme toi. »

Un joyeux carillon se mit à sonner dans ma tête. Nous nous assîmes pour boire notre café. Shadwell posa son coude à peu près au milieu de la table dans une flaque de thé, appuya sa joue dans la paume de sa main et me regarda.

« Réellement ? dis-je avec enthousiasme. Un acteur comme moi, dans quel sens ?

— Un acteur qui convienne au rôle.

— Quel rôle ? » demandai-je.

Il me regarda avec impatience. « Le rôle dans le livre. »

A l'époque, je pouvais être très direct. « Quel livre ?

— Le livre que je t'ai demandé de lire, Karim.

— Mais vous ne m'avez rien demandé du tout.

— J'ai dit à Eva de te le dire.

— Mais Eva ne m'a rien dit du tout. Je m'en serais souvenu.

— Oh ! merde. Bon Dieu, je crois que je deviens fou.

Karim, quel jeu diabolique cette bonne femme est-elle en train de jouer ? dit-il en se prenant la tête dans les mains.

— Ce n'est pas à moi qu'il faut le demander. Au moins dites-moi de quel livre il s'agit. Peut-être puis-je l'acheter aujourd'hui.

— Arrête d'être aussi rationnel, dit-il. C'est *le Livre de la jungle*. De Kipling. Tu le connais, naturellement.

— Ouais, j'ai vu le film.

— Je l'aurais parié. »

Il pouvait être d'une de ces prétentions, ce vieux Shadwell, ça, c'est sûr. Mais je garderais mon calme, quoi qu'il puisse dire. Puis son attitude changea complètement. Au lieu de me parler de mon travail, il prononça quelques mots en panjabi ou en ourdou, et me regarda, comme s'il désirait avoir une conversation sérieuse sur Ray ou Tagore ou je ne sais qui. A dire vrai, lorsqu'il me parla, j'eus vaguement l'impression qu'il était en train de se gargariser.

« Eh bien ? » dit-il. Il gargouilla encore quelques mots. « Tu ne comprends pas ?

— Non, pas vraiment. »

Que pouvais-je dire ? J'avais perdu d'avance. Je savais de toute façon qu'il allait me haïr pour ça.

« Ta propre langue !

— Ouais. Bon, j'en sais un peu. Les gros mots. Je comprends lorsqu'on me traite de trou du cul de chameau.

— Bien entendu. Mais ton père la parle, non ? Il doit la parler. »

Bien entendu qu'il la parle, j'avais envie de lui dire. Il la parle avec sa bouche, pas comme toi espèce de sale con de trou du cul merdeux.

« Oui, mais pas avec moi, dis-je. Ce serait stupide. Je n'aurais jamais su de quoi il parlait. Les choses sont déjà assez difficiles comme ça. »

Shadwell insista. Apparemment, il n'y avait aucune possibilité qu'il arrête jamais de déblatérer sur ce sujet.

« Tu n'as jamais été là-bas, je suppose.

— Où ça ? »

208

Pourquoi était-il si foutrement agressif à propos de ce truc ?

« Tu sais bien où. Bombay, Delhi, Madras, Bangalore, Hyderabad, Trivandrum, Goa, le Panjab. Tu n'as donc jamais eu cette poussière dans les narines ?

— Jamais dans mes narines, non.

— Tu dois y aller, dit-il, comme si personne n'avait jamais été là-bas que lui.

— J'irai, d'accord.

— Oui. Prends un sac à dos et va voir l'Inde, si c'est la dernière chose que tu peux faire dans ta vie.

— Très bien, Mr. Shadwell. »

Il ne vivait qu'en imagination, mais totalement. Il secoua la tête puis émit une série de drôles de petits aboiements au fond de sa gorge. C'était sa manière à lui de rire, j'en étais sûr. « Ha, ha, ha, ha ha ! » continua-t-il. Il dit : « A quelle drôle d'espèce de gens deux cents ans d'impérialisme ont donné naissance. Si les pionniers de la Compagnie des Indes orientales pouvaient te voir, quel étonnement ce serait pour eux. Tout le monde te regarde, j'en suis sûr, et se dit : un jeune Indien, comme il est exotique, comme il est intéressant, que d'histoires de grand-mères et d'éléphants nous pourrions apprendre de lui. Et tu es né à Orpington.

— Ouais.

— Seigneur, quel monde étrange ! L'émigré et le monsieur Tout-le-Monde du XXe siècle. Tu ne trouves pas ?

— Mr. Shadwell... commençai-je.

— Eva n'est pas quelqu'un de toujours facile, tu sais.

— Ouais ? »

Je respirais plus facilement maintenant qu'il avait changé de sujet. « Les femmes exceptionnelles sont toujours comme ça, poursuivit-il. Mais elle ne t'a pas donné le livre. Elle essaie de te protéger de ton destin. Je veux dire être métis en Angleterre. Ce doit être difficile pour toi à accepter, pas de racines, désiré nulle part. Et le racisme. Trouves-tu que c'est dur ? Je t'en prie, dis-moi. »

Il me regardait.

« Je ne sais pas, répondis-je sur la défensive. Parlons plutôt théâtre.

— Tu ne sais pas ? insista-t-il. Réellement, tu ne sais pas ? »

Il m'était impossible de répondre à ses questions. Je pouvais à peine parler. Les muscles de mon visage semblaient s'être gelés. Je tremblais de confusion qu'il puisse me parler de cette manière, comme s'il me connaissait, comme s'il avait le droit de me questionner. Heureusement, il n'attendait aucune réponse.

Il poursuivit : « Quand je voyais Eva bien plus que je ne le fais maintenant, c'était quelqu'un de bien souvent instable, de toujours extrêmement tendu, comme nous disons. Oui ? Elle avait beaucoup navigué, Eva, elle avait vu un tas de choses. Un matin, nous nous sommes réveillés à Tanger, où je rendais visite à Paul Bowles — un homosexuel, un écrivain célèbre —, et Eva était en train d'étouffer. Tous ses cheveux étaient tombés au cours de la nuit et elle s'étouffait à cause de ça. »

Je levai simplement les yeux sur lui.

« Incroyable, non ?

— Incroyable. Ce devait être psychologique, dis-je, ajoutant presque que mes cheveux risquaient fort de tomber s'il me fallait passer encore beaucoup de temps avec lui.

— Je n'ai pas envie de parler du passé, dis-je.

— Ah oui ? »

Toutes ces histoires à propos d'Eva et de lui me mettaient réellement mal à l'aise. Je ne voulais rien savoir de tout ça.

« Bon, dit-il finalement — je poussais un soupir de soulagement. Elle est heureuse avec ton père, n'est-ce pas ? »

Mon Dieu, c'était un petit curieux de grande envergure. Il aurait pu égorger les gens avec ses questions, sauf bien entendu qu'il n'écoutait jamais les réponses. Les réponses ne l'intéressaient pas. Ce qu'il voulait, c'était le plaisir d'entendre sa propre voix.

« Espérons que ça va durer, hein ? dit-il. Un peu sceptique, non ? »

Je haussai les épaules. Mais maintenant, j'avais quelque chose à dire. Donc, je me lançai.

« J'étais aux louveteaux. Je me souviens très bien. *Le Livre de la jungle* c'est Baloo et Bagheera et tout ça, n'est-ce pas ?

— Exact. Dix sur dix. Et puis ?

— Et puis ?

— Et puis Mowgli.

— Oh oui, Mowgli. »

Shadwell me dévisagea, s'attendant à un commentaire, à un tressaillement, ou même à un petit rire. « Tu es exactement le personnage, continua-t-il. En fait, tu es Mowgli. Tu as la peau sombre, tu es petit et mince et tu seras charmant, sans mièvrerie, en costume. Pas trop sexy, j'espère. Certains critiques en pinceront pour toi, certes. Ha ha ha ha ha ! »

Il se dressa d'un bond devant deux jeunes femmes, portant des manuscrits, qui venaient d'entrer dans le café. Shadwell les embrassa et elles lui rendirent son baiser, apparemment sans dégoût. Elles lui parlaient avec respect, c'était le premier indice que j'avais concernant l'état désespéré dans lequel pouvaient tomber les acteurs.

« Voilà mon Mowgli, leur dit Shadwell, me montrant du doigt. J'ai trouvé mon petit Mowgli, finalement. Un acteur inconnu, capable et décidé à réussir.

— Salut », dit l'une des femmes. « Je suis Roberta, dit l'autre.

— Bonjour, dis-je.

— N'est-il pas terrible ? » dit Shadwell.

Les deux femmes me regardèrent. J'étais absolument parfait. J'avais gagné. J'aurais le rôle.

CHAPITRE X

Cet été-là, un tas de choses arrivèrent rapidement l'une après l'autre à Charlie et à moi, de grandes choses pour lui, de plus petites, mais tout de même assez importantes pour moi. Si je suis resté sans voir Charlie pendant des mois, je téléphonais néanmoins presque chaque jour à Eva pour avoir de ses nouvelles. Et bien entendu, il passait à la télévision et l'on parlait de lui dans les journaux. Brusquement, il n'était plus possible de ne pas entendre son nom ni d'ignorer sa fulgurante carrière. Il avait réussi. Quant à moi, il me fallait attendre tout l'été et une partie de l'automne avant de commencer les répétitions du *Livre de la jungle*. Aussi, je retournai dans la banlieue sud, heureux de toute façon de savoir que bientôt je participerais à un spectacle professionnel, et qu'il y aurait quelqu'un dans la distribution dont je tomberais forcément amoureux. J'étais sûr que ça se passerait ainsi.

Allie était parti pour l'Italie avec des camarades rupins de son école, il reluquait maintenant des fringues à Milan. Sacré Allie. Je ne voulais pas que Mam reste seule, maintenant qu'elle n'habitait plus chez Ted et Jean. Elle était en effet retournée dans notre vieille maison. Heureusement, on l'avait reprise au magasin de chaussures. Nous ne passions donc que les soirs et les week-ends ensemble. Mam se sentait beaucoup mieux, elle était de nouveau active, bien qu'elle eût terriblement grossi chez Ted et Jean.

Elle ne parlait toujours pas beaucoup, ne laissant rien paraître dans sa voix ou dans son expression de sa peine ou de ses blessures. Je la regardais transformer la maison, qui avait été leur endroit — ça n'avait été bien sûr qu'un endroit fonctionnel et un désordre d'enfant —, en un chez-soi. Mam commença à porter des pantalons pour la première fois, elle se mit au régime et laissa pousser ses cheveux. Elle acheta une table en pin, chez un brocanteur, la passa soigneusement au papier de verre dans le jardin, puis la peignit, quelque chose qu'elle n'avait jamais fait auparavant, à quoi elle n'aurait même pas pensé. J'étais surpris de voir qu'elle savait ce qu'était du papier de verre. Il faut dire que j'étais doué pour ne jamais deviner les gens. Il y avait aussi des chaises en rotin déglinguées qui allaient avec la table, des chaises que j'avais portées sur ma tête. Mam s'asseyait pendant des heures et des heures pour faire de la calligraphie — des cartes de Noël ou d'anniversaire, sur des morceaux de papier de luxe. Elle s'occupait du ménage comme elle ne l'avait jamais fait, avec intérêt et beaucoup de soin (ce n'était plus une corvée maintenant), se mettant à genoux pour frotter avec une brosse et un seau d'eau derrière les armoires et le long des plinthes. Elle lessiva les murs, repeignit les portes salies par nos traces de doigts. Elle rempota les plantes de la maison et commença à écouter des opéras.

Ted vint la voir avec des plantes. Il aimait les arbustes, en particulier les lilas, que bien entendu Jean avait, en conséquence, bannis de son jardin. Donc, il les amena chez nous. Il arrivait aussi avec de vieilles radios, des assiettes, des pots, des chandeliers argentés, tout ce qu'il pouvait trouver au cours de ses balades dans la banlieue sud de

Londres, tandis qu'il attendait qu'Eva lui redemande de travailler au nouvel appartement.

Je lisais beaucoup de bons livres, comme *les Illusions perdues* et *le Rouge et le Noir*. Je me couchais tôt. Je me préparais pour l'amour et le travail. Bien que je ne fusse qu'à quelques kilomètres du fleuve, le Londres que je commençais à connaître me manquait. Je m'amusais à de petits jeux avec moi-même : si la police secrète t'ordonnait de vivre pour le reste de ta vie en banlieue, que ferais-tu ? Tu te tuerais ? Tu lirais ? Presque toutes les nuits j'avais des cauchemars et me réveillais couvert de sueur. C'était certainement parce que je dormais sous le toit de mon enfance qu'il en était ainsi. Quelles que fussent mes craintes du futur, je les surmonterais. Elles n'étaient rien comparées à ma haine du passé.

Un beau matin, les répétitions commencèrent. Je dis tristement au revoir à Mam, et quittai la banlieue sud de Londres, pour retourner habiter de nouveau avec Pa et Eva. Chaque jour je courais de la station de métro à la salle de répétitions. J'étais le dernier à partir le soir. J'aimais travailler avec acharnement et aussi bien sûr me retrouver au milieu des dix autres acteurs dans les pubs et dans les cafés, en un mot, appartenir à un groupe.

Shadwell avait, de toute évidence, passé de nombreux week-ends sur le continent, afin d'avoir une idée du théâtre européen. Il voulait un *Livre de la jungle* extrêmement physique, s'appuyant sur le mime, la diction, l'expression corporelle. Les costumes et les accessoires seraient réduits au minimum, la jungle elle-même, ses arbres, ses marécages, les nombreux animaux, les feux, les huttes devraient exister grâce à nos corps, à nos mouvements, à nos cris. Pourtant, la plupart des acteurs engagés par Shadwell n'avaient jamais travaillé dans cette direction. Le premier jour, lorsqu'il nous demanda de faire cinq fois le tour de la salle de répétition en courant, pour nous échauffer, bien des poumons paraissaient épuisés. Une femme n'avait travaillé que pour la radio, comme présentatrice. Un

acteur avec qui je me liai d'amitié, Terry, n'avait jusque-
là participé qu'à de l'agit-prop. Il faisait des tournées dans
une camionnette, avec une compagnie appelée l'Avant-
Garde, pour représenter un pastiche de music-hall sur la
grève des mineurs de 1972, qui s'appelait *Creuse !* Maintenant, il se retrouvait avec le rôle de Kaa, le serpent sourd,
célèbre pour la force de son étreinte. Et Terry, effectivement, avait l'air d'être capable d'une puissante étreinte. Il
allait passer la plus grande partie du spectacle à siffler, à
se glisser sur le praticable en forme d'arche, qui courait le
long des côtés et en haut de la scène. Là, des singes y étaient
suspendus pour se moquer de Baloo, l'ours, qui ne pouvait
grimper, et grognait en conséquence. Terry venait d'avoir
quarante ans. Il avait un beau visage pâle. Ce Gallois
d'origine ouvrière avait gardé une allure d'adolescent. Il
était calme et généreux. Je l'aimai tout de suite, en
particulier parce que c'était un fanatique de la mise en
forme et que son corps était solide et nerveux. Je décidai
de le séduire, mais sans grand espoir de succès.

Je ne commençai à me heurter à Shadwell qu'au cours
de la deuxième semaine, au moment de l'essayage des
costumes. Au début, tout le monde le respectait, écoutait
attentivement ses explications pourtant soporifiques. Mais
il devint bientôt, pour la plupart d'entre nous, la cible de
nos plaisanteries, parce que, non seulement il était pédant
et condescendant, mais aussi parce qu'il avait peur de
l'entreprise dans laquelle il s'était lancé. Il détestait les
suggestions, par crainte qu'elles laissent entendre qu'il se
trompait. Un jour, il m'entraîna à l'écart pour me conduire
à la décoratrice. C'était une fille nerveuse, toujours
habillée de noir. Elle tenait une écharpe jaune à la main,
et un pot rempli d'une crème d'un brun merdeux, qu'elle
essayait plus ou moins de cacher derrière son dos.

« Voilà votre costume, Mr. Mowgli. »

Je tendis le cou pour examiner ce qu'elle tenait dans ses
mains.

« Où est mon costume ?

— Enlevez vos vêtements, s'il vous plaît. »

Il apparut alors que sur scène je porterais un petit pagne et un fond de teint brunâtre. J'allais ressembler à une crotte en bikini. Je me déshabillai. « Ne me mettez pas ça sur moi, s'il vous plaît », dis-je en tremblant. « Il le faut, dit-elle. Ne jouez pas au petit sot. » Tandis qu'elle me tartinait de la tête aux pieds de cette saleté brunâtre, je pensais à Julien Sorel qui savait si bien cacher ses sentiments et garder le silence pour satisfaire ses ambitions. Son orgueil était souvent mis en bouillie, mais en dessous rien n'atteignait sa supériorité. Aussi, je la bouclai, tandis que des mains me barbouillaient pour me donner une couleur de boue. Quelques jours plus tard, j'interrogeai Shadwell sur les possibilités que j'avais de ne pas être couvert de merde pour mes débuts d'acteur professionnel. Pour une fois, celui-ci fut d'une concision extrême.

« C'est le foutu costume ! Quand tu as accepté avec enthousiasme ton premier rôle, pensais-tu que Mowgli porterait un cafetan ? Ou peut-être un costume de chez Saint-Laurent ?

— Mais Mr. Shadwell — Jeremy — je ne me sens pas bien comme ça. A mon avis, nous contribuons ensemble à rendre le monde plus laid.

— Tu survivras. »

Il avait raison. Mais, dès que je me sentis à l'aise dans mon pagne et sous ma couche de cirage, quand j'eus appris mon texte avant les autres, lorsque je fus devenu aussi agile qu'un petit orang-outan sur le praticable, je compris que notre conflit n'était pas terminé. Shadwell me prit à part et me dit : « Un mot à propos de l'accent, Karim. Je crois qu'il faudrait que tu aies un accent authentique.

— Que voulez-vous dire par authentique ?

— Où est né notre petit Mowgli ?

— Aux Indes.

— Exactement. Pas à Orpington. Quel accent ont-ils en Inde ?

— L'accent indien.

— Dix sur dix.

— Non, Jeremy, je vous en prie, pas ça.

— Karim, tu as été engagé pour tes qualités d'authenticité, pas pour ton expérience. »

Je pouvais à peine y croire. Pourtant, même lorsqu'il me fallut me rendre à l'évidence, je continuai à me battre à diverses reprises, mais Shadwell ne voulut pas changer d'avis.

« Tu essaies, c'est tout, n'arrêtait-il pas de dire, alors que nous sortions de la salle de répétition en nous disputant. Tu es trop traditionnel, Karim. Essaie ça jusqu'à ce que tu sois aussi à l'aise qu'un Bengali. En principe, tu es un acteur, mais je commence à croire que tu n'es qu'un exhibitionniste.

— Jeremy, aidez-moi, je ne pourrai pas faire ça. »

Il fit non de la tête. Je jure que des larmes me vinrent aux yeux.

Quelques jours passèrent, sans qu'il soit de nouveau question de l'accent. Pendant ce temps, Shadwell me faisait me concentrer sur les cris d'animaux que je devais pousser entre les dialogues. Par exemple lorsque j'étais en train de parler à Kaa, le serpent ondulant, qui sauve la vie de Mowgli, je devais siffler. Terry et moi devions siffler ensemble. Pour siffler, la pensée de Pa prodiguant son enseignement à Ted et Jean, chez Carl et Marianne, m'était d'une aide certaine. Etre un zoo à soi tout seul était acceptable, à condition que l'accent indien ne vienne pas s'en mêler.

Pour la prochaine répétition, toute la distribution serait présente.

« Maintenant, prends l'accent, m'ordonna brusquement Shadwell. J'imagine que tu as dû t'entraîner chez toi.

— Jeremy, implorai-je, c'est pour moi une question politique. »

Il me regarda, l'air furieux. Tous les acteurs se tournèrent vers moi, la plupart avec sympathie. L'un d'eux,

217

Boyd, avait fait des séances de thérapie de groupe. Il aimait lancer des chaises à travers la pièce, comme expression de ses sentiments spontanés. Je me demandais s'il n'aurait pas pu avoir quelques sentiments spontanés, en faveur de ma défense, mais il ne dit rien. Je me tournai vers Terry. En tant que trotskiste convaincu, il m'encourageait à parler des insultes et des préjugés dont j'avais été victime en tant que fils d'Indien. Durant les soirées passées ensemble, nous évoquions les inégalités, l'impérialisme, la suprématie blanche, et nous discutions à perdre haleine pour savoir si les expériences sexuelles étaient purement et simplement une complaisance bourgeoise ou une contribution à la dissolution de la société établie. Mais pour l'instant, Terry, comme les autres, ne souffla mot, il restait là debout, dans son survêtement, attendant de se glisser par terre, une fois de plus, en sifflant. Je me dis : Tu préfères les généralisations du genre : « Après la révolution les travailleurs s'éveilleront remplis d'une joie incroyable » plutôt que d'affronter des fascistes comme Shadwell.

Celui-ci se mit alors à parler avec le plus grand sérieux. « Karim, tu as autour de toi une troupe d'acteurs professionnels de haut niveau, qui coûtent cher. Ils sont prêts à travailler, désireux d'agir, passionnés et humbles en face de leur art, enthousiastes, zélés et concentrés. Mais toi, tu es le seul, je dois dire, oui, le seul d'entre nous, qui entrave la réalisation de ce spectacle. Es-tu prêt à faire les concessions nécessaires que te demande le metteur en scène expérimenté que je suis ? »

Je voulais partir en courant de cette pièce, retourner dans la banlieue sud de Londres, dans mon milieu, duquel j'avais voulu insolemment, et à tort, sortir. Je haïssais Shadwell et toute la troupe.

« Oui », dis-je à Shadwell.

Ce soir-là, au pub, je ne m'assis pas à la même table que les autres, mais allai m'installer dans l'autre pièce avec ma bière et mon journal. Je méprisais mes camarades de ne pas m'avoir défendu, d'avoir ricané en entendant l'accent que j'avais finalement adopté. Terry abandonna le groupe et vint s'asseoir avec moi.

« Allons, dit-il, bois une autre bière. Ne prends pas les choses si mal. C'est toujours merdique pour les acteurs. » « C'est toujours merdique pour les acteurs » était son expression favorite. Apparemment, tout était toujours merdique pour les acteurs, et il fallait bien qu'il fasse avec, tant que la corruption actuelle continuerait.

Je lui demandai alors si des gens comme Chattelaide — un des surnoms que nous lui donnions maintenant — continuerait à me bousculer de cette façon après la révolution ; s'il y aurait encore des metteurs en scène ou si, chacun à tour de rôle, dirait aux autres où ils devaient se placer et ce qu'ils devaient porter. Terry ne semblait pas avoir pensé à ces choses jusque-là. Ça le rendit perplexe. Il regardait avec obstination dans sa bière et dans son sac de chips au bacon.

« Il y aura encore des metteurs en scène, dit-il finalement. Je crois. Mais ils seront élus par la troupe. S'ils font chier, la troupe les videra et les renverra à l'usine d'où ils sont venus.

— A l'usine ? Et pour commencer comment parviendras-tu à envoyer à l'usine des gens comme Shadwell ? »

Terry paraissait fuyant maintenant, il était sur un terrain glissant.

« On le forcera à y aller.

— Ah ! En utilisant la force ?

— Il n'y a aucune raison pour que ce soit toujours les mêmes qui fassent le travail merdique, tu ne trouves pas ? Je n'aime pas l'idée que des gens ordonnent à d'autres de faire des trucs qu'ils ne voudraient pas faire eux-mêmes. »

J'aimais Terry plus que tous ceux que j'avais rencontrés depuis longtemps et nous parlions ensemble chaque jour. Mais il croyait réellement que la classe ouvrière — dont il parlait comme si elle n'était qu'une seule personne douée de volonté — accomplirait, d'une manière ou d'une autre, des choses invraisemblables. « La classe ouvrière s'occupera de ces salauds facilement », disait-il en parlant des organisations racistes. « La classe ouvrière va finir par éclater, disait-il à d'autres moments, elle en a assez des travaillistes. Elle veut la transformation de la société, maintenant ! » Ces discours me faisaient penser aux immeubles situés près de la maison de Mam, là la « classe ouvrière » aurait éclaté de rire au nez de Terry. Ceux qui y habitaient, c'est sûr, lui auraient frotté les oreilles pour commencer, pour lui apprendre à les traiter de classe ouvrière. Je voulais lui dire que le prolétariat de la banlieue a effectivement un fort sentiment de classe. Un sentiment violent, chargé de haine, en direction exclusive des gens qui sont au-dessous d'eux. Mais il y avait un certain nombre de choses dont il était impossible de discuter avec lui. J'imagine qu'il n'était pas intervenu dans ma dispute avec Shadwell, parce qu'au fond, il souhaitait que la situation se détériore davantage. Terry ne croyait pas aux bienfaits des travailleurs sociaux, des politiciens de gauche, des avocats extrémistes, au libéralisme, à une amélioration progressive. Il désirait que les choses empirent plutôt qu'elles ne s'améliorent. Lorsqu'elles seraient au comble du pourrissement, viendrait la transformation. Donc, pour que la situation devienne meilleure, il fallait qu'elle commence par être pire ; pire elle serait, meilleure elle deviendrait dans le futur ; elle ne pouvait même pas commencer à s'améliorer tant qu'elle n'aurait pas descendu la pente jusqu'au bout. C'était ainsi que je comprenais ses arguments. Ça l'exaspérait. Il me demanda de m'inscrire au parti. Il dit que je devrais m'y inscrire pour prouver que ma volonté d'en finir avec l'injustice n'était pas que du vent. Je m'y inscrirais volontiers, lui dis-je, à une condition. Il devait m'embrasser d'abord. Parce que, insistai-je, cela prouverait sa volonté de surmonter sa morale bourgeoise innée. Il me répondit alors que je n'étais peut-être pas encore prêt pour m'inscrire au parti.

La passion de Terry pour l'égalité s'accordait à la partie la plus pure de mon esprit et sa haine de toute autorité, à mes ressentiments. Mais même si je haïssais l'inégalité, cela ne signifiait pas que j'avais envie d'être traité comme tout le monde. Je me rendais bien compte que ce que j'aimais chez Pa et Charlie, c'était leur volonté de se mettre à l'écart, le pouvoir qu'ils en tiraient et l'attention qu'on leur donnait. J'appréciais cette façon que les gens avaient de les admirer et de leur céder. En dépit de cette écharpe jaune qui m'écrasait les couilles, de ce maquillage brun, et même de cet accent, je prenais plaisir à être le centre du spectacle.

Je commençais à demander de petites choses à Chattelaide. Je voulais plus de repos, et est-ce que quelqu'un ne pourrait pas me reconduire chez moi, pour m'éviter de la fatigue ? J'aurais particulièrement aimé avoir du thé assam (avec un soupçon de lapsang souchong), toujours prêt durant les répétitions. Est-ce que cet acteur ne pourrait pas se déplacer un peu plus à droite ; non, encore un peu plus. Je commençais à découvrir qu'il m'était possible d'exiger les choses dont j'avais besoin. Je prenais confiance en moi.

Je ne passais que fort peu de temps à la maison maintenant, aussi étais-je incapable d'assister en témoin attentif au spectacle de ce Grand Amour, comme je l'avais été auparavant. Je remarquais, cependant, que la passion d'Eva pour les particularismes de Pa avait disparu. Ils voyaient maintenant bien moins de films de Satyajit Ray, et ne mangeaient plus si souvent dans les restaurants indiens. Eva renonça à apprendre l'ourdou et à écouter des morceaux de sitar. Elle avait trouvé un nouveau centre d'intérêt ; elle se préparait à se mettre en campagne. Eva projetait de lancer l'assaut contre Londres.

Dans l'appartement, il y avait des cocktails ou de petits dîners chaque semaine, ce qui m'agaçait énormément. En effet il me fallait attendre que tout le monde ait fini d'agiter l'air avec ses pensées sur le dernier roman paru, avant que je puisse me coucher sur le sofa. Et souvent, après une journée de répétition, il me fallait encore entendre Shadwell, au cours de ces dîners, dire combien son spectacle prenait forme, comme il parvenait à dégager le style

« expressionniste » du *Livre de la jungle*. Heureusement, Pa et Eva sortaient très souvent. Ils acceptaient les nombreuses invitations qu'Eva recevait des metteurs en scène, des romanciers, des secrétaires d'édition, des correcteurs, des pédés, et de qui que ce soit d'autre qu'elle pouvait avoir rencontré.

Je remarquais qu'à ces « raouts » comme je continuais à les appeler pour la mettre en boule, Eva se construisait un personnage d'artiste qu'elle espérait imposer aux autres. Les gens comme elle adorent les artistes et tout ce qui est « artistique ». Le mot lui-même leur semble un filtre magique. Un souffle sublime accompagne son énonciation. C'est le moyen d'entrer dans ce qui est libre et inspiré. Les gens de sa sorte feraient n'importe quoi pour se coller l'étiquette angélique « d'artiste ». (Il faut bien entendu qu'ils s'en chargent eux-mêmes, car personne d'autre ne le ferait pour eux.) J'entendis Eva dire un jour : « Je suis une artiste, un designer, mon équipe et moi installons des propriétés. »

Naguère, lorsque nous étions des banlieusards ordinaires, ce côté prétentieux et snob d'Eva m'amusait, il amusait aussi Pa. Ce trait de caractère avait d'ailleurs, pendant un certain temps, paru s'estomper, peut-être parce que Pa en était le bénéficiaire reconnaissant. Mais, en ce moment, le quotient d'esbroufe augmentait quotidiennement, c'était impossible qu'il passe inaperçu. C'était un problème, car Eva avait un certain succès. Londres, depuis qu'elle avait lancé son attaque, ne l'ignorait plus. Elle montait de plus en plus haut, jour après jour. C'était inouï le nombre de déjeuners, de dîners, de soupers, de pique-niques, de fêtes, de réceptions, de petits déjeuners au champagne, d'inaugurations, de fermetures, de premières, de dernières, de nuits blanches qui occupaient les Londoniens. Ils n'arrêtaient jamais de manger, de parler, d'aller au spectacle. Tandis qu'Eva commençait à conquérir Londres, s'enhardissant même vers les territoires étrangers d'Islington, de Chiswick et de Wandsworth, soirée après soirée, de relation en relation, Pa, quant à lui, s'amusait énormément. Mais il ne voulait pas admettre que cette agitation eût tant d'importance pour Eva. Ce fut au cours d'un dîner, dans l'appartement, alors qu'ils étaient tous les deux dans la cuisine pour aller chercher des yaourts et des framboises, que je les entendis se disputer pour la première fois. Eva dit : « Au nom du ciel, ne peux-tu en finir avec ces foutus discours mystiques — nous ne sommes plus à Beckenham maintenant. Nous avons affaire à des gens brillants, intelligents, qui exigent des preuves, des certitudes, des faits, non des mirages ! »

Pa rejeta la tête en arrière et se mit à rire. Il ne sentait pas la force contenue de cette attaque. « Eva, ne comprendrais-tu pas une chose aussi simple ? Ils doivent renoncer à leur rationalité, à leurs ruminations interminables, à leur angoisse à propos de tout. Ils ont la manie de tout contrôler ! C'est seulement lorsque nous laissons couler la vie, que nous permettons à notre sagesse innée de s'épanouir, que nous vivons vraiment ! »

Il s'empara des desserts et retourna rapidement dans le salon, pour reprendre le même discours à table. Eva bouillait de plus en plus. Puis une discussion passionnée éclata sur l'importance de l'intuition dans les découvertes essentielles de la science. La soirée étincelait.

En même temps Pa découvrit à quel point il aimait être entouré de gens. N'ayant aucune idée de l'importance de telle ou telle personne, si celui-ci ou celui-là travaillait pour la BBC ou TLS ou BFI, il traitait tout le monde avec la même condescendance.

Un soir, après une répétition et un verre avec Terry, j'arrivai dans l'appartement pour trouver Charlie en train de s'habiller dans la chambre à coucher de Pa et d'Eva. Il se pavanait devant un miroir en pied, appuyé contre la cloison. Tout d'abord, je ne le reconnus pas. Après tout, je n'avais vu que des photographies de sa nouvelle personnalité. Ses cheveux étaient teints en noir et se dressaient sur sa tête. Il portait, à l'envers, un t-shirt tailladé, sur lequel était peinte une croix gammée. Son pantalon noir était retenu à la taille par des épingles de sûreté, des pinces à dessin et des aiguilles. Il avait, pour finir, enfilé un imperméable noir. Il avait cinq ceinturons autour de la taille et une sorte de couche en toile grisâtre, attachée au fond de son pantalon. Ce salaud portait aussi un de mes gilets, le vert. Eva était en larmes.

« Qu'est-ce qui se passe ? demandai-je.

— Ne te mêle pas de ça, me lança sèchement Charlie.

— Je t'en prie, Charlie, implorait Eva, je t'en prie, enlève cette croix gammée. Je me fiche du reste.

— Dans ce cas, je la garderai.

— Charlie...

— J'ai toujours détesté tes réflexions merdiques.

— Ce n'est pas pour t'embêter, c'est seulement une question de compassion.

— J'ai compris. Je ne reviendrai plus, Eva. Tu es devenue une telle chieuse, maintenant ! Est-ce une question d'âge ? C'est la ménopause qui te rend comme ça ? »

Par terre, à côté de Charlie, se trouvait un tas de vêtements dans lequel il puisait vestes, imperméables, chemises, avant de les jeter au loin, parce qu'il les jugeait importables. Puis, il se mit du noir aux yeux. Ensuite, il sortit de l'appartement sans nous regarder. Eva lui cria, dans son dos : « Pense à ceux qui sont morts dans les camps ! Et ne t'attends pas à ce que je vienne te voir ce soir, petit salaud ! Charlie, ne compte plus jamais sur moi pour rien ! »

Comme convenu, j'allai au concert de Charlie ce soir-là, dans un club de Soho. J'emmenai Eva. Je n'eus guère de mal à la persuader de venir et rien ne m'aurait empêché de voir, précisément, ce qui avait transformé mon camarade de classe en ce que le *Daily Express* appelait un « phénomène ». Je fis d'ailleurs en sorte d'arriver une heure plus tôt, afin de ne rien perdre. Même à ce moment-là, la queue faisait déjà le tour du pâté de maisons. Eva et moi, nous nous mîmes à marcher au milieu des gosses. Eva était excitée, perplexe, intimidée par la foule. « Comment Charlie a-t-il pu réussir ça ? » n'arrêtait-elle pas de me demander. « Nous le découvrirons bientôt », dis-je. « Est-ce que leurs mères savent qu'ils sont ici ? dit-elle. Sait-il réellement ce qu'il fait, Karim ? » Certains des gamins n'avaient pas plus de douze ans, la plupart, pourtant, paraissaient en avoir dix-sept. Ils étaient habillés comme Charlie, essentiellement en noir. Certains avaient les cheveux teints en bleu ou en orange, ce qui les faisaient ressembler à des perroquets. Là, dans le froid et la pluie d'un Londres pourrissant, sous l'œil de policiers indifférents, ils jouaient des coudes, se battaient, se tiraient la langue, crachaient sur les passants et à la figure les uns des autres. Comme concession à cette Nouvelle Vague, je portais une chemise noire, un jean noir, des chaussettes blanches et des chaussures en daim noir, mais je savais que ma coiffure n'était pas à la hauteur. Non pas que je fusse le seul : des hommes plus âgés, dans des vêtements coûteux de sport des années soixante, jeans Fiorucci et bottes en daim, genre mexicain à hauts talons, merde alors, essayaient de coincer le groupe, afin de lui faire signer un contrat.

Qu'avait donc fait Charlie, depuis cette soirée au *Nashville* ? Il s'était lié avec les punks et avait vu immédiatement ce qu'ils étaient en train de réussir : un renouveau de la musique. Il avait donc immédiatement changé le nom de son groupe, pour l'appeler les Condamnés. Il avait pris lui-même le pseudonyme de Charlie Hero. Et, étant donné que le style de la musique britannique passait d'un paradigme à un autre, du baroque au *angry garage*, il s'était battu pour forcer le Mustn't Grumble à devenir un des orchestres les plus surchauffés de la Nouvelle Vague ou de la musique punk.

Le fils d'Eva était en permanence poursuivi par les journalistes des quotidiens, des magazines et par quelques sémioticiens, qui voulaient obtenir des déclarations sur le nouveau nihilisme, le nouveau désespoir et la nouvelle musique qu'ils engendraient. Hero expliquait donc le désespoir des jeunes à un public dérouté mais intéressé, en crachant sur les journalistes ou en les bourrant de coups de poing. Il avait une tête bien organisée, Charlie ; il avait vite compris que son succès, comme celui des autres groupes, dépendait de sa capacité à insulter les médias. Fort heureusement, mon copain Charlie était doué pour la cruauté. Ses insultes étaient rapportées en long et en large, ainsi que les coups qu'il portait aux hippies, à l'amour, à la reine, à Mick Jagger, aux politiciens et aux punks eux-mêmes. « Nous ne sommes que de la merde », déclara-t-il une fois, en début de soirée, à la télévision. « On ne sait pas jouer, on ne sait pas chanter, on ne sait pas écrire de paroles, et tous ces connards nous aiment ! » Un couple de parents, devenus enragés, avaient, dit-on, défoncé leur écran de télévision à coups de pied. Eva eut même droit aux honneurs du *Daily Mirror* avec, sous sa photographie, cette légende : « La mère du punk dit qu'elle est fière de son fils ! »

Le Fish faisait en sorte que Charlie passe au journal télévisé, qu'il devienne un visage connu. Il se battait aussi pour que leur premier disque, *la Fiancée du Christ*, sorte dans quelques semaines. Le scandale était déjà mûr. Avec un peu de chance, le disque serait vilipendé et interdit, apportant donc, avec certitude, le succès financier et la notoriété. Charlie était sur la bonne voie, enfin.

Ce soir-là, comme toujours, le Fish fut poli et courtois. Il rassura Eva en lui disant que Charlie et lui-même savaient exactement ce qu'ils faisaient. Néanmoins, celle-ci était inquiète. Elle embrassa le Fish, lui attrapa le bras et le supplia ouvertement : « Je vous en prie, je vous en prie, ne laissez pas mon fils devenir esclave de l'héroïne. Vous n'avez aucune idée à quel point il peut être faible. »

Le Fish nous trouva de bonnes places au fond de la salle du club, où nous nous assîmes sur des cageots de bière en bois, nous accrochant l'un à l'autre, tandis que le sol semblait s'ouvrir sous nos pieds, à cause de la chaleur et des piétinements. J'eus bientôt l'impression que le public entier se vautrait sur le sommet de mon crâne. Pourtant l'orchestre était encore en coulisses.

Il apparut enfin. La salle devint folle. Les Condamnés avaient mis au rancart tout ce qui pouvait rappeler leur ancienne vie — cheveux, vêtements, musique. Ils étaient méconnaissables.

Et ils étaient nerveux aussi, pas tellement à l'aise en fin de compte dans leur nouvelle peau. Ils se jetèrent sur les morceaux, comme s'ils faisaient la course, ils essayaient de fourrer le plus de musique possible dans le temps le plus court possible. Ils m'apparurent comme une réplique, qui n'aurait pas pris la peine de vraiment répéter, du groupe que Charlie et moi avions vu au *Nashville*. Charlie ne jouait plus de guitare, mais s'accrochait à un micro, debout au bord de la scène, hurlant en direction des gosses en train de piétiner comme des marteaux-piqueurs. Ils crachaient et lançaient des bouteilles, jusqu'à ce que la scène soit recouverte de verre cassé. Charlie se coupa la main. A côté de moi, Eva hoqueta et se couvrit le visage. Puis Charlie commença à se barbouiller le visage avec du sang et à essuyer sa main sur le contrebassiste.

Les autres membres du groupe étaient toujours des types sans intérêt, des employés et des fonctionnaires du show-business. Mais Charlie était superbe : ses insultes étaient venimeuses, sa fureur, sophistiquée, ses crises de rage, impressionnantes, ses défis, menaçants. Quelle présence en scène ! Il déchaînait l'admiration, mouillait le regard des filles. Il était grandiose : il avait su assembler tous les éléments nécessaires à son succès. C'était un merveilleux tour de passe-passe, un artifice sublime. La seule fausse note, pensais-je en ricanant intérieurement, venait de ses dents blanches, si belles, si laiteuses. A mon avis, elles trahissaient tout le reste.

Puis une bagarre se déclencha. Des bouteilles commencèrent à voltiger, des inconnus se donnaient des coups de poing, une dent tomba dans le décolleté d'Eva. J'étais couvert de sang. Des filles s'évanouissaient, tombaient par terre. On appela des ambulances. Le Fish, avec une superbe efficacité, nous tira de là.

J'étais pensif, ce soir-là, alors que nous traversions Soho à pied. Derrière moi, Eva, en jean et en tennis, essayait de fredonner un des airs de Charlie, tout en se dépêchant pour marcher à ma hauteur. Finalement, elle prit mon bras. Nous étions si à l'aise, l'un avec l'autre, qu'on aurait pu penser que nous étions amants. Nous ne disions rien, je supposais qu'elle essayait d'entrevoir l'avenir de Charlie. De mon côté, je n'enviais pas aussi férocement mon ami que je l'aurais imaginé. Probablement parce qu'un sentiment puissant me possédait : l'ambition, bien que celle-ci n'eût pas encore de vraie cible. Néanmoins, j'étais fortement impressionné par cette monumentale manipulation de Charlie, son habileté à saisir au vol l'occasion qui, du coup, lui ouvrait grandes ses portes et lui dispensait, en vrac, ses bienfaits. Maintenant, il pouvait obtenir tout ce qu'il désirait. Jusqu'à aujourd'hui, je m'étais senti incapable d'avoir une conduite efficace dans ma vie, je ne voyais pas comment réussir, les événements me ballottaient çà et là. Maintenant je commençais à entrevoir que les choses n'étaient pas forcément ainsi. Mon bonheur, ma réussite, mes connaissances pouvaient parfaitement dépendre de moi — dans la mesure où mon action coïncidait avec celle qu'il fallait effectivement faire à un moment donné. Mon rôle dans *le Livre de la jungle* n'était pas grand-chose, comparé au triomphe de Charlie, pourtant bientôt des milliers d'yeux se poseraient sur moi. C'était un début qui me rendait fort et décidé. Je parviendrais à grimper.

Comme nous montions dans la voiture, je regardai Eva qui me sourit. Je sentis alors qu'elle n'avait pas pensé à Charlie, sauf pour s'en servir comme tremplin, mais que, comme moi, elle avait ruminé sur ce qu'elle pourrait accomplir dans ce monde. En nous reconduisant à la maison, Eva tapotait sur le volant en chantant, et lançait de temps à autre des cris par la fenêtre.

« N'est-il pas formidable ? C'est une vraie star, Karim ?

— Ouais, ouais !

— Ça va être un sacré truc, ça va être énorme. Mais Charlie doit larguer ce groupe. Il peut réussir tout seul, tu ne penses pas ?

— Ouais, mais que va-t-il arriver aux autres ?

— Ces mecs ? » Elle les écarta d'un revers. « Mais notre Charlie grimpe. Il grimpe et grimpera très haut ! » Elle se pencha pour m'embrasser sur la joue. « Et toi aussi, non ? »

La couturière du *Livre de la jungle* se passa sans problème. Nous fûmes surpris les uns et les autres de voir à quel point tout s'enchaînait sans heurt, personne n'eut le moindre trou et les machinistes firent merveille. Aussi, c'est avec confiance que nous levâmes le rideau sur le public de l'avant-première. Les costumes étaient amusants et les spectateurs les applaudirent. Les méchants singes poussaient des cris aigus, tandis que le conseil des bêtes se réunissait pour discuter du sort du petit d'homme. Mais alors que Shere Khan grommelait en coulisse, avec la voix du fantôme de Hamlet : « Ce petit m'appartient. Donne-le-moi. Qu'est-ce que le Peuple Libre a à faire avec un petit d'homme ? », j'entendis un craquement au-dessus de ma tête. D'une manière fort peu professionnelle, je levai les yeux et vis que le filet de câbles d'acier du décor se pliait, commençait à balancer et finalement plongeait vers moi, tandis que des boulons sautaient, que des ampoules explosaient sur le plateau. Dans la salle des voix criaient pour nous prévenir. La plupart des gens du premier rang bondirent sur leurs pieds et se précipitèrent dans les allées pour s'écarter du danger. J'abandonnai mon rôle, comme tous les autres acteurs qui se trouvaient en scène et plongeai dans le public. J'atterris sur Shadwell qui, debout, engueulait les machinistes. On renonça à jouer la pièce ce soir-là et le public rentra chez lui. La dispute fut terrible. Shadwell se conduisit d'une manière odieuse. Deux autres avant-premières furent annulées. Il n'y aurait donc qu'une seule avant-première avant la générale.

Bien entendu, je voulais que Mam assiste à la première et Pa aussi, mais comme ils ne s'étaient pas vus depuis le jour où ils avaient quitté l'un et l'autre la maison, je ne pensais pas que mes débuts dans *le Livre de la jungle* soit le moment rêvé pour des retrouvailles. Aussi, invitai-je Mam, l'oncle Ted et tante Jean à l'avant-première. Cette fois, le spectacle se déroula normalement. Après la représentation, l'oncle Ted, qui avait mis un costume et de la brillantine, annonça qu'il nous invitait au restaurant. Il comptait nous emmener au *Trader Vics* du *Hilton*. Mam s'était habillée. Elle était charmante dans sa robe bleue, agrémentée d'un gros nœud souple. Elle paraissait aussi extrêmement gaie : j'avais oublié comme elle pouvait respirer le bonheur. Surmontant soudain sa timidité, elle avait quitté le magasin de chaussures et travaillait maintenant comme réceptionniste chez un médecin. Elle commençait à parler maladies avec grande autorité.

Elle pleura d'orgueil en voyant mon interprétation de Mowgli. Jean, qui n'avait pas pleuré depuis la mort de Humphrey Bogart, rit beaucoup et resta de bonne humeur, bien qu'elle fût ivre.

« Je pensais que ce serait du théâtre d'amateur, n'arrêtait-elle pas de répéter, surprise que je puisse être mêlé à quelque chose qui ne soit pas une merde. Mais c'était vraiment professionnel ! Et amusant de voir en chair et en os tous ces acteurs de la télévision ! »

Le meilleur moyen d'impressionner Mam et tante Jean, et aussi de leur clouer le bec à propos de mon pagne ridicule, qui, bien entendu, ne pouvait que les faire glousser, fut de les présenter aux acteurs après la représentation, afin qu'elles puissent leur dire dans quelles comédies, dans quelles séries policières elles les avaient admirés. Après ce dîner, nous allâmes danser dans un night-club du

West End. Je n'avais jamais vu Mam danser avant, mais elle défit ses sandales pour se glisser sur la piste avec tante Jean au moment des Jackson Five. Ce fut une magnifique soirée.

Cependant, je croyais que les félicitations que j'avais reçues ce soir-là étaient purement et simplement un avant-goût de l'encens qui s'élèverait vers moi après la générale. Aussi, à la fin du spectacle, après la première, je m'élançai des coulisses pour retrouver Pa, qui m'attendait, dans son gilet rouge, avec tous les autres. Aucun d'eux ne paraissait particulièrement joyeux. Nous remontâmes la rue pour aller au restaurant du coin, mais personne ne parlait. « Eh bien, Pa, dis-je finalement, comment as-tu trouvé ça ? N'es-tu pas heureux que je ne sois pas devenu médecin ? »

Comme un imbécile, j'avais oublié que Pa considérait la franchise comme une vertu. C'était un homme plein de compassion, mon père, mais jamais au prix de ses opinions.

« Sacrée foutue merde, dit-il. Ce trou du cul de Kipling qui fait croire aux Blancs qu'ils connaissent quelque chose sur l'Inde ! De plus, l'interprétation est nulle. Mon propre fils ressemble à un Blanc déguisé en Noir ! »

Eva coupa mon père. « Karim était très à l'aise », dit-elle en me tapotant le bras.

Heureusement, Changez avait rigolé durant tout le spectacle. « Une bonne soirée, dit-il. J'en redemande, d'accord ? »

Avant de nous asseoir au restaurant, Jamila m'entraîna à l'écart puis m'embrassa sur la bouche. Je sentais les yeux de Changez posés sur moi.

« Tu étais très mignon, dit-elle, comme si elle parlait à un gamin de dix ans, après une représentation dans son école. Tellement jeune et innocent, exhibant ton joli corps mince, ta parfaite silhouette. Mais, aucun doute là-dessus, cette pièce est absolument néo-fasciste...

— Jammie...

— C'était dégoûtant cet accent et toute cette merde

dont tu t'es barbouillé. Tu ne fais que renforcer des préjugés...

— Jammie...

— Et ces innombrables clichés à propos des Indiens. Et l'accent... Mon Dieu, comment as-tu pu te prêter à ça ? J'espère que t'as honte, non ?

— Effectivement, j'ai honte. »

Elle ne s'apitoya pas pour autant sur mon sort. Elle imita mon accent dans la pièce. « Réellement, tu n'as aucun sens moral, hein ? Ça viendra plus tard, j'espère, lorsque tu pourras te le permettre.

— Tu y vas vraiment un peu fort, Jamila », dis-je en lui tournant le dos. J'allai m'asseoir près de Changez.

La seule chose mémorable qui se passa ce soir-là fut l'affrontement d'Eva et de Shadwell à l'autre bout du restaurant, à côté des toilettes. Shadwell était appuyé au mur et Eva, furieuse contre lui, faisait des gestes violents avec ses poings. Son visage prenait des expressions de dégoût, de souffrance, d'accablement. A un moment donné, elle se retourna pour faire un signe dans ma direction, comme si elle l'engueulait de s'être mal conduit à mon égard. Oui. Shadwell l'avait déçue. Mais je savais que rien ne pourrait jamais le décourager, il ne renoncerait jamais à sa carrière de metteur en scène et ne ferait jamais rien de bon.

Et voilà. Plus personne ne me parla du *Livre de la jungle*, comme si l'on n'était pas prêt à m'accepter comme acteur, qu'on me préférait en glandeur. Néanmoins, le spectacle ne marcha pas mal, surtout avec les groupes scolaires. Je commençais à me détendre en scène, à prendre plaisir à jouer. Je forçais l'accent et faisais rire le public puis j'imitais brusquement, à des moments inattendus, la manière de parler des cockneys. J'aimais être reconnu dans le pub après la représentation et me faisais remarquer le plus possible : quelqu'un avait peut-être envie d'avoir mon autographe.

Parfois Shadwell venait assister au spectacle. Un beau

jour, il se mit à se montrer gentil avec moi. J'en parlai à Terry. « Je suis étonné, aussi », me dit-il. Puis, Shadwell m'emmena au Joe Allen et m'offrit un rôle dans son prochain spectacle, *le Bourgeois gentilhomme*. Terry, dont le cœur généreux faisait fondre le mien, au point que je l'aidais à vendre ses journaux devant les usines, à côté des piquets de grève et aux stations de métro du East End, à sept heures trente du matin, me força à accepter. « Fais-le, dit-il, ça te fera du bien. Evidemment, c'est toujours merdique pour les acteurs, mais ça te donnera de l'expérience. »

Contrairement aux autres acteurs — qui étaient dans le théâtre depuis bien plus longtemps que moi —, je n'avais aucune idée des rôles que je pouvais obtenir. Donc, j'acceptai. Shadwell m'embrassa. Eva ne m'en parla pas.

« Et toi, où en es-tu, Terry ? demandai-je un soir à mon ami. As-tu quelque chose en vue ?

— Oh ouais.

— Quoi ?

— Rien de précis, dit-il. Mais j'attends un coup de fil.

— De qui ?

— Je ne peux t'en parler, Karim. Mais comme ça, en confidence, je vais recevoir un coup de téléphone. »

Quand j'arrivai au théâtre et que Terry et moi nous nous préparions côte à côte, je n'oubliais que rarement de lui dire : « Eh bien, Terry, as-tu reçu ton coup de fil ? Est-ce que Peter Brook t'a téléphoné ? »

Parfois aussi, l'un de nous se précipitait dans la loge, juste avant le lever du rideau, et disait à Terry que quelqu'un au téléphone avait besoin de lui parler de toute urgence. On avait réussi à le piéger à deux reprises. Il s'était jeté à moitié vêtu hors de la loge, demandant à tout le monde de retarder le spectacle de quelques minutes. Il n'était pas décontenancé par nos taquineries. « Vos enfantillages ne me gênent pas. Je sais qu'un jour je recevrai cet appel. Ce n'est pas quelque chose qui m'inquiète. Je suis prêt à attendre patiemment. »

Un soir, à peu près au milieu des représentations, le type à la caisse appela les coulisses au téléphone et nous dit très excité que le metteur en scène Matthew Pyke serait dans la salle ce soir-là. Pendant un quart d'heure, tous les acteurs de la troupe — en dehors de moi — ne parlèrent que de ça. Je n'avais jamais vu avant une telle nervosité, entendu un tel flot de paroles, surpris une telle excitation dans les coulisses. Mais je savais ce que ce genre de représentation devant des metteurs en scène célèbres signifiait pour des acteurs qui, constamment, étaient à la recherche de travail. Tout le monde avait oublié *le Livre de la jungle* : c'était maintenant du passé. Assis dans de minuscules loges, leur lessive séchant sur le radiateur, mangeant des aliments naturels, les acteurs envoyaient, sans relâche, leur curriculum vitae et leur photographie, au flou artistique, aux metteurs en scène, aux théâtres, aux agents, aux chaînes de télévision et aux producteurs. Et lorsqu'un agent ou un metteur en scène daignait venir voir leur spectacle et restait jusqu'à la fin, ce qui était rare, les acteurs les entouraient après le spectacle, leur payant à boire, rugissant de rire à tout ce que ces gens importants pouvaient dire. Ils voulaient qu'on se souvienne d'eux : à vrai dire c'est sur de tels instants que repose leur vie professionnelle.

C'était pourquoi la venue de Pyke était si excitante. Il était le spectateur le plus important que nous ayons jamais eu. Il avait sa propre compagnie. Ce n'était pas nécessaire de passer par lui pour entrer en contact avec quelqu'un d'important : il était important lui-même. Mais pourquoi était-il venu voir notre spectacle merdique ? Nous n'arrivions pas à comprendre, toutefois je remarquai que Terry se comportait avec beaucoup de calme au milieu de cette agitation.

Avant le spectacle, quelques-uns d'entre nous s'entassèrent dans la minuscule cabine d'éclairage, au moment où Pyke, en bleus de travail et en t-shirt — il avait encore ses cheveux longs — s'asseyait. Il était accompagné de sa femme, Marlene, une blonde plus tellement jeune. Nous le regardions lire le programme, tourner chaque page pour examiner nos visages et le petit pavé dessous résumant nos vies.

Le reste de la troupe attendait son tour, à l'extérieur, afin de pouvoir jeter un coup d'œil sur Pyke. Je ne dis rien, mais je n'avais aucune idée de ce que pouvait bien avoir fait Pyke. Avait-il monté des pièces ? Des opéras ? Tourné des films ? Pour le cinéma ou pour la télévision ? Etait-il américain ? A la fin, j'interrogeai Terry, je savais qu'il ne se moquerait pas de mon ignorance. Terry, bien volontiers, m'informa en long et en large. Il semblait connaître suffisamment de choses sur Pyke pour pouvoir écrire sa biographie.

Pyke était la vedette du théâtre d'avant-garde florissant. Il était un des metteurs en scène les plus originaux du monde du spectacle. Il avait travaillé et enseigné au Magic Theatre de San Francisco ; il avait participé aux thérapies de groupe au Esalen Institute à Big Sur avec Fritz Perls ; il avait travaillé à New York avec Chaikin et La Mama. A Londres, avec deux anciens camarades de Cambridge, il avait monté sa propre compagnie, le Théâtre Mobile, avec lequel il présentait deux merveilleux spectacles par an.

Ces pièces, avant d'être montrées à Londres, partaient en tournée — pour la bonne cause — afin d'être jouées dans les maisons de la culture, les clubs de jeunes et les théâtres d'avant-garde. Les gens chics assistaient à la première à Londres : des vedettes du rock, des acteurs comme Terence Stamp, des politicards comme Tariq Ali et la foule des gens de théâtre. Il y avait même un public ordinaire. Les spectacles de Pyke étaient aussi réputés pour leur fabuleux entracte. Occasion magnifique pour les snobs d'arriver déguisés en paysans chinois, en ouvriers qualifiés (bleus de travail) ou en guérilleros (bérets).

Naturellement, Terry voyait tout cela d'un mauvais œil et tandis que nous nous préparions pour le spectacle, pour cette soirée exceptionnelle, il proclama devant la troupe, comme s'il parlait à un meeting :

« Camarades, qu'est-ce que c'est que ces machins de Pyke ? Qu'est-ce que c'est, après tout ? Réfléchissez simplement une minute — ce n'est que des trucs politiques, gonflés et réformistes de " l'aile gauche " ! Ce sont des acteurs grassouillets qui veulent faire croire qu'ils appartiennent à la classe ouvrière, alors que leurs pères sont neurologues. Ce sont de voluptueuses actrices — bien plus belles que vous-mêmes — cueillies et caressées par Pyke ! Pourquoi sont-elles toujours à poil dans le spectacle ? Posez-vous ces questions ! C'est toujours merdique pour les acteurs, camarades ! Absolument merdique pour les acteurs ! »

Tous les comédiens le firent taire.

« Ce n'est pas du tout merdique pour les acteurs ! crièrent-ils. Au moins, ce serait du travail sérieux, après ce foutu *Livre de la jungle*, les polars et les pubs pour la bière. »

Terry avait enlevé son pantalon maintenant et deux femmes de la troupe regardaient par un trou du rideau, tandis qu'il se préparait à développer son point de vue sur Pyke. Lentement, il accrocha son pantalon à un cintre qu'il plaça sur la tringle commune, qui traversait la loge. Il aimait que les filles regardent ses jambes musclées, il aimait aussi qu'elles entendent ses arguments tout aussi musclés.

« Eh oui, reconnut-il, vous avez raison. Il y a du vrai dans ce que vous dites. C'est mieux que d'envoyer tout se faire foutre, beaucoup mieux. C'est pourquoi, camarades, j'ai envoyé mes salutations à Pyke. »

Tout le monde poussa des grognements. Mais avec Pyke dans le public pour nous galvaniser, nous avions de bonnes raisons de bondir avec énergie sur les praticables. Le spectacle fut réussi comme il ne l'avait jamais été et dura, pour une fois, un temps normal. Récemment, nous avions raccourci la pièce de dix minutes, afin de pouvoir rester plus longtemps au pub. Après cette représentation, nous nous changeâmes rapidement, sans nous adonner aux habituelles chamailleries et plaisanteries consistant surtout à tenter d'enlever les slips des camarades. Naturellement, c'est moi qui prenais le plus de temps à me changer, étant donné que j'avais un foutu paquet à enlever. Il n'y avait pas une seule douche en état de fonctionnement, et je devais me démaquiller avec des lotions et en m'aspergeant d'eau tirée à l'évier. Terry m'attendait impatiemment. Quand j'eus fini, alors que nous n'étions plus que tous les deux, je mis mes bras autour de lui et lui embrassai le visage.

« Allons, dit-il, dépêchons-nous. Pyke m'attend.

— Restons encore un petit moment.

— Pour quoi faire ? »

Je lui dis : « Je pense à m'inscrire au parti. Je veux parler de divers problèmes idéologiques avec toi.

— Foutaises, dit-il en s'écartant de moi, mais je ne suis pas contre.

— Contre quoi ?

— Le pelotage. »

Pour le moment, il était contre, en tout cas

« C'est simplement que je dois penser à mon avenir juste maintenant. L'appel est arrivé, Karim.

— Ouais ? dis-je. Pour de vrai ? Est-ce vraiment l'appel que tu attendais ?

— Ouais, c'est foutrement ça, dit-il. Je t'en prie, viens.

— Boutonne-moi, dis-je.

— Seigneur, tu es... Tu es vraiment stupide. Bon. Allez, viens, Pyke attend. »

Nous nous précipitâmes vers le pub. Je n'avais jamais vu Terry si optimiste pour quoi que ce fût. Je voulais vraiment qu'il obtienne ce rôle.

Pyke était appuyé au bar avec Marlène, sirotant un demi. Il n'avait pas la gueule d'un alcoolique. Trois membres de la troupe s'avancèrent vers lui et lui parlèrent brièvement. Pyke répondit, mais sans prendre la peine,

237

apparemment, de remuer beaucoup les lèvres. Puis Shadwell entra dans le pub, aperçut Pyke, nous fit un signe méprisant de la tête et sortit. Au lieu d'aller vers Pyke, Terry me conduisit à une table dans un coin, parmi les vieillards qui s'installaient là, seuls, chaque soir. Puis, calmement, il grignota son hot-dog, tandis que nous buvions comme d'habitude notre bière arrosée de whisky.

« Pyke ne semble pas beaucoup s'intéresser à toi », fis-je remarquer.

Terry avait confiance. « Il viendra par ici, c'est quelqu'un de très froid — tu sais comment sont les bourgeois. Aucun sentiment. Il désire sûrement que mon expérience de la classe ouvrière donne quelque authenticité à ses idées politiques puériles.

— Refuse, lui soufflai-je.

— Oh, je pourrais foutrement bien ! Les critiques disent toujours que son travail est " austère " ou " sévère " parce qu'il aime les scènes inclinées et nues, qu'il n'utilise que peu d'accessoires et adore les théâtres qui exhibent leurs murs de briques. Comme si ma mère et la classe ouvrière aimaient ça. Elles veulent des sièges confortables, des portes-fenêtres et des sucreries. »

Juste à ce moment-là, Pyke se tourna vers nous et leva son verre d'un ou deux centimètres. Terry lui décocha un sourire.

« Evidemment, le petit Pyke a aussi ses qualités. Ce n'est pas le genre à se faire sa publicité sur le dos des autres, comme ces espèces de salauds de metteurs en scène, de chefs d'orchestre, de producteurs qui ont surtout le talent de profiter de celui des autres. Il ne donne jamais d'interview et il refuse de passer à la télé. Ça, c'est bien. Mais, dit Terry, l'air sombre, en se penchant vers moi, il y a quelque chose que tu dois savoir, si tu as la chance, un jour, de travailler avec lui. »

Il me confia alors que la vie privée de Pyke n'était certes pas un désert austère et sévère. Si les critiques inévitablement partiaux qui admiraient son travail — ces critiques qui s'asseyent en face de nous le visage levé, comme des gargouilles et dont les fauteuils roulants encombrent les allées — connaissaient certaines de ses faiblesses, disons certaines de ses fantaisies, ils verraient son travail sous un jour différent. « Oh oui, sous une lumière tout à fait différente.

— Dans quelle lumière ?

— Je ne peux pas te le dire.

— Mais, Terry, tu sais bien que nous ne nous cachons absolument rien.

— Non, non, je ne peux pas te le dire. Désolé. »

Terry n'aimait pas les commérages. Il croyait que les gens obéissaient aux forces impersonnelles de l'histoire, et non à l'avidité, à la méchanceté, à la luxure. D'ailleurs Pyke marchait maintenant droit sur nous. Terry se dépêcha de faire disparaître son hot-dog, repoussa sa chaise et se leva. Sa main même se tendit pour aplatir ses cheveux. Il serra la main de Pyke. Puis, il nous présenta.

« Content de te voir, Terry, dit Pyke doucement.

— Ouais, ouais, et toi, et toi.

— Bien, ton serpent.

— Merci. Mais grâce au ciel, quelqu'un fait un travail de classe dans ce pays minable, non ?

— Que veux-tu dire ?

— Toi, Matthew.

— Oh oui, moi.

— Oui. »

Pyke me regarda en souriant. « Venez prendre un verre au bar avec moi, Karim.

— Moi ?

— Pourquoi pas ?

— D'accord. A plus tard, Terry », dis-je.

Comme je me levais, Terry me regarda comme si je venais de lui annoncer que je vivais de mes rentes. Pyke et moi quittâmes sa table, tandis que Terry se renversait dans son fauteuil et vidait d'un seul coup son verre.

Comme Pyke me commandait un demi, je restais là à

fixer les rangées de bouteilles retournées, derrière la tête du barman, évitant les yeux des autres acteurs assis dans le pub, qui, je le savais, me regardaient tous. Je méditai durant quelques secondes, me concentrant sur ma respiration, et constatai aussitôt à quel point mon souffle était court. Lorsqu'on nous eut servi nos consommations, Pyke me dit : « Parlez-moi de vous. »

J'hésitai. Je jetai un coup d'œil à Marlène, debout juste derrière nous, bavardant avec un acteur.

« Je ne sais pas par où commencer.

— Dites-moi quelque chose, qui, à votre avis, peut m'intéresser. »

Il me regardait l'air concentré. Je n'avais pas le choix. Je me mis à parler très vite et au hasard. Il ne disait rien. Je poursuivis. Je pensais : Il est en train de me psychanalyser. Je commençais à me dire que Pyke comprendrait tout ce que je lui dirais. J'étais content qu'il soit là. Il y avait des choses qu'il était nécessaire d'exprimer. Ainsi, je lui parlai de sentiments que je n'avais jamais exposés à qui que ce soit, par exemple combien j'en voulais à Pa de ce qu'il avait fait à Mam, combien Mam avait souffert, combien toute cette affaire avait été douloureuse, même si je commençais seulement maintenant à m'en apercevoir.

Les autres acteurs, qui s'étaient maintenant rassemblés autour de la table de Terry, avec leur verre de bière jaune devant eux, avaient tourné leurs chaises de manière à me voir, comme si j'étais à moi tout seul un match de football. Ils devaient être stupéfaits et écœurés que Pyke veuille me parler — pourquoi moi, vraiment ? —, quelqu'un qui était à peine un acteur. Alors que je bredouillais, me rendant soudain compte que ce n'était pas Mam qui m'avait laissé tomber, mais moi qui l'avais délaissée. Pyke me dit gentiment : « Je pense qu'il y aura quelque chose pour toi dans mon prochain spectacle. »

Je sortis alors de mon état de rêveuse introspection pour demander : « Quelle sorte de spectacle ? »

Je remarquai que lorsque Pyke se préparait à parler, il

penchait la tête pensivement d'un côté et regardait au loin. Il se servait de ses mains avec sensualité, lentement, ne les claquant pas, ne les raidissant pas, mais leur donnant un mouvement incertain et caressant, comme s'il les passait à quelques centimètres de la surface d'une peinture. Il dit :
« Je ne sais pas.

— Quel rôle aurai-je alors ? »

Il prit un air désolé et fit non de la tête.

« Je crains de ne pouvoir te répondre.

— Combien d'acteurs y aura-t-il dans la distribution ? »

Un long silence s'ensuivit. Sa main, les doigts tendus, écartés, glissa devant son visage.

« Ne me demande pas ce genre de trucs.

— Savez-vous ce que vous allez faire ? demandai-je non sans une certaine audace.

— Non.

— Ecoutez, je ne sais pas si j'ai envie de travailler dans une telle confusion. Je manque totalement d'expérience, vous savez. »

Pyke fit une concession. « Je pense que ça tournera autour du seul sujet qui existe en Angleterre.

— Ah, je vois.

— Oui. »

Il me regarda comme si je n'ignorais rien de la question.

« Quelque chose avec de la classe, dit-il. Est-ce que ça te va ?

— Oui, je crois. »

Il me toucha l'épaule. « Bon. Merci de te joindre à nous. » J'avais l'impression de lui faire une énorme faveur.

Je finis mon verre, dis rapidement au revoir aux autres acteurs et partis aussi vite que je le pouvais, ne voulant pas affronter leurs sourires narquois et leur curiosité. Je traversais le parking lorsque quelqu'un me sauta sur le dos. C'était Terry.

« Arrête, dis-je, agacé en le repoussant.

— Ouais. »

Son visage n'avait rien de joyeux. Il paraissait très

241

déprimé. Il me rendait honteux de mon bonheur soudain. Je me dirigeai vers l'arrêt du bus, en silence, tandis qu'il restait à mes côtés. Il faisait froid, noir, et il pleuvait.

« Est-ce que Pyke t'a offert un rôle ? me demanda-t-il finalement.

— Oui.

— Menteur ! »

Je ne répondis rien. « Menteur ! » répéta-t-il. Je savais qu'il était indigné, qu'il ne pouvait se contrôler. Je ne pouvais le blâmer de cette fureur qui le submergeait. « Ça ne peut pas être vrai, ça ne peut pas l'être », dit-il.

Brusquement, je lançai à la nuit : « Si, si, si c'est vrai ! » Et maintenant le monde avait une forme. Maintenant, il résonnait, il vibrait, il remplissait l'atmosphère de sens et de possibilités ! « Si, si, c'est foutrement vrai ! »

Quand j'arrivai au théâtre, le lendemain, quelqu'un avait pris un tapis rouge et sale à la porte de la loge pour l'étendre où normalement je me déshabillais. « Puis-je t'aider à te préparer ? » me demanda un acteur. « Puis-je avoir un autographe ? » me dit un autre. On m'offrit des jonquilles, des roses, un cours de théâtre. Le type de la thérapie de groupe, Boyd, me lança alors qu'il enlevait son pantalon et agitait son pénis dans ma direction : « Si je n'étais pas un Blanc issu de la bourgeoisie, je serais aujourd'hui engagé par Pyke. De toute évidence, le talent seul ne suffit plus de nos jours. Uniquement les déshérités peuvent réussir dans l'Angleterre des années soixante-dix. »

Pendant quelques jours je me sentis trop lâche pour parler à Shadwell de l'offre de Pyke. Evidemment je ne pourrais pas jouer le Molière. J'étais heureux et je ne voulais pas que le plaisir que j'éprouvais en pensant à l'avenir devînt rance en me disputant avec mon metteur en scène. Donc, Chattelaide commença à préparer son spectacle comme si je faisais partie de la distribution, jusqu'au jour où, avant le lever du rideau du *Livre de la jungle*, il se pointa dans la loge.

« Jeremy, dis-je, je crois qu'il serait préférable que je vous dise quelque chose. »

Nous allâmes dans les toilettes, le seul endroit où il était possible d'avoir un peu d'intimité dans les coulisses. Là, je lui annonçai la nouvelle. Shadwell hocha la tête et dit doucement : « Tu n'es qu'un ingrat, Karim. Tu ne devrais pas nous lâcher comme ça, tu sais. Ce n'est pas bien. Nous t'aimons tous, ici.

— Je t'en prie, Jeremy, essaie de comprendre — Pyke est un type important. Très important. C'est sûr qu'il y a dans le cours des affaires humaines... »

La voix de Chattelaide brusquement s'éleva d'un ton, comme lors des répétitions et il sortit des toilettes pour retourner dans la loge. Derrière nous, dans la salle, le spectacle était sur le point de commencer, le public attendait assis dans les fauteuils. Les gens pouvaient sûrement entendre chaque syllabe. Je me sentais parfaitement ridicule de courir derrière lui, dans mon pagne.

« Quel cours, petit con mouillé ? dit-il. Tu n'as pas une expérience suffisante pour te mesurer à Pyke. Tu seras haché menu en moins de trois jours. Tu n'as pas idée quel foutu salaud de vicieux est ce Pyke. Il est charmant, d'accord. Tous les gens intéressants ont du charme. Mais il va te foutre à la torture !

— Pourquoi voudrait-il mettre au supplice un petit bonhomme comme moi ? » dis-je d'une voix faible. Boyd sourit d'un air satisfait et souffla « Juste, non ? » à Terry qui n'écoutait pas. En revanche, il semblait être de l'avis de Chattelaide.

« Pour s'amuser, connard ! Parce que c'est ainsi qu'agissent cette sorte de gens ! Ils prétendent être démocrates, mais ce sont en fait de vrais petits Lénine... »

Terry se sentit offensé. Il jeta un coup d'œil furieux à Shadwell et dit : « Ils en ont de la chance ! » Mais

243

Chattelaide n'allait pas s'arrêter là maintenant qu'il était lancé.

« Ce sont des fascistes de la culture, des élitistes qui pensent en savoir plus que n'importe qui d'autre ! Ce sont des paranoïaques et des trouillards ! »

Quelques membres de la troupe riaient derrière leurs mains, comme des gamins jouissant des réprimandes adressées à l'un de leurs camarades par un professeur. Je me dirigeai vers la scène en marchant sur mon tapis rouge.

« Je me fiche pas mal de ce que vous dites. Je suis assez grand pour prendre soin de moi.

— Ah ! hurla-t-il. C'est ce que nous allons foutrement voir, petit con d'arriviste ! »

CHAPITRE XI

Le printemps. Quelque temps après que j'eus dit adieu à Bagheera, Baloo et aux autres, que j'eus été vilipendé par Shadwell, et que j'eus refusé d'assister à la petite fête qui suivit la dernière, je me trouvais dans une salle de répétition propre, étincelante, au parquet de bois ciré (nous pouvions courir autour pieds nus), dans une salle attenante à une église, proche de la Tamise, près de Chelsea Bridge. La troupe de Pyke comprenait six acteurs, trois hommes et trois femmes, deux d'entre nous étaient officiellement « noirs » (bien qu'en vérité je fusse plus café au lait que quoi que ce soit d'autre). Personne n'avait plus de trente ans. Seule une femme, Carol, aux traits tirés, banlieusarde comme moi (si bien que je pus situer tout de suite ses ambitions), avait déjà travaillé avec Pyke. Une autre femme aux cheveux roux, du nom d'Eleanor, devait avoir un peu plus de vingt ans et paraissait posséder de l'expérience et du jugement. Contrairement à Carol, elle ne se prenait pas du tout pour une sorte de star. Une actrice noire, Tracey, âgée de dix-neuf ans, avait des idées affirmées et originales. Les deux autres hommes, Richard (homosexuel) et Jon, étaient l'un et l'autre des acteurs

245

solides, cyniques, travaillant au coup par coup. Ils étaient en marge du théâtre traditionnel de Londres depuis des années. Ils jouaient dans des salles installées au-dessus des pubs, où ils recevaient simplement une part de la recette, ou dans des sous-sols, dans des festivals et dans la rue. Ils demandaient peu de chose au fond : un bon rôle, un metteur en scène qui ne soit ni un imbécile ni un dictateur, et un pub confortable dans les parages, servant de bonnes bières. Il y avait aussi dans la troupe un écrivain, Louise Lawrence, une fille du Nord, sérieuse, contente d'elle-même, qui portait des lunettes aux verres épais. Elle ne disait pas grand-chose, mais écrivait en revanche toutes nos réflexions, en particulier si elles étaient stupides.

A dix heures, chaque matin, je roulais en bicyclette dans Chelsea, avec le toast aux champignons d'Eva en guise de carburant, puis pédalais autour du bâtiment en lâchant le guidon, façon de célébrer la vie. Je n'avais jamais eu tant d'enthousiasme pour quoi que ce fût. C'était la chance de ma vie, sur plusieurs plans.

Pyke, dont les cheveux grisonnaient, avait, dans son survêtement bleu luisant, une allure athlétique. Il s'asseyait habituellement devant une table, les pieds posés sur une chaise. Il était généralement entouré d'acteurs en train de rire. Ses deux assistantes, deux jeunes femmes en adoration devant lui, lui servaient en fait de domestiques. Elles allaient chercher ses journaux, son jus d'orange, organisaient ses voyages à New York. L'une tenait son agenda, l'autre son crayon et son taille-crayon. Sa voiture (que Richard appelait « le pénis de Pyke », si bien qu'il disait « le pénis de Pyke bloque l'allée » ou encore « le pénis de Pyke monte à cent à l'heure en trente secondes ») était d'une extrême importance pour elles. Elles passaient aussi de nombreuses matinées au téléphone, à mettre au point ses rendez-vous galants.

L'atmosphère que créait Pyke contrastait fortement avec les répétitions tendues et chaotiques de Shadwell. Ce dernier réglait essentiellement sa conduite sur l'image qu'il se faisait de la manière de travailler des génies. Chez Pyke, on commençait la matinée par un petit déjeuner et des propos à bâtons rompus autour de la table, qui dégageaient une cruauté, une agressivité que je n'avais jamais connues avant. Ma mère ne nous aurait jamais laissés parler ainsi de qui que ce soit. Pyke s'attaquait aux autres metteurs en scène (« Ils ne seraient pas foutus de faire jouer du bois mouillé »), aux écrivains qu'il n'aimait pas (« Je l'enverrais volontiers à Staline pour une séance d'autocritique ») et aux critiques (« Sa tête ferait avorter une vierge »). Après cela, nous nous levions pour jouer à chat, à saute-mouton ou nous escrimer sur : « Quelle heure est-il, Mr. Wolf ? »

Rien de tout cela ne m'apparaissait comme du travail. J'aimais à penser à ce que les banlieusards de notre rue, qui, en quelque sorte, nous payaient par le truchement des impôts, auraient fait subir à une bande d'adultes essayant d'être des grille-pain, des planches de surf, ou des machines à écrire.

Après le déjeuner, pour nous échauffer encore plus, Pyke nous faisait jouer à une variante du « colin-maillard ». Quelqu'un se tenait au centre d'un cercle, les pieds joints, les yeux clos et se laissait tomber, mou, sans réaction. Les camarades se le passaient alors de l'un à l'autre. Tout le monde vous touchait, vous embrassait, vous enlaçait. C'était ainsi que Pyke essayait de fusionner le groupe. Il m'apparut, au cours d'un de ces jeux, qu'Eleanor restait dans mes bras un petit peu plus longtemps que nécessaire.

Le quatrième jour, alors que nous étions assis là, à dix heures du matin, entourant notre metteur en scène, Pyke inventa un petit jeu qui me gêna assez, et me fit penser qu'il y avait chez lui une part d'ombre. Jetant un coup d'œil circulaire, espiègle sur sa troupe, il déclara qu'il allait prédire qui d'entre nous coucherait avec qui. Il nous dévisagea chacun à tour de rôle et dit : « Je pense savoir dans quel lit va s'engager le courant du plaisir. Je vais

247

mettre par écrit mes prédictions et après la dernière représentation je vous les communiquerai. D'accord ? »

Au cours de la deuxième semaine, le soleil apparut et nous ouvrîmes les portes. Je portais une chemise hawaiienne ouverte, que parfois je nouais sur mon ventre. Une des assistantes s'arrêta presque de respirer en me voyant. Je ne plaisante pas. A tour de rôle, nous nous assîmes dans ce que Pyke appelait « la sellette ». Tandis que le reste de la troupe se mettait en demi-cercle autour de nous, il nous fallait raconter l'histoire de nos vies. « Concentrez-vous sur la manière dont, à votre avis, votre place dans la société a été établie », dit Pyke.

De nature plutôt sceptique et méfiante, les acteurs anglais étaient au fond embarrassés par cette exhibition de soi, à relents californiens. Je trouvais ces tranches de vie, ces récits d'incertitude, de tristesse, de crises, de bonheur fugace, curieusement éprouvants. Je gloussai bêtement lorsque Louise Lawrence décrivit son travail dans un salon de massages à San Francisco (elle avait échoué là-bas). Les filles n'avaient pas le droit d'adresser directement des propositions aux hommes, au cas où ceux-ci se révéleraient être des flics. Elles devaient dire : « Y a-t-il un autre muscle que vous aimeriez que je détende, monsieur ? » C'est alors que Louise Lawrence découvrit le socialisme, car là-bas dans cette forêt de bites et de flaques de sperme, « je compris bientôt que rien de ce qui est humain ne m'était étranger », comme elle le formula pour nous.

Richard raconta qu'il ne voulait baiser que des Noirs et parla des boîtes qu'il fréquentait pour les draguer. Au grand plaisir de Pyke, et à ma non moins grande surprise, Eleanor raconta qu'elle avait travaillé avec une artiste qui réussit à la convaincre de retirer les textes des poèmes qu'elle devait lire — « les dents des vaches comme les perce-neige mordent les aulx » — de son vagin avant la lecture elle-même. Cette même artiste avait aussi un micro enfoncé dans son sexe qui retransmettait fidèlement au public les gargouillements de son con. C'était bien suffisant pour moi. Je ne quittai plus les talons d'Eleanor et, pour le moment, je renonçais à Terry.

Tous les deux ou trois jours, je téléphonais à Jamila pour la mettre au courant des dents de vache ressemblant à des perce-neige, du pénis de Pyke, de San Francisco, de Hawaii et des grille-pain. Tout le monde, en dehors d'elle, m'encourageait : Eva avait entendu parler de Pyke et était très impressionnée ; Pa était heureux que je travaille. La seule personne dont j'étais sûr qu'elle allait uriner sur ma flamme était Jamila.

Aussi, je lui expliquai nos jeux et les motifs qui se cachaient derrière. « Pyke est un petit malin, lui dis-je. En nous faisant nous découvrir ainsi, il nous rend vulnérables et dépendants les uns des autres. Nous sommes devenus si unis, en tant que groupe, que c'en est incroyable !

— Bah. Vous n'êtes pas si unis que ça. C'est un truc, une simple technique.

— Je pensais que tu croyais à la coopération et tout ça, aux idées communistes comme celles-là.

— Karim, dois-je t'apprendre ce qui s'est passé, ici, au magasin, tandis que tu étais là-bas en train d'embrasser n'importe qui ?

— Que s'est-il passé ?

— Non, je ne vais sûrement pas t'en parler. Karim, vois-tu, tu es essentiellement un petit égoïste qui ne s'intéresse à personne d'autre qu'à lui-même.

— Quoi ?

— Retourne donc jouer les arbres », dit-elle en raccrochant.

Bientôt, le matin, nous arrêtâmes de nous retrouver dans la salle de répétition : nous suivions chacun notre chemin, à la recherche de personnages, aux différents échelons de la société. Des gens que Louise Lawrence essaierait finalement de fourrer dans le spectacle. L'après-midi, nous improvisions à partir de ces personnages et commencions à mettre sur pied quelques scènes. Tout d'abord, j'avais pensé prendre Charlie pour modèle, mais

Pyke m'en découragea immédiatement. « Nous avons besoin de quelqu'un de ton milieu, dit-il. D'un Noir.

— Ah ouais ? »

Je ne connaissais pas de Noir, bien que je fusse allé en classe avec un Nigérien. Mais je ne savais vraiment pas où le trouver. « Que voulez-vous dire ? demandai-je.

— Qu'en est-il de ta famille ? me dit Pyke. De tes oncles et de tes tantes ? Ceux-là donneraient au spectacle un peu de piquant. Je parie qu'ils sont fascinants. »

Je réfléchis quelques minutes.

« Tu n'as pas d'idée ? dit-il.

— Si, j'ai trouvé ce qu'il faut, dis-je.

— Parfait. Je savais que tu étais indispensable à ce spectacle. »

Après le petit déjeuner avec Pa et Eva, je traversai à vélo la Tamise, passai devant le terrain de cricket Oval, pour me rendre au magasin d'Anwar et de Jeeta. En fait, je pensais à Anwar en tant que modèle pour mon rôle et je voulais voir à quel point il avait changé depuis l'arrivée de Changez. Son gendre avait été une telle déception pour lui ! En effet, il s'était attendu à ce que celui-ci l'aide à rajeunir, comme aurait pu le faire un fils. Tout au contraire, il était devenu rapidement un vieillard. Le cours normal de la nature s'était accéléré au lieu de se voir retardé par cet élément qui, au lieu de le vivifier, s'était révélé nocif.

Lorsque j'arrivai, Jeeta se dressa derrière la caisse et me prit dans ses bras. Je remarquai tout de suite l'aspect crasseux et lugubre de « La Vitrine du Paradis » : les peintures s'écaillaient sur les murs, les étagères étaient sales, le lino, boursouflé, fendillé et plusieurs lampes semblaient être grillées, plongeant l'endroit dans la pénombre. Dehors, les légumes, dans de vieilles caisses à oranges, paraissaient fanés. De plus, Jeeta se fatiguait à effacer les graffiti racistes qui réapparaissaient sur les murs, à peine les avait-elle enlevés. Dans le quartier, en fait partout à Londres, les magasins se modernisaient rapidement. D'ambitieux Pakistanais et Bengalis s'arrangeaient pour les acquérir. Plusieurs frères, par exemple, arrivaient à Londres. Ils prenaient deux emplois chacun, un dans un bureau durant la journée, et un autre dans un restaurant le soir. Ils achetaient ensuite une boutique et y mettaient l'un des frères comme directeur, tandis que sa femme tenait la caisse. Puis, ils achetaient un autre magasin et faisaient la même chose, jusqu'à ce qu'une chaîne soit mise en place. Et l'argent coulait à flots. Mais la boutique d'Anwar et de Jeeta n'avait pas changé depuis des années. Les affaires ne marchaient pas fort. Tout allait de travers, mais je ne voulais pas penser à ça. Mon spectacle était bien trop important.

Je parlai de la pièce à Jeeta et lui expliquai ce que je voulais — rien d'autre que d'être là —, sachant qu'elle ne me comprendrait qu'à peine et ne s'y intéresserait guère. Pourtant, elle avait bien l'intention de me demander quelque chose.

« Quoi que tu fasses, dit-elle, si tu viens ici jour après jour, tu dois t'arranger pour que ton oncle cesse de sortir avec sa canne.

— Pourquoi, tante Jeeta ?

— Karim, des voyous sont venus ici un jour. Ils ont jeté une tête de cochon à travers la vitrine, alors que j'étais assise là. »

Jamila ne m'en avait jamais parlé.

« T'ont-ils blessée ?

— Quelques coupures, un peu de sang ici et là, Karim.

— Qu'a fait la police ?

— Ils ont dit que c'était le fait du propriétaire d'une autre boutique. Un concurrent.

— Mon cul.

— Sale gosse. Arrête d'être grossier, veux-tu ?

— Pardon, tante Jeeta.

— Depuis, ton oncle est devenu très étrange. Il rôde dans les rues, chaque jour, avec son bâton, criant à l'adresse des jeunes Blancs : " Frappe-moi, vas-y, petit

Blanc, si tu en as envie ! " » Elle se mit à rougir de honte et de gêne. « Va le voir », dit-elle en me pressant la main.

Je trouvai l'oncle Anwar à l'étage, en pyjama. Il semblait s'être rétréci ces derniers mois : son corps et ses jambes étaient toutes maigres, tandis que sa tête avait gardé la même taille. On aurait dit une mappemonde posée sur un bâton.

« Petit salaud, dit-il en guise de salut, qu'est-ce que tu as fabriqué ?

— Je vais venir vous voir chaque jour, maintenant. »

Il grogna une sorte d'approbation, en continuant de regarder la télévision. Il aimait m'avoir à côté de lui, même s'il ne parlait pas, s'il ne m'interrogeait jamais sur ce que je faisais. Depuis quelques semaines, il se rendait régulièrement à la mosquée et parfois maintenant je l'accompagnais. C'était une maison délabrée parmi d'autres. Elle se trouvait dans les environs et sentait le *bhuna gost*. Le sol était parsemé de pelures d'oignons. Moulvi Qamar-Uddin était assis à son bureau, entouré de livres sur l'islam, reliés en cuir, avec à sa portée un téléphone rouge. Il caressait sa barbe qui tombait sur son ventre. Anwar se plaignait à Moulvi qu'Allah l'ait abandonné, alors qu'il faisait régulièrement ses prières et refusait de courir les filles. N'avait-il pas aimé sa femme, ne lui avait-il pas donné une boutique et pourtant, maintenant, elle refusait de rentrer à Bombay avec lui ?

Anwar s'en prenait aussi devant moi à Jeeta, alors que nous restions assis dans la resserre, comme deux gamins qui font l'école buissonnière. « Je veux rentrer chez moi maintenant, disait-il. J'en ai assez de ce foutu pays. »

Mais comme les jours passaient, j'observais les progrès de Jeeta. Elle ne voulait certainement pas retourner en Inde. C'était comme si Jamila lui avait fait découvrir les possibilités qui s'offraient à elle, l'enfant servant d'exemple aux parents. La princesse voulait obtenir une licence pour vendre de l'alcool dans son local, distribuer des journaux et augmenter les stocks. Elle voyait comment organiser les choses, mais Anwar était impossible, on ne pouvait plus discuter de quoi que ce soit avec lui. Comme beaucoup d'hommes musulmans — à commencer par le prophète Mahomet lui-même, ces affirmations catégoriques qu'il servait toutes chaudes comme venant de Dieu, ne pouvaient bien sûr donner naissance qu'à un absolutisme — Anwar pensait qu'il avait raison absolument sur tout. Jamais le moindre doute sur quelque sujet que ce fût ne pouvait trouver place dans sa tête.

« Pourquoi ne veux-tu pas accepter les idées de Jeeta ? lui demandai-je.

— Pourquoi donc ? Que ferais-je des bénéfices supplémentaires ? Combien de chaussures puis-je porter ? Et combien de paires de chaussettes ? Est-ce que je mangerais beaucoup mieux ? Trente petits déjeuners au lieu d'un seul ? » Et il terminait toujours en disant : « Tout est parfait.

— Le croyez-vous vraiment, mon oncle ? lui demandai-je un jour.

— Non, me répondit-il. Tout va de mal en pis. »

Ce fatalisme musulman — Allah est responsable de tout — me déprimait. J'étais toujours content de partir maintenant. J'avais un projet bien plus excitant qui couvait, de l'autre côté du fleuve. J'avais décidé de tomber amoureux d'Eleanor et j'effectuais quelques progrès dans ce sens.

Presque chaque jour, après la répétition, Eleanor me disait, comme j'espérais qu'elle le ferait : « Viendras-tu un peu plus tard, chez moi, me tenir compagnie ? » Puis elle me regardait, l'air anxieux, en mordillant ses ongles, en arrachant les peaux de son pouce, avec ses dents, en faisant tourner les mèches de ses longs cheveux roux autour de ses doigts.

Dès le début des répétitions elle avait remarqué mes craintes et mon inexpérience et m'avait offert son soutien. Eleanor avait déjà tourné dans des films et pour la télé, et elle avait joué dans les théâtres du West End. Je me sentais un gosse à côté d'elle. Néanmoins quelque chose chez cette

253

fille avait besoin de moi, quelque chose qui ressemblait plus à de la faiblesse qu'à de la gentillesse ou à de la passion, comme si je lui offrais une sorte de réconfort durant une maladie, quelqu'un à caresser peut-être. Aussitôt que je me rendis compte de cette faiblesse, je la serrai de près. Bien entendu, personne ne m'avait jamais vu avec une femme aussi belle et de cet âge. Aussi je l'encourageais à sortir avec moi, afin que les gens pensent que nous formions un couple.

Je commençai à fréquenter son appartement de Ladbroke Grove, un quartier peu à peu récupéré par les riches, mais où les vendeurs de drogue continuaient à tourner autour des pubs. A l'intérieur, on hachait menu le haschisch, sur les tables, avec des couteaux. Il y avait aussi beaucoup de punks maintenant, habillés comme Charlie, en vêtements noirs et déchirés. C'était le summum de la mode. Aussitôt qu'on ramenait des vêtements neufs à la maison, il fallait les taillader au rasoir. Habitaient là aussi des mecs qui étaient chercheurs, concepteurs-rédacteurs ou des trucs comme ça, des types qui s'étaient connus à Oxford. Ils se pointaient dans les bars à vin en arrivant dans d'étincelantes petites voitures italiennes, peintes en bleu ou rouge, terrifiés à l'idée qu'ils puissent être dévalisés par des Noirs, mais refusant de l'admettre par raffinement politique.

Comme j'étais stupide, comme j'étais naïf à l'époque ! J'étais induit en erreur par mon ignorance de Londres et pensais que ma petite Eleanor était bien moins bourgeoise qu'elle ne se le révéla par la suite. Elle s'habillait sans recherche, portait un tas d'écharpes, vivait à Notting Hill et parlait parfois avec l'accent de Catford. Ma mère aurait été épouvantée par les manières et les vêtements d'Eleanor. Elle disait « merde » et « foutre » toutes les dix secondes. Mais cette attitude n'aurait nullement dérangé Eva. En revanche, elle aurait éprouvé quelque perplexité et probablement aussi de la déception si elle avait appris qu'Eleanor cachait son origine sociale et pensait que ses « relations » lui étaient dues. Eva aurait donné beaucoup pour glisser le bout de son nez dans les maisons dans lesquelles Eleanor avait joué enfant.

Le père d'Eleanor était américain. Il possédait une banque. Sa mère était une portraitiste anglaise renommée ; un de ses frères était professeur d'université. Eleanor avait fréquenté les écoles privées, passé des week-ends dans des maisons de campagne et voyagé en Italie. Elle connaissait un grand nombre de familles d'opinion libérale et des gens qui avaient acquis leur célébrité dans les années soixante : des peintres, des romanciers, des conférenciers et une foule de jeunes qui s'appelaient Candia, Emma, Jasper, Lucy, India et des adultes du nom d'Edward, Caroline, Francis, Douglas et même Lady Luckham. Sa mère était une amie de la reine mère. Quand celle-ci apparaissait dans sa Bentley, les gosses du quartier se rassemblaient autour de la voiture et applaudissaient. Un jour, Eleanor dut quitter précipitamment la répétition parce que sa maman lui demandait de venir faire de la figuration à un déjeuner pour la reine mère. Les voix et le langage de ces gens me faisaient penser à Enyd Blyton, à Bunter, à Jennings, et aussi à des nurses et à des nurseries, à des écoles privées, à un monde où règne une sécurité absolue que je croyais, jusqu'à ce jour, n'avoir existé que dans les livres. Ces gens ne se rendaient absolument pas compte de tout ce qu'ils avaient eu par rapport aux autres. Leur assurance, leur éducation, leur position sociale, leur argent me faisaient peur. Et je commençais aussi à comprendre à quel point tout cela était important.

A ma grande surprise, les gens que je rencontrais dans des maisons un peu délabrées, tandis que je suivais Eleanor, soir après soir, « m'occupant d'elle », se montraient polis, gentils, prévenants pour moi, bien plus agréables que ces foules dédaigneuses qu'Eva attirait chez elle. Les gens que fréquentait Eleanor, chez qui se mêlaient la classe, la culture, l'argent, et une indifférence naturelle vis-à-vis de ces choses, correspondaient exactement à l'élixir qui aurait enivré l'âme d'Eva, un élixir dont elle ne pourrait malheureusement jamais approcher. C'était la bohème volontaire, exactement ce qu'elle recherchait, réellement l'apogée. Toutefois, je cachais à Eva mon ascension dans l'échelle sociale, gardant cette information comme un merveilleux moyen de défense ou d'attaque. Mais, bien entendu, elle avait déjà appris, comme mon père d'ailleurs, que j'avais jeté mon dévolu sur Eleanor. C'était un soulagement pour Pa qui avait une telle peur que je ne devienne pédé, qu'il ne pouvait même pas aborder le sujet. Dans sa tête de musulman, c'était déjà une malédiction suffisante d'être femme, alors être un homme qui renonce à sa virilité constituait une sorte d'autodestruction perverse, sans parler du reste. Quand je voyais Pa ruminer sur ce sujet, je ne manquais pas de parler de Mam — comment elle était, ce qu'elle faisait — sachant que cette autre cause d'anxiété dissiperait ses craintes concernant mon orientation sexuelle.

Eleanor n'était pas dépourvue d'excentricité. Elle n'aimait sortir que si les visites se passaient en coups de vent. Elle voulait toujours pouvoir aller et venir à sa guise. Elle ne restait jamais à un dîner du commencement à la fin, elle arrivait au milieu, suçant des bonbons, faisait le tour de la pièce, soulevait quelques objets, afin de s'informer de leur histoire. Puis, au bout d'une demi-heure, elle était prise du brusque désir d'aller ailleurs, pour trouver quelqu'un qui lui révélerait tous les secrets de l'affaire Profumo.

Souvent, nous restions chez elle et elle se chargeait alors de la cuisine. Je n'avais jamais été un fanatique de l'éducation ni des légumes, ayant été vacciné contre ces deux trucs à l'école. Mais, au cours de la plupart de ces soirées, Eleanor faisait du chou, des brocolis, des choux de Bruxelles à la vapeur, avant de les plonger quelques secondes dans un beurre chaud, où cuisait de l'ail. Parfois, nous mangions des poissons exotiques au goût un peu fort, qui auraient pu passer pour du requin. Elle les enroulait dans de la pâte feuilletée, puis les arrosait de crème aigre au persil. Ces plats étaient en général accompagnés d'une bouteille de chablis. Bien entendu, je n'avais jamais goûté à ces choses ! Eleanor ne pouvait s'endormir que lorsqu'elle était ivre. Je ne rentrais jamais chez moi à vélo sans que mon bébé ne soit bordée, à moitié cuite, avec près d'elle un Jean Rhys ou un Antonia White pour la distraire. J'aurais, bien entendu, préféré que ce fût moi qui lui servisse de petit réconfort.

C'était évident qu'Eleanor avait couché un peu au hasard avec un tas de gens mais lorsque je lui proposai de me glisser dans son lit, elle me dit : « Je ne crois pas que ce serait bien pour le moment, tu ne trouves pas ? » En tant qu'homme, cela me semblait assez foutrement insultant. Nous nous caressions sans arrêt, en toute amitié, mais lorsque les choses allaient un peu plus loin (toutes les deux ou trois heures) elle me serrait contre elle et se mettait à pleurer. La grosse affaire passait à l'as.

Je découvris bientôt que le principal ange gardien d'Eleanor, et mon grand rival dans son cœur, était un homme appelé Heater. C'était le balayeur du coin, un Ecossais incroyablement gras et laid, d'une centaine de kilos, vêtu d'une grosse veste à carreaux. Trois ans plus tôt, Eleanor en avait fait « sa cause ». Lorsqu'il n'allait pas au théâtre, il venait le soir s'asseoir dans l'appartement pour lire une traduction de Balzac et donner son opinion acide et définitive sur la dernière mise en scène du *Roi Lear* ou de la *Tétralogie*. Il connaissait des douzaines d'acteurs, en particulier des acteurs de gauche, et il y en avait beaucoup à l'époque. Heater était la seule personne de la classe ouvrière que la plupart d'entre eux aient jamais rencontrée. Aussi était-il devenu une sorte de symbole des masses, il recevait donc des billets pour les générales et pour les soirées qui suivaient. Sa vie mondaine était plus occupée que celle de Cecil Beaton. Il lui arrivait même de se pointer aux couturières pour donner son avis en tant « qu'homme de la rue ». Si vous n'adoriez pas Heater — je haïssais chaque repoussant centimètre carré de sa personne — et si vous ne l'écoutiez pas avec l'attention due à un représentant authentique du prolétariat, vous risquiez, si vous étiez d'origine bourgeoise (ce qui voulait dire que vous étiez né criminel, ayant fauté dès votre naissance), d'être traité par les camarades et leurs sympathisants de snob, d'élitiste, d'hypocrite, pour tout dire de proto-Goebbels.

Je me voyais réduit à entrer en compétition avec Heater, afin de gagner les faveurs d'Eleanor. Si je m'asseyais trop près d'elle, il me jetait un regard noir, si je la touchais sans y penser, ses yeux se dilataient et s'enflammaient comme deux ronds de réchaud à gaz. Son but dans la vie était de s'assurer du bonheur d'Eleanor, ce qui était bien plus compliqué que de balayer la rue, étant donné que cette jeune femme se détestait avec une intensité particulière. Oui, Eleanor se haïssait, bien qu'avide de louanges, elle ne parvenait jamais à y croire. Elle m'en informait ainsi : « Sais-tu ce que Machin a dit ce matin ? Il m'a dit, alors qu'il me serrait contre lui, qu'il aimait mon odeur, qu'il aimait ma peau et cette façon que j'avais de le faire rire. »

Lorsque je parlais de cet aspect de la nature d'Eleanor avec ma conseillère, Jamila, elle ne me laissait certes pas tomber. « Seigneur, Kremly, tu es vraiment un couillon de première envergure. C'est exactement comme ça qu'elles sont, ces filles, ces actrices, d'une vanité absolument folle. Le monde est en flammes et elles brossent leurs sourcils. Ou alors, elles essaient de mettre ce monde en flammes sur les planches. Il ne leur vient jamais à l'esprit de jeter un seau d'eau. Dans quoi vas-tu te fourrer ?

— Dans l'amour. Je l'aime.

— Ah !

— Mais elle ne veut même pas m'embrasser. Que dois-je faire ?

— Suis-je maintenant chargée du courrier du cœur ?

— Oui.

— Bon, dit-elle. N'essaie pas de l'embrasser jusqu'à ce que je te le dise. Attends. »

Peut-être Eleanor était-elle vaniteuse, obsédée par sa personne, comme le disait Jamila, mais en tout cas elle ne savait pas s'occuper d'elle-même. Elle n'était tendre qu'avec les autres, elle m'achetait des fleurs, des chemises, m'emmenait chez le coiffeur. Elle passait sa journée à répéter, puis faisait la cuisine pour Heater, l'écoutant toute la soirée gémir sur sa vie ratée. « Les femmes sont élevées pour s'occuper des autres », disait-elle quand je lui demandais de faire plus attention à elle, de penser à son propre intérêt. « Quand je pense à moi, disait-elle, ça me lève le cœur. »

Dernièrement, Heater avait été pris en main par un metteur en scène de théâtre, vrai Pic de La Mirandole, qui s'intéressait particulièrement aux déshérités. Heater rencontra Abbado et (une fois) Calvino dans la maison de ce metteur en scène. Notre homme de savoir encourageait Heater à parler de bagarres aux couteaux, de la pauvreté à Glasgow, de la violence et de la laideur généralisée. Ainsi, après le dîner, Heater ouvrait les fenêtres et laissait entrer les puanteurs du monde réel. Il donnait, en général, satisfaction, comme il savait qu'il devait le faire, comme Clapton devait chanter *Layla* chaque fois qu'il montait sur scène. Malheureusement, Heater passait rapidement sur les coups de couteau, pour mettre sur le tapis les derniers quatuors de Beethoven et un passage qui le gênait chez Huysmans.

Un soir, Heater se rendit à la générale de *la Bohème*, à Covent Garden. Eleanor et moi étions, quant à nous, enfoncés douillettement dans son sofa, regardant la télévision, un verre à portée de la main. Cela me convenait parfaitement : être ainsi simplement à côté d'elle et lui poser des questions sur les gens chez qui nous allions. En effet, il y avait un tas d'histoires courant sur le gratin et Eleanor me les racontait volontiers. Le grand-père de quelqu'un s'était disputé avec Lytton Strachey ; le père de quelqu'un d'autre, un pair, appartenait au parti travailliste mais avait eu une relation amoureuse avec la femme d'un député conservateur ; une femme, heureuse putain, était devenue actrice et tenait un rôle dans un film qui sortirait bientôt. Evidemment, le Tout-Londres se précipiterait à la première qui aurait lieu dans Curzon Street. Une autre avait écrit un roman dans lequel apparaissait son ancien amant, que chacun reconnaissait sans peine.

Il lui parut évident que je ne l'écoutais pas aujourd'hui, car elle se tourna brusquement vers moi et me dit : « Dis donc, petite tête, embrasse-moi donc. » Elle était parvenue à attirer mon attention. « Ça fait si longtemps, Karim, que ça ne m'est pas arrivé, tu sais, je peux à peine me souvenir du goût des lèvres.

— Eh bien, voilà », dis-je.

Ce fut passionné, merveilleux. Nous avons dû nous embrasser pendant au moins une demi-heure. Je ne suis pas très sûr de la durée exacte, parce que je n'attachai bientôt plus attention à ce qui, à mon avis, aurait dû être le baiser de ma vie. Je pensais à autre chose. Eh bien, oui, j'étais submergé par des pensées coléreuses qui se bousculaient pour occuper mon esprit. Elles n'engourdissaient pas réellement ma bouche mais semblaient plutôt la détacher de moi, comme si mes lèvres n'étaient rien d'autre que des lunettes, par exemple.

Les circonstances au cours des quelques dernières semaines m'avaient permis de découvrir à quel point je pouvais être ignare. Dernièrement, j'avais eu de la chance et ma vie s'était transformée rapidement, sans que j'y songe beaucoup. Lorsque je me mis à penser à moi, en me comparant à la bande d'Eleanor, je pris conscience de ne rien connaître du tout. J'étais totalement nul, intellectuellement parlant. Je ne savais même pas qui était Cromwell, voyez-vous ça. Je ne connaissais rien à la zoologie, à la géologie, à l'astronomie, aux langues, aux mathématiques, à la physique.

La plupart des gosses avec qui j'avais grandi avaient quitté l'école à seize ans. Ils étaient maintenant dans les assurances ou travaillaient comme mécaniciens, ou comme chefs de rayon (radio-télévision) dans un grand magasin. Quant à moi, j'avais quitté l'école sans réfléchir une seconde à tout ça, en dépit des avertissements de mon père. En banlieue, l'éducation n'était pas considérée comme un avantage particulier et ne pouvait certainement pas être vue comme quelque chose possédant une valeur en soi. Entrer jeune dans la vie était bien plus important. Mais, maintenant, je me trouvais parmi des gens qui écrivaient des livres aussi naturellement que nous jouions au football. Ce qui me rendait furieux — ce qui me portait à les haïr autant que moi-même — c'était leur assurance et leur savoir. La facilité avec laquelle ils parlaient d'art, de théâtre, d'architecture, de voyage. Ils avaient les mots, le vocabulaire, ils savaient tout ce qu'il fallait connaître de la culture. C'était un capital incalculable, irremplaçable.

A mon école, on apprenait le français, mais quiconque essayait de prononcer un mot correctement était immédiatement ridiculisé par ses camarades. Lors d'un voyage à Calais, nous rossâmes un Français derrière un restaurant. Fiers de notre ignorance, nous nous pensions supérieurs aux gamins des écoles privées, vêtus de leur uniforme ridicule, portant des serviettes en cuir, tandis que papa ou maman venait les chercher à la sortie, en voiture. Nous étions des gosses bien plus difficiles, nous chahutions en classe, nous nous battions, nous ne portions jamais de serviettes pour nous donner un air viril, étant donné que nous ne faisions jamais de devoirs à la maison. Nous nous vantions de ne jamais rien apprendre en dehors du nom des footballeurs, des musiciens des groupes rock et des paroles de *I Am the Walrus*. Quelle bande d'idiots nous faisions ! Comme nous manquions d'informations ! Pourquoi ne comprenions-nous pas que nous étions béatement en train de nous condamner à n'être que des mécaniciens ? Pourquoi n'étions-nous pas capables de voir ça ? Pour les gens de l'entourage d'Eleanor, les mots difficiles, les idées sophistiquées flottaient dans l'air qu'ils respiraient dès leur naissance et ce langage était la monnaie qui avait cours pour acheter les bonnes choses que le monde peut offrir. Mais pour nous, ce ne serait jamais qu'une deuxième langue, apprise avec difficulté.

Alors que j'aurais pu parler à Eleanor de l'époque où je m'étais fait baiser par le grand danois de Dos Poilu, c'étaient ses histoires à elle qui s'imposaient, des histoires reliées à un monde solidement établi. C'était comme si j'avais le sentiment que mon passé n'était pas suffisamment important, n'était pas aussi consistant que le sien, de sorte que je le rejetais. Je ne parlais jamais de Mam ni de Pa ou de la banlieue. Pourtant je parlais de Charlie. Charlie, bien sûr, était célèbre. Cependant, un jour je m'arrêtai pratiquement de parler, ma voix me resta dans la gorge lorsque Eleanor me dit que mon accent était vraiment mignon.

« Quel accent ? parvins-je à articuler.

— Cette manière que tu as de parler, c'est génial.

— Mais de quelle manière est-ce que je parle ? »

Elle me regarda avec agacement, comme si j'étais en train de m'adonner à un jeu ridicule, jusqu'à ce qu'elle se rende compte que j'étais des plus sérieux.

« Mais tu as l'accent du peuple, Karim. Tu viens de la banlieue sud de Londres, donc c'est comme ça que tu parles. Ça ressemble un peu à l'accent londonien, mais en moins rocailleux. Ça n'a rien d'extraordinaire, mais naturellement rien à voir non plus avec ma manière de parler. »

Naturellement.

A cet instant je décidai de perdre mon accent. Quel qu'il soit, je m'en débarrasserais. Je parlerais comme elle. Ce n'était pas difficile. Je quitterais mon univers, il le fallait pour progresser. Non pas que je pensais reculer de quelque manière, je désirais encore avoir des aventures et réaliser les rêves que j'avais eus lors de cette vision dans les toilettes d'Eva à Beckenham. Mais par ailleurs, je savais aussi que j'étais en train de m'enfoncer dans des eaux plus profondes.

262

Après le baiser, lorsque je me relevai dans la pièce plongée dans la pénombre, je regardai dans la rue, et je fléchis des genoux.

« Eleanor, je ne pense pas que je sois capable de pédaler jusqu'à la maison, dis-je. J'ai l'impression d'avoir perdu l'usage de mes jambes. »

Elle me dit alors doucement : « Je ne peux coucher avec toi ce soir, mon petit, j'ai la tête en bouillie, tu n'imagines pas à quel point. Je suis ailleurs, là où il y a plein de voix, de chants et de merdouille. Ce serait trop grave pour toi. Tu sais pourquoi, n'est-ce pas ?

— Je t'en prie, dis-le-moi. »

Elle se retourna. « Une autre fois. Ou demande à quelqu'un d'autre. Je suis sûre qu'on sera content de te renseigner, Karim. »

Elle m'embrassa sur le seuil pour me dire au revoir. Je n'étais pas triste de partir, je savais que je la verrais de toute façon chaque jour.

*

Quand nous eûmes trouvé les personnages que nous voulions jouer, Pyke nous demanda de les présenter aux autres membres de la troupe. Eleanor était une femme de la haute bourgeoisie, d'une soixantaine d'années, qui avait grandi aux Indes, quelqu'un qui, pensant appartenir aux grandeurs de l'Empire britannique, périclitait en fait avec lui. Elle devenait, à son étonnement consterné, curieuse de sexualité, exactement comme l'Angleterre l'était devenue. Eleanor réussit sa présentation avec brio. Lorsqu'elle jouait, elle perdait cette timidité qui lui faisait tourner ses boucles autour de ses doigts. Très calme, elle nous fascinait ainsi qu'un conteur. Elle parlait à voix basse, pigmentant simplement son rôle de quelques pointes critiques afin de nous faire deviner l'attitude réelle qu'elle avait elle-même vis-à-vis du personnage.

Elle termina sa présentation au milieu de l'approbation

générale et de baisers envoyés avec la main. Ensuite, ce fut mon tour. Je me levai pour présenter Anwar. C'était un monologue expliquant qui il était, à quoi il ressemblait, suivi d'une imitation de son délire dans la rue. Je me glissai facilement dans sa peau, étant donné que j'avais répété le rôle un nombre considérable de fois chez Eleanor. Je pensais que mon travail était aussi bon que celui de n'importe qui d'autre dans la troupe, et pour la première fois je ne me sentais pas à la traîne.

Après le thé, nous nous assîmes en rond pour parler des personnages. Pour quelque raison, peut-être parce qu'elle paraissait perplexe, Pyke dit à Tracey : « Pourquoi ne nous dirais-tu pas ce que tu penses du personnage de Karim ? »

Bien que Tracey fût parfois indécise, elle sentait les choses fortement. Elle était sérieuse, grave, nullement influencée par la mode, comme ces types de la bourgeoisie, qui s'imaginent être des acteurs. C'était une banlieusarde, dans le meilleur sens du terme, honnête, gentille, modeste. Elle s'habillait comme une secrétaire. Mais un certain nombre de choses la tracassaient : elle se demandait, par exemple, ce que cela signifiait d'être une femme noire. Elle paraissait timide, mal à l'aise en société, faisant tout son possible pour disparaître d'une pièce sans réellement en sortir. Pourtant, lorsque je la rencontrai à une soirée où il n'y avait que des Noirs, elle se montra totalement différente — extravertie, passionnée, elle dansait avec fureur. Elle avait été élevée par sa mère qui travaillait comme femme de ménage. Par quelque curieuse coïncidence, un matin, la mère de Tracey frottait les marches d'une maison, près de notre salle de répétition, alors que nous faisions des exercices dans le parc. Pyke l'avait invitée à venir parler à la troupe à l'heure du déjeuner.

Tracey, habituellement, parlait fort peu. Aussi, lorsqu'elle commença à critiquer mon personnage d'Anwar, nos camarades écoutèrent attentivement, sans se mêler à la discussion. Cette affaire, brusquement, devait se régler entre gens des « minorités ».

« Il y a deux choses, Karim, que je veux préciser, me dit-elle. La grève de la faim d'Anwar me gêne. Ce que tu affirmes me fait réellement de la peine ! Et je ne suis pas sûre que nous devrions l'exposer ainsi !

— Vraiment !

— Oui. » Elle me parlait comme si tout ce dont j'avais besoin était un grain de bon sens. « J'ai peur que cela montre les Noirs...

— Les Indiens

— Les Noirs et les habitants de l'Inde...

— Un vieil Indien...

— Comme des êtres irrationnels, ridicules, des êtres hystériques. Et aussi des fanatiques.

— Fanatiques ? » dis-je en faisant appel à la Haute Cour, c'est-à-dire au juge Pyke qui écoutait attentivement. « Ce n'est pas un fanatique de la grève de la faim. Il se livre très calmement au chantage. »

Mais le juge Pyke fit signe à Tracey de poursuivre.

« Deuxièmement ce mariage arrangé me gêne. Karim, honnêtement, ça me gêne. »

Je la regardai sans rien dire. Elle avait l'air réellement bouleversé.

« Dis-nous exactement ce qui te gêne, lui demanda gentiment Eleanor.

— Par où seulement commencer ? Ton portrait, Karim, est ce que les Blancs pensent déjà de nous, que nous sommes amusants, que nous avons de curieuses habitudes et des coutumes bizarres. Pour les Blancs, nous sommes déjà des gens sans humanité et tu présentes Anwar s'agitant comme un fou, brandissant son bâton en direction de gamins blancs. Je ne peux croire que quelque chose comme ça puisse arriver. Tu nous montres comme des agresseurs incohérents. Pourquoi hais-tu les Noirs et toi-même si fort, Karim ? »

Tandis qu'elle poursuivait, je jetai un coup d'œil circulaire sur la troupe. Ma petite Eleanor paraissait sceptique, mais je voyais bien que les autres étaient prêts à donner raison à Tracey. C'était difficile de s'opposer à quelqu'un dont on a vu la mère agenouillée, devant le seuil d'une maison bourgeoise, avec un seau et une serpillière.

« Comment peux-tu être tellement réactionnaire ? me dit-elle.

— Voilà qui m'a tout l'air d'être une forme de censure.

— Nous devons protéger notre culture en ce moment, Karim. N'es-tu pas d'accord ?

— Non. La vérité est une valeur plus importante.

— Bah ! La vérité. Qu'est-ce que c'est que la vérité ? Quelle vérité ? C'est la vérité des Blancs que tu défends là. C'est la vérité des Blancs dont nous discutons. »

Je regardai le juge Pyke. Mais il aimait beaucoup que les choses suivent leur cours. Il pensait que les conflits suscitaient la créativité.

Finalement, il dit : « Karim, il te faudra peut-être revoir tout ça.

— Je ne suis pas sûr d'en être capable.

— Mais si. Ne restreins pas ainsi sans nécessité l'éventail de tes possibilités aussi bien en tant qu'acteur qu'en tant qu'être humain.

— Mais Matthew, pourquoi devrais-je faire ça ? »

Il me regarda calmement. « Parce que je te le demande. » Et il ajouta : « Tu dois recommencer. »

CHAPITRE XII

« Hé, Gros Lard, quoi de neuf ?

— Toujours pareil, toujours pareil, super-vedette. »
Changez éternuait dans le nuage de poussière qu'il avait
soulevé. « Dans quelle merveille joues-tu en ce moment,
que nous puissions aller rigoler un coup ?

— Eh bien, je vais te dire ça, d'accord ? »

Je me préparai une tasse de thé à la banane et à la noix
de coco, grâce aux quelques sachets que je portais toujours
sur moi, au cas où mes hôtes n'auraient que du Typhoo.
J'avais particulièrement besoin de mes provisions chez
Changez, étant donné qu'il faisait le thé en mettant à
bouillir, ensemble, pendant un quart d'heure, du lait, de
l'eau, du sucre, des sachets de thé et de la cardamome. « Un
thé d'homme, disait-il, ou encore un thé de première.
Fameux pour les érections. »

Heureusement pour moi — je ne voulais pas qu'elle
entende la requête que j'allais adresser à Changez —
Jamila était absente. Elle avait récemment commencé à
travailler au Centre de la Femme Noire du quartier, où elle
participait aux recherches sur les agressions raciales contre
les femmes. Changez époussetait. Il portait la robe de

267

chambre rose de Jamila, et des bourrelets de graisse brune clapotaient et tremblotaient tandis qu'il lançait son chiffon contre des toiles d'araignée de la taille d'un journal. Il aimait les vêtements de Jamila : il portait presque toujours un de ses pulls ou une de ses chemises. Il s'asseyait par exemple sur son lit de camp, enveloppé dans son manteau, avec une de ses écharpes enroulée autour de la tête. Elle lui recouvrait les oreilles à la mode indienne, de sorte qu'il donnait l'impression d'avoir mal aux dents.

« Je suis à la recherche d'une pièce, Changez, je farfouille partout pour trouver un personnage et j'ai pensé à prendre pour modèle quelqu'un que nous connaissons tous les deux. Le public aura de la chance car tout, absolument tout sera porté sur scène. Une foutue chance.

— Ah oui, ah oui. Jamila, n'est-ce pas ?

— Non. Toi.

— Quoi ? Moi, oh ? » Changez se redressa brusquement, passa sa main dans ses cheveux, comme si on allait le photographier.

« Mais je ne suis pas rasé, *yaar*.

— C'est une idée terrible, non ? Une de mes meilleures.

— Je suis fier d'être le sujet d'une pièce célèbre, dit-il. » Mais son visage s'assombrit. « Hé, tu ne vas pas me montrer sous un mauvais jour, n'est-ce pas ?

— Un mauvais jour ? Tu es fou ou quoi ? Je te montrerai exactement comme tu es. »

Cette déclaration sembla le rassurer. Maintenant que j'avais obtenu son accord, je changeai rapidement de sujet.

« Et Shinko ? Comment va-t-elle, Changez ?

— Oh, toujours pareil, toujours pareil », dit-il avec satisfaction, en montrant du doigt son pénis. Il savait que j'aimais cette sorte de sujet et, comme c'était la seule chose avec laquelle il pouvait faire de l'esbroufe, ce petit dialogue nous fit plaisir à tous deux.

« J'ai pratiqué plus de positions que la plupart des hommes, dit-il. Je pense à écrire un manuel. J'aime beaucoup ça par-derrière, avec la fille à genoux, comme si je montais un cheval, tel John Wayne.

— Est-ce que Jamila ne fait aucune objection à ce genre de truc ? » demandai-je en le regardant attentivement et en me demandant comment je pourrais faire pour représenter son infirmité. « Je veux dire la prostitution et tout ça ?

— Tu as tapé dans le mille ! Tout d'abord, elles se mirent toutes les deux à me condamner, à déclarer que j'étais un sale bonhomme, un cochon d'exploiteur...

— Non !

— Et pendant quelques jours je dus me contenter de me masturber matin et soir. Shinko voulait en terminer avec ce truc et devenir jardinière, tu vois ça d'ici.

— Penses-tu qu'elle aurait fait une bonne jardinière ? »

Il haussa les épaules. « Elle a des doigts agiles mais pour la main verte... Grâce au ciel, elles se rendirent compte que Shinko, en fait, m'exploitait, moi. J'étais la victime et tout ça, aussi les choses reprirent bientôt leur cours. » Puis Changez me saisit le bras et me regarda dans les yeux. Son visage s'attrista. Quel garçon sentimental en vérité ! « Puis-je te dire quelque chose ? » Il regarda par la fenêtre dans la cuisine de leur voisin le plus proche. « On rit à deux ou trois trucs qui font partie de mon caractère, d'accord, mais je vais te dire quelque chose qui n'est pas une plaisanterie. Je renoncerais à toutes les positions que j'ai jamais pratiquées pour embrasser ma femme sur la bouche ne serait-ce que pendant cinq minutes. »

Sa femme ? Quelle femme ? Mon esprit tournait en rond autour de ses paroles, puis je me souvins. J'oubliais toujours qu'il était marié à Jamila. « Ta femme ne veut toujours pas te toucher ? »

Il fit non de la tête tristement, et avala sa salive. « Et toi et elle ? Vous baisez régulièrement ?

— Mais non, nom de Dieu, Bouboule, pas depuis le jour où tu nous as regardés. Ce ne serait pas la même chose sans toi. »

269

Il poussa un grognement. « Donc, elle n'a absolument rien à se mettre...

— Rien, mon vieux.

— Bon.

— Tu vois, les femmes ne sont pas comme nous. Elles n'ont pas besoin de le faire tout le temps. Elles n'en ont envie que si elles sont bien avec le mec. Pour nous, peu importe qui c'est. »

Mais il ne paraissait pas écouter mes remarques concernant la psychologie amoureuse. Il se retourna simplement vers moi, me regarda dans les yeux, avec force et détermination. C'étaient là des qualités que Dieu n'avait pas fait pleuvoir sur lui. Il tapa du poing sur la table et s'écria : « Je l'obligerai à m'aimer ! Je sais que j'y arriverai un jour !

— Changez, dis-je sérieusement, crois-moi, ne compte pas là-dessus. J'ai connu Jamila toute ma vie. Ne vois-tu pas qu'elle ne pourra jamais changer à ton égard ?

— Je compte bien qu'elle changera ! Autrement, ma vie est terminée. Je me flinguerai.

— Ça te regarde...

— Bien sûr que je le ferai. Je me pendrai.

— Avec quoi ?

— Avec mon nœud ! »

Il jeta sa tasse et sa soucoupe par terre, se leva et commença à marcher en long et en large dans la pièce. Généralement son bras infirme pendait immobile à son côté, un moignon inutile. Mais maintenant, il sortait de la manche relevée de la robe de chambre rose, il se dressait devant lui, en s'agitant. Changez semblait être devenu une autre personne, réagissant à la douleur plutôt qu'à l'ironie désapprobatrice avec laquelle il contemplait généralement son étrange vie. Lorsqu'il me regarda, moi, son ami, ce fut avec mépris, alors même que je m'efforçais d'aider ce gros salaud.

« Changez, il y a d'autres femmes dans le monde. Je peux peut-être te présenter à des actrices — si tu veux bien perdre un peu de poids. J'en connais des douzaines et certaines d'entre elles sont réellement excitantes. De plus, elles aiment baiser. Certaines veulent aider les Noirs et le tiers-monde. Elles sont celles qu'il te faut. Je te présenterai.

— Tu n'es qu'un foutu petit Anglais avec un visage noir comme le diable. Tu n'as absolument aucune morale ! J'ai une femme. Je l'aime et elle m'aimera. Je l'attendrai jusqu'au jour du Jugement...

— Ça risque de durer, mon vieux.

— Je veux la tenir dans mes bras !

— Je ne parle que de ça, du temps qu'il faudra. Donc, entre-temps, tu pourrais...

— Rien de rien. Je ne ferai rien jusqu'à ce que je la possède. Et autre chose. Je ne veux pas que tu te serves de moi dans ton machin de théâtre. Non non non, absolument pas. Et si tu essaies de me barboter mon personnage, je ne vois pas comment on pourrait continuer de se parler ! Je veux ta promesse. »

Ça me rendait fou. Qu'est-ce que c'était que ça — de la censure ? « Ma promesse ? Petit con ! Je ne peux foutrement rien promettre maintenant ! De quoi parles-tu donc ? » Mais c'était comme de s'adresser à un mur. Quelque chose en lui s'était solidifié pour me faire face.

« Tu as baisé ma femme, dit-il. Maintenant promets-moi que tu ne me baiseras pas à mon tour par-derrière en me mettant dans ta pièce. »

J'étais vaincu. Que pouvais-je dire ? « D'accord, d'accord, je promets de ne pas te baiser, dis-je sans enthousiasme.

— Tu aimes me diminuer, tu aimes te moquer de moi et me traiter de petit con derrière mon dos. Un jour je t'ouvrirai une grande bouche pour rire, en dessous de la nuque. Tu tiendras ta promesse ? »

J'acquiesçai de la tête, avant de partir.

Je pédalai comme un fou jusqu'à l'appartement d'Eleanor. Il me fallait en parler avec elle. Tout d'abord, j'avais perdu Anwar et maintenant je perdais Changez. Sans lui, ma carrière s'écroulait. Qui d'autre pourrais-je prendre comme modèle ? Je ne connaissais pas d'autre « Noir ». Pyke allait me foutre à la porte.

Quand j'arrivai dans le couloir de la maison, Heater en sortait. Il me bloqua le passage comme une montagne de chiffons, et chaque fois que j'essayais de le contourner, je me heurtais à sa masse puante.

« Bon Dieu, qu'est-ce que tu fabriques, Heater ?

— Elle a le bourdon, dit-il. Tu décampes, petit gars.

— Qu'est-ce que c'est que cette connerie de bourdon ? Tu me prends pour une cloche ? Pousse-toi de là, connard, elle et moi avons à travailler.

— Elle a le bourdon. En pleine déprime. Donc... Pas aujourd'hui, merci beaucoup. Reviens un autre jour. »

Mais j'étais bien trop petit et bien trop agile pour Heater. Je le feintai en passant sous son bras fétide, le bousculai, et me retrouvai en un éclair dans l'appartement d'Eleanor, bouclant la porte derrière moi. Je l'entendais maintenant pousser des jurons dans le couloir.

« Va donc nettoyer les crottes de chien du trottoir avec ta langue, espèce de connard de travailleur manuel ! » criai-je.

J'entrai dans la salle de séjour d'Eleanor. Tout d'abord, je ne la reconnus pas. Il y avait des vêtements partout. La planche à repasser était au milieu de la pièce et Eleanor, nue, repassait une pile de vêtements. Elle appuyait de toutes ses forces avec le fer, comme si elle essayait de le faire pénétrer dans la planche. Elle pleurait et ses larmes tombaient sur les fringues.

« Eleanor, que se passe-t-il ? Dis-moi, je t'en prie. Est-ce que ton agent t'a téléphoné de mauvaises nouvelles ? »

Je m'approchai d'elle. Ses lèvres sèches remuèrent, mais aucun son ne sortit de sa bouche. Elle continuait de repasser le même bout d'étoffe du corsage. Quand elle souleva le fer, je sentis qu'elle avait envie de l'appuyer sur elle, sur le dos de sa main ou sur son bras. Elle était à demi folle.

272

Je débranchai l'engin et mis mon blouson de cuir sur les épaules d'Eleanor. Je lui demandai de nouveau ce qui se passait, mais elle secoua la tête violemment si bien que des larmes me tombèrent dessus. Je renonçai à poser des questions stupides et je l'emmenai dans sa chambre à coucher pour la mettre au lit. Elle resta là, allongée sur le dos, les yeux fermés. Je m'assis et lui tins la main, regardant autour de moi les vêtements éparpillés, l'attirail de maquillage, la bombe de laque et les boîtes en carton luisant entassées sur la coiffeuse, les coussins de soie avec un éléphant, venus de Thaïlande, les tas de livres sur le sol. Sur une table, près du lit, se trouvait la photographie, dans un cadre doré, d'un Noir d'une trentaine d'années portant un pull sombre à col roulé. Il avait les cheveux courts, paraissait bien bâti et était réellement très beau. Je pensais que cette photographie devait avoir été prise quatre ou cinq ans plus tôt.

Je sentais qu'Eleanor désirait ma présence, mais aussi mon silence, en tout cas, elle ne voulait pas que je parte. Aussi, dès qu'elle fut endormie, je commençai à me concentrer très sérieusement sur le problème de Changez. Celui d'Eleanor, j'y réfléchirais plus tard ; pour l'instant, de toute façon, je ne pouvais rien faire.

Si je défiais Changez, si je commençais à travailler sur un personnage inspiré par lui, si je me servais de ce petit salaud, ça signifierait que j'étais un menteur, quelqu'un à qui il était impossible de faire confiance. Mais si je ne me servais pas de lui, ça signifiait que je n'aurais rien à apporter à la troupe pour compenser mon fiasco avec mon « interprétation d'Anwar ». Tandis que je restais assis là dans cette pièce, j'en vins à me rendre compte que c'était une des premières fois de ma vie que je prenais conscience d'un problème moral qu'il me fallait résoudre. Auparavant, j'avais toujours fait ce que je voulais ; le désir était mon seul guide et rien ne me retenait sauf la peur. Mais maintenant, alors que je venais d'avoir vingt ans, quelque chose poussait en moi. Du même ordre que le changement de mon corps au moment de la puberté. Je commençais à éprouver un sentiment de culpabilité, mon apparence en face des autres n'était plus la seule chose importante, il fallait aussi que je prenne en considération la manière dont je me verrais moi-même, en particulier si je transgressais les interdits que je m'étais imposés. Personne peut-être ne se rendrait compte que j'avais pris pour modèle le personnage de Changez et même plus tard Changez s'en ficherait, serait, pourquoi pas, flatté. Mais moi, en revanche, je saurais toujours ce que j'avais fait, que j'avais accepté d'être un menteur, de tromper un ami, de me servir de quelqu'un. Que faire ? Je n'en avais aucune idée. Je tournais le problème dans tous les sens, sans parvenir à trouver une échappatoire.

Je regardai Eleanor pour m'assurer qu'elle était bien endormie. Je me préparais à me glisser dehors, pour rentrer chez moi et demander à Eva de me faire des légumes sautés dans son *wok* en terre. Je remuai pour me lever. Mais, au moment où je quittais le lit où j'étais assis, Eleanor me regarda et me sourit doucement.

« Hé dis donc, je suis contente que tu sois là.

— Je partais pour te laisser dormir.

— Non, je t'en prie. Reste, mon minou. »

Et elle tapota le lit. « Entre là-dedans, Karim. » J'étais si content de la voir plus gaie que j'obéis instantanément : je me glissai à côté d'elle, remontant les couvertures et posant ma tête sur l'oreiller. « Petit sot, enlève tes chaussures et tes vêtements. »

Elle se mit à rire comme je baissais mon jean, mais avant même qu'il n'atteigne mes genoux, elle commença à mordiller ma queue. Sans aucun de ces préparatifs qui, comme me l'avaient appris les nombreux manuels que depuis des années je dévorais sur la sexualité, étaient essentiels pour atteindre le septième ciel. Mais voilà, Eleanor agissait autrement, me dis-je, tandis que couché, je m'abandonnais au plaisir. Il y avait chez elle quelque chose qui la portait vers les extrêmes. Dans certains états elle pouvait faire absolument tout, en particulier tout ce qui lui passait par la tête. Ce n'était guère difficile, il faut l'admettre, pour une femme comme elle. Elle venait d'un milieu où les risques d'échecs sont si minces, qu'il faut, en fait, se donner beaucoup de mal pour échouer.

C'est ainsi que commença notre vie sexuelle. J'étais fasciné par elle, je n'avais jamais auparavant éprouvé des sensations, des sentiments si forts. J'aurais voulu crier sur tous les toits que ce feu vivant pouvait normalement couler dans nos veines. Et si les gens étaient au courant, ils le feraient évidemment tout le temps. Quelle ivresse ! Au cours des répétitions, quand je la regardais dans sa longue jupe bleu et blanc, assise sur une chaise, avec ses pieds nus reposant sur le siège voisin, tandis que les plis de son vêtement retombaient entre ses jambes — je lui avais demandé de ne pas porter de sous-vêtements —, la salive remplissait ma bouche rien qu'à l'idée de ce que j'allais faire. Parfois, je me mettais à bander et devais me précipiter aux toilettes pour me masturber en pensant à elle. Quand mes sourires l'informaient sans doute possible de ce que j'avais en tête, elle venait me rejoindre. Nous commençâmes à penser que les immeubles de bureaux devraient avoir un endroit confortable, agréable, plein de fleurs et de musique, où l'on pourrait se masturber et faire l'amour.

Sur le plan sexuel, Eieanor n'était pas aussi effarouchée que moi : elle ne cachait pas ses désirs, elle n'avait jamais honte. A tout moment, elle prenait ma main pour l'appuyer contre ses seins, dirigeant mes doigts vers ses tétons, pour que je les presse, les fasse rouler entre mon pouce et mon index. Ou encore, elle enlevait son t-shirt et me présentait ses seins, afin que je les suce. Elle les introduisait dans ma bouche grâce à de petites pressions. Ou encore elle me prenait la main pour la faire remonter sous sa jupe, afin que je la caresse. Parfois, nous sniffions de la coke ou du speed ou avalions du hasch. J'aimais la déshabiller sur le sofa, lui enlever ses vêtements un à un, jusqu'à ce qu'elle soit complètement nue, les jambes écartées, tandis que je restais habillé. Eleanor était aussi la première personne à me révéler les qualités magiques du langage pendant l'acte sexuel. Ses chuchotis me coupaient souvent le souffle : elle me demandait de la baiser, de la foutre, de la sucer, de la tringler, comme ci ou comme ça, ou de toute autre manière. Nos rapports étaient différents à chaque fois. Le déroulement n'était jamais le même, nous inventions toujours de nouvelles caresses. Les baisers pouvaient à eux seuls nous occuper pendant une heure. Parfois, au contraire, nous le faisions à toute vitesse, dans des endroits bizarres — derrière des garages ou dans des trains. Pour ces occasions, nous baissions ou relevions simplement nos vêtements. D'autres fois, nos rapports duraient un temps infini. Je me couchais, la tête entre ses jambes, pour lui lécher le con et l'anus, qu'elle maintenait ouverts pour moi avec ses doigts.

Par moments, en regardant Eleanor, j'éprouvais un tel amour — son visage, sa personne tout entière semblaient illuminés — qu'il m'était difficile de supporter cette intensité, qu'il me fallait détourner les yeux. Je ne voulais pas ressentir ces choses avec une telle force. C'était un sentiment trop dérangeant, trop possessif. J'avais toujours aimé faire l'amour, comme on prend une drogue, c'était un jeu, une ivresse. J'avais grandi avec des gamins qui voulaient me faire croire que le sexe était dégoûtant. Tout n'était qu'odeurs, cochonneries, gênes, rires gras. Mais l'amour était trop puissant pour moi. L'amour remplissait tout mon corps, pénétrait mon sang, mes muscles, mes sphincters, tandis que le sexe, la bite étaient toujours quelque chose d'extérieur. Je voulais maintenant, tout au moins une partie de moi, souiller l'amour que j'éprouvais, ou, d'une manière ou d'une autre, l'arracher de mon corps.

Je n'avais pas besoin de me tracasser. Mon amour commençait déjà à pourrir. J'étais terrifié à l'idée qu'Eleanor puisse me dire qu'elle était tombée amoureuse de quelqu'un d'autre ou qu'elle en avait simplement assez de moi. Ou que je n'étais pas suffisamment bien pour elle. Ce qu'on dit, voyez-vous, dans ces cas-là.

La peur s'infiltrait dans ma vie, s'insinuait dans mon travail. En banlieue, il y a peu de choses qui semblent plus minables que la crainte que chacun a de l'opinion de ses voisins. Par exemple, ma mère ne pouvait jamais aller accrocher le linge dans le jardin sans se peigner. Je me foutais éperdument de ce que ces gens pouvaient penser, mais maintenant c'était essentiel pour moi que Pyke et Tracey et les autres aiment mon interprétation. Pour l'instant mon statut dans la troupe n'était pas très haut et je me sentais découragé. Je n'avais même pas parlé à Eva de ce que je préparais.

Le soir, à la maison, je travaillais sur la démarche merdique de Changez, sur son infirmité, sur son accent qui, je le savais, apparaîtrait, pour une oreille blanche, bizarre, drôle, typique de l'Inde. J'avais mis sur pied une histoire pour y insérer le personnage de Changez (qui s'appelait maintenant Tariq). Il désirait ardemment arriver à Heathrow. Sa valise pleine de moustiques, il pensait à ce qu'une de ses relations de champ de courses lui avait dit à Bombay, à savoir qu'il suffisait de murmurer les mots « déshabille-toi » en Angleterre, pour que les femmes blanches se débarrassent rapidement de leurs sous-vêtements.

Si l'on critiquait mon interprétation, je quitterais la salle de répétition pour rentrer chez moi. Donc, dans un état d'esprit ferme et méfiant, je me préparais à présenter mon Tariq devant la troupe. Ce jour-là, dans la salle près du fleuve, les comédiens étaient assis en demi-cercle, pour me regarder. J'essayais de ne pas voir Tracey, qui était penchée en avant, l'air concentré. Richard et Jon étaient assis bien calés, sans aucune expression. Eleanor m'adressait des sourires encourageants. Pyke hochait la tête, un calepin sur les genoux ; et Louise Lawrence avait son cahier et cinq crayons magnifiquement taillés à côté d'elle. Carol avait choisi la position du lotus, rejetant la tête en arrière et faisant quelques mouvements de stretching l'air insouciant.

Quand j'eus fini, le silence s'établit dans la pièce. On avait l'impression que chacun attendait que l'autre parle. Je jetai un coup d'œil sur les visages : Eleanor avait l'air amusé, mais Tracey préparait déjà sa critique. Son bras était à demi levé. Il me faudrait partir. C'était la chose que je craignais le plus, mais ma décision était prise. D'une certaine manière, Pyke comprit ce qui allait se passer. Il fit un signe à Louise, afin qu'elle se mette à écrire.

« Nous y sommes, dit Pyke. Tariq vient en Angleterre, rencontre une journaliste anglaise dans l'avion, qui sera jouée par Eleanor, non, par Carol. C'est une nana de la haute bourgeoisie, premier choix. Tariq se retrouve rapidement, grâce à elle, dans la bonne société, ce qui nous donne un autre champ à étudier ! Les filles tombent amoureuses de lui, absolument partout, à cause de sa faiblesse, du besoin qu'il a d'être materné. Bon. Nous avons comme ingrédient la haute société, le racisme, du cul et du comique. Que peut-on souhaiter de plus pour le spectacle d'un soir ? »

Le visage de Tracey était maintenant bouclé à triple tour. J'avais envie d'embrasser Pyke.

« Bravo », dit-il en se tournant vers moi.

La plupart des acteurs adoraient Matthew. Après tout, c'était un homme intelligent et séduisant. Et tout le monde lui devait un sacré paquet. Bien entendu, j'étais aussi flagorneur à son égard que les autres, mais au fond de moi, je demeurais sceptique et tenais à garder mes distances. Je mettais ce scepticisme sur le compte de mes origines, de la banlieue sud de Londres où l'on pensait que quiconque ayant du goût pour les arts, c'est-à-dire quelqu'un qui avait lu plus de cinquante livres ou qui pouvait prononcer le nom de Mallarmé correctement, ou expliquer la différence entre le camembert et le brie, était en réalité un charlatan, un snob ou un imbécile.

A vrai dire, je n'étais pas réellement intime avec Pyke,

jusqu'au jour où la chaîne de mon vélo se cassa comme du verre. Il commença alors à me raccompagner après les répétitions dans sa voiture de sport, un engin noir, avec des sièges en cuir de la même couleur, qui vous emportait à la vitesse du vent, le dos à environ une dizaine de centimètres du sol. Par le toit ouvrant, on avait une vue parfaite sur le ciel. Cette machine avait des haut-parleurs dans les portes qui vous inondaient de la musique des Doors et de toutes sortes de trucs de Jefferson Airplane. Dans l'intimité de sa voiture, Pyke aimait à bavarder sur le sexe, avec force détails. Avec une telle minutie, à vrai dire, qu'il me semblait que l'énonciation de ses histoires faisait partie intégrante de l'érotisme d'une vie réellement libre. Ou peut-être était-ce simplement parce que j'avais été éveillé sexuellement par Eleanor. Il était possible que mes yeux, que la teinte de ma peau soient le reflet d'une jouissance de la chair qui libérait chez les autres des pensées sensuelles.

Une des premières choses que me dit Pyke, pour en quelque sorte me présenter sa personne, lorsque nous commençâmes à parler ensemble, fut ceci : « A dix-neuf ans, Karim, je jurai de me consacrer essentiellement à deux choses : devenir un metteur en scène de grande envergure et coucher avec autant de femmes que je pourrais. »

J'étais surpris de le trouver suffisamment naïf pour se vanter de tels désirs. Mais, alors qu'il regardait droit devant lui pour conduire, il me parla de ses passe-temps. Il participait à des partouses et fréquentait les clubs de cul de New York. Il prenait aussi plaisir à rechercher des lieux et des gens inhabituels pour pratiquer cet acte autrement si banal.

Pour Marlene et Matthew, qui devaient tout aux années soixante et qui, par l'argent, avaient la possibilité de vivre selon leur fantaisie dans les années soixante-dix, les relations sexuelles étaient à la fois un passe-temps et un moyen de connaissance. « On rencontre grâce à ça des gens tellement intéressants ! me dit Pyke. Où veux-tu qu'on puisse trouver, en dehors d'un club de cul à New York, une coiffeuse du Wisconsin ? »

Il en allait de même pour Marlene. Elle baisait avec un député du parti travailliste, ce qui lui permettait de donner à ses amis marxistes des informations sur la Chambre des Communes, d'en rapporter les bavardages, et de mettre au jour l'étendue des machinations des travaillistes.

Une des aventures les plus récentes de Pyke impliquait une femme agent de police. Ce qui le fascinait ne résidait pas dans la personnalité de cette femme — elle en avait fort peu — mais dans son uniforme, et surtout dans la connaissance qu'elle avait du fonctionnement des bas-fonds, dont elle rapportait les histoires après une quelconque séance de fellation. Mais Pyke commençait à en avoir assez de ce qu'il appelait sa « période judiciaire ». « Je suis à la recherche d'une scientifique — quelqu'un dans l'astronomie ou la recherche nucléaire. Je me sens trop enfoncé intellectuellement dans les beaux-arts. »

En fourrant leurs nez dans les recoins bizarres de la vie, Pyke et Marlene me semblaient plus proches de journalistes audacieux que de champions de la jouissance. Leur désir de se frotter avec les réalités de la vie faisait apparaître en fait le mur qui les en séparait. Leur obsession concernant le fonctionnement du monde était à mes yeux une nouvelle forme de l'obsession de soi. Je ne fis certes pas part de cette analyse à Pyke : j'écoutais simplement, les oreilles grandes ouvertes et le souffle court. J'avais envie de me lier davantage avec lui. J'étais tout excité. Le monde s'ouvrait devant moi. Je n'avais jamais rencontré quelqu'un comme lui auparavant.

Au cours d'une de ces séances de vérité, dans la voiture après les répétitions, un jour que j'étais fatigué et heureux d'avoir travaillé d'arrache-pied, Pyke se tourna vers moi, avec un de ses larges sourires que je trouvais toujours assez trompeurs. « A propos, il faut que je te dise que je suis content de ton travail dans le spectacle. Le personnage que tu nous as amené ne manquera pas de faire rire. Aussi, j'ai décidé de te faire un cadeau réellement précieux. »

Le ciel défilait au-dessus de ma tête à une vitesse folle. Je jetai un coup d'œil à mon conducteur, à son t-shirt blanc tout propre et à son pantalon de survêtement. Ses bras étaient minces et son visage avait quelque chose de dur et de crispé. Il faisait énormément de jogging. La musique soul, que je lui avais demandé de passer, déferlait sur nous. Il aimait tout spécialement *Going to a Go Go* de Smokey Robinson et lorsqu'il aimait quelque chose, il le repassait indéfiniment. Mais il n'avait pas connu les morceaux de Robinson du début. Et je me disais qu'au fond il n'était pas aussi cool qu'il aurait dû l'être lorsqu'il sortit quelque chose de si foutrement cool que brusquement je me sentis gelé à mort, tout en devenant en même temps incandescent à l'intérieur.

J'étais donc en train de parler sans trop réfléchir, disant : « Mais vous avez déjà été si gentil avec moi, Matthew, rien qu'en me donnant ce rôle. Peut-être ne vous rendez-vous pas compte de ce qu'il signifie exactement.

— Qu'est-ce que tu veux dire par " je ne me rends pas compte " ? dit-il vivement.

— Ça a changé ma vie. Si vous n'étiez pas venu me chercher pour me tirer du néant, je serais encore en train de repeindre des maisons. »

Il grogna : « Ecoute, merde. Ça, ce n'est pas gentil, c'est le boulot. En revanche, ton cadeau, c'est réellement quelque chose de gentil. Ou plutôt, devine qui va être ton cadeau. Qui ? Qui ?

— Qui ? dis-je. Qui est-ce ?

— Marlene.

— Marlene, c'est bien le nom de votre femme ?

— Exact. Si tu as envie d'elle, elle est à toi. Elle te désire.

— Moi ? Vraiment ?

— Oui.

— Elle me désire pour quoi ?

— Elle dit que tu es la sorte de garçon innocent de qui

André Gide se serait entiché. Et j'imagine, étant donné que Gide n'est plus en vie, qu'il faudra te contenter d'elle, non ? »

Je n'étais nullement flatté.

« Matthew, dis-je, je n'ai jamais été aussi flatté de ma vie. C'est incroyable.

— Ouais ? fit-il en me souriant. De moi à toi, cher ami. Un cadeau. Un témoignage de mon estime. »

Je ne voulais pas paraître ingrat, mais je savais qu'il m'était impossible d'en rester là : je risquais de me retrouver dans un sac de nœuds un peu plus tard. Cependant, ça ne me semblait guère judicieux de refuser le cadeau de Pyke. Les acteurs, partout dans le monde, auraient donné leurs deux jambes simplement pour parler avec lui, durant cinq minutes, et il était là, à m'offrir de baiser sa femme. Je savais que c'était un fameux privilège. Je n'ignorais pas le prix de ce qui m'était proposé. Certes, je ne me trompais pas sur sa valeur, oh non, mais il me fallait être prudent. Car en même temps, une partie de moi, ma bite pour être précis, était impliquée dans l'affaire.

Je dis enfin : « Vous n'êtes pas sans savoir, Matthew, que je sors avec Eleanor. J'en pince réellement pour elle. Et elle pour moi, du moins je l'imagine.

— Bien sûr, je sais ça, Karim. C'est moi qui ai dit à Eleanor de s'intéresser à toi.

— Ouais ? »

Il me regarda en hochant la tête.

« Merci, dis-je.

— De rien. Tu es très bien pour elle. Tu la calmes. Elle a été déprimée pendant longtemps, après que son petit ami se fut balancé de cette terrible manière.

— Réellement ?

— Tu ne l'aurais pas été ?

— Ouais ouais, bien sûr que si.

— Vraiment terrible, dit-il. Et quel mec c'était !

— Je sais.

— Beau, plein de talent, un charisme formidable. Le connaissais-tu ? me demanda-t-il.

— Non.

— Je suis content que vous soyez ensemble tous les deux », me dit Pyke en souriant.

J'étais terrassé par cette histoire concernant Eleanor. J'examinai ce que Pyke venait de me dire, essayant de le faire coller avec ce que je savais d'Eleanor, des quelques petits trucs qu'elle m'avait confiés sur son passé. Est-ce que son dernier petit ami s'était tué d'une horrible manière ? Et de quelle manière ? Quand cela était-ce arrivé ? Pourquoi ne me l'avait-elle pas dit ? Pourquoi personne d'autre ne me l'avait-il dit ? Qu'est-ce qui se passait réellement ? J'allais interroger Pyke là-dessus, mais je me rendis compte que le moment propice était maintenant passé. Pyke me considérerait comme un idiot d'avoir menti.

D'ailleurs, il n'arrêtait pas de parler, alors que je ne saisissais qu'à peine la moitié de ce qu'il disait. La voiture s'était arrêtée devant le métro de West Kensington. Les banlieusards sortaient de la station en masse compacte et se mettaient presque à courir pour rentrer chez eux. Maintenant, Pyke écrivait quelque chose sur son calepin, posé sur ses genoux.

« Amène Eleanor samedi. Nous aurons quelques personnes à dîner. On sera contents de vous avoir tous les deux. Je suis sûr qu'on pourra tirer quelque chose de bon de cette soirée.

— J'en suis sûr aussi », dis-je.

Je me débattis comme toujours pour sortir de la voiture, en tenant dans ma main l'adresse de mon metteur en scène.

Quand j'arrivai à la maison, qui avait été à moitié éventrée depuis que Ted avait commencé à y travailler, Pa était assis en train d'écrire. Il travaillait sur le livre qu'il se proposait de composer sur son enfance aux Indes. Dernièrement, il avait organisé une classe de méditation dans une salle du quartier. Eva était sortie. Parfois, je craignais de voir Pa. Si l'on n'était pas dans l'humeur, si l'on n'était pas capable de détourner ses attaques, sa personnalité risquait de vous terrasser. Il pouvait se mettre à vous pincer les joues, à vous tordre le nez, des trucs qui lui semblaient d'une irrésistible drôlerie. Ou alors il soulevait son pull-over et commençait à tapoter un air sur son ventre nu, vous demandant de deviner s'il s'agissait de *Land of Hope and Glory* ou de *The Mighty Quinn* dans la version de Manfred Mann. Je jure qu'il examinait son ventre de femme enceinte au moins cinq fois par jour, le caressant, appuyant sur ses bourrelets, en parlant avec Eva, comme si ces plis étaient la neuvième merveille du monde, ou encore essayant de la persuader de mordre dedans.

« Les Indiens ont un centre de gravité plus bas que les hommes de l'Accident, pardon de l'Occident, proclamait-il. Nous sommes mieux équilibrés. Nous vivons au bon endroit — à la hauteur de l'abdomen. Nous vivons avec nos tripes, pas avec notre tête. »

Eva supportait tout cela, ça la faisait rire. Mais mon père n'était pas mon amant. J'avais aussi commencé à voir Pa non pas comme mon père, mais comme une personne différente, avec des traits de caractère qui lui étaient propres. Il faisait partie du monde, maintenant, il n'en était plus la source. D'une certaine manière, à mon grand désarroi, il était simplement un individu comme les autres. Et, dès le début, depuis qu'Eva s'était mise à travailler si dur, j'avais commencé à m'étonner des incapacités de Pa. Il ne savait pas faire un lit ni laver ou repasser ses vêtements. Il n'avait aucune notion de cuisine ; il ignorait même la manière de s'y prendre pour préparer du thé ou du café.

Récemment, alors que j'étais allongé en train d'apprendre mon texte, je lui avais demandé de me faire un peu de thé et quelques toasts. Quand finalement j'allai le retrouver dans la cuisine, je m'aperçus qu'il avait ouvert les petits sachets de thé avec des ciseaux et versé les feuilles dans une tasse. Et il tenait à la main un morceau de pain, comme s'il s'agissait d'un objet rare qu'il aurait trouvé dans un site archéologique. Les femmes s'étaient toujours occupées de lui et il les avait exploitées. Je le méprisais pour cela maintenant. Je commençais à penser que l'admiration que j'avais eue pour lui étant enfant était sans fondement. Que pouvait-il faire ? Quelles qualités avait-il donc ? Pourquoi avait-il traité ma mère de cette manière ? Je ne désirais plus du tout lui ressembler. J'étais furieux. En quelque sorte, il m'avait laissé tomber.

« Viens donc ici, tête d'enterrement, me lançait-il maintenant. Comment marchent les répétitions ?

— Bien. »

Il poursuivit :

« Bon, mais fais attention qu'on ne te mette pas au rancart. Ecoute-moi bien ! Dis-leur que tu veux le rôle principal ou rien du tout. Il ne faut surtout pas redescendre — tu as déjà grimpé très haut avec ce rôle de Mowgli au théâtre ! Tu es le produit de ma meilleure semence, ne l'oublie pas. »

Je l'imitai. « Ma meilleure semence. Ma meilleure semence. » Et j'ajoutai : « Pourquoi n'arrêtes-tu pas de débiter des conneries, espèce de branleur ? » Et je m'en allai.

Je me rendis au *Nashville*, un endroit calme, à cette heure de la journée. Je bus deux bières, en grignotant des chips parfumées à la sauce de poulet. J'étais assis là, me demandant pourquoi les pubs devaient être fatalement lugubres, remplis de boiseries sombres, de mobilier lourd et inconfortable, éclairés par des lampes minables, qui ne vous permettaient pas de voir à plus de cinq mètres à travers l'air pestilentiel. Je pensais à Eleanor et continuais d'avoir envie de pleurer, par compassion pour elle. Je savais aussi que si je restais assis suffisamment longtemps dans ce pub, mon malaise se dissiperait. Eleanor, évidemment, n'avait aucune envie de parler de son ancien petit ami, surtout s'il s'était tué d'une manière épouvantable.

Elle ne m'en avait, de toute façon, jamais soufflé mot. J'avais été écarté d'une part importante de sa vie. Cela me faisait douter de l'intérêt qu'elle me portait réellement.

Dans la vie, j'étais généralement mêlé à des choses étranges ; le sol, apparemment solide, n'arrêtait pas de bouger sous mes pieds. Prenons ce dîner par exemple. Je regardai ce morceau de papier sur lequel Pyke avait noté son adresse. Le mot « dîner » lui-même m'agaçait et me troublait. Ces gens de Londres appelaient les choses les plus simples par des noms qui ne leur correspondaient pas. Le déjeuner était le petit déjeuner, le dîner le déjeuner, le souper le dîner, quelle marmelade !

Il me fallait discuter de ces choses avec mes amies. Ça m'aiderait à m'éclaircir les idées. Mais lorsque, d'une voix où perçait l'inquiétude, je parlai à Eva de l'invitation de Pyke (mais pas de son « cadeau ») elle ne prit nullement conscience de mes craintes et de mon désarroi. Elle trouvait que c'était une chance inouïe. Elle savait fort bien quel personnage éminent était Pyke, elle me regardait avec admiration, comme si j'avais gagné un concours de natation. « Tu dois inviter Matthew ici dans la quinzaine qui va suivre », fut son seul conseil. Ensuite, j'appelai Jamila au téléphone. Avec elle ça allait être une tout autre affaire. Je commençais à comprendre à quel point j'avais peur d'elle, de sa « sexualité » comme on appelait la baise à cette époque, de la force de ses sentiments et de la solidité de ses opinions. La passion était le *nec plus ultra* dans la banlieue sud de Londres. « Eh bien ? lui demandai-je. Qu'en penses-tu ?

— Oh ! je ne sais pas, Kremly. De toute façon, tu fais toujours ce que tu veux. Tu n'écoutes personne. Mais, quant à moi, je n'irais certainement pas chez ces gens. Je suis désolée qu'ils t'aient mis ainsi le grappin dessus. Tu es en train de te couper du monde réel.

— Quel monde réel ? Il n'y a pas de monde réel, voyons. »

Elle reprit patiemment : « Mais si, le monde des gens

ordinaires, et cette merde qui est leur lot — chômage, crise du logement, ennui. Bientôt, tu ne comprendras absolument plus rien aux choses essentielles.

— Mais Jammie, ce sont des gens foutrement importants et tout ça. » C'est alors que je commis une erreur. « N'as-tu pas, ne serait-ce que la curiosité, de découvrir comment vivent les gens riches et célèbres ? »

Elle hoqueta, et éclata de rire. « Je suis moins intéressée que toi par les problèmes de décoration d'intérieurs, mon minet. Et pour être franche, je te dirai que je ne veux pas être, pour quelque raison que ce soit, près de ces gens. Bon. Quand est-ce que tu viens nous voir ? J'ai un gros pot de *dal* super extra que personne ne mange en ce moment. Je ne veux même pas que Changez s'en approche — je le garde pour toi, gros minet.

— Merci Jammie », dis-je.

Le vendredi soir, à la fin des répétitions de la semaine, Pyke passa ses bras autour d'Eleanor et de moi, au moment où nous partions, nous embrassa tous les deux et dit : « On se voit demain, alors ?

— Oui, dis-je. On se voit.

— Je voudrais y être déjà, dit-il.

— Moi aussi », répondis-je.

CHAPITRE XIII

Sensationnel, pensais-je en regardant de l'autre côté du compartiment du train de la ligne de Bakerloo, mon visage se reflétant dans la vitre opposée. Un vrai petit dieu. Mes pieds dansaient sur place et mes doigts s'agitaient frénétiquement, au son d'une musique qui chantait dans ma tête — les Velvettes, dans *He Was Really Saying Something* — alors que la rame fonçait sous ma ville préférée, mon terrain de jeux, mon chez-moi. Ma petite chérie fredonnait aussi. On avait changé à Piccadilly et maintenant nous nous dirigions vers le nord-ouest, vers Cerveauville, Londres, un endroit aussi éloigné pour moi que Marseille. Pour quelle raison aurais-je été à St John's Wood avant ? Je me sentais vif et en forme, ce devait être les bienfaits des légumes. Les tractions et les exercices du livre — « Je dois, je dois vraiment développer mon thorax » — qu'Eva m'avait recommandé, avaient servi aussi à affermir mon profil et à augmenter ma confiance. Je m'étais fait couper les cheveux chez Sassoon, dans Sloane Street et mes couilles, récemment talquées, étaient aussi parfumées et succulentes que du loukoum. Mais mes vêtements étaient trop grands, comme toujours, principalement parce que je portais une des vestes bleu foncé de Pa et une de ses cravates de Bond Street, nouée sur un t-shirt Ronettes, sans col, bien entendu, avec par-dessus tout ça un pull-over rose d'Eva. J'étais énervé, agité, je dois l'admettre, après que Heater m'eut menacé avec un couteau de cuisine dans l'appartement d'Eleanor, environ une heure plus tôt, en me disant : « Tu fais attention à cette fille, hein ? Si jamais quelque chose lui arrive, je te tue. T'as compris ? »

Eleanor était assise à côté de moi, dans un tailleur noir et un corsage de soie rouge foncé, avec une collerette. Elle avait relevé ses cheveux, mais quelques boucles s'étaient échappées, ce qui me permettait, bien agréablement, de glisser mes doigts autour. « Je ne t'avais jamais vue si belle », lui dis-je. Je le pensais. Je ne pouvais pas m'empê-cher de l'embrasser. Je voulais la serrer contre moi toute la journée, la caresser, la chatouiller, jouer avec son corps.

C'est en marchant, joyeux et excités, que nous prîmes la montée qui conduisait à la maison que Pyke partageait avec Marlene. Située dans une rue tranquille, elle avait quatre étages. Le jardin de devant, récemment arrosé, était couvert de fleurs, deux voitures de sport attendaient à l'extérieur, une noire et une bleue. Il y avait dans le sous-sol incriminé par Terry la nurse qui s'occupait du fils, âgé de treize ans, que Pyke avait eu de son premier mariage.

J'avais été informé de tout cela de fond en comble par Terry qui enquêtait sur les crimes de la riche bourgeoisie avec l'énergie d'un Maigret politiquement orienté. Terry travaillait en ce moment. Le coup de téléphone était arrivé. Il jouait un brigadier dans une pièce policière, ce qui n'était pas, idéologiquement, un rôle des plus confortables, étant donné qu'il avait toujours proclamé que la police formait le fer de lance fasciste de la classe dirigeante. Et voilà que maintenant, en tant que policier, il gagnait des tas d'argent, bien plus que moi, bien plus que n'importe qui d'autre dans le quartier où il vivait. De plus, les gens le reconnaissaient sans arrêt dans la rue. On lui demandait, par exemple, de donner le coup d'envoi d'un feu d'artifice, d'être juge de toutes sortes de compétitions et il faisait son apparition dans des jeux télévisés célèbres. Dans la rue, ça se passait exactement comme avec Charlie, les gens l'interpellaient, se retournaient sur son passage, le dévisageaient. Malheureusement, les fans de Terry ne le connaissaient pas sous le nom de Terry Tapley, mais sous celui de sergent Monty. Cette ironie du sort rendait le sergent Monty particulièrement agressif vis-à-vis de Pyke, cet homme qui lui avait refusé le seul rôle qu'il aurait voulu avoir.

Terry m'avait emmené récemment à une réunion politique. Ensuite une fille au pub avait parlé de la vie après la révolution. « Les gens liront Shakespeare dans l'autobus et apprendront la clarinette ! » s'était-elle écriée. Ses espoirs, son engagement m'avaient impressionné ; je voulais accomplir quelque chose de mon côté. Terry ne pensait pas que j'étais prêt. Il me confia donc tout d'abord une petite tâche. « Garde un œil sur Pyke pour nous, dit-il, étant donné que tu es si bien avec lui. Ce genre de mec peut cracher. Il y a probablement quelque chose dans cette rue que tu pourras faire un jour. On te tiendra au courant. Mais pour le moment, contente-toi de regarder. Vois ce qu'on pourra tirer de lui lorsque le moment viendra de le mêler à la vie politique. A court terme, tu peux nous aider en rencontrant son fils.

— En rencontrant son fils ? D'accord, sergent Monty. »

Il faillit me gifler.

« Ne m'appelle pas comme ça. Et demande au gamin — devant les invités — dans quelle école il va. Et si ce n'est pas une des plus chères et des plus huppées d'Angleterre, de tout le monde occidental à vrai dire, je veux bien m'appeler Disraeli.

— Bien, sergent Monty — je veux dire Disraeli. Mais je ne crois pas que tu aies raison. Pyke est d'extrême-gauche. »

Terry renifla et se mit à rire d'un air méprisant. « Ne me parle pas de ces foutus mecs d'extrême-gauche. Ce ne sont que des libéraux » — pratiquement la pire chose à ses yeux qu'on puisse être. « Leur seule utilité, c'est de filer de l'oseille à notre parti. »

Ce fut une bonne irlandaise cérémonieuse qui nous fit entrer. Elle nous apporta ensuite du champagne et disparut dans la cuisine pour faire le « dîner », je suppose. Elle nous abandonna donc, énervés, sur le sofa de cuir. Pyke et Marlene « s'habillaient », nous avait-elle dit. « Se déshabillaient plus probablement », murmurai-je. Il n'y avait personne d'autre dans les parages. La maison était d'une tranquillité irréelle. Où diable étaient donc passés les gens ?

« N'est-ce pas magnifique que Pyke nous ait demandé de venir, me chuchota Eleanor. Penses-tu que ce soit quelque chose qu'il vaut mieux garder secret ? Habituellement, il n'aime pas traîner avec les acteurs. Je ne crois pas qu'il ait invité qui que ce soit d'autre de la troupe, et toi ?

— Non.

— Pourquoi nous, alors ?

— Parce qu'il nous aime tellement.

— Eh bien, quoi que ce soit qui arrive, nous ne devons pas nous refuser l'un à l'autre une nouvelle expérience », dit-elle l'air souverain, comme si mon seul but dans la vie était d'empêcher Eleanor d'acquérir de l'expérience. Elle me regarda, comme si elle brûlait d'envie d'enfoncer un grain de riz dans le petit trou de mon pénis.

« De quelle expérience parles-tu ? » dis-je en me levant pour marcher de long en large. Elle ne répondit pas mais resta assise, à tirer sur sa cigarette. « Quelle expérience ? » répétai-je. Maintenant, elle était en train de démolir ma soirée, et je devenais de plus en plus nerveux. Apparemment, je ne savais rien, pas même les faits marquants de la vie de ma petite amie. « Peut-être la sorte d'expérience que tu as eue avec ton ancien copain ? Celui que tu aimais tellement. Est-ce cela que tu veux dire ?

— Je t'en prie, ne parle pas de lui, dit-elle doucement. Il est sacrément mort.

— Ce n'est pas une raison pour ne pas parler de lui.

— En tout cas, ça me regarde, dit-elle en se levant. J'ai besoin d'aller aux toilettes.

— Eleanor, criai-je pour la première fois de ma vie, mais certes pas pour la dernière. Eleanor, pourquoi ne parlerions-nous pas de cette histoire ?

— Mais tu ne sais même pas qu'il est possible de donner. Tu ne comprends pas les autres. Ce serait dangereux pour moi de m'ouvrir totalement à toi. »

Elle sortit de la pièce, me laissant avec mon problème.

Je regardai autour de moi. J'étais devenu un détective espionnant la bonne société. Terry avait sérieusement sous-estimé la sorte de richesse qui régnait ici. J'aurais quelques mots à lui dire à propos de la qualité de ses informations. C'était une maison impressionnante, avec des murs rouge sombre et vert, sur lesquels étaient accrochés des tableaux d'artistes modernes — quelques portraits de Marlene et aussi une photographie qu'avait faite d'elle Bailey. Le mobilier datait des années soixante, tables basses à café, avec des catalogues de Caulfield et de Bacon posés dessus ainsi que les deux volumes reliés de la biographie de Nye Bevan, de Michael Foot. Il y avait trois canapés de couleur pastel, avec des étoffes indiennes accrochées au-dessus. Une sculpture en plâtre, avec des sortes de fils et des ampoules, était également suspendue au mur. On aurait dit une chatte béante. Appuyées comme au hasard, sur le mur opposé, se trouvaient encadrées trois des récompenses qu'avait reçues Pyke, et sur la table trônaient deux statuettes et une coupe en cristal taillé sur lesquelles était inscrit le nom de Pyke. Il n'y avait pourtant aucune affiche, aucune photographie de ses spectacles. En dehors des trophées, un inconnu aurait pu se demander quelle était la profession du maître de maison.

Eleanor revint au moment où nos hôtes descendaient le grand escalier dans un bruissement de soie, Pyke en t-shirt et jeans noirs, Marlene, plus exotique, dans une robe courte blanche, qui lui laissait les jambes et les bras nus. Elle avait aux pieds des ballerines de la même couleur. Elle était très attirante, Marlene, et ses nombreux sourires véhiculaient une sensualité puissante et intransigeante. Mais comme aurait dit ma mère, ce n'était pas un poussin de la dernière couvée.

La bonne irlandaise nous servit à tous les quatre de la dinde et de la salade. Nous nous assîmes pour manger sur nos genoux, en continuant de boire du champagne. J'avais faim, n'ayant volontairement rien mangé à midi, afin de profiter de ce « dîner ». Malheureusement, pour l'instant, je n'arrivais guère à avaler. Marlene et Matthew donnaient l'impression de ne pas s'intéresser à la nourriture. Je n'arrêtais pas de jeter des coups d'œil furtifs à la porte, espérant que d'autres gens allaient arriver. Ce ne fut pourtant pas le cas. Pyke avait menti. Il était calme et distant ce soir, comme s'il ne voulait pas se fatiguer à faire les frais d'une conversation. Il émettait à mi-voix des séries de clichés comme pour souligner la banalité de la soirée.

Ce fut Marlene qui se chargea d'entretenir la conversation. Pour meubler les silences, je posai tant de questions, qu'il m'apparut que je ressemblais à un journaliste de la télévision menant une interview. Elle nous parla de l'entrée réservée qu'avaient les prostituées à la Chambre des Communes ; et, alors que nous mangions notre dinde, elle raconta l'histoire de ce député travailliste qui aimait voir poignarder un poulet, au moment de son orgasme.

Marlene avait de l'herbe thaï, et après le dîner, alors que nous étions en train de fumer un joint, Percy, le fils de Pyke, entra. C'était un garçon pâle, à l'air maussade, qui se rasait la tête et portait des boucles d'oreilles. Ses vêtements étaient trop sales, en bien trop mauvais état pour qu'ils puissent être portés par quelqu'un d'autre qu'un membre de la bourgeoisie libérale. Mon antenne se dressa en pensant à Terry et je me mis à trembler d'espoir.

« A propos, dit Pyke au garçon, sais-tu qui est le demi-frère de Karim ? C'est Charlie Hero. »

L'adolescent fut brusquement cloué sur place. Il commença à s'agiter, à poser des questions. Il était bien plus animé que son père. « Hero est mon héros. Comment est-il ? »

Je lui fis un rapide portrait de Charlie. Mais je ne pouvais laisser tomber Terry. La chance était à la portée de ma main.

« A quelle école vas-tu ?

— Westminster. Dégueulasse.

— Ah ouais ? Plein de petits snobinards ?

— Plein de connards intoxiqués de médias avec des parents qui travaillent à la BBC. Je voulais aller dans un lycée d'Etat mais ces deux-là n'ont pas voulu. »

Il sortit de la pièce. Et durant tout le reste de la soirée arriva d'en haut le bruit étouffé du premier album des Condamnés, *la Fiancée du Christ*. Lorsque Percy fut sorti, je jetai à Pyke et à Marlene mon regard le plus appuyé, comme pour leur dire : « Vous avez trahi la classe ouvrière », mais ni l'un ni l'autre ne sembla le remarquer. Ils étaient assis là, en train de fumer, paraissant profondément s'ennuyer, comme si cette soirée avait déjà duré quelques milliers d'années et que rien, vraiment, ne pourrait les intéresser, ou même, simplement, les réveiller.

Pourtant, brusquement, Pyke se leva, traversa la pièce, ouvrit en grand les portes-fenêtres donnant sur le jardin. Il se retourna et fit à Eleanor un petit signe, alors que celle-ci parlait à Marlene. Immédiatement Eleanor interrompit la conversation, se leva et fila d'un pas léger dans le jardin, à la suite de Pyke. Marlene et moi restions maintenant assis là, face à face. Avec les portes ouvertes, la pièce se refroidissait rapidement, mais l'air était embaumé, comme si la terre nous soufflait son haleine parfumée. Que faisaient-ils donc dehors ? Marlene se conduisait comme si tout était normal et alla se servir un autre verre. Puis elle revint s'asseoir à côté de moi. Elle passa son bras autour de mes épaules, et je fis semblant de ne pas le remarquer. Un peu tendu, je continuais néanmoins à exprimer mes opinions. Je commençais à avoir la nette impression que j'étais quelqu'un de merveilleux, que ça valait la peine de

294

se concentrer sur ma personne et tout ça. Il y avait pourtant quelque chose que je désirais savoir, quelque chose que cette femme pouvait m'aider à découvrir.

« Marlene, voulez-vous me mettre au courant d'une chose que personne n'a jamais voulu me dire ? Voulez-vous me raconter ce qui est arrivé au petit ami d'Eleanor, Gene ? »

Elle me regarda avec sympathie, mais aussi avec un certain étonnement.

« Es-tu sûr que personne ne t'en a parlé ?

— Marlene, je suis absolument certain que personne ne m'a dit quoi que ce soit. Ça me rend complètement maboul. Croyez-moi. Tout le monde se conduit comme s'il s'agissait finalement d'un terrible secret. Personne ne dit rien. On me traite comme un petit con.

— Ce n'est pas un secret, c'est simplement quelque chose de douloureux, qui est resté à vif chez Eleanor. D'accord ? » Elle se rapprocha de moi. « Gene était un jeune acteur antillais. Remarquable par sa sensibilité et son talent. Svelte, gentil, sensuel, il avait un magnifique visage. Il connaissait bien la poésie et la récitait merveilleusement, lorsqu'on le lui demandait. La musique africaine était sa spécialité. Il a travaillé il y a fort longtemps avec Matthew pour un spectacle. De l'avis de Matthew, c'était le meilleur mime qu'il ait jamais rencontré. Pourtant, ce garçon n'a jamais obtenu les rôles qu'il méritait. Il vidait les bassins dans les émissions sur nos hôpitaux. Il jouait les criminels et les chauffeurs de taxi. Il ne parvint pas à obtenir un rôle dans une pièce de Tchekhov, d'Ibsen ou de Shakespeare, et pourtant, il le méritait. Il était bien meilleur que beaucoup d'autres. Aussi était-il furieux contre un tas de choses. Il se faisait sans arrêt ramasser par les flics qui le tabassaient. Les taxis passaient à côté de lui sans s'arrêter. On lui disait dans des restaurants presque vides qu'il n'y avait pas de table libre. Il vivait dans le monde pourri de cette bonne vieille Angleterre. Le jour où il fut refusé par une grande compagnie théâtrale, il ne put le supporter. Il flancha. Il prit une overdose. Eleanor travaillait. Quand elle rentra chez elle, elle le trouva mort. Elle était toute jeune à l'époque.

— Je vois.

— C'est tout ce qu'il y a à dire sur ce sujet. »

Marlene et moi restâmes assis là un bon moment en silence. Je pensais à Gene et par quoi il était passé, ce qu'on lui avait fait subir, ce qu'il avait accepté qu'on lui fasse. Je me rendais compte aussi que Marlene me dévisageait.

« Et si on se faisait un petit baiser ? » dit-elle enfin, en passant légèrement sa main sur mon visage.

Je me sentis pris de panique. « Quoi ?

— Juste un petit baiser pour commencer, pour voir comment ça marche entre nous. T'ai-je choqué ?

— Oui. J'ai cru entendre bébé au lieu de baiser.

— On verra plus tard, mais pour l'instant... »

Elle approcha son visage du mien. Il y avait des rides autour de ses yeux ; elle était la plus vieille personne que j'aie jamais embrassée. Après que nous nous fûmes séparés, et tandis que j'avalais un peu de champagne, elle leva les bras brusquement, dans un geste dramatique, comme quelqu'un qui vient de gagner une compétition sur un stade, et se débarrassa de sa robe. Son corps était mince et bronzé. Lorsque je le touchai, je fus surpris de le trouver aussi chaud comme si on l'avait légèrement passé au four. Ça m'excita et mon excitation s'accompagna d'un peu de véritable affection. Mais tout au fond de moi, j'étais terrifié, mais évidemment j'aime avoir peur.

La drogue me rendait somnolent et amortissait mes réactions et mes sensations. Je ne sais pas pourquoi cette dope me ramena en banlieue, dans la maison d'Eva à Beckenham, le soir où je portais des pantalons pattes d'éléphant en velours froissé. Pa ne connaissait pas le chemin. Et ce soir-là, je l'avais entraîné au *Three Tuns* où Kevin Ayers figurait au programme. Mes petits copains étaient debout au bar, après avoir passé des heures dans leurs piaules à se préparer pour cette soirée. Leur moment le plus merveilleux serait, bien entendu, lorsque la paire d'yeux d'un connaisseur se poserait sur leurs fringues. Ensuite, il y avait eu Charlie assis en haut de l'escalier, merveilleusement habillé, qui nous regardait. Puis des cadres de la publicité s'étaient mis à méditer. C'était alors que je m'étais glissé vers la pelouse pour découvrir mon père assis sur un banc de jardin, avec Eva sur ses genoux, ses cheveux se soulevant à l'horizontale. Aussi étais-je allé chercher un peu de réconfort auprès de Charlie, et voilà que maintenant son disque passait au premier étage, voilà qu'il était célèbre, admiré, que j'étais un acteur qui jouait à Londres, qui connaissait des gens à la mode, qui était invité dans de superbes maisons comme celle-ci, et que ses hôtes non seulement l'acceptaient, mais n'invitaient personne d'autre, brûlaient même d'envie de faire l'amour avec lui. Je songeais aussi à ma mère, tremblant de douleur, ne supportant pas de voir ses sentiments trahis, à la fin de notre vie familiale et à tout ce qui avait commencé cette nuit-là. Et Gene était mort. Il connaissait plein de poèmes par cœur, vivait dans un état de colère permanent et n'avait jamais réussi à décrocher un vrai rôle. J'aurais aimé le rencontrer, voir son visage. Comment pourrais-je jamais prendre sa place auprès d'Eleanor ?

Lorsque je me redressai, il me fallut chercher durant un instant un point de repère pour savoir où j'étais. J'avais l'impression que les lumières de mon esprit s'étaient éteintes. Pourtant, j'apercevais un couple, à l'autre bout de la pièce, éclairé uniquement par une lumière venant du couloir. Près de la porte, une jeune Irlandaise se tenait là, debout, comme si on l'avait invitée à regarder ce couple étrange s'embrasser et se caresser. L'homme poussait la femme sur le sofa. Pour je ne savais trop quelle raison, elle avait enlevé son tailleur noir et sa chemise rouge, alors que ces vêtements lui allaient si bien.

Marlene et moi glissâmes sur le sol. Je l'avais déjà pénétrée et avais remarqué des choses bizarres. Elle avait, par exemple, des muscles puissants à l'intérieur de sa chatte dont elle se servait pour retenir le bout de ma bite avec autant de dextérité que mes propres doigts. Lorsqu'elle voulait que j'arrête de remuer à l'intérieur d'elle, elle tendait simplement les muscles de sa chatte et j'étais ancré là, on aurait dit pour le reste de ma vie.

Plus tard, quand je levai les yeux, je vis que l'autre couple s'était séparé et que Pyke, toujours bandant, s'avançait vers moi, comme un camion transportant une grue.

« Pas mal, hein, l'entendis-je dire.

— Oui, c'est... »

Mais avant que je puisse achever ma phrase, le metteur en scène d'avant-garde le plus intéressant d'Angleterre fourrait sa bite entre mes lèvres entrouvertes. Je n'ignorais pas l'honneur que c'était pour moi, mais je ne le trouvais pas particulièrement à mon goût, ça me semblait un peu fort. Il aurait pu m'en demander poliment l'autorisation. Aussi, je donnai à sa queue un petit coup de dent digne de la banlieue du sud de Londres — pas réellement méchant, pas suffisamment agressif pour qu'il me reprenne mon rôle, mais assez fort cependant pour le faire tressaillir. Lorsque je levai les yeux pour voir sa réaction, je me rendis compte qu'il bredouillait une sorte d'approbation. De toute façon, et heureusement, Pyke s'écarta de mon visage. Quelque chose de plus important arrivait. Son attention se déplaça ailleurs.

Eleanor s'avançait vers lui, elle venait d'un pas rapide et passionné, comme si notre metteur en scène avait une valeur infinie pour elle en cet instant, comme si elle avait appris qu'il avait un message d'une importance extrême à lui communiquer. Elle prit sa tête dans ses mains, telle une porcelaine précieuse et elle l'embrassa, attirant vers elle ses lèvres légèrement gercées, comme elle l'avait fait pour moi le matin où nous mangions notre pamplemousse dans la salle de séjour de son appartement. La main de Pyke était maintenant entre les jambes de mon amie, ses doigts enfoncés en elle jusqu'aux phalanges. Comme il la masturbait, elle lui susurrait des choses sur un mode incantatoire. Je m'efforçais de saisir chaque parole et j'entendis avec douleur Eleanor lui avouer combien elle avait eu envie de baiser avec lui, comme elle n'avait cessé de le désirer depuis qu'elle l'avait admiré pour la première fois et remarqué dans le foyer du théâtre — c'était à l'ICA, était-ce bien là ? ou était-ce au Royal Court, à l'Open Space, à l'Almost Free, ou au Bush ? — mais, de toute façon, elle le désirait frénétiquement, bien qu'elle fût trop intimidée par sa renommée, par son talent, par sa position sociale pour oser l'approcher. Mais heureusement, elle avait fini par le connaître précisément de la manière dont elle avait rêvé depuis toujours.

Marlene fut foudroyée par cette déclaration. Elle tourna autour d'eux, pour les observer de plus près. « Oh oui, oui, disait-elle, c'est tellement beau, tellement beau que je n'arrive pas à y croire.

— Tais-toi, coupa brusquement Pyke.

— Mais je n'arrive pas à y croire, poursuivit Marlene. Y arrives-tu, Karim ?

— Incroyable », dis-je.

Ces réflexions réveillèrent Eleanor. Elle me regarda d'un air rêveur, puis posa de nouveau ses yeux sur Pyke. Elle retira les doigts de Pyke de sa chatte et les mit dans ma bouche.

« Ne gardez pas tout le plaisir pour moi », dit-elle à Pyke d'une voix implorante. « Pourquoi ne vous touchez-vous pas l'un l'autre ? »

Marlene approuva vigoureusement de la tête cette suggestion pleine de promesse.

« Oui, oui », dit Eleanor. Mais c'était difficile pour moi de parler avec les doigts de Pyke enfoncés dans la bouche.

« Mais oui, mais oui, dit Marlene.

— Du calme, lui dit Pyke.

— Je suis extrêmement calme, répliqua Marlene qui était également ivre.

— Bon Dieu, dit Pyke à Eleanor. Sacrée Marlene. »

Marlene se laissa tomber sur le divan, toute nue, les jambes ouvertes.

« Il y a un tas de choses que nous pouvons faire ce soir ! s'exclama-t-elle. Des heures et des heures de plaisir sans réserve nous attendent. Nous pouvons faire tout ce dont nous avons envie. On a à peine commencé. Reprenons un petit quelque chose, puis on se mettra à l'œuvre, sérieusement. Ecoute, Karim, j'ai envie que tu me fourres un peu de glace dans la chatte. Est-ce que ça t'ennuierait d'aller jusqu'au frigo ? »

CHAPITRE XIV

J'étais dans mon état habituel : je n'avais pas d'argent. Les choses étaient si désespérées qu'il n'y avait rien d'autre à faire que de travailler. Nous étions au milieu des quelques semaines d'interruption durant lesquelles Louise devait s'isoler pour essayer de bâtir une pièce cohérente, en utilisant les personnages et les situations que nous avions inventés. La réalisation d'un spectacle avec Pyke prenait des mois et des mois. Nous avions commencé au début de l'été et c'était maintenant l'automne. Pyke, quant à lui, était parti à Boston pour donner des cours. « Nous travaillerons là-dessus aussi longtemps qu'il le faudra, avait-il dit. Pour moi, c'est le travail et non le résultat qui compte. » Durant ce temps mort, au lieu de partir en vacances, comme Carol, Tracey et Richard, je repris mon boulot de bricoleur à tout faire — c'est ainsi que m'appelait Eva — pour transformer son appartement. A contrecœur, je m'attaquai aux gravats. C'était un travail dur et sale, aussi fus-je surpris quand un soir Eleanor brusquement m'annonça qu'elle aimerait venir travailler avec moi. « Je t'en prie, dit-elle. Je dois sortir d'ici. Lorsque je suis là, je commence à penser. »

301

Ne voulant pas qu'Eleanor se mette à penser, et ayant fort envie de la regagner après cette soirée passée avec Pyke (dont nous n'avons jamais parlé), j'allai trouver Eva pour lui dire qu'il lui fallait engager Eleanor. « Bien entendu, elle devra être payée comme moi. Nous sommes en coopérative », dis-je.

A cette époque, Eva avait acquis du mordant, dans tous les sens du terme. Elle avait commencé à s'organiser aussi bien que n'importe quel P-DG. Elle marchait plus vite, était plus mince, plus aiguë. Elle faisait maintenant des listes à propos de tout. Aucune vapeur mystique n'embrumait des choses telles que par exemple la remise en état de l'appartement. Instinct, sensualité, élégance ne signifient pas absence de sens pratique. Eva disait les choses carrément, en toute honnêteté. Cette attitude effrayait les gens, en particulier les plombiers qui n'étaient guère habitués à ces sortes de manières. Personne avant elle ne leur avait jamais dit : « Maintenant, expliquez-moi précisément pourquoi vous avez saboté à ce point un travail aussi facile ? Avez-vous envie d'être toujours un sous-fifre ? Est-ce que votre travail est toujours totalement merdique ? » Elle avait aussi pris un certain cachet rien qu'en étant la mère de Charlie. Les journaux l'avaient interviewée à deux reprises pour leur supplément du dimanche.

Maintenant, elle me considérait avec dédain. « Je ne peux me permettre d'engager Eleanor. De toute façon, tu m'as dit qu'elle était folle.

— Toi aussi.

— Les acteurs, vois-tu, Karim, sont agréables en société. Ils savent prendre des voix bizarres et imiter les gens. Mais ils n'ont pas de personnalité.

— Je suis acteur, Eva.

— Ah oui, j'avais oublié. Eh bien, si tu l'es, je ne pense pas à toi en tant que tel.

— Mais qu'est-ce que tu racontes ?

— Ne prends pas cet air constipé, mon chéri. Je veux

simplement dire qu'il n'est pas nécessaire que tu te jettes à la tête de la première femme qui ouvre les jambes pour toi.

— Eva ! »

Depuis *le Livre de la jungle*, j'avais appris à renvoyer la balle, quoiqu'il me fût pénible de m'attaquer à Eva. Je ne tenais pas à me mettre mal avec ma nouvelle maman. Pourtant je dis : « Eva, je ne travaillerai pas pour toi à moins qu'Eleanor ne soit également de la partie.

— D'accord, c'est une affaire réglée puisque tu insistes. Le même salaire pour tous les deux. Bien entendu, le tien est dorénavant réduit de vingt-cinq pour cent. »

Ainsi, Eleanor et moi fîmes tout le sale boulot dans ce grand espace rempli de poussière blanche. On mit les murs à nu, on entassa les décombres du passé dans une benne à l'extérieur. Eva, à ce moment-là, était elle aussi très occupée. On lui avait demandé de refaire l'appartement d'un réalisateur de télévision qui était pour l'instant en Amérique. C'était la première commande importante de Ted et d'Eva. Aussi tandis qu'Eleanor et moi travaillions dans sa maison, elle et Ted s'occupaient de cet autre appartement dans Maida Vale dont elle devait redessiner les plans. Pa et Eva dormaient là-bas, et moi aussi d'ailleurs, de temps à autre.

Tout en travaillant, Eleanor et moi écoutions les musiques récentes, Clash, Generation X, les Condemned, les Adverts, les Pretenders et les Only Ones. Nous buvions du vin, mangions des saucisses recouvertes d'oignons et de moutarde. A la fin de la journée, nous prenions l'autobus 28 pour Notting Hill. Nous nous asseyions toujours à l'avant de l'impériale, pour nous plonger dans l'intense circulation de Kensington High Street. Je reluquais les jambes des secrétaires, en bas, et Eleanor cherchait dans l'*Evening News* la pièce que nous irions voir le soir.

Arrivés chez elle, on se douchait, on mettait de l'eau sucrée dans nos cheveux, afin de ressembler à des porcs-épics, avant de nous habiller en noir. Parfois, je me faisais les yeux et mettais du vernis à ongles. Et nous voilà partis pour le Bush, une petite salle au-dessus d'un pub, dans Shepherd's Bush, un théâtre si petit que les gens du premier rang pouvaient mettre leurs pieds sur la scène. Le célèbre Royal Court Theatre de Sloane Square avait des sièges en peluche et les pièces qu'on y représentait vous faisaient virevolter l'esprit, Caryl Churchill et Sam Shepard. Ou encore nous allions dans l'entrepôt de la Royal Shakespeare Company, dans l'obscur, délaissé Covent Garden, pour nous asseoir parmi les étudiants, les Américains et les intellos du nord de Londres. Alors que nos fesses souffraient sur les sièges de métal et de plastique, on pouvait voir, sur les planches grisâtres, un décor minimal fait de quatre chaises et d'une table de cuisine, installées au milieu d'une plaine de bouteilles cassées et de trous de bombes, un monde en ébullition, d'où s'élevaient les vapeurs étouffantes de la neige carbonique devant un public éberlué. Bref, c'était Londres. Les acteurs portaient des vêtements qui ressemblaient aux nôtres, en plus coûteux. Les pièces duraient trois heures. Il y régnait un climat chaotique, anarchique, provocateur. Les écrivains prenaient pour acquis, sans ciller, que l'Angleterre, avec sa classe ouvrière composée de salopes, de minables au nez rouge, d'abrutis gavés de flippers, de pornographie et de fast-food, se délitait dans une lutte de classe finale. C'étaient les imaginations nourries de science-fiction d'étudiants d'Oxford qui n'avaient jamais quitté leurs familles. La bourgeoisie aimait ça.

Eleanor en sortait excitée et volubile. C'était la sorte de théâtre qu'elle adorait. C'était dans ce sens qu'elle voulait travailler. Elle connaissait généralement quelques personnes dans le public et quelquefois dans la pièce. Je lui demandais toujours de me dire avec combien d'entre eux elle avait couché. Quel qu'en fût le nombre, quel que fût le spectacle, assis à côté d'elle, dans l'obscurité complice et chaude, je me mettais inévitablement à bander. A l'entracte, elle enlevait ses collants, afin que je puisse la toucher là où elle aimait que je le fasse.

C'étaient des jours heureux : retrouver Eleanor au réveil, chaude comme une tarte sortant du four. Parfois, une petite flaque de sueur s'était formée entre ses seins, source alimentée apparemment par son corps tout entier tandis qu'elle dormait. Je me souvenais de mon père disant, à moitié ivre, au maire, lors d'une des fêtes de tante Jean, tandis que Mam avalait nerveusement un gâteau à peu près de la taille d'un chapeau de vieille demoiselle : « Nous, les petits Indiens, nous aimons les femmes blanches rondelettes avec des cuisses bien charnues. » Peut-être étais-je en train de vivre un de ses rêves, tandis que j'embrassais la chair d'Eleanor, que je passais légèrement les paumes de mes mains sur son corps. Je la léchais pour la réveiller et introduisais ma langue dans sa chatte tandis qu'elle ouvrait les yeux. A moitié endormis, nous faisions l'amour. Pourtant des images agaçantes se présentaient parfois à mon esprit. Nous étions là, certes, un couple passionné et tendre, mais pour parvenir à la jouissance, je me surprenais à me demander quelle sorte d'êtres étaient les hommes qui imaginaient des scènes de viols, de massacres, de tortures, d'éventrements à de tels moments. J'étais tourmenté par les diables. Je sentais à tout moment que de terribles choses allaient arriver.

Lorsque Eleanor et moi eûmes fini de mettre à nu l'appartement et avant que Ted et Eva puissent commencer à y travailler, je passai quelque temps avec Jeeta et Jamila. J'avais surtout envie de travailler au magasin le soir, pour gagner un peu d'argent. Je ne tenais certes pas à me voir mêlé à un processus de décomposition. Mais les choses avaient beaucoup changé.

A présent l'oncle Anwar ne dormait plus du tout. La nuit, il s'asseyait sur le bord de son fauteuil, pour fumer et boire des breuvages fort peu islamiques, et pour broyer du noir. Il rêvait d'autres pays, de maisons isolées, de femmes-mères, de plages. Anwar ne travaillait plus au magasin, pas même pour faire des tâches agréables, telle celle de surprendre les voleurs à l'étalage et les pick-pockets. Jamila le trouvait souvent ivre, par terre, dégageant l'odeur rance du malheur, lorsqu'elle passait voir sa mère, le matin, avant de se rendre à son travail. La grève de la faim d'Anwar n'avait certes pas déclenché l'amour de sa famille à son égard. Maintenant plus personne ne s'occupait de lui, plus personne ne lui demandait des nouvelles de son cœur brisé. « Qu'on m'enterre dans la fosse commune, disait-il. Je suis fichu, Karim, mon garçon. » « C'est bien vrai, mon oncle », répondais-je. En revanche la princesse Jeeta devenait de plus en plus forte, de plus en plus déterminée, au fur et à mesure qu'Anwar déclinait. Apparemment, un nez d'acier lui était poussé, une sorte de crochet, avec lequel elle pouvait facilement soulever les lourdes boîtes de corned-beef. Elle laissait son mari ivre par terre, maintenant, s'essuyant même peut-être les pieds sur lui, lorsqu'elle passait, pour aller soulever les volets de fer de son domaine de légumes. C'était Jamila qui relevait Anwar pour le faire rasseoir dans son fauteuil. Néanmoins, le père et la fille ne se parlaient jamais. Ils se regardaient en silence, les yeux chargés d'amour furieux et atterré.

Je commençais à découvrir que le malheur d'Anwar n'était pas seulement dû à lui-même. On menait campagne contre lui. Depuis sa tentative de se laisser mourir de faim, la princesse Jeeta parvenait, à sa manière, à l'affamer sans rémission, avec subtilité, mois après mois. C'étaient des privations intangibles, mais très précises. Par exemple, elle lui parlait, mais seulement par moments, en faisant bien attention de ne pas rire. Ce sérieux imperturbable engendrait une malnutrition particulière. Quelqu'un avec qui l'on ne plaisante jamais se voit très rapidement privé de toute joie de vivre. Jeeta continuait à lui faire la cuisine, comme auparavant, mais elle ne lui donnait que des aliments insipides, les mêmes tous les jours et souvent en retard. Elle les apportait quand il était endormi ou en train de réciter sa prière. Cette nourriture était spécialement mijotée pour déclencher une forte constipation. Les jours passaient sans aucun espoir de soulagement. « Je suis plein de merde, me disait-il, j'ai l'impression d'être un bloc de ciment, la merde me bouche les oreilles, mon garçon. Elle me bouche le nez, elle transpire par les pores de ma foutue peau. »

Quand il parlait à Jeeta de ce problème, elle ne répondait pas. Pourtant, ce jour-là, le menu changeait. Son ventre était alors soulagé, oh combien. Puis, pendant des semaines, les selles d'Anwar ne touchaient pas les parois des toilettes, elles auraient en fait pu passer par le chas d'une aiguille. La princesse Jeeta continuait à demander à Anwar les conseils du maître, mais uniquement pour les choses sans importance, par exemple s'il fallait ou non stocker de la crème aigre. (Anwar disait que non, étant donné que leur crème était de toute façon généralement aigre.) Un jour, trois hommes, que Jeeta avait engagés, arrivèrent pour supprimer le compartiment central d'étagères, afin de donner plus d'espace à « La Vitrine du Paradis ». Ces hommes installèrent ensuite trois congélateurs dans lesquels il était possible de garder une quantité importante d'aliments surgelés et congelés, y compris de la crème aigre. Jeeta ne dit rien à Anwar à propos de cette innovation avant que tout soit fini. En descendant au magasin ainsi transformé, mon oncle dut penser, durant un instant, qu'il était devenu fou.

Et au moins une fois par semaine, la princesse Jeeta faisait des remarques désobligeantes sur Changez, disant, alors qu'elle soulevait un carton : « Un bon gendre s'occuperait de ça au lieu d'obliger une vieille femme à le faire. » Ou alors elle montrait des bébés et des enfants à Anwar, les embrassait, donnait à leurs mères des provisions sans réclamer d'argent. Elle, voyez-vous, n'aurait jamais de petits-enfants, à cause du choix magnifique qu'avait fait le frère si malin d'Anwar, à Bombay, en leur envoyant Changez pour gendre. Pour rendre les choses encore pires, de temps en temps, durant disons une matinée, elle se montrait gentille, aimante, attentive avec Anwar. Puis au moment où le visage de son mari retrouvait le sourire, elle coupait net toute communication pendant une semaine, de sorte que le pauvre homme ne savait plus où il se trouvait ni ce qui lui arrivait.

Un jour, alors qu'il revenait de la mosquée, Anwar aperçut à travers le blizzard de sa douleur quelqu'un qu'il reconnut vaguement, étant donné qu'il ne l'avait pas vu depuis bien longtemps (et d'ailleurs cette personne était devenue extrêmement grosse). Pourtant, mentalement, il lapidait ce personnage chaque jour. Il parlait de lui devant moi en utilisant les termes de « foutu infirme chauve et incapable ». C'était Changez qui faisait des courses avec Shinko, un de ses passe-temps favoris. Ils s'étaient rendus à la bibliothèque de prêt, puis à la plus grande sex-shop de Catford, le Salon de l'Amour. Changez portait dans son bras intact un sac de papier kraft dans lequel se trouvaient les instruments nouvellement acquis destinés à combler ses désirs : des culottes de femme rouges, fendues, des bas, des porte-jarretelles, des revues appelées *Ouvertures pour Hommes* et *Citizen Cane* et en premier lieu, bien sûr, un grand pénis noueux, rose, qu'il espérait bien, contre quelque argent, introduire dans la porte de jade de Shinko, tandis qu'elle crierait : « Baisemoibaisemoibaisemoi-mon-grosmongroslapin ! »

En cette journée inoubliable, Shinko portait un ananas et un pamplemousse qu'elle avait l'intention de préparer pour le thé, s'ils n'avaient pas, un moment plus tard, roulé sur le trottoir pour pourrir, oubliés dans le caniveau. Comme ils traînassaient dans la bruine anglaise, Changez et Shinko parlaient à la fois lentement et avec abondance de leurs pays respectifs, l'Inde et le Japon, qui leur manquaient effroyablement. Pas assez pourtant pour prendre l'avion et retourner là-bas. Changez, si je ne me trompe sur son compte, s'en prenait sûrement à tous les Pakistanais, à tous les Indiens qu'il voyait dans la rue.

« Regarde-moi ce sous-prolétaire », disait-il à voix haute, en s'arrêtant et désignant du doigt un de ses compatriotes — peut-être un serveur pressé de se rendre à son travail ou un vieillard traînant le pas pour atteindre le milieu de la journée, ou encore un groupe de Sikhs se précipitant chez leur comptable. « Oui, bien sûr, ils ont des âmes. Mais si le racisme existe, c'est parce qu'ils sont si sales, si rustauds, si grossiers. Aux yeux d'un Anglais, ils portent des vêtements étranges, des turbans et tout ça. S'ils veulent être acceptés, ils doivent se conduire comme les Anglais et oublier leurs villages crasseux. Il faut qu'ils se décident à être ici ou là-bas. Regarde comme je me suis adapté, moi ! Et pourquoi ce connard ne regarde-t-il pas cet Anglais dans les yeux ! Rien d'étonnant si l'Anglais lui fout une raclée ! »

Brusquement un cri se répercuta à travers Lewisham, Catford et Bromley. Changez, au milieu de sa diatribe, et tenant dans ses bras un sac de beignets ouvert, se retourna aussi rapidement qu'il put, ce qui n'était pas très vite de toute façon. Ça ressemblait plutôt à un camion pris dans un cul-de-sac. Pourtant, lorsqu'il eut achevé sa manœuvre d'est en ouest, il s'aperçut que son beau-père, l'homme qui l'avait fait venir en Angleterre, conduit vers Shinko, vers Karim, installé sur un lit de camp entouré de Harold Robbins, se précipitait vers lui en traînant les pieds, le bâton levé, lançant des jurons, montrant les dents, comme un chien enragé attaché à sa niche. Changez comprit immédiatement que ces canines étaient autre chose qu'une menace, qu'une simple mise en garde. En réalité, le beau-père déçu se préparait à lui assener un grand coup sur la tête, avant de le battre, jusqu'à ce que, peut-être, mort s'ensuive. Shinko remarqua — c'était pour le moins surprenant — que Changez restait parfaitement calme. (Ce fut à ce moment d'ailleurs que naquit l'amour qu'elle allait avoir pour lui.)

Alors qu'Anwar abattait sa canne, Changez fit non sans peine un écart, juste à temps toutefois. Puis sortant le godemiché noueux de son sac en papier, et poussant un cri de guerrier musulman — au moins c'est ce que Shinko affirma, mais que pouvait-elle en savoir ? — il frappa mon oncle adroitement sur la tête. Celui-ci, qui était venu des Indes pour habiter chez un dentiste d'Old Kent Road, pour palabrer et pour jouer, pour faire fortune avant de retourner chez lui, se construire une maison comme celle de mon grand-père à Juhu Beach, ne pouvait certes pas imaginer, à cette époque lointaine, qu'à la fin de sa vie il serait mis hors de combat par une prothèse sexuelle. Aucune diseuse de bonne aventure n'aurait pu prévoir quelque chose comme ça. Kipling a écrit « à chacun sa peur », mais ce n'était vraiment pas cette peur-là qui pouvait venir à l'esprit d'Anwar. Il poussa un gémissement et s'évanouit sur le trottoir.

Shinko courut jusqu'à une cabine téléphonique, dans laquelle trois garçons avaient récemment pissé, pour appeler une ambulance. Un peu plus tard dans la journée, Changez fut interrogé par la police et traité d'immigrant, de Paki, d'ordure, de métèque, de salaud, d'assassin. Le godemiché, objet du délit, était posé sur la table, devant lui, pour lui servir d'aide-mémoire. La première réaction de Changez fut de proclamer son innocence, en affirmant que le godemiché lui avait été fourré dans les bras par la police, étant donné qu'il savait que de telles mystifications arrivaient fréquemment. Mais bien entendu, il était suffisamment malin pour ne pas tenter de faire croire à un tribunal de race blanche que l'agent de police McCrum lui avait fourré dans la poche une grande bite bidon de couleur rose. Changez fut accusé de coups et blessures.

Pendant ce temps, Anwar, un pansement autour de la tête, qui le faisait ressembler à Trotski mourant, se retrouva pour une semaine dans un service de réanimation. Il avait été en fait victime d'une crise cardiaque. Jamila et moi, et parfois aussi la princesse Jeeta, venions à son chevet. Mais sa femme pouvait être très cruelle.

310

« Pourquoi aurais-je envie de voir ce Négro ? » dit-elle un soir, comme nous nous rendions là-bas par le bus.

Je ne sais pas pourquoi, mais Pa refusa catégoriquement d'aller voir Anwar. Peut-être étais-je plus sentimental à propos du passé de Pa qu'il ne l'était lui-même, mais je désirais vivement que les deux hommes se revoient. « Je t'en prie, va à l'hôpital, dis-je.

— Je n'ai pas envie d'avoir le cafard », me répondit Pa sans sourciller.

Il s'était sérieusement fâché avec Anwar. Ils ne se parlaient plus du tout maintenant. Selon Anwar, Pa n'aurait jamais dû quitter Mam. C'était selon lui pure dépravation. On peut avoir une maîtresse si l'on y tient, disait Anwar, mais il faut traiter les deux femmes aussi bien l'une que l'autre, et surtout ne jamais quitter son épouse. Anwar mettait en avant qu'Eva était un être immoral, que Pa avait été séduit par l'Ouest, par ce monde décadent, qu'il n'avait pas plus que le reste de la société de sens moral. Il allait même jusqu'à écouter de la musique pop, n'est-il pas vrai ? « Il finira par manger du porc », disait Anwar. Bien entendu, cela rendait mon père furieux, qui admettait la décadence, la dépravation — il se servait même du mot « immoral » à tout bout de champ — à condition que ça ne s'appliquât pas à lui.

Seule Eva aurait pu décider Pa à aller voir Anwar, mais elle était rarement à la maison. Elle travaillait sans arrêt. Elle et mon père formaient un couple fantastique. Ils se faisaient du bien l'un à l'autre, parce que Pa, avec son ignorance du monde, son insolence habituelle, sa manière de penser « qu'on peut arriver à tout » et parce qu'il n'avait jamais le moindre doute sur rien, qu'il n'était jamais paralysé par aucun savoir, apportait à Eva le soutien et la confiance qu'elle avait toujours réclamés. Mais, bien entendu, plus elle devenait florissante, plus elle s'écartait de lui. Eva était toujours au-dehors, et je savais que Pa pensait à Mam plus que jamais, l'idéalisant probablement. Il ne la voyait pas, mais il commençait à lui parler au téléphone, alors qu'auparavant, c'était moi qui m'occupais de leurs affaires communes.

Anwar mourut, marmonnant des choses sur Bombay, sur la plage, sur les gamins de l'école catholique, en appelant sa mère. Jamila insista pour qu'il soit enterré dans un endroit qu'elle aimait, un petit cimetière herbu où elle allait souvent lire. Les homosexuels y prenaient des bains de soleil ou draguaient. Le corps d'Anwar fut lavé par ses amis, à la plus proche mosquée, et cinq Indiens, en vêtements éclatants et criards portèrent le cercueil au cimetière. Un des cinq hommes était un peu simple d'esprit et avait un bec-de-lièvre. Un autre avait une petite barbe blanche. Ils ouvrirent le couvercle du cercueil et je me préparais à me mettre dans la queue, pour défiler, toujours avide de ne rien manquer, lorsque Pa me retint par le bras, comme si j'étais encore un petit garçon et refusa de me lâcher, alors que je tiraillais sur sa main. « Tu ne l'oublierais jamais, dit-il. Souviens-toi de l'oncle Anwar d'une autre manière.

— De quelle manière ?

— Dans sa boutique, par exemple.

— Vraiment ?

— En train de garnir ses étagères », dit-il l'air sarcastique.

Il y eut une petite dispute lorsqu'un des Indiens sortit une boussole de sa poche et annonça que le trou n'avait pas été creusé en direction de La Mecque. Les cinq Indiens bougèrent légèrement le cercueil et bredouillèrent des versets du Coran. Tout cela me rappelait le jour où j'avais été mis à la porte d'un cours, à l'école, pour avoir demandé quelle sorte de vêtements portaient les gens au ciel. Je croyais alors que j'étais une des premières personnes de l'histoire à trouver que la religion était puérile et irrationnelle.

Mais je sentais maintenant, en regardant ces bizarres créatures — les Indiens —, que, d'une certaine manière, ces gens étaient, en quelque sorte, comme moi. Pourtant, curieusement, j'avais passé ma vie à nier ou à écarter ce fait évident. Je me sentais honteux et frustré en même temps, comme si une moitié de moi-même m'avait été ôtée, comme si j'avais été le complice de mes ennemis, ces Blancs qui voulaient que les Indiens leur ressemblent. J'en rendais en partie mon père responsable. Après tout, comme Anwar, pour la plus grande partie de sa vie, il n'avait jamais montré le moindre désir de retourner en Inde. Il ne dissimulait certes pas sa pensée sur ce point : il préférait l'Angleterre absolument sur tout. Les choses marchaient ; il ne faisait pas trop chaud ; on ne voyait pas dans la rue de scènes horribles auxquelles on ne pouvait rien. Il n'était pas fier de son passé, mais il n'en avait pas honte non plus ; celui-ci existait, un point, c'est tout. Et il n'y avait aucun intérêt à le sacraliser, comme certains libéraux gauchistes d'Asie aimaient à le faire. Donc, si je voulais les avantages d'une personnalité avec un passé indien, il me faudrait le créer moi-même.

Lorsqu'on descendit le cercueil dans le trou, et à ce moment il semblait qu'il n'y eût rien de plus cruel que la vie elle-même, Jamila pencha de côté comme si l'une de ses jambes ne la soutenait plus. Elle se sentait mal, sur le point de s'évanouir sur le cercueil qui s'enfonçait. Changez, qui n'avait pas quitté sa femme des yeux de la journée, se précipita immédiatement à côté d'elle. Ses pieds s'enfoncèrent profondément dans la boue, mais ses bras entouraient enfin son épouse, leurs corps se pressaient l'un contre l'autre. Il avait sur le visage un air extatique et au-dessous de la ceinture, je ne pus m'empêcher de le remarquer, son sexe était en érection. Assez mal venu au cours de funérailles, pensai-je, particulièrement lorsqu'on est le meurtrier du défunt.

Ce soir-là, quand Jamila eut aidé sa mère à se coucher — Jeeta voulait se mettre au travail immédiatement, afin de réorganiser « la Vitrine du Paradis » — je fis une incursion dans le magasin au rez-de-chaussée pour y barboter des bières, de la Newcastle Ale. Nous étions devenus friands tous les trois de ces lourdes bouteilles. L'endroit contenait encore naturellement les affaires d'Anwar, comme s'il était en voyage et qu'il allait bientôt revenir. Ces affaires avaient quelque chose de pathétique : des pantoufles, des cigarettes, des gilets tachés et plusieurs peintures de couchers de soleil qu'Anwar pensait être des chefs-d'œuvre et qu'il m'avait légués.

Nous étions fatigués, mais n'avions nulle envie d'aller dormir. D'ailleurs, Jamila et moi devions nous occuper de Changez qui n'arrêtait pas de pleurer. Nous l'appelions entre nous le Tueur au Godemiché. En apparence, le Tueur au Godemiché était le plus atteint des trois — étant le moins anglais, je suppose — même si la victime, Anwar, l'avait tellement haï et était morte en voulant réduire en bouillie le cerveau de ce garçon. En voyant le visage du mari de Jamila se tordre, se crisper convulsivement, je compris qu'en réalité c'était Jamila qui le bouleversait. En fait, il était ravi d'être débarrassé du vieil homme. Changez était terrifié à la pensée que Jamila puisse lui en vouloir d'avoir assommé son père d'un coup sur la tête et donc l'aimer encore moins qu'elle ne le faisait déjà.

Jamila était plus silencieuse que d'habitude, ce qui me rendait nerveux parce qu'il me fallait faire les frais de la conversation. Elle avait un air digne, retenu, avec quelque chose de vulnérable qui pourtant ne l'amenait pas à fondre en larmes. Son père était mort au mauvais moment, alors qu'il y avait tant de choses à mettre au clair, à régler. Ils n'avaient même pas commencé à vivre en adultes ensemble. Il y avait eu ce petit morceau de paradis, cette petite fille qu'il portait sur ses épaules dans la boutique, qui, brusquement, un jour, avait disparu pour être remplacée par une étrangère, une femme difficile, à qui il ne savait comment parler. Parce qu'il était si mal à l'aise, si faible, si plein d'amour, il choisit la rigueur, l'écartant ainsi davantage de lui. Au cours de ses dernières années, il ne cessa de se demander où sa fille était passée, se rendant compte peu à peu qu'elle ne reviendrait jamais, et que le mari qu'il lui avait choisi était un imbécile.

Vêtue de nouveau d'un sweat-shirt à l'envers et d'un jean, couchée sur le sofa au tissu rêche et orange, Jamila porta une bouteille de bière à ses lèvres. Changez et moi en partagions une autre. Quel beau musulman il faisait, à boire ainsi le jour d'un enterrement ! C'était seulement en compagnie de ces deux-là que je me sentais appartenir à une famille. Tous les trois, nous étions liés par des liens si forts qu'ils résisteraient à nos personnalités mêmes, plus forts aussi que la sympathie ou l'antipathie que nous pouvions avoir les uns pour les autres.

Jamila se mit à parler lentement, en pesant ses mots. Je me demandais si elle n'avait pas pris du Valium. « Tout ce qui est arrivé m'a fait réfléchir aux choses que je désire. Depuis quelque temps je suis fatiguée de la manière dont se déroule ma vie. Je ne sais pourquoi je me suis vue coincée dans une attitude conservatrice qui ne me convient nullement. Je vais donc quitter l'appartement. On le rendra au propriétaire, à moins que toi — elle jeta un coup d'œil au Tueur au Godemiché — tu ne veuilles payer le loyer. J'ai envie de vivre ailleurs. »

Notre Tueur paraissait terrifié. On le laissait tomber. Il avait l'air d'un fou encadré de deux amis. Son visage était consterné. C'était donc ainsi que les choses arrivaient. Quelques mots échangés et rien ne serait plus jamais pareil. Un jour, on vivait comme un coq en pâte sur son lit de camp et le lendemain, on se retrouvait dans la merde jusqu'au cou. Elle était terriblement directe, Jamila, et cette façon de se conduire n'était pas celle que je préférais chez elle, surtout pour moi. Changez non plus ne s'y était pas encore habitué.

« Ailleurs, où ça ? parvint-il à dire.

— J'ai envie de vivre d'une autre manière. Je me suis sentie isolée.

— Je suis là chaque jour.

— Changez, je veux vivre en communauté, avec un tas

de gens — des amis — dans une grande maison qu'ils ont achetée à Beckenham. »

Elle posa sa main sur celle de mon ami, tandis qu'elle lui apprenait la nouvelle. C'était la première fois que je la voyais toucher volontairement son mari.

« Jammie, que va-t-il se passer pour Changez ? demandai-je.

— Qu'aimerais-tu faire ? lui demanda-t-elle.

— Aller avec toi. Rester ensemble, hein ? Mari et femme pour toujours, en dépit de nos caractères difficiles, non ?

— Non, dit-elle en secouant la tête avec énergie mais avec aussi quelque tristesse. Pas forcément. »

J'intervins. « Changez ne parviendra jamais à survivre seul, Jammie. Et je vais bientôt partir en tournée. Que crois-tu qu'il va lui arriver ? »

Elle nous jeta à tous les deux un regard décidé, mais s'adressa à Changez.

« Mais c'est à toi d'y penser. Pourquoi ne retournerais-tu pas dans ta famille à Bombay ? Vous avez une maison là-bas, m'as-tu dit. Il y a de l'espace, des domestiques, des chauffeurs.

— Mais tu es ma femme.

— Devant la loi, dit-elle doucement.

— Tu seras toujours ma femme. La loi n'est rien, je le comprends parfaitement. Mais dans mon cœur, tu es ma Jamila.

— Bon, si tu veux, Changez, mais tu sais que ça n'a jamais été comme ça.

— Je ne retournerai pas là-bas, dit-il catégoriquement. Jamais. Tu ne m'y obligeras pas.

— Je ne veux pas t'obliger à faire quoi que ce soit. Tu dois agir de ton propre chef. »

Changez était moins idiot que je ne l'avais imaginé. Il avait observé sa Jamila depuis un bon bout de temps. Il savait ce qu'il fallait lui dire. « Tout cela est bien trop européen pour moi », dit-il. Je crus, durant un instant, qu'il allait employer le mot « eurocentrique », mais il décida de le garder sous le coude pour l'instant. « Ici, les sentiments aussi sont capitalistes et personne ne prête la moindre attention à quiconque. N'en est-il pas ainsi ?

— Oui, bien sûr, dut admettre Jamila.

— On laisse tout le monde croupir seul. Personne n'essaiera de soutenir quelqu'un qui s'effondre. Ce système industriel, dans ce pays, est trop dur pour moi. Donc, je m'effondrerai. Parfait, dit-il d'une voix forte. J'essaierai de m'en tirer seul.

— Mais qu'est-ce que tu veux, au fond ? » lui demanda-t-elle.

Il hésita un instant. Il la regarda d'un air implorant.

Elle lança, rapidement, peut-être sans y penser vraiment, la phrase qui lui fut fatale : « Aimerais-tu venir avec moi ? »

Il fit oui de la tête, incapable d'en croire ses oreilles poilues.

« Es-tu sûre que c'est possible ? fis-je.

— Je ne sais pas, dit-elle.

— Bien sûr que c'est possible, affirma-t-il.

— Changez...

— C'est très bien comme ça, dis-je. C'est parfait.

— Mais je n'y ai pas vraiment réfléchi.

— Nous en parlerons à fond au moment voulu, dit-il.

— Mais je ne suis pas sûre, Changez...

— Jamila.

— Nous ne serons jamais mari et femme — tu sais que cela n'arrivera jamais, n'est-ce pas ? dit-elle. Dans cette maison tu devras prendre ta part de la vie commune.

— Je pense que la vie en communauté réussira à ce vieux Changez, dis-je, tandis que le Tueur au Godemiché se remettait à pleurer, de soulagement cette fois. Il fera la vaisselle de tout le monde. C'est un as pour la vaisselle. »

Elle était enchaînée à lui, maintenant. Il n'y avait aucun moyen d'y échapper. Elle dit : « Mais il faudra payer ton écot, Changez. Et je ne vois pas très bien comment tu pourrais t'y prendre. Mon père payait le loyer de notre appartement, mais c'est fini tout ça. Il faudra que tu t'entretiennes toi-même. » Elle avança timidement : « Peut-être te faudra-t-il travailler. »

C'en était trop. Changez me regarda d'un air anxieux.

« Drôlement excitant, hein ? » fis-je.

Nous restâmes là, assis, à débattre du problème. Il irait avec elle, elle n'y couperait pas.

Tandis que je regardais Jamila, je me disais quelle personne fantastique elle était devenue. Certes, elle semblait déprimée aujourd'hui. De toute façon, elle se montrait souvent méprisante avec moi, une vraie petite salope dédaigneuse, néanmoins je ne pouvais m'empêcher de voir qu'il y avait chez elle un mélange puissant de volonté, d'enchantement en face du monde et une énergie farouche tournée vers l'amour. Son féminisme, la conscience qu'elle avait d'elle-même, la lutte qui en découlait, ses projets, ses plans, ses relations — qui devaient prendre cette forme et non celle-ci —, toutes les choses qu'elle avait apprises, toute l'ouverture d'esprit qu'elle avait acquise, semblaient l'illuminer ce soir, tandis qu'elle se préparait — cette femme indienne — à vivre une vie utile, dans l'Angleterre des Blancs.

Comme j'avais un peu de temps libre avant que ne recommencent les répétitions, j'empruntai la camionnette de Ted pour aider Jamila et le Tueur au Godemiché à s'installer dans leur nouvelle maison. Débarquant avec un plein chargement de livres de poche, d'œuvres de Conan Doyle et de diverses prothèses sexuelles, je fus surpris de voir une grande maison particulière, à deux façades, légèrement en retrait de la rue et en partie cachée derrière une énorme haie. Il y avait des toiles goudronnées crevées, des vieilles baignoires, des magazines publicitaires en train de pourrir et des débris de toutes sortes détrempés, partout dans le jardin. La grande maison elle-même était pleine de crevasses, comme une vieille peinture. Un tuyau percé laissait suinter de l'eau le long des murs. Trois skinheads du coin, aussi respectables que des fonctionnaires, même si l'un d'eux avait une toile d'araignée tatouée sur le visage, étaient plantés sur le seuil et ricanaient.

A l'intérieur, l'endroit grouillait des végétariens les plus passionnés, les plus travailleurs que j'aie jamais vus. Sérieux ou fantaisistes — ils avaient des diplômes dans tous les domaines — ils parlaient de Cage et de Schumacher tandis que, vêtus de bleus de travail et de salopettes, ils tiraient dehors une citerne. Changez s'était arrêté près d'une banderole sur laquelle on lisait : « Amérique, où es-tu maintenant ? Ne te préoccupes-tu plus de tes fils, de tes filles ? » Ce vieux Changez ressemblait à un Oliver Hardy entouré d'une flopée de Paul Newman. Il était aussi apeuré qu'un nouveau à l'école. Quand quelqu'un passa à toute vitesse devant lui et lui jeta : « La civilisation a pris un bien mauvais virage », Changez eut soudain l'air de quelqu'un qui aurait préféré être n'importe où ailleurs plutôt que dans cette Utopie. Je ne voyais aucune carte de tarots, cependant quelqu'un dit, sans doute possible, qu'il fallait « faire l'amour avec le jardin ». Abandonnant Changez, je me précipitai chez moi, pour ajouter quelques nouvelles touches à son personnage.

Il y avait fort peu de chose que je chérissais autant que la création de mon Changez/Tariq. Avec une bière et un cahier sur mon bureau, je me concentrais pour la première fois depuis mon enfance sur quelque chose qui m'absorbait totalement. Mes pensées se déchaînaient, l'une poussant l'autre, comme des foulards sortant du chapeau d'un prestidigitateur. Je mettais à jour des idées, des rapports, des connexions que je ne savais pas moi-même exister dans mon cerveau. Je devenais plus vif, plus énergique, au fur et à mesure que je faisais apparaître de nouvelles couleurs et de nouvelles nuances. Je travaillais régulièrement et tenais un journal. Je m'apercevais que la création était un travail par addition — il ne fallait surtout pas se précipiter — qui exigeait de la patience et surtout de l'amour. Je me sentais moi-même plus solide. Mon esprit n'était plus cet écran sur lequel étaient projetées des myriades d'impressions et d'émotions sautillantes. Ce que je faisais était quelque chose qui en valait la peine, quelque chose qui avait un sens, quelque chose qui s'ajoutait aux éléments de ma vie. C'était ça que Pyke m'avait appris : ce que signifiait une vie consacrée à la création. Aussi, en dépit de ce qu'il m'avait fait, je continuais à l'admirer. Je ne lui en voulais pour rien. J'étais préparé à payer le prix, afin d'être en contact avec quelqu'un ayant dans la vie un goût pour les expériences et le romantisme. Il devait poursuivre sa recherche, suivre ses sensations, où qu'elles le mènent, que ce soit dans mon trou du cul ou dans le con de ma petite amie.

Quand je retournai à la communauté quelques semaines plus tard, pour chercher de nouvelles idées pour Changez/Tariq et voir comment mon modèle s'était installé, je trouvai le jardin de devant nettoyé. Il y avait aussi des échafaudages prêts à être dressés autour de la maison. On allait poser un nouveau toit. L'oncle Ted donnait des conseils sur la rénovation. Il était déjà venu plusieurs fois mettre la main à la pâte.

Je prenais plaisir à voir végétariens et « camarades » travailler ensemble. A vrai dire, ils s'appelaient réellement camarades entre eux. J'aimais m'attarder pour boire en leur compagnie, même s'ils étaient principalement amateurs de vin biologique. Lorsqu'il parvenait à les persuader d'en finir avec *Nashville Skyline*, Simon — l'avocat gauchiste aux cheveux courts, sans barbe et qui portait cravate, celui qui, apparemment, dirigeait l'endroit — passait Charlie Mingus et le Mahavishnu Orchestra. Il me citait les morceaux de jazz susceptibles de m'intéresser, parce que, pour être tout à fait franc, la nouvelle musique que j'entendais m'ennuyait mortellement.

Et nous restions assis là, à parler de la manière de construire une société équitable. Je ne disais rien de peur de paraître stupide, mais je savais que nous finirions par l'avoir, cette société. Contrairement à la bande de Terry, ceux-ci ne voulaient pas le pouvoir ; le problème, disait Simon, était de savoir comment renverser non pas les dirigeants actuels, mais l'idée, le principe même de pouvoir.

En revenant chez Eva, ou chez Eleanor, pour passer la nuit, je me disais que j'aurais aimé rester avec Jamila et Changez. Les idées les plus nouvelles me semblaient virevolter dans leur maison. Mais nous étions en pleines répétitions et Louise Lawrence était parvenue déjà à écrire un tiers de la pièce. Les débuts auraient lieu dans quelques semaines. J'avais un tas de choses à faire et j'avais très peur.

CHAPITRE XV

C'était en regardant Pyke, alors qu'il nous faisait répéter dans son survêtement bleu habituel, dont le fond étreignait son cul comme la housse d'un coussin et dessinait les formes de sa petite bite tandis qu'il se déplaçait dans la salle, que je commençai pour la première fois à penser que j'avais été sérieusement possédé. Ce phallus qui m'avait enculé, tandis que Marlene nous encourageait comme si nous étions sur un ring de lutte libre et qu'Eleanor se préparait un verre, m'avait aussi défoncé. Maintenant, je commençais à être sûr que mon enculeur était en train de me baiser d'une autre manière. Je devais examiner ça de plus près.

Je l'observais attentivement. C'était un bon metteur en scène, parce qu'il aimait les gens, même ceux qui avaient un caractère difficile. (Il considérait les caractères difficiles comme des puzzles qu'il fallait résoudre.) Les acteurs l'aimaient parce que Pyke savait que même eux sauraient découvrir la bonne manière d'entrer dans un rôle, à condition qu'il leur en laisse la possibilité. Cette attitude flattait les comédiens qui, comme l'on sait, aiment la flatterie. De plus, Pyke ne se mettait jamais en colère et évitait de vous pousser dans une direction vers laquelle vous ne vouliez pas aller. Ses manipulations étaient plus subtiles et bien plus efficaces. Néanmoins, ce furent des jours pénibles pour moi. Les autres acteurs, en particulier Carol, se mettaient souvent en rogne, parce que j'étais plus lent, plus stupide qu'eux tous. « Karim a vraiment ce qu'il faut pour faire un acteur, disait-elle. Aucune technique, aucune expérience, aucune présence. »

Aussi Pyke dut-il revoir chaque réplique avec moi, en remontant jusqu'à la première scène. Je craignais par-dessus tout que dans la pièce définitive Lawrence et Pyke ne me laissent qu'un petit rôle. Il me faudrait alors traîner dans les coulisses, comme une roue de secours. Mais lorsque Louise apporta le manuscrit, je vis à ma grande surprise que j'avais un rôle du tonnerre. Un rôle que je brûlais d'envie d'interpréter.

Jouer la comédie est une chose vraiment curieuse, disait Pyke. On essaie de convaincre les gens qu'on est quelqu'un d'autre, qu'on n'est pas soi. Mais, pour arriver à ce résultat, lorsqu'on incarne un personnage, qu'on essaie de ne pas être soi, on doit cependant être totalement soi-même. Pour rendre plausible ce non-moi, on doit le dérober à son moi authentique le plus profond. Un faux mouvement, une fausse note, quelque chose de factice et vous apparaissez au public aussi incongru qu'un catholi-que nu dans une mosquée. Plus on est proche de soi-même en jouant, meilleur on est. Voici le paradoxe des para-doxes : pour réussir à être quelqu'un d'autre, on doit être profondément soi-même. C'est quelque chose que j'ai bien retenu, croyez-moi.

Nous fîmes une tournée dans le Nord, en hiver, jouant dans des théâtres d'avant-garde et des centres culturels. Nous descendions dans des hôtels glacés, dont les proprié-taires regardaient leurs pensionnaires à peu de chose près comme des voleurs. Nous dormions dans des chambres non chauffées, dont les toilettes se trouvaient au bout du couloir, des endroits sans téléphone, où l'on refusait de nous servir le petit déjeuner après huit heures du matin. « A voir la manière dont dorment et mangent les Anglais, ça suffirait à vous donner l'envie d'émigrer en Italie », disait chaque matin Eleanor au petit déjeuner. Quant à Carol, elle n'avait qu'un désir, jouer à Londres ; pour elle, le Nord était la Sibérie et ses habitants des bêtes brutes.

Je jouais un immigrant nouvellement arrivé d'une petite ville de l'Inde. J'avais insisté pour qu'on me laissât m'habiller moi-même : je savais pouvoir trouver ce qu'il fallait. Je portais donc des chaussures blanches, à semelle compensée, un pantalon de marin rouge, qui moulait mes fesses comme son papier un bonbon et flottait autour de mes chevilles. Ma chemise à pois avait un col « concorde » que je rabattais sur le revers de ma veste.

Lors de la première représentation, devant un public de jeunes d'une vingtaine d'années, dès que j'entrai en scène, pétant de trac, des rires fusèrent, incertains d'abord, puis francs et massifs lorsqu'on eut compris mon intention. Tandis que j'avançais dans la pièce, des frissons de plaisir me parcouraient, j'étais bien un personnage misérable et comique. Les autres acteurs avaient les répliques lourdes de sens, les tirades d'analyse politique, les attaques au lance-flammes, dirigées contre les rêves pusillanimes du gouvernement travailliste, mais c'était moi qui enthousias- mais le public. On riait à mes plaisanteries sur les espérances sexuelles et les humiliations d'un Indien en Angleterre. Malheureusement, j'avais Carol comme parte- naire dans la plupart de mes scènes. Et celle-ci, après la première représentation, commença à me jeter des regards noirs de l'autre bout de la scène. Après la troisième représentation elle hurla, dans les loges : « Je ne peux pas jouer avec ce type, ce n'est pas un acteur, c'est un guignol ! » et elle se précipita pour aller téléphoner à Pyke.

Matthew était reparti pour Londres l'après-midi même. Il avait fait la route de Manchester à Londres pour coucher avec une avocate célèbre, qui avait défendu des guérilleros et des terroristes. « Voilà une occasion unique, Karim, me

324

dit-il. Vois-tu, j'ai eu la police dans mon lit et maintenant je veux avoir la loi, ce pilier de notre société, je veux l'avoir à côté de moi, sur mon oreiller. » Et il avait filé, nous laissant à notre public et à la pluie.

Peut-être Pyke était-il au lit, en train de parler de la destinée de Bradford Eight ou de Leeds Six quand Carol l'a appelé. Je l'imagine volontiers faisant méticuleusement l'amour à son avocate, il avait bien sûr pensé à tout — au champagne, au haschisch, aux fleurs — pour s'assurer qu'elle n'aurait que de l'admiration et de la passion pour lui. Et maintenant Carol cherchait à le persuader au téléphone que je jouais une pièce différente de celle des autres, très probablement une farce. Mais, comme la plupart des gens de talent qui parviennent à conquérir le public, Pyke avait en fait la chance d'avoir un petit côté vulgaire. Aussi me soutint-il. « Le personnage de Karim est le rôle clé de la pièce », dit-il à Carol.

Lorsque nous arrivâmes à Londres, après avoir joué dans dix villes, nous nous mîmes à répéter de nouveau et à nous préparer pour des avant-premières dans un centre culturel de l'ouest de Londres, pas très loin de l'appartement d'Eva. C'était un endroit à la mode, où l'on présentait les dernières nouveautés internationales dans le domaine de la danse, du théâtre, du cinéma et de la sculpture. Le centre était dirigé par deux esthètes, des gens excessivement nerveux, dont la pureté, la rigueur de goût donnaient en comparaison aux conceptions de Pyke un aspect rococo. Assis avec eux au restaurant, mangeant des germes de soja, je les écoutais parler de la nouvelle danse et d'un truc récent dénommé « performance ». Je vis une de ces « performances ». Un homme en salopette tirait un camembert, attaché à une ficelle, à travers la scène. Derrière lui, deux garçons en noir jouaient de la guitare. Cette « performance » avait pour titre *Morceau de Fromage*. Après la représentation, j'entendis des gens dire : « J'en ai aimé l'originalité de l'image. » C'était toute une éducation à faire. Je n'avais jamais entendu parler d'une manière aussi venimeuse de sujets que j'avais toujours considérés légèrement. Pour les esthètes comme pour Pyke (mais en pire), le jeu d'un acteur ou le talent d'un écrivain dont nous pouvions avoir vu le travail avec Eleanor, et que nous avions trouvé « prometteur » ou « un peu ennuyeux », était aussi important qu'un tremblement de terre ou qu'un mariage. « Si seulement il pouvait mourir d'un cancer », disaient-ils de certains auteurs. J'avais aussi pensé que nos directeurs auraient envie de se retrouver avec Pyke pour parler de Stanislavski, d'Artaud et des autres, mais en fait, ils se haïssaient à mort. Ces deux esthètes parlaient rarement de l'artiste dont le spectacle était répété dans leur théâtre, autrement qu'en le qualifiant du « mec qui repasse ses jeans » ou encore de « Caliban ». Ils avaient pour assistantes une flopée de jeunes bourgeoises, merveilleusement habillées, dont les pères étaient des pontes à la télévision. C'était réellement une drôle de situation : des gauchistes dirigeaient ce théâtre subventionné, pourtant on avait l'impression que tout le monde — les gens qui y travaillaient, les journalistes, les supporters de la troupe, les metteurs en scène et les acteurs — ne voulait qu'avoir la réponse à la seule question importante : est-ce que cette pièce allait être un succès ou non ?

Pour échapper à l'anxiété due aux tensions montantes, un dimanche matin, j'allai rendre visite à Changez dans sa nouvelle demeure. C'étaient des gens fantastiques, les végétariens, d'accord, néanmoins, j'étais inquiet de savoir comment ils réagiraient quand ils découvriraient que Changez était un bon à rien, et qu'il leur faudrait l'entretenir.

Tout d'abord, je ne le reconnus pas. C'était en partie à cause de l'environnement dans lequel il vivait maintenant. Bouboule était assis dans la cuisine commune, tout en pin, entouré de plantes et de tas de journaux gauchistes. Sur les murs étaient accrochées des affiches invitant à des manifestations contre l'Afrique du Sud et la Rhodésie, à des meetings, à des vacances à Cuba et en Albanie. Changez s'était fait couper les cheveux ; et les poils de sa moustache à la Flaubert avaient été éclaircis sous son nez. Il portait une grande salopette grise, boutonnée jusqu'au menton. « Tu ressembles à un garagiste », dis-je. Il m'adressa un large sourire. Il était content entre autres d'avoir été reconnu innocent dans l'affaire du godemiché, lorsqu'il fut établi qu'Anwar était bien mort d'une crise cardiaque. « Je veux, maintenant, tirer le maximum de ma vie, *yaar* », dit-il.

Assis à la table, avec Changez, se trouvaient Simon et une jeune fille blonde, Sophie, qui mangeait un petit pain. Elle venait de rentrer, après avoir vendu des journaux anarchistes devant une usine.

Quand Changez proposa, à ma grande surprise, d'aller chercher du lait au magasin, je leur demandai comment ça se passait pour lui, si tout allait bien de son côté. Parvenait-il à s'adapter ? Je me rendais compte que le ton de ma voix insinuait que, pour moi, Changez était atteint d'une maladie mentale bénigne. Mais Simon et Sophie aimaient Changez. Sophie parla de lui à un moment en l'appelant « l'immigrant infirme », ce que j'imagine était au fond le Tueur au Godemiché. Peut-être cette qualité lui donnait-elle une espèce de lettre de créance dans la maison. Il avait, évidemment, eu suffisamment de jugeote pour ne pas parler de son appartenance à une famille qui possédait des chevaux de courses. Et il devait avoir sérieusement émondé les nombreuses histoires qu'il aimait à me raconter concernant le nombre de domestiques qu'il avait connus et l'analyse des qualités qu'il considérait comme essentielles chez un bon serviteur, qu'il soit cuisinier ou balayeur.

« J'aime la vie en communauté, Karim, me dit Changez lorsque nous partîmes faire une promenade un peu plus tard dans la journée. C'est une atmosphère familiale, sans qu'il y ait de tantes pour vous énerver. En dehors des réunions, *yaar*. Il y en a toutes les cinq minutes. On doit

327

s'asseoir à chaque instant pour discuter de ce truc et de celui-là, du jardin, de la cuisine, de la situation en Angleterre, de la situation au Chili, de la situation en Tchécoslovaquie. C'est l'idée de démocratie devenue folle, *yaar*. Néanmoins, c'est sacrément merveilleux, toutes ces nudités qu'on voit chaque jour.

— Quelles nudités ?

— Une complète nudité. Une nudité absolue.

— Quelle sorte de complète et totale nudité ?

— Il y a cinq filles ici, et seul Simon et moi sommes du sexe mâle. Les filles, appliquant le principe communiste qu'il n'y a rien de honteux à cacher, se baladent sans le moindre fil sur elles, leur poitrine à l'air, sans soutien-gorge, leur petite chatte à découvert !

— Seigneur...

— Mais je ne peux rester là...

— Quoi, après ce que tu viens de me dire ? Pourquoi pas Bouboule ? Regarde ce que j'ai réussi à dégoter pour toi ! Pense à ces seins sans soutien-gorge surplombant le petit déjeuner !

— Karim, j'ai le cœur brisé, *yaar*. Jamila a commencé à fricoter avec ce brave type de Simon. Ils sont dans la chambre contiguë. Chaque nuit, je les entends faire craquer le lit. Ça résonne dans mes oreilles comme les trompettes du Jugement dernier.

— Il fallait bien que ça arrive un jour ou l'autre, Changez. Je vais t'acheter des boules Quies si tu veux. » Et je me mis à rigoler doucement, intérieurement, à l'idée de Changez écoutant l'amour de sa vie se faire enfiler soir après soir, derrière la porte voisine. « Ou alors, pourquoi ne changes-tu pas de chambre ? »

Il secoua la tête en signe de refus. « J'aime être près d'elle. J'aime l'entendre bouger à côté. Je connais tous les sons qu'elle fait maintenant. En ce moment, elle est assise. En ce moment, elle est en train de lire. J'aime savoir tout ça.

— Ecoute, Changez, l'amour ressemble parfois à la stupidité.

— L'amour, c'est l'amour et c'est éternel. Il n'y a plus de véritable amour romantique à l'Ouest, maintenant. On se contente de le chanter à la radio. Personne n'aime réellement dans ce pays.

— Et que dis-tu d'Eva et de Pa ? lançai-je vivement. N'est-ce pas romantique ? N'est-ce pas l'amour ?

— Des amours adultères. C'est le mal à l'état pur.

— Oh ! je vois. »

J'étais content de trouver Changez si gai. Il semblait heureux d'avoir échappé à l'ennui en plongeant dans cette nouvelle vie, une vie que je n'aurais jamais imaginé pouvoir lui convenir.

Tandis que nous nous baladions, je découvris à quel point cette partie de la ville — le sud de Londres — était réellement pauvre et délabrée en comparaison avec le quartier dans lequel je vivais. Ici, les chômeurs traînaient dans les rues sans savoir où aller, les hommes portaient des manteaux sales et les femmes, sans bas, fourraient leurs pieds nus dans de vieilles chaussures. Tandis que nous avancions, Changez me disait son amour des Anglais, comme ces gens étaient polis, pleins d'égards. « Ce sont des gentlemen. Tout particulièrement les femmes. Elles n'essaient pas de te rabaisser tout le temps comme le font les Indiennes. »

Ces gentlemen avaient des visages maladifs, à la peau grise. Les maisons ressemblaient à des baraquements provisoires pour prisonniers ; il y avait des chiens errants partout ; des saletés voltigeaient ; des graffiti couvraient les murs. De petits arbres avaient été plantés, entourés d'une protection de fils de fer, mais on les avait brisés quand même. Les magasins ne vendaient que des vêtements mal faits, ridicules. Tout paraissait minable, de second ordre. Il était impossible avec ça d'essayer d'en mettre plein la vue. Changez avait sans doute pensé les mêmes choses que moi, car il soupira : « Peut-être que je me sens chez moi ici, parce que ça me rappelle Calcutta. »

Quand je lui dis qu'il était temps de rentrer, il changea d'humeur. De rêveur, il prit un ton d'homme d'affaires pour lancer son attaque, comme s'il avait préparé à l'avance ce qu'il voulait dire et que c'était maintenant le moment de mettre les choses au clair avec moi.

« Dis-moi, Karim, tu ne te sers pas de mon personnage dans ta pièce, n'est-ce pas ?

— Non, Changez. Je te l'ai déjà dit.

— Oui, tu m'as donné ta parole d'honneur au téléphone.

— Oui, effectivement. Ça va ? »

Il réfléchit quelques secondes. « Mais quelle valeur peut-on attacher, en fin de compte, à ta parole d'honneur ?

— Toutes, mon vieux, toutes les foutues valeurs, nom de Dieu ! Ecoute, Changez, tu deviens un petit peu trop sûr de toi, tu ne trouves pas ? »

Il me regarda, l'air concentré, comme s'il ne me croyait pas, le salaud, et il partit en se dandinant vadrouiller dans Londres-Sud.

Quelques jours plus tard, alors que nous avions commencé les avant-premières à Londres, Jamila me téléphona pour me dire que Changez s'était fait attaquer sous un pont de chemin de fer, alors qu'il revenait d'une petite séance chez Shinko. C'était un soir d'hiver typique de Londres-Sud — silencieux, sombre, froid, brumeux, humide — lorsque cette bande sauta sur lui en le traitant de Paki, ne sachant pas qu'il était indien. Les voyous le bourrèrent de coups de pied, et gravèrent les initiales du Front national sur son ventre, avec une lame de rasoir. Ils s'enfuirent lorsque Changez poussa son cri, puissant comme celui d'une sirène, de guerrier musulman, cri qu'on aurait pu entendre à Buenos Aires. Naturellement, il était dans tous ses états, terrifié, bouleversé, me dit Jamila. Néanmoins, il n'avait pas tardé à tirer parti de la situation et de la gentillesse que chacun lui prodiguait. Sophie lui apportait maintenant son petit déjeuner au lit et on l'avait dispensé des diverses tâches à la cuisine et à la blanchisserie. La police, qui en avait assez de Changez, laissait entendre qu'il s'était couché volontairement sous le pont et s'était blessé lui-même pour la discréditer.

Cette agression contre Changez me remplit de colère et je demandai à Jamila si je ne pourrais pas faire quelque chose. Mais si, bien sûr, ces attaques survenaient tout le temps. Il fallait que j'aille participer, avec Jamila et ses amis, à une manif, le samedi suivant. Le Front national avait décidé de défiler dans le quartier asiatique voisin. Il y aurait ensuite un rassemblement fasciste à l'hôtel de ville ; les magasins des commerçants asiatiques seraient mis à sac et des vies mises en danger. Les gens de l'endroit étaient effrayés. On ne pouvait empêcher ça, mais on pouvait néanmoins organiser une contremarche et faire entendre nos voix. Je dis que j'y serais.

Récemment, je ne couchais plus avec Eleanor qu'une fois par semaine. Rien n'avait été dit, mais elle s'était refroidie à mon égard. Je ne m'en inquiétais pas. Après les répétitions, j'aimais rentrer à la maison et avoir peur tout seul. Je me préparais pour la première en déambulant dans l'appartement, comme le ferait Changez, sans essayer de pousser vers la caricature, mais de me glisser dans sa peau. Robert de Niro aurait été fier de moi.

J'étais persuadé qu'Eleanor allait de soirée en soirée avec des amis. Elle m'invitait souvent aussi, mais je constatais rapidement qu'après quelques heures passées en compagnie de sa bande je me sentais lourd et amorphe. La vie avait offert à ces gens ses lèvres, mais alors qu'ils allaient de fête en fête, qu'ils rencontraient toujours les mêmes visages, qu'ils répétaient sans arrêt les mêmes choses, soir après soir, je compris qu'en réalité elle leur donnait le baiser de la mort. Je voyais maintenant comment ils avaient perdu toute énergie à force de se sentir inutiles. Quelle passion, quel désir, quel appétit leur restait-il tandis qu'ils se prélassaient dans leurs salons londoniens ? Je dis à mon conseiller politique, le sergent Monty, que la classe dirigeante ne valait pas la haine qu'on lui portait. Il n'était pas d'accord. « Leur suffisance rend les choses encore pires », affirmait-il.

Lorsque j'appelai Eleanor pour lui dire que nous devrions nous joindre aux autres pour affronter les fascistes, son attitude me parut étrange, en particulier après ce qui était arrivé à Gene. Elle hésitait sur le lieu de rencontre. D'un côté, elle avait des courses à faire chez Sainsbury, de l'autre elle avait quelqu'un à voir à l'hôpital. « Je te retrouverai à la manif, minou, décida-t-elle finalement. J'ai la tête un peu embrouillée. » Puis elle raccrocha.

Je savais ce qu'il me fallait faire. En principe, je devais rencontrer Jamila, Changez, Simon, Sophie et les autres dans la grande maison, dès le matin. Bon, et alors ? Je serai en retard. Je ne raterais pas la manif, je m'y rendrais directement.

J'attendis une heure et pris le métro en direction du nord, pour aller chez Pyke. Je me glissai dans le jardin de devant de la maison en face de la sienne et m'assis sur une souche pour regarder dans un trou de la haie l'autre côté de la rue. Le temps passait. Il commençait à se faire tard. Il me faudrait prendre un taxi pour aller à la manif. Ça irait à condition que Jamila ne me voie pas descendre de la voiture. Après trois heures d'attente, j'aperçus Eleanor qui s'approchait de la maison de Pyke. Quel génie j'étais : comme j'avais mis dans le mille ! Eleanor tira la sonnette et Pyke ouvrit la porte immédiatement. Pas de baiser, pas de caresse, pas de sourire, simplement la porte qui se refermait derrière elle. Puis rien. A quoi est-ce que je m'attendais ? Je fixais la porte fermée. Qu'allais-je faire ? Voilà quelque chose à quoi je n'avais pas pensé. La manif, le défilé, devait battre son plein. Peut-être Pyke et Eleanor se préparaient à s'y rendre. J'allais les attendre. Peut-être me montrer, dire que je passais, et filer avec eux en voiture à la manif.

J'attendis de nouveau trois heures. Ils devaient avoir

pris leur déjeuner fort tard. Il commençait à faire sombre. Lorsque Eleanor sortit, je la suivis jusqu'au métro et montai dans la voiture à sa suite, puis allai m'asseoir en face d'elle. Elle parut assez surprise, en levant les yeux, de me voir sur la banquette. « Qu'est-ce que tu fabriques sur la ligne de Bakerloo ? » me demanda-t-elle.

Evidemment, je n'étais pas d'humeur défensive et j'allai m'asseoir à côté d'elle. A brûle-pourpoint, je lui demandai ce qu'elle fabriquait chez Pyke, au lieu de prêter son corps pour servir de rempart contre les violences fascistes.

Elle rejeta ses cheveux en arrière, donna un coup d'œil circulaire, comme si elle cherchait une issue, puis me répondit qu'elle pouvait me poser la même question. Elle ne me regardait pas, mais ne cherchait pas à se défendre. « Pyke m'attire, dit-elle. C'est un homme passionnant. Tu peux ne pas l'avoir remarqué, mais il y en a fort peu dans les environs.

— Continues-tu de coucher avec lui ?

— Mais oui, mais oui, lorsqu'il me le demande.

— Et depuis combien de temps ça dure ?

— Depuis cette fois... Depuis le jour où nous sommes allés souper, toi et moi, chez lui, et que vous avez fait des choses ensemble. »

Elle appuya sa joue contre la mienne. La douceur de sa peau et son odeur manquèrent me faire m'évanouir.

« Oh ! chérie, dis-je.

— J'ai envie que tu sois avec moi, Karim, et j'ai fait beaucoup pour toi, mais je ne supporte pas que les gens — que les hommes — me disent ce que je dois faire. Si Pyke a envie d'être avec moi, alors j'obéis à mon désir. Il y a tant de choses qu'il peut m'apprendre. Mais je t'en prie, je t'en prie vraiment, ne me suis plus jamais de cette manière. »

Les portes du compartiment étaient en train de se fermer, mais je parvins à me glisser dehors. Tandis que je remontais le quai, je décidai de rompre avec Eleanor. Je la verrais chaque jour au théâtre, mais je ne lui parlerais plus en tant qu'amant. C'était fini, cette fois, ma première véritable histoire d'amour. Il y en aurait d'autres. Elle préférait Pyke. Le doux Gene, son amant noir, le meilleur mime de Londres, qui vidait les bassins dans les toilettes de l'hôpital dans les émissions médicales, s'était suicidé parce que chaque jour, par un regard, une remarque, un geste, les Anglais lui disaient qu'ils le haïssaient. Ils ne lui avaient jamais permis d'oublier que pour eux il était un Nègre, un esclave, un être inférieur. Nous poursuivons les jolies Anglaises parce qu'elles sont le symbole de l'Angleterre. En possédant ces femmes adorables, qui nous donnent leur gentillesse et leur beauté, nous regardons avec défi dans les yeux de l'Empire pourri d'orgueil — dans les yeux de Dos Poilu et dans ceux du foutu grand danois. Nous devenons partie intégrante de l'Angleterre, en gardant cependant avec fierté nos distances. Mais pour être réellement libres, il nous faudrait être débarrassés de toute amertume, de tout ressentiment. Comment est-ce possible quand on provoque à nouveau chaque jour amertume et ressentiment ?

J'enverrai un mot plein de dignité à Eleanor. Puis, il me faudra ne plus être amoureux d'elle, me remettre de l'amour. Voilà le point délicat. Tout dans la vie est arrangé pour que les gens tombent amoureux l'un de l'autre. Tomber amoureux est facile, mais se relever est une autre histoire. Je ne savais pas par où commencer.

Pendant le reste de la journée, j'errai dans Soho et vis à peu près dix films pornos. Ensuite, pendant une semaine, je me laissai aller à une sorte de bizarre dépression qui me donnait l'air maussade, et me rendait incapable de tout contact avec le monde. Au point que je ne me souciais plus de ce qui aurait dû être le plus grand soir de ma vie, la première de la pièce.

Au cours de ces journées qui précédèrent la générale, je ne parlais plus aux autres acteurs. L'intimité que Pyke avait instituée m'apparaissait maintenant comme une drogue. Elle nous avait donné pour un temps l'impression d'être aimés et soutenus. Ses effets s'étaient dissipés et ne se faisaient plus sentir que par éclairs, comme ceux du LSD. Je tenais compte des indications de Pyke, mais je ne montais plus dans sa voiture. J'avais tellement admiré sa personne, son talent, son audace et son mépris des conventions, que tout maintenant me paraissait embrouillé. Ne m'avait-il pas trahi ? Ou peut-être essayait-il de faire mon éducation, de me montrer de quelle manière fonctionne le monde. Je ne savais pas. En tout cas, Eleanor devait lui avoir dit ce qui était arrivé entre nous parce qu'il se tenait à l'écart et se contentait d'être poli. Marlene m'écrivit un jour : « Où es-tu, mon ange ? Ne viendrais-tu pas me revoir, doux Karim ? » Je ne répondis pas. J'en avais assez des gens de théâtre et des pièces. J'étais comme ankylosé. Ce qui m'arrivait ne semblait pas m'intéresser. Parfois, j'éprouvais de la colère, mais la plupart du temps je ne sentais rien. Je n'avais jamais eu auparavant une telle conscience du vide et du néant.

Les loges étaient pleines de fleurs, de cartes de félicitations et il y eut plus de baisers échangés en une heure dans les coulisses qu'il n'y en a à Paris en un jour. La télévision était là, ainsi que la radio. Un journaliste me demanda quels avaient été les principaux événements de ma vie. Je fus photographié à plusieurs reprises derrière des fils de fer barbelés. (J'avais remarqué que les photographes semblaient aimer particulièrement les fils de fer barbelés.) Mon esprit tournait à toute vitesse et j'essayais de ne pas poser les yeux sur Eleanor et de ne pas haïr trop fort les autres acteurs.

Puis, brusquement, ce fut le grand soir. J'étais sur la scène, seul, dans la pleine lumière des projecteurs, avec quatre cents Anglais blancs qui me regardaient. Je me rendais compte, bien sûr, que des répliques qui me semblaient, à cause de leur familiarité, sans signification et sortaient de ma bouche sur le ton de « Salut, comment vas-tu aujourd'hui ? », prenaient vie et sens pour le public avec une telle force que la soirée fut un triomphe. Je fus

— je m'appuie sur une autorité certaine, celle des critiques — sincère et désopilant. Enfin.

Après le spectacle, je bus une Guinness dans la loge et me traînai jusqu'au foyer. Là, j'eus droit, juste en face de moi, à un spectacle étrange, inhabituel, d'autant plus que je n'avais invité personne à la première.

Si la scène s'était passée dans un film, je me serais frotté les yeux pour montrer que je ne croyais pas à ce que je voyais. Mam et Pa étaient en train de se parler en souriant. Ce n'est pas ce qu'on attend en général des parents. Là, au milieu des punks sophistiqués, des nœuds papillon, des souliers vernis, des dos nus, ma mère portait une robe bleu et blanc, un chapeau bleu et des sandales marron. Debout à côté d'elle se trouvait mon frère, le petit Allie. La seule chose qui me frappa l'esprit fut de voir à quel point mes parents apparaissaient petits et timides, fragiles avec leurs cheveux grisonnants. Et je m'étonnais de la distance qui nous séparait. Toute sa vie, on pense à ses parents comme à des monstres protecteurs, écrasants, possédant un pouvoir infini, puis, un jour, les choses se renversent, on les rencontre par hasard et ils vous apparaissent alors faibles, tendus, s'efforçant eux aussi de s'en tirer.

Eva s'approcha de moi, un verre à la main et me dit : « Oui, c'est un beau spectacle, non ? » Eva et moi étions l'un à côté de l'autre et elle parlait évidemment de la pièce. « Ça en dit long sur ce pays, ajouta-t-elle, ça nous montre à quel point nous sommes devenus grossiers, sans grâce. Ça met par terre le mythe qu'on a forgé nous-mêmes d'une Angleterre tolérante et honnête. Mes cheveux se sont dressés sur ma nuque. C'est ainsi que je sais que quelque chose est bon. Je juge tous les arts sur l'effet qu'ils ont sur le duvet de mon cou.

— Je suis content que ça ait marché, Eva », dis-je. Je voyais bien qu'elle était dans une mauvaise passe. Je ne savais que dire. De toute façon, Shadwell rôdait dans les parages, attendant qu'elle en ait fini avec moi. Et durant tout ce temps, les yeux d'Eva n'arrêtaient pas de remuer, sans pour autant tomber sur Mam ou Pa. Alors que c'était là qu'ils voulaient évidemment se poser. De se poser avec une folle intensité. Lorsqu'elle se retourna vers Shadwell, il me sourit et commença à me dire : « Je suis transporté, mais contre mon gré, parce que... » Je regardai de nouveau Mam et Pa. « Ils s'aiment encore, ne le vois-tu pas ? » dis-je à Eva. Ou peut-être ne l'ai-je pas dit, peut-être ne l'ai-je que pensé. Parfois, il est impossible de savoir si l'on a dit quelque chose ou si on l'a simplement énoncé dans sa tête.

Je m'éloignai et trouvai Terry, debout au bar, avec une femme qui ne ressemblait pas au reste des spectatrices parfumées et exhibitionnistes. Terry ne me présenta pas. Il ne voulait pas montrer qu'il la connaissait. Il ne me serra pas non plus la main. Aussi s'adressa-t-elle à moi. « Je suis Yvonne, une amie de Matthew Pyke, agent de police au nord de Londres. Sergent Monty et moi — elle gloussa légèrement — étions en train de parler des procédures de la police.

— C'est vrai, Terry ? » Je n'avais jamais vu Terry dans cet état auparavant. Il était totalement bouleversé. Il n'arrêtait pas de secouer la tête, comme s'il avait de l'eau dans les oreilles. Il évitait mon regard. Je m'inquiétais pour lui. Je posai légèrement la main sur le côté de sa tête. « Qu'est-ce qui ne va pas, Monty ?

— Ne m'appelle pas ainsi, petit con. Je ne suis pas Monty. Je suis Terry et je suis terriblement nerveux. Je vais te dire pourquoi. Je voudrais que ce soit moi qui sois monté sur ces planches. Ç'aurait pu être moi. Je le méritais, non ? Mais c'est toi. D'accord. Et aussi pourquoi est-ce que je joue ce foutu policier ? »

Je m'éloignai. Il irait mieux demain. Mais ce n'était pas fini. « Hé, hé, où vas-tu ? cria-t-il en me suivant. Il y a quelque chose que tu dois faire. Le feras-tu ? Tu as dit que tu le ferais. »

De force, il m'entraîna dans un coin, loin des autres, afin

qu'on ne puisse nous entendre. Il me serrait le bras, à me faire mal. Mon muscle s'ankylosait. Je ne bougeais pas.

« C'est le moment, dit-il. C'est maintenant qu'on fait appel à toi.

— Pas ce soir, dis-je.

— Pas ce soir ? Et pourquoi pas ce soir ? Qu'est-ce que c'est que ce soir pour toi ? Le gros truc. »

Je haussai les épaules. « D'accord. »

Je dis que je ferais ce que je pourrais. Je savais à quoi il pensait. Je n'allais pas me montrer lâche. Je savais qui haïr. Il dit : « Le parti a besoin de fonds juste maintenant. Va trouver deux personnes et demande-leur de l'argent.

— Combien ? fis-je.

— On te laisse le soin d'évaluer la somme.

— Ne sois pas stupide, dis-je en ricanant.

— Gaffe à ce que tu dis, cria-t-il ! Gaffe à ce qui sort de tes foutues lèvres ! » Puis il se mit à rire et me regarda d'un air moqueur. C'était un Terry totalement différent. « Autant que tu peux en obtenir.

— Donc, c'est un test ?

— Des centaines, dit-il. Nous voulons des centaines de livres. Demande-leur. Presse-les. Arrache-leur. Pique leurs meubles. Ça ne les gênera pas. Tire ce que tu peux. D'accord ?

— Bon. »

Je m'éloignai. Ça suffisait. Mais il me reprit le bras, le même. « Et foutre de merde, où vas-tu maintenant ?

— Quoi ? dis-je. Ne me les brise pas. »

Il était furieux, je ne l'étais pas. Je ne me mettais jamais en colère. Je me foutais de ce qui arrivait.

« Mais comment peux-tu obtenir l'argent si tu ne connais pas le nom des parties impliquées ?

— Vas-y. Lâche les noms », dis-je.

Il me fit tourner d'une poussée, jusqu'à ce que je me trouve face au mur. Je ne pouvais plus voir mes parents, je ne voyais plus que le mur et Terry. Ses mâchoires étaient serrées. « C'est la lutte des classes, dit-il.

— Je sais ça. »

Il baissa la voix. « D'abord Pyke. Puis Eleanor.

— Mais ce sont mes amis, m'exclamai-je, surpris.

— Et alors, ils seront amicaux.

— Non, Terry.

— Si, Karim. »

Il se retourna et jeta un coup d'œil sur le restaurant, la salle pleine du restaurant.

« Un joli paquet de gens. Un verre ?

— Non.

— Vraiment ? »

Je fis non de la tête.

« A bientôt alors, Karim.

— Ouais. »

Nous nous séparâmes. J'allai de-ci de-là. Je connaissais un tas de gens mais je les voyais à peine. Malheureusement, au bout d'une minute, je me retrouvai en face de la seule personne que je voulais éviter : Changez. Maintenant, il allait falloir payer mes dettes. J'allais dérouiller. Cette idée m'avait mis dans un tel état de nerfs que deux jours plus tôt j'avais essayé de faire en sorte qu'il ne vienne pas au théâtre. J'avais dit à Jamila : « Je ne pense pas que Changez prendra plaisir à cette soirée. » « Dans ce cas, je l'emmènerai sûrement », dit-elle à sa manière caractéristique. Pour l'instant, Changez m'embrassait et me donnait des claques dans le dos. « Très bonne pièce et un jeu du tonnerre », dit-il.

Je le regardai, l'air soupçonneux. Je ne me sentais pas à l'aise. J'avais envie d'être ailleurs. Je ne sais pas pourquoi, mais j'avais l'impression qu'il y avait là-dedans quelques sortes d'intentions sarcastiques. Sûrement, j'allais dérouiller. Chacun ce soir était sorti pour me tomber dessus.

« Mais dis-moi, tu parais heureux, Changez. Qu'est-ce qui te donne ce visage extatique ?

— Ecoute, tu as sûrement déjà deviné, ma Jamila est

dans une position intéressante. » Je lui jetai un coup d'œil vide. « Nous allons avoir un bébé.

— Ton bébé ?

— Foutu imbécile, comment cela serait-il possible sans relations sexuelles ? Tu sais parfaitement que je n'ai pas encore eu droit à ce privilège.

— Exactement. C'est ce que je pensais.

— C'est Simon qui l'a mise enceinte. Nous partagerons l'enfant.

— Un bébé communautaire ? »

Changez grogna son acquiescement. « Il appartiendra à toute la famille d'amis. Je n'ai jamais été aussi heureux. »

Ça me suffisait largement, merci beaucoup. J'allais foutre le camp, rentrer chez moi, mais avant que je puisse mettre à exécution mon projet, Changez tendit sa main épaisse, la bonne. Je bondis en arrière. Ça y était, il allait me frapper, pensai-je, un compatriote indien dans le foyer d'un théâtre de Blancs !

« Approche un peu, grand acteur, dit-il. Et écoute mon avis. Je suis content que dans ton rôle tu t'en sois tenu à un aspect fondamentalement autobiographique, que tu n'aies pas essayé d'inventer quelque chose autour de ma personne. Tu as compris clairement que je ne suis pas quelqu'un qu'on peut incarner avec succès. Ta parole d'honneur était honnête, après tout. Hein ? »

Je fus heureux d'apercevoir Jamila à mes côtés. J'espérais qu'elle changerait de sujet. Mais qui était avec elle ? Sûrement Simon ? Mais qu'était-il arrivé à son visage ? Un de ses yeux était bandé, la joue en dessous pansée et la moitié de la tête enveloppée de compresses. Jamila garda un air grave, même lorsque je la félicitai à deux reprises pour le bébé. Elle me regardait fixement, comme si j'étais un criminel, un violeur disons. Quel était donc son foutu problème ? C'est ce que j'aurais aimé savoir.

« Quel est ton problème ?

— Tu n'y étais pas, dit-elle. Je n'arrivais pas à y croire. Simplement, tu ne t'es pas pointé. »

Où n'étais-je pas ?

« Où ça ? dis-je.

— Faut-il vraiment que je te le rappelle ? A la manifestation, Karim.

— Je n'ai vraiment pas pu, Jammie. Je répétais. Comment ça s'est passé ? J'ai entendu dire que ça avait été efficace et tout ça.

— D'autres personnes qui font partie de la distribution de ta pièce étaient là. Simon est un ami de Tracey. Elle était là, au premier rang. »

Elle regarda Simon. Je le regardai à mon tour. C'était impossible de dire quelle expression il avait sur le visage, étant donné que celui-ci n'existait pratiquement plus.

« Voilà comment c'était. Une bouteille en pleine figure. Quelle direction es-tu en train de prendre, Karim ?

— Celle-ci », dis-je.

Cette fois, je m'en allais. Je commençais à m'échapper lorsque Mam fonça sur moi. Elle sourit et m'embrassa. « Je t'aime tellement, dit-elle.

— Est-ce que je n'étais pas bon, Mam ?

— Tu ne portais pas ton pagne comme d'habitude. Au moins, ils t'ont laissé mettre tes vêtements à toi. Mais tu n'es pas un Indien. Tu n'as jamais été en Inde. Tu serais pris de diarrhée à la seconde où tu descendrais de ton avion, j'en suis sûre.

— Pourquoi ne cries-tu pas ça un peu plus fort ? lançai-je. N'ai-je pas quand même quelque chose d'Indien ?

— Et que fais-tu de moi, alors ? me dit Mam. Qui t'a mis au monde ? Tu es un Anglais, je suis fière de le dire.

— Je m'en fiche, répondis-je. Je suis un acteur, c'est mon boulot.

— Arrête, voyons, sois qui tu es.

— Oh ! oui, bien sûr. »

Elle jeta un coup d'œil à mon père qui était un peu plus loin, près d'Eva. Celle-ci s'adressait à lui, le visage furieux. Pa avait l'air penaud, mais il tenait bon. Il ne répondait pas. Il nous aperçut et baissa les yeux. « Elle est en train de lui passer un savon, dit Mam. Cette espèce de salope. Mais ça ne servira à rien avec un énergumène aussi têtu que ton père.

— Va donc aux toilettes te moucher, fis-je.

— Oui, c'est ce que j'ai de mieux à faire », dit-elle.

A la porte, je montai sur une chaise pour regarder cette foule de futurs squelettes. Dans quatre-vingts ans nous serons tous morts. Nous vivons sans aucun choix et nous nous conduisons comme s'il n'en était pas ainsi, comme si nous n'étions pas seuls, comme si n'arriverait jamais ce moment où chacun de nous se rendra compte que sa vie est finie, on fonce sans frein, à toute vitesse, vers un mur de briques. Eva et Pa continuaient de parler. Ted et Jean discutaient ensemble ; Marlene parlait à Tracey ; Changez, Simon et Allie conversaient. Personne d'entre eux n'avait grand besoin de moi pour le moment. Je sortis dans la rue.

En comparaison avec l'atmosphère de culs fétides et de conversations empoisonnées, la nuit me parut aussi douce que du lait. J'ouvris mon blouson de cuir, déboutonnai ma braguette, laissai ma bite flotter au vent. Je marchai vers le fleuve cradingue, la Tamise, ce courant de merde pollué par des connards qui vivent sur des bateaux et des mecs qui aiment la rame. Je m'abandonnai à cette marche rythmée et réconfortante pendant un certain temps, jusqu'au moment où je me rendis compte que j'étais suivi par une espèce de petite créature, que je repérai à quelques mètres derrière moi. Elle marchait calmement, avec les mains dans les poches. Je m'en foutais éperdument.

Je voulais penser à Eleanor, me concentrer sur cette impression douloureuse que j'éprouvais lorsque je la voyais. Mourant d'envie tous les jours de reprendre ma vie avec elle. Bien entendu, j'avais espéré que mon indifférence ranimerait son intérêt pour moi, que je lui manquerais, qu'elle me redemanderait de venir chez elle, pour partager ses choux à la vapeur et embrasser une dernière fois l'intérieur de ses cuisses. Mais dans ma lettre, je lui avais demandé de se tenir à l'écart, et c'était exactement ce qu'elle faisait. Apparemment, ça ne la gênait guère. Peut-être devrais-je essayer de lui parler une dernière fois.

Ma curiosité éveillée par la personne qui se trouvait derrière moi devint si forte, si insupportable, qu'un peu plus loin, le long du fleuve, je me cachai dans l'encoignure d'un pub et sautai brusquement, à moitié nu, sur elle en criant : « Mais qui êtes-vous donc ? Pourquoi me suivez-vous ! » Quand je la lâchai, elle ne parut nullement effrayée, ni embarrassée. Elle souriait même.

« J'ai admiré votre interprétation, dit-elle, tandis qu'elle marchait à mes côtés. Vous m'avez fait rire. Je voulais simplement vous le dire. Vous avez le plus joli visage qui soit. Ah ! ces lèvres. Miam miam.

— Ah ouais ? Vous m'aimez donc ?

— Oui et je voulais être près de vous pendant quelques minutes. Ça ne vous ennuie pas que je vous suive, n'est-ce pas ? Je m'étais rendu compte que vous étiez pressé de partir. Vous paraissiez terrifié, furieux. Quelle curieuse attitude, hein ! Vous n'avez pas envie d'être seul maintenant. J'ai raison, non ?

— Ne t'inquiète de rien... C'est bon d'avoir une amie. »

Seigneur, elle allait me prendre pour un imbécile. Mais elle s'empara de mon bras et nous marchâmes le long du fleuve, passâmes devant la maison de William Morris pour nous diriger vers la tombe de Hogarth.

« C'est bizarre que quelqu'un ait eu la même idée que moi, dit la femme, qui s'appelait Hilary.

— Quelle idée ?

— De te suivre », dit-elle.

Je me retournai et aperçus Heater qui ne fit aucun effort pour se cacher. Je le saluai en poussant un cri qui partit de mon ventre et fendit l'air comme un superjet. Janov lui-même aurait applaudi.

« Que veux-tu, Heater ! Pourquoi ne fous-tu pas le camp dans un trou de rat pour crever du cancer, espèce de gros con ? »

Il s'équilibra sur ses jambes, afin d'avoir une assise

343

solide, les pieds légèrement écartés, le poids de son corps également réparti. Il était prêt à me recevoir. Il voulait qu'on se batte.

« C'est après toi que j'en ai, trou du cul de Paki ! Peux pas te blairer ! Et toute ta bande a fait joujou avec mon Eleanor. Toi et ce salaud de Pyke. »

Hilary me prit la main. Elle était calme. « Pourquoi ne pas détaler ? dit-elle.

— Bonne idée, dis-je. Allons-y.

— C'est ça, allons-y. »

Je me mis à courir en direction de Heater, posai mes pieds sur ses genoux, agrippai le revers de sa veste et utilisant mon élan, je jetai ma tête contre son nez, comme je l'avais appris à l'école. Vive l'éducation ! Il pivota, tenant son nez collé à son visage. Puis Hilary et moi nous nous mîmes à courir en poussant des cris. Nous nous serrions l'un contre l'autre, nous nous embrassions, mais des flots de sang se répandaient partout, des flots qui venaient de nous. J'avais oublié que Heater avait appris, lui, à l'école, de ne jamais sortir sans coudre des lames de rasoir derrière ses revers de veste.

CHAPITRE XVI

Le théâtre était plein chaque soir, et le vendredi et le samedi, pour notre plus grand plaisir, il fallait refuser du monde. On allait être obligés de faire des représentations supplémentaires. La pièce m'occupait l'esprit toute la journée. Comment aurait-ce pu ne pas être ainsi ? C'était un tel événement à vivre chaque soir. Impossible d'y participer en n'étant qu'à demi concentré, comme je m'en aperçus un soir, après m'être retrouvé en panne, sur la scène, parce que j'avais regardé Eleanor, oubliant du coup dans quel acte je me trouvais. Je découvris bientôt que le meilleur moyen de ne pas avoir ma journée dévorée par le spectacle du soir était de mettre les heures sens dessus dessous. Je me levais à trois ou quatre heures de l'après-midi, si bien que le spectacle prenait place, pour moi, le matin, et voilà : je disposais ensuite de nombreuses heures pour l'oublier.

Après le spectacle, nous allions au restaurant du théâtre où les regards se posaient sur nous. Les gens nous montraient les uns aux autres. Ils nous offraient à boire, ils considéraient comme un privilège de nous rencontrer. Ils nous invitaient vivement à venir à leurs soirées, espérant que nous leur donnerions du piment. Nous y allions, vers minuit, les bras chargés de bouteilles de bière et de vin. Une fois là, on nous offrait de la drogue. J'eus des relations sexuelles avec plusieurs femmes, c'était bien plus facile maintenant. Je me trouvai un agent. On m'offrit un petit rôle à la télévision pour jouer un chauffeur de taxi. J'avais un peu d'argent à gaspiller. Un soir, Pyke passa pour nous demander si nous avions envie d'emmener le spectacle à New York. Il avait reçu une proposition d'un petit, mais prestigieux théâtre là-bas. Avions-nous réellement envie d'y aller ? « Surtout, ne me cachez pas si ça risque de vous ennuyer, dit-il l'air décontracté. C'est à vous autres de décider. »

Pyke nous faisait toujours quelques remarques après la pièce et je profitai de ce moment-là pour lui demander si je pouvais passer le voir au cours du week-end. Il sourit en me caressant les fesses. « Quand tu veux, dit-il. Et pourquoi non ? »

« Assieds-toi », dit-il quand je me présentai chez lui, me préparant à le taper. Une vieille femme, dans un peignoir rose en nylon, entra dans la pièce avec un aspirateur. « Plus tard, Mavis », dit-il.

« Matthew... commençai-je.

— Reste assis là pendant que je vais prendre une douche, dit-il. Es-tu si pressé ? » Et il s'en alla, me laissant seul avec la sculpture représentant ce sexe de femme. Comme la première fois, je tourniquai dans la pièce. Je me disais que je pouvais peut-être voler quelque chose que Terry pourrait vendre pour le parti. Ou alors le garder comme une sorte de trophée. Je regardai des vases et soulevai des presse-papiers mais je n'avais aucune idée du prix que ces choses pouvaient valoir. Je me préparais à mettre un presse-papiers dans ma poche quand Marlene entra. Elle portait un short et un t-shirt. Ses mains et ses bras étaient tachetés de peinture. Elle était en train de repeindre la maison. Sa peau était maintenant d'un blanc maladif, remarquai-je. Comment avais-je pu l'embrasser et la lécher ?

« C'est toi », dit-elle. Elle ne montrait guère l'enthousiasme de la dernière fois. Probablement n'avait-elle plus envie de moi. Ces gens avaient tendance à avoir des hauts et des bas. « Qu'est-ce que tu fabriques ? » dit-elle en s'approchant de moi. Elle sembla se réveiller alors : « Embrasse-moi, Karim. » Elle se pencha en avant et ferma les yeux. Je lui effleurai les lèvres. Elle n'ouvrit pas les yeux. « Ce n'est pas un baiser. Quand on m'embrasse, je veux que ça se sente », dit-elle. Elle fourra sa langue dans ma bouche, ses lèvres remuaient contre les miennes, ses mains glissaient sur moi.

« Ne peux-tu le laisser tranquille, nom de Dieu ? s'écria Pyke en entrant dans la pièce. Où est donc cette crème pour le corps au bois de santal que j'aime tant ? »

Elle se redressa. « Comment le saurais-je ? Je n'ai aucune vanité. Je ne suis pas comme ces foutus bonshommes. Je ne m'en sers jamais. »

Pyke se mit à fouiller dans le sac de Marlene, dans divers tiroirs, en sortant toutes sortes de choses. Marlene le regardait, raide, les mains sur ses hanches. Elle attendit qu'il soit de nouveau à la porte, puis lui cria : « Pourquoi es-tu donc si arrogant ? Ne me parle pas comme si j'étais une petite pouffiasse d'actrice. Pourquoi devrais-je laisser tranquille mon petit Karim ? Tu sors bien avec sa petite amie. »

Pyke s'arrêta et dit : « Tu peux baiser avec lui autant que tu veux. Je m'en fiche. Tu sais bien que je m'en fiche. Fais exactement ce dont tu as envie, Marlene.

— Va te faire foutre, répliqua Marlene. J'en ai plus que marre de la liberté. Tu peux te la mettre dans le cul.

— De toute façon, elle n'est plus sa petite amie, dit Pyke.

— Elle n'est plus sa petite amie ? » Marlene se tourna vers moi : « Est-ce vrai ? » Elle revint vers Pyke : « Mais qu'as-tu donc fait ? » Pyke ne répondit rien. « Il vous a séparés, Karim ?

— Ouais », dis-je. Je me levai. Marlene et Pyke se regardaient les yeux chargés de haine. Je dis : « Matthew, j'ai juste fait un saut ici pour vous demander quelque chose. Un petit truc. Je n'en aurai pas pour longtemps. Peut-on en parler maintenant ?

— Je vais laisser les deux mauvais garçons ensemble, dit Marlene sur un ton sarcastique.

— Où est ma lotion pour le corps ? lui redemanda Pyke. Franchement, où est-elle ?

— Va te faire foutre, dit Marlene en sortant.

— Bien, bien », dit Pyke à mon intention, plus détendu maintenant.

Je lui demandai alors de l'argent. Je lui dis à quoi il était destiné. Je lui demandai trois cents livres. « Pour des raisons politiques ? demanda-t-il. Pour le parti, n'est-ce pas ? Je ne me trompe pas ?

— Effectivement.

— Toi ?

— Oui.

— Bon Dieu, bon Dieu, Karim, je dois m'être trompé sur toi. »

J'essayai d'être désinvolte. « Peut-être, oui. »

Il me regarda avec sérieux et gentillesse, comme s'il me voyait sous un autre jour. « Je n'avais pas l'intention de te blesser. Simplement, je ne me rendais pas compte que tu étais si engagé.

— Je ne le suis pas réellement, dis-je. On m'a juste demandé de m'adresser à vous. »

Il alla chercher son carnet de chèques.

« Je veux bien parier qu'ils ne t'ont pas chargé de me dire ça. » Il sortit son stylo. « Donc, tu leur sers de facteur. Tu es un gosse vulnérable, ne les laisse pas t'utiliser. Prends ce chèque. »

Il était charmant. Il me donna un chèque de cinq cents livres. J'aurais pu parler avec lui toute la journée, jacasser,

348

cancaner, comme nous avions l'habitude de le faire dans sa voiture. Pourtant, dès que j'eus obtenu l'argent, je m'en allai. Il n'avait pas particulièrement envie que je sois là et je n'avais nullement l'intention de faire quoi que ce fût avec Marlene. Au moment où je franchissais la porte d'entrée, elle se précipita dans les escaliers et cria : « Karim, Karim. » J'entendis Pyke lui lancer : « Il n'a qu'une envie, c'est de mettre de l'air le plus rapidement possible entre toi et lui », tandis que je claquais la porte derrière moi.

Je ne pouvais me décider à aller voir Eleanor dans son appartement. Aussi, je lui demandai l'argent, un soir, au théâtre. Je trouvais difficile de lui parler maintenant. Et ça l'était d'autant plus que pendant que je lui exposais le but de cette conversation, lui expliquais qu'il ne s'agissait pas d'amour mais d'affaires, elle s'agitait autour de moi, déplaçant toutes sortes de choses qu'elle avait autour d'elle dans sa loge : des livres, des cassettes, du maquillage, des photographies, des cartes postales, des lettres, des vêtements. Elle essaya même, merde alors, deux ou trois chapeaux. Elle agissait ainsi parce qu'elle ne voulait pas m'affronter, maintenant, s'asseoir et me regarder droit dans les yeux. Mais je sentais aussi en même temps qu'elle m'avait chassé de son esprit. Je n'avais guère compté pour elle, je ne représentais pas un échec important dans sa vie.

Non pas qu'elle me fût encore chère ; mais je ne voulais pas qu'elle me quitte ainsi. Je ne voulais pas être repoussé, rejeté, qu'on me laisse tomber. Pourtant, c'était ce qui était arrivé. C'était comme ça. Je n'y pouvais rien. Aussi lui dis-je simplement ce que je voulais. Elle secoua la tête et souleva un livre. « As-tu lu ça ? » dit-elle. Je ne regardai même pas le bouquin. Je n'avais aucune envie de lecture pour le moment. Je lui demandai de l'argent. De l'argent pour aider le parti, afin qu'il puisse changer les choses qui avaient besoin de l'être.

349

Finalement, elle dit : « Non, je ne donnerai certainement pas cinq cents livres.

— Et pourquoi pas ?

— J'ai pensé à Gene.

— Tu n'arrêtes pas de penser à Gene et...

— Oui, et alors ? Pourquoi pas ?

— Oublions ça, Eleanor, dis-je. Revenons à nos moutons.

— Gene était... »

J'abattis mon poing sur la table. J'en avais plus qu'assez. Et un vers de Bob Dylan se mit à trotter dans ma tête : « Coincé de nouveau à Mobile avec le blues. »

« Il s'agit du parti. Il a besoin d'argent. C'est tout simple. Rien d'autre. Rien à voir avec Gene. Rien à voir avec nous. »

Elle insistait cependant. « Je suis en train de te dire quelque chose et tu ne m'écoutes pas.

— Tu es riche, non ? Sème le fric autour de toi, ma belle.

— Espèce de petit salaud, dit-elle. N'avons-nous pas eu de bons moments ensemble, toi et moi ?

— Oui d'accord. J'ai pris mon pied. On est allés au théâtre, on a baisé. Puis tu t'es tirée avec Pyke. »

Elle me sourit alors et me dit : « C'est ça la question. Ce n'est pas un parti pour les gens de couleur. Ils sont complètement bidon, si tu veux savoir. Je ne donnerai pas un bouton de culotte à ce machin raciste.

— Bien, dis-je en me levant. Merci quand même.

— Karim, lança-t-elle en me regardant, voulant visiblement me dire quelque chose de gentil. Ne sois pas amer. »

* * *

Mon jour de relâche, j'allai voir Terry. Lui et ses camarades squattaient une maison à Brixton. Je descendis du métro et marchai en direction du nord, comme il me l'avait indiqué, en passant sous le pont de chemin de fer. Je me souvins alors du train dans lequel l'oncle Ted avait

350

éventré les sièges, le jour où il avait dit « les Négros ». C'était sur cette ligne aussi que mon père s'était rendu au travail toutes ces années, avec son dictionnaire bleu dans sa serviette.

Ces maisons paraissaient avoir été construites pour un autre temps, me dis-je, en regardant celle de Terry. Elles étaient de cinq étages, donnant sur de jolis parcs. Et elles se dégradaient comme le quartier qui semblait prospérer dans les fissures. Les jeunes étaient plus terribles ici que n'importe où ailleurs à Londres. Les coiffures que Charlie s'était appropriées, qu'il avait mises au point — cheveux noirs, piquants, sculptés, ornementaux, échafaudage conçu pour le soir, pas pour aller travailler —, étaient arrivées jusqu'à l'Iroquoise. Les filles et les garçons avaient comme coiffures des arcs-en-ciel solides, aux couleurs extravagantes, avec le reste du crâne tondu. Les Noirs avaient des boucles jusqu'au milieu du dos, marchaient avec des cannes, tout en ayant aux pieds des chaussures de jogging. Les filles portaient des pantalons fuselés, bien serrés aux chevilles ; les garçons, des pantalons noirs flottants, avec des revers, des boucles et des fermetures Eclair. Le quartier était rempli de débits de boissons clandestins, de maisons squattées, de bars de lesbiennes, de bistrots de pédés, de points de vente de drogue. Il y avait aussi des sociétés de dealers, des centres sociaux et les bureaux de diverses organisations politiques gauchistes. Le travail ne paraissait pas être la préoccupation première ici. Les gens glandaient. On vous demandait si vous vouliez du haschisch en pâte. J'aimais ça bien sûr, mais ce n'était pas ici que je m'en procurais.

La porte de la maison était ouverte. Les serrures avaient été arrachées. J'entrai sans hésiter, pour surprendre Terry. Il portait un short et un t-shirt. Pieds nus, il faisait des exercices sur un long banc rembourré en face d'une grande fenêtre. Il tenait des haltères derrière son cou, se levait, s'asseyait, se levait, s'asseyait, en regardant un match de rugby sur une télévision en noir et blanc. Il me fixa l'air surpris. Je jetai un coup d'œil rapide autour de moi, pour trouver quelque chose où m'asseoir, une chaise à peu près en bon état ou un coussin pas trop dégueulasse. L'endroit était sale, pourtant Terry était un acteur très à l'aise. Avant que je puisse m'asseoir, il me serra dans ses bras. Il sentait bon la sueur.

« Eh bien, te voilà. C'est bien toi d'apparaître juste comme ça ! Qu'est-ce que tu as fabriqué ?

— Sergent Monty, dis-je.

— Qu'est-ce que tu as fabriqué, dis-moi ?

— Trouvé des fonds pour toi.

— Ah ouais, réellement, dit Terry. Incroyable.

— Ne me l'avais-tu pas demandé ?

— Oui mais... » Il fit rouler ses yeux.

« Tu me l'avais demandé. Tu me l'avais foutrement ordonné. Non ? Oserais-tu me dire que tu ne t'en souviens pas ?

— M'en souvenir ? Comment pourrais-je, merde alors, oublier ça, Karim ? Cette soirée. Oh là là. Tout cet argent, tous ces gens intelligents. Ces gens chics. Ces connards de l'université. Ces connards de riches. Ces connards de vérolés. Ça pourrait bien déséquilibrer un type comme moi.

— Ne m'en parle pas », dis-je.

Il fit un geste des mains et souffla comme un phoque. « Mais je ne me sens pas très content de tout ça. »

Il sortit de la pièce pour aller faire du thé. C'était une vraie bibine et la tasse avait des taches brunâtres sur l'extérieur. Je la repoussai en douceur et tendis le chèque de Pyke. Il le regarda attentivement, puis leva les yeux sur moi. « Un foutu bon travail. Je pensais que tu plaisantais. Formidable. Bravo, mon vieux.

— Je n'ai eu qu'à lui demander. Tu sais comme sont les libéraux.

— Ouais, ils peuvent se le permettre, les salauds, dit-il en s'avançant vers moi après avoir mis le chèque dans la poche de sa veste. Ecoute, il y a d'autres choses que tu peux faire maintenant pour le parti.

— Je pars en Amérique avec Pyke.

— Fous-moi ce projet en l'air. A quoi ça peut servir ? » C'était bon de voir de nouveau Terry mordant, passionné. « C'est ici qu'il faut être. Ce pays est sur les genoux. C'est facile à voir, non ?

— Ouais.

— C'est évident. Callaghan ne peut pas continuer encore longtemps. Ensuite, ce sera notre tour.

— L'Amérique, ça vaut le coup.

— Ouais, fantastique, dit-il en me boxant le bras. Allons. » Je sentais qu'il avait envie de me toucher, ou quelque chose comme ça. « Sauf que c'est un endroit merdique, fasciste, impérialiste, raciste.

— Ah ouais ?

— C'est...

— Parfois, dis-je, j'en ai plein le dos de ton ignorance. Ton foutu et stupide aveuglement en face des choses. De l'Amérique. D'où crois-tu que vienne le mouvement de libération des homosexuels ? » Cela, évidemment, ne renforçait pas ma cause. Je réfléchis un instant. Terry m'écoutait, sans s'être encore mis à ricaner. « Le mouvement de libération des femmes, celui des Noirs. Mais de quoi parles-tu, Terry, lorsque tu penses à l'Amérique ? Rien que des conneries ! Merde alors !

— Ne crie pas, veux-tu. Qu'est-ce que je dis ? Je dis que tu me manqueras, c'est tout ! Et je me dis aussi que c'est foutrement curieux que toi et Pyke soyez devenus tellement intimes après ce qu'il t'a fait. D'accord ? D'accord ?

— Que m'a-t-il fait ? dis-je.

— Tu le sais bien. Tu y étais.

— Je sais quoi ? De quoi s'agit-il ? Dis-moi.

— Ecoute, je l'ai su, dit-il. Tout le monde en parle. »

Il se retourna. Il ne voulait rien ajouter de plus. Maintenant, je ne saurais jamais ce qu'on disait sur moi et Pyke, ni ce que celui-ci m'avait fait.

« Bon, dis-je. Je m'en fiche.

— Tu te fiches de tout. Tu n'es attaché à rien, pas même au parti. Tu n'aimes rien. Reste ici dans ce pays pour te battre. »

Je fis quelques pas dans la pièce. Le sac de couchage de Terry traînait par terre. Il y avait un couteau à côté du lit. Il était temps que je parte. J'avais envie de rôder dans ce quartier de Londres. J'avais envie de téléphoner à Changez, de me promener à ses côtés, en regardant ses grands pieds à la Charlot. Terry marchait de long en large. Je jetai un coup d'œil par la fenêtre pour essayer de me contrôler. Les gens qui n'avaient qu'à moitié raison avaient le don de me rendre fou. Je détestais ce déluge de convictions, ces certitudes, ces bavardages à propos de Cuba, de la Russie, de l'économie, parce que sous la carapace des mots se cachait un abîme d'ignorance, la volonté, à vrai dire, d'ignorer, de ne pas voir. L'amant de Fruitbat-Jones, Chogyam-Rainbow-Jones, avait une règle stricte : il ne parlait que des choses dont il avait eu une expérience pratique, qu'il connaissait de première main. Ça me paraissait être la bonne attitude.

J'ouvris la bouche pour dire de nouveau à Terry quel imbécile je pensais qu'il était, à quel point je le trouvais sectaire dans sa manière de voir, lorsqu'il me dit : « Tu peux venir vivre ici, maintenant qu'Eleanor t'a balancé. Il y a quelques braves filles issues de la classe ouvrière dans ce squat. Tu ne seras pas en manque.

— J'imagine », dis-je.

Je m'avançai vers lui et glissai ma main entre ses jambes. Je n'imaginais pas qu'il se permette d'aimer ce genre de choses. Je ne croyais pas qu'il allait me laisser sortir sa bite. Mais je pensais qu'il fallait tenter sa chance avec toutes les personnes dont on a envie, étant donné qu'on ne sait jamais. On ne sait jamais si ça va ou non leur plaire. Alors, pourquoi hésiter ? D'ailleurs, je trouve que les gens séduisants, lorsque je suis dans cette sorte d'humeur, sont une provocation en eux-mêmes.

« Ne me touche pas, Karim », dit-il.

Je continuai à appuyer ma main, la faisant pénétrer dans son entrejambe, enfonçant mes ongles dans ses couilles, jusqu'au moment où je levai la tête pour le regarder. Quelle que fût ma colère à ce moment, quelle que fût ma volonté d'humilier Terry, je découvris brusquement une telle humanité dans ses yeux, dans la manière dont il essayait de sourire, une telle innocence qui s'efforçait de me comprendre, une telle réserve de douleur, accompagnée de la supposition implicite que ce truc au fond ne pouvait le blesser, que je retirai ma main. Puis je me dirigeai à l'autre bout de la pièce. Je m'assis en regardant le mur. Je pensais à la torture, aux souffrances physiques infligées gratuitement. Comment était-il possible de faire de telles choses lorsqu'on vous adressait certains regards chargés de tous les cris engendrés au plus profond du cœur de l'homme ? Des regards qui vous apitoient au point de vous faire pleurer durant une année entière ?

Je retournai vers lui et lui serrai la main. Il n'avait aucune idée de ce qui se passait. Je lui dis : « Terry, à un de ces jours.

— Quand ? me demanda-t-il, l'air soucieux.

— Quand je reviendrai d'Amérique. »

Il m'accompagna jusqu'à la porte. Il me dit au revoir et aussi qu'il était désolé. Pour être franc, ça ne m'aurait pas déplu d'emménager avec lui ni de vivre à Brixton, mais le moment était probablement passé. L'Amérique m'attendait.

CHAPITRE XVII

Après la première à New York, nous sortîmes du théâtre pour nous rendre en taxi dans un immeuble d'appartements au sud de Central Park, près de l'hôtel *Plaza*. On était à peu près au neuf centième étage, ou quelque chose comme ça, avec des murs en verre épais au travers desquels on apercevait le parc et même le nord de Manhattan. Des domestiques circulaient avec des plateaux en argent et un Noir jouait *As Times Goes by* au piano. Je reconnus divers acteurs et l'on m'apprit qu'il y avait également des agents, des journalistes et des éditeurs. Carol allait de l'un à l'autre pour se présenter. Pyke restait au même endroit, un peu à l'écart du centre de la pièce où, heureux et élégant, il recevait des félicitations qu'il ne cherchait pas à attirer, espérant plutôt rencontrer des coiffeuses du Wisconsin. Anglais de la banlieue, craignant terriblement d'être contaminés par le capitalisme, Tracey, Richard et moi boudions dans un coin, malgré notre excitation. Eleanor prenait plaisir à parler à de jeunes producteurs de cinéma en agitant sa queue de cheval. A la regarder maintenant — je ne lui avais adressé que quelques mots depuis trois mois —, je me rendais compte à quel point je la connais-

356

sais, la comprenais et l'aimais mal. J'avais eu envie d'elle, mais c'était fini. A quoi avais-je donc pensé durant le temps que j'avais passé avec elle ? Je décidai de lui parler après avoir bu quelques verres.

Le type qui dirigeait le théâtre, Dr Bob, était un ancien universitaire et un critique, un homme passionné « d'arts primitifs ». Son bureau, au théâtre, était rempli de paniers péruviens, de pagaies sculptées, de peintures et de tam-tams africains. A mon avis, il s'était rendu compte que je n'en menais pas large, car lors de la répétition en vue de la première, il me dit : « Ne vous en faites pas, je m'arrangerai pour avoir quelque bonne musique », comme s'il savait que c'était exactement ce qu'il me fallait pour me sentir à l'aise.

Maintenant, il nous fit asseoir, Tracey et moi, dans deux sièges, assez en vue, au premier rang, et réclama le silence. Les gens pensaient que quelqu'un allait faire un discours ou une annonce. Brusquement, trois hommes à la peau noire entrèrent en courant dans la pièce, frappant des espèces de patères en bois sur des tam-tams portatifs. Puis, un Noir, avec un pantalon rose éclatant, nu jusqu'à la taille, commença à virevolter devant nous, les bras tendus. Deux femmes noires vinrent le rejoindre et se mirent à papillonner avec les mains. Un autre homme, en pantalon étincelant, bondit dans la pièce et ces quatre personnages commencèrent à exécuter une sorte de danse d'accouplement à quelques dizaines de centimètres de Tracey et de moi. Le Dr Bob, accroupi dans un coin, criait « Ouais, ouais, ouais » et « C'est ça, c'est ça », tandis que dansaient les Haïtiens. J'avais l'impression d'être un colonial regardant un spectacle indigène. A la fin éclatèrent des applaudissements frénétiques et le Dr Bob nous invita à serrer la main à chacun des danseurs.

Je ne vis Eleanor, ce soir-là, que lorsque la plupart des invités furent partis et qu'elle-même, Richard, Carol et moi, nous nous retrouvâmes assis autour de Pyke dans une chambre à coucher. Celui-ci était fringant et gai. Il présentait à New York un spectacle qui marchait et se trouvait entouré d'admirateurs. Que pouvait-il désirer de plus ? Il se livrait donc maintenant à un de ses jeux favoris. Je me rendais parfaitement compte du danger. Mais si j'avais quitté la pièce, je me serais retrouvé au milieu d'étrangers. Donc, je restais là, acceptant la situation, même si c'était à contrecœur.

« Eh bien, dit-il, si vous tous pouviez baiser la personne de votre choix dans cette pièce, qui serait-ce ? » Tout le monde éclata de rire, on se mit à jeter des regards autour de soi, à justifier ses choix, à se montrer audacieux, à se désigner les uns les autres et à dire : « Toi ! Toi ! » Un coup d'œil à Pyke lui fit comprendre que j'étais ce soir au bord de l'explosion, aussi me tint-il à l'écart. Je fis un signe de tête négatif en lui souriant, et dis à Eleanor : « Si nous allions faire un tour dehors pour parler ? » Mais Pyke lança : « Attends une seconde. Encore un instant. J'ai quelque chose à lire.

— Allez, viens », dis-je à Eleanor, mais elle me retint par le bras. Je savais ce qui allait se passer. Pyke sortait son bloc-notes maintenant. Et il commença à lire les prédictions qu'il avait faites, lors de la première répétition, dans cette salle près du fleuve, où nous nous étions montrés à nu, pour assurer la cohésion du groupe. Bon Dieu, j'étais ivre et je ne comprenais pas pourquoi je prêtais une telle attention à Pyke : c'était comme s'il lisait des critiques, concernant chacun de nous, non pas le spectacle, mais nos personnalités, nos vêtements, nos croyances. En tout cas, il lisait des trucs sur Tracey et Carol, mais couché par terre sur le dos, je n'écoutais pas ; ça n'avait aucun intérêt. « Maintenant, au tour de Karim, dit-il. Tu vas être fasciné par ça.

— Comment le savez-vous ?

— Je le sais. »

Il commença à lire des trucs à mon sujet. Les visages se tournaient vers moi et les gens se mettaient à rire. Pourquoi me haïssaient-ils tellement ? Que leur avais-je fait ? Pourquoi n'étais-je pas plus endurci ? Pourquoi est-ce que je sentais les choses avec une telle force ?

« Karim cherche de toute évidence quelqu'un à baiser. Garçon ou fille, peu lui importe, et c'est très bien comme ça. Pourtant, il préférerait une fille parce qu'elle pourrait le materner. Par conséquent, il soupèse pour l'instant les nanas de la troupe. Tracey est trop acerbe pour lui et trop pauvre ; Carol trop ambitieuse, Louise n'est pas son type. Ce sera Eleanor. Il pense qu'elle est douce, mais il ne lui fait pas tourner la tête. De toute façon, elle est encore dans le caca à cause de Gene : elle se sent en effet responsable de sa mort. Je vais lui parler de tout ça, lui dire de s'occuper de Karim, peut-être l'encourager à lui donner la réplique, faire en sorte qu'il prenne confiance en lui. Ma prédiction est qu'Eleanor baisera avec lui, mais essentiellement par gentillesse. Malheureusement, il en pincera fortement pour elle, et trop gentille, elle n'osera pas lui dire la vérité. Ça se terminera par des larmes. »

Je m'enfuis dans une autre pièce. J'avais envie de retourner à Londres. J'en avais assez d'être au milieu de ces gens. Je téléphonai à Charlie, qui vivait à New York, mais il n'était pas là. Je lui avais parlé à plusieurs reprises au téléphone, mais ne l'avais pas encore vu. Puis, Eleanor mit son bras autour de moi, pour me serrer contre elle. Je ne pouvais m'empêcher de répéter : « Partons, partons quelque part où l'on peut être ensemble. » Elle me lança un regard de pitié, et fit non, non. Elle devait me dire la vérité, elle passerait la nuit avec Pyke, elle voulait le connaître aussi profondément que possible. « Tu n'as pas besoin de toute une nuit pour ça », dis-je. Je vis Pyke sortir de la chambre à coucher, entouré de la troupe et je me jetai sur lui pour le démolir. Mais je ne parvenais pas à placer un bon coup de poing. Il y eut une mêlée : je me débattais parmi des bras et des jambes. Mais à qui appartenaient-ils ? J'étais devenu enragé, je donnais des coups de pied, je griffais, je criais. Je voulais balancer une chaise contre la vitre parce que j'avais envie d'être en bas, dans la rue, pour la regarder passer lentement par la fenêtre. Puis, j'eus l'impression d'être dans une espèce de boîte. Je voyais du bois parfaitement verni et il m'était impossible de faire le moindre mouvement. J'étais cloué au sol. Grâce au ciel, j'étais fort probablement mort. J'entendis une voix américaine dire : « Ces Anglais sont des brutes. Toute leur culture part à vau-l'eau. »

Bon. Les taxis à New York ont une séparation à l'épreuve des balles, afin qu'on ne puisse tuer le chauffeur et leurs sièges sont si glissants que je faillis me retrouver par terre. Grâce au ciel, Charlie m'accompagnait. Il avait passé ses bras autour de mon buste et m'empêchait de glisser davantage. Il refusa de faire arrêter le taxi devant un bar de filles. Je voyais surtout des Haïtiens marcher dans la rue. Je baissai la vitre, demandai au conducteur de ralentir, et criai aux Haïtiens : « Hé, les gars, où allez-vous ?

— Arrête, voyons, Karim, me dit gentiment Charlie.

— Venez, les gars, criai-je. Allons quelque part ensemble. Amusons-nous en Amérique ! »

Charlie ordonna au chauffeur de poursuivre sa route. En tout cas, il était de bonne humeur, content de me voir, même si, lorsque nous descendîmes de taxi, j'exprimai le désir de me coucher sur le trottoir pour dormir.

Charlie avait assisté au spectacle ce soir-là, mais après la pièce il était allé dîner avec un éditeur de disques et n'était arrivé à la fête que tard dans la soirée. En me trouvant évanoui sous le piano, entouré d'acteurs en colère, il s'était empressé de me ramener chez lui. Tracey me dit plus tard qu'elle était en train d'ouvrir le col de ma chemise lorsqu'en levant les yeux elle avait aperçu Charlie qui s'avançait vers elle. Il était si beau, me dit-elle, qu'elle avait fondu en larmes.

Je me réveillai entouré d'une couverture, dans une pièce agréable, aux couleurs vives, pas très grande, mais où il y avait des divans, des fauteuils anciens, une cheminée et une

360

cuisine qu'on apercevait de l'autre côté de la paroi mobile. Au mur étaient accrochées dans des cadres des affiches d'expositions. Il y avait des livres. C'était un endroit qui avait de la classe, rien à voir avec les habituelles crèches des vedettes de rock. De toute façon, je ne considérais pas Charlie comme une vedette de rock. Ça ne me semblait pas faire partie de sa personnalité, c'était plutôt un déguisement d'emprunt temporaire.

Je vomis à trois ou quatre reprises avant de monter à l'étage, pour porter du café, du jambon et des toasts à Charlie. Il dormait seul. Quand je l'éveillai, il me fit grâce de son habituel ricanement. Il s'assit en souriant et m'embrassa. Il me dit mille choses que je n'aurais jamais cru possible un jour de sortir de sa bouche.

« Bienvenue à New York. Je sais que tu te sens dans la merde, mais nous allons nous amuser comme jamais tu ne l'as fait. Quelle ville merveilleuse ! Pense simplement que nous n'étions pas au bon endroit durant toutes ces années. Maintenant, je t'en prie, va par là mettre un disque de Lightnin' Hopkins. Commençons comme nous avons l'intention de continuer ! »

Charlie et moi passâmes la journée à nous balader dans le Village et à prendre des milk-shakes italiens épaissis à la crème glacée. Une fille le reconnut et déposa un petit mot sur la table. « Merci de faire profiter le monde de votre génie », avait-elle écrit. Il y avait son numéro de téléphone un peu plus bas. Charlie inclina la tête dans sa direction, à l'autre bout du café. J'avais oublié à quel point c'était intimidant de marcher près de lui. Partout les gens le reconnaissaient, même si ses cheveux étaient cachés par un bonnet noir en laine, même s'il portait une salopette en toile bleue et des brodequins d'ouvrier.

Je n'avais pas idée qu'il fût si célèbre en Amérique. Au détour d'une rue, nous nous retrouvions face à son visage collé sur les murs d'un immeuble en démolition ou sur un panneau d'affichage publicitaire illuminé. Charlie avait fait une tournée dans les stades et les arènes avec son

361

nouveau groupe. Il m'en montra la vidéo, mais refusa de s'asseoir dans la pièce à côté de moi pour la regarder. Je comprenais pourquoi. Sur scène, il portait du cuir noir, des boucles d'argent, des chaînes, des colliers de chien. A la fin du spectacle, il se retrouvait torse nu, mince et blanc comme Mick Jagger, promenant sa silhouette aux pattes d'araignée, ainsi qu'un joueur de basket-ball maléfique, autour de scènes aussi grandes que des hangars pour avions. Il attirait les gens qui avaient de très gros revenus, les homosexuels, les jeunes, et tout particulièrement les filles. Son album *Kill for DaDa*, était encore au hit-parade des mois après sa sortie.

Mais la charge explosive était désamorcée. La violence n'était déjà plus qu'un simulacre et la musique, assez peu intéressante en elle-même, avait perdu en quittant l'Angleterre son agressivité, son aspect dramatique, lié au chômage, aux grèves, à la lutte des classes. Charlie ne l'ignorait pas et sa lucidité m'impressionnait. « La musique est faible, d'accord. Je ne suis pas Bowie. Ne crois pas que je ne le sache pas. Mais il y a encore quelques idées entre mes oreilles. Je referai du bon boulot, Karim. Ce pays me donne un optimisme fantastique. Les gens ici pensent que tu es capable de faire des choses. Ils n'essaient pas sans arrêt de te descendre, comme en Angleterre. »

Donc, il avait loué cet appartement au troisième étage d'un immeuble en pierre, dans la Dixième Rue Est, pour écrire les paroles de son prochain album et apprendre le saxophone. Le matin, en furetant, je découvris qu'il existait un autre appartement vide en haut de la maison. Comme je restais là, avec mon manteau sur le dos, me préparant à me rendre au théâtre à pied, triste de quitter cet ami si gentil, si content d'être avec moi, je lui dis : « Charlie, la troupe et moi nous vivons dans cet énorme appartement et je ne supporte plus de voir Eleanor chaque jour, ça me fait mal. »

Charlie n'hésita pas une seconde. « Ça serait chouette de t'avoir ici. Emménage ce soir.

— Formidable. Merci, vieux. »

Dans la rue, je me mis à rire à l'idée qu'ici, en Amérique, Charlie avait pris l'accent cockney, alors que dans mes souvenirs de classe, je l'avais vu pleurer parce que de petits bohémiens puants s'étaient moqués de lui à cause de sa manière de parler aristocratique. Je n'avais jamais entendu quelqu'un parler ainsi auparavant. Et maintenant, il se mettait à aimer l'argot le plus populaire. Il vendait, si l'on veut, son anglicité et gagnait un tas d'argent avec ça.

Quelques jours plus tard je m'installai chez lui. Durant la plus grande partie de la journée, Charlie restait à la maison, pour donner des interviews à des journalistes venus du monde entier, pour se faire photographier, pour essayer des vêtements, pour lire. Parfois, de jeunes Californiennes, allongées çà et là, écoutaient Nick Lowe, Ian Dury et surtout Elvis Costello. Je ne parlais à ces filles que lorsqu'elles m'adressaient la parole. Il m'apparaissait en effet que ce mélange de beauté, d'expérience, de cruauté et de niaiserie était désolant.

Heureusement, il y avait aussi trois ou quatre New-Yorkaises intelligentes, des éditrices, des critiques de films, des professeurs à la Columbia, des passionnées du soufisme, de véritables derviches tourneurs, etc., que Charlie écoutait pendant des heures, avant de se mettre au lit avec elles. Dans la nuit, il se relevait pour noter quelques remarques entendues dans la conversation, remarques qu'il répéterait à d'autres gens, dans les jours à venir. « Elles font mon éducation, mon vieux », disait-il à propos de ces femmes entichées de lui, avec lesquelles il parlait de politique internationale, de littérature sud-américaine, de danse et de la faculté qu'a l'alcool de vous plonger dans un état mystique. A New York, il n'avait pas honte de son ignorance : il voulait apprendre, il voulait arrêter de mentir et de bluffer.

Tandis que je déambulais dans l'appartement, je l'entendais s'intéresser à Le Corbusier. Je me rendais compte que

363

la célébrité, le succès, la fortune, lui allaient fort bien. Il était moins tendu, moins amer, moins susceptible qu'auparavant. Maintenant qu'il avait réussi, il n'avait plus de raison de lever vers le haut des yeux chargés d'envie. Il pouvait mettre de côté son ambition et devenir plus humain. Il allait tourner un film, puis jouer dans une pièce. Il rencontrait des gens importants, il voyageait pour apprendre. La vie était magnifique.

« Laisse-moi te dire quelque chose, Karim, me dit-il un jour au petit déjeuner, seul moment où nous pouvions parler, parce que son actuelle petite amie était encore au lit. Un jour, je suis tombé vraiment amoureux pour la première fois. Je savais que c'était le coup de foudre. J'étais dans une maison à Santa Monica, après avoir fait une série de concerts à Los Angeles et à San Francisco. (Ah ! la magie de ces noms pour moi.) La maison possédait cinq terrasses sur la pente d'une colline luxuriante. J'avais pris un bain dans la piscine qu'un larbin avait récemment débarrassée de ses feuilles, grâce à une épuisette. J'étais en train de me sécher, tout en parlant au téléphone à Eva, à West Kensington. La femme de l'acteur célèbre, dont c'était la maison, sortit et m'a tendu les clefs de sa moto. Une Harley. C'est à ce moment-là que j'ai su que j'aimais l'argent. L'argent et tout ce qu'il permet d'acheter. Je ne veux plus jamais manquer d'argent, parce que c'est lui qui me donnera une vie comme celle-là tous les jours.

— Le temps et l'argent sont ce qu'il y a de mieux, Charlie. Mais si tu n'y prends garde, ils engendrent bizarrerie, complaisance, avidité. L'argent peut couper le cordon entre toi et les gens ordinaires. Tu es là, à regarder le monde, en pensant que tu le comprends, que tu es comme les autres, alors qu'au fond tu ne sais rien du tout. Parce qu'au centre de la vie des gens il y a tous les soucis qu'ils se font à propos de l'argent et de leur travail.

— J'aime ces sortes de conversations, dit-il. Elles me donnent à réfléchir. Mais nom de Dieu, je ne suis pas complaisant avec moi-même, crois-moi. »

Charlie gardait la forme. Tous les jours, à sept heures, un taxi l'emmenait à Central Park, où il courait pendant une heure. Puis, il allait dans un gymnase pour une autre heure. Pendant des jours d'affilée, il ne mangeait que des choses étranges, comme par exemple des légumes secs, des germes de soja, du tofu. Je devais avaler mes hamburgers sur la terrasse, dans la neige, parce que disait-il : « Il ne voulait pas d'animaux morts à l'intérieur de ses murs. » Tous les jeudis soir passait son dealer. C'était sans doute pour imiter le genre de civilisation qu'il avait lorgnée à Santa Monica. Remarquable la manière dont cet ancien étudiant en cinéma, de l'université de New York, arrivait avec sa boîte de Pandore pour l'ouvrir sur le catalogue Moma de Charlie. Celui-ci léchait un doigt et désignait telle quantité d'herbe, telle autre de cocaïne, quelques excitants, quelques calmants, et aussi quelques smacks à sniffer.

Le spectacle ne resta pas longtemps à l'affiche à New York, seulement un mois, parce qu'Eleanor avait commencé à tourner un petit rôle qu'elle avait décroché dans un long métrage. La pièce ne marchait pas suffisamment pour nous permettre de trouver une remplaçante pour Eleanor. De toute façon Pyke était reparti enseigner à San Francisco.

Quand les autres acteurs retournèrent à Londres, je déchirai mon billet et restai à New York. Je n'avais rien à faire à Londres où mon désœuvrement serait immédiatement repéré par mon père, qui s'en servirait comme preuve que j'aurais dû devenir médecin ou au moins que je devrais aller en voir un. A New York, je pouvais glander tout mon soûl.

J'aimais me balader dans la ville, aller au restaurant avec Charlie, faire ses courses (je lui achetais des voitures, des propriétés), répondre au téléphone et m'asseoir avec des musiciens anglais de passage. Nous étions deux Anglais en Amérique, ce pays d'où venait la musique, avec, vivant à deux pas de chez nous, Mick Jagger, John Lennon et Johnny Rotten. C'était le rêve devenu réalité.

Néanmoins, mon état dépressif, le dégoût de moi-même, mon désir de me blesser avec des bouteilles cassées, mon engourdissement, mes crises de larmes, mon incapacité à sortir du lit pendant des jours et des jours, l'impression que le monde ne bougeait que pour m'écraser ne se dissipaient nullement. Mais je savais que je ne deviendrais pas fou même si ce laisser-aller, cet abandon, étaient une sorte de libération que je souhaitais. J'attendais que survienne ma guérison.

Je commençais à m'étonner de ma force — qu'est-ce qui me permettait de ne pas partir en lambeaux. Je croyais que c'était quelque chose dont j'avais hérité de Pa, un instinct de survie extrêmement puissant. Mon père s'était toujours senti supérieur aux Britanniques : c'était le legs de son enfance indienne — sa hargne politique se transformant en mépris et en dédain. A ses yeux, aux Indes, les Anglais étaient ridicules, guindés, manquant de confiance, prisonniers des règles. Il m'avait fait sentir que nous ne pouvions nous permettre, sans honte, d'échouer aux yeux de ces gens. On ne peut laisser un ex-colonial vous voir à genoux, étant donné que c'est ce qu'il espère. A présent, les Anglais étaient épuisés, leur Empire s'était évanoui, leur grand moment était terminé, maintenant c'était notre tour. Je ne voulais pas que Pa me voie dans cet état, parce qu'il n'aurait pas été capable de comprendre pourquoi j'avais transformé en pagaille des choses qui s'annonçaient si bien, alors que les conditions étaient bonnes, le temps opportun pour réussir.

Charlie me donnait de l'argent quand j'en avais besoin et m'encourageait à rester à New York. Mais au bout de six mois je lui dis qu'il me fallait partir. Je craignais qu'il ne commençât à me considérer comme un fardeau, un boulet, un parasite, même s'il ne s'en plaignait jamais. Maintenant, il insistait, se montrait paternel. « Karim, tu dois rester ici avec moi, c'est ici que tu es à ta place. Il y

366

a un paquet de salauds là-bas. N'as-tu pas tout ce dont tu as besoin ?

— Mais si, voyons.

— Alors, quel est ton problème ?

— Je n'en ai pas, dis-je. C'est simplement que je...

— Parfait alors. Allons acheter des fringues, d'accord ? »

Il ne voulait pas que je parte. C'était étrange, cette dépendance croissante qui nous attachait l'un à l'autre. Je suppose qu'il voulait m'avoir comme témoin. Avec les autres, il se montrait retenu, énigmatique, laconique tel que le voyaient les magazines, portant son jean à la perfection. Pourtant, il aimait tout me raconter à la manière des lycéens que nous avions été. Avec moi, il pouvait se permettre d'être ébloui par les gens qu'il rencontrait, les endroits où il était invité, les présents qui pleuvaient sur lui. C'était moi, Karim, qui le voyais monter dans les longues limousines, s'asseoir dans les salons de thé russes en compagnie de vedettes de cinéma, d'écrivains célèbres et de producteurs de films. C'était moi qui le voyais grimper les escaliers en compagnie de femmes avec qui il entretenait des conversations culturelles. C'était moi qui assistais aux séances de photographie pour le *Vogue* italien. Moi seul pouvais évaluer à sa juste valeur le chemin qu'il avait parcouru depuis le temps où il vivait à Beckenham. C'était comme si la réussite de Charlie n'aurait eu aucun sens si je n'avais pas été là pour la célébrer. En d'autres termes, j'étais un miroir en pied, un miroir qui savait réfléchir mais aussi se souvenir.

Ma première impression qui m'avait fait croire que Charlie s'était détendu grâce à son succès était fausse : il y avait beaucoup de choses chez lui que je ne voyais pas, parce que je ne voulais pas les voir. Il aimait citer le poème de Milton : « Oh sombre, sombre, combien sombre. » Charlie était sombre, malheureux, en colère. J'appris bientôt que la célébrité et le succès en Amérique et en Angleterre étaient deux choses fort différentes. En Angle-

367

terre, on trouvait vulgaire de se faire valoir, alors qu'en Amérique la célébrité était une valeur absolue, plus forte même que l'argent. Les familles des gens célèbres étaient aussi célèbres. On aurait pu croire que la célébrité était quelque chose d'héréditaire — les enfants des stars étaient eux aussi de petites stars — et la gloire vous offrait des trésors que l'argent ne pouvait vous permettre d'obtenir. La célébrité était quelque chose que Charlie avait désirée dès l'instant où il avait collé le visage vénéré de Brian Jones sur le mur de sa chambre à coucher. Mais, l'ayant obtenue, il avait bientôt découvert qu'il ne pouvait s'en débarrasser lorsqu'il en avait assez. Il restait assis avec moi dans un restaurant, sans parler pendant une heure, puis brusquement, il s'écriait : « Pourquoi ces gens n'arrêtent-ils pas de me regarder, alors que j'essaie simplement de manger ! Cette femme avec sa houppette de poudrier sur la tête, qu'elle aille se faire foutre ! » On exigeait toujours quelque chose de lui. Le Fish s'arrangeait pour que Charlie reste sans arrêt présent aux yeux du public, en le faisant venir à des débats, à des premières, à des vernissages. Il devait s'y montrer drôle et iconoclaste. Un soir, j'arrivai tard à une soirée et le vis accoudé au bar, l'air sombre et découragé, parce que la maîtresse de maison lui demandait d'être photographiée avec lui. Charlie ne parvenait pas à se faire à tout cela, il lui manquait la grâce.

Deux choses, finalement, survinrent, qui me donnèrent envie de retourner en Angleterre et de sortir de la vie de Charlie. Un jour, alors que nous revenions chez nous en sortant du studio d'enregistrement, un homme nous rattrapa dans la rue. « Je suis journaliste », dit-il avec un accent anglais. Il avait environ quarante ans, le souffle court, et rien dans ses cheveux ni dans ses joues qui puisse donner envie d'en parler. Il puait l'alcool et paraissait désespéré. « Vous me connaissez, Tony Bell. J'ai travaillé pour le *Mirror* à Londres. Il faut que vous me donniez une interview. Trouvons un moment. Je suis bon, vous savez. Je peux même dire la vérité. »

Charlie s'écarta rapidement. Le journaliste aux abois n'avait plus aucune honte. Il courut pour rester à notre hauteur dans la rue.

« Je ne vous laisserai pas partir comme ça, souffla-t-il. Ce sont des gens comme moi qui ont parlé de vous à vos débuts. J'ai même interviewé votre foutue mère. »

Il s'empara du bras de Charlie. C'était l'erreur fatale. Charlie lui envoya un coup sur le bras pour se dégager mais le type tint bon. Alors, il le frappa d'un coup de poing, venant tout droit de nos cours de récrés, sur le côté de la tête. L'homme, hébété, tomba sur les genoux, agita les bras comme quelqu'un qui demande à être pardonné. Mais la colère de Charlie n'était pas tombée. Il envoya un coup de pied dans la poitrine du type et lorsque celui-ci, qui avait glissé sur le côté, tenta de saisir la jambe de son adversaire. Charlie lui piétina la main. Cet homme vivait dans le quartier et je le rencontrais au moins une fois par semaine dans la rue, portant son sac d'épicerie dans sa main intacte.

L'autre raison qui me poussa à quitter New York fut d'ordre sexuel. Charlie aimait les expériences. Déjà aux temps où nous allions encore en classe, où nous parlions des dîners de dames ménopausées en nous demandant avec lesquelles nous pratiquerions volontiers le cunnilingus (aucune d'entre elles n'avait moins de soixante ans), nous voulions baiser autant de femmes qu'il nous serait possible. Et comme les gens qui ont été privés de tout en période de disette et de rationnement, ni l'un ni l'autre ne pouvions oublier ces envies que nous avions eues de baiser et les difficultés que nous avions eues à surmonter naguère pour y parvenir. Aussi nous étreignions sans discernement toutes les femmes qui s'offraient à nous.

Un matin, alors que nous prenions notre petit déjeuner composé de céréales et de jus d'orange dans un café du quartier et que nous parlions de notre école minable, comme s'il s'agissait d'Eton, Charlie me dit qu'il y avait un certain nombre de trucs sexuels auxquels il pensait, des trucs qu'il avait envie d'essayer. « Je vais tenter l'ultime expérience, dit-il. Peut-être cela t'intéressera-t-il d'y participer, non ?

— Si tu en as envie.

— Si j'en ai envie ? Je t'offre un foutu truc, mon vieux, et tu me dis si j'en ai envie. Tu étais bien plus d'attaque pour ce genre de chose avant, dit-il en me regardant l'air méprisant. Tes petites fesses brunes s'agitent de bas en haut pendant des heures, dans n'importe quel trou rance, espérant écarter champignons et mycoses et...

— Je suis toujours d'attaque pour n'importe quoi.

— Ouais, mais tu es malheureux.

— Je ne sais pas ce que je fiche, fis-je.

— Ecoute, dit-il en se penchant vers moi et en tapotant la table. Ce n'est qu'en nous poussant aux abords des limites que nous apprenons quelque chose sur nous-mêmes. C'est ça que je cherche, les limites. Regarde Kerouac et tous ces mecs.

— Ouais, regarde-les. Alors quoi, Charlie ?

— De toute façon, dit-il, c'est moi qui parle. Laisse-moi finir. Nous allons atteindre une frontière ce soir. »

Aussi ce soir-là une femme nommée Frankie apparut. C'est moi qui la fis entrer, tandis que Charlie se précipitait pour passer le premier disque du Velvet Underground. Ça nous avait pris une demi-heure pour savoir quelle musique nous allions jouer. Frankie avait les cheveux courts, coupés à la garçonne, un visage blanc, osseux, de mauvaises dents et devait avoir autour de vingt ans. Sa voix était douce, pénétrante, et son rire, spontané. Elle portait un corsage et un pantalon noir. Quand je lui demandai : « Que faites-vous dans la vie ? » j'eus l'impression d'être un de ces types portant des chemises à empesage permanent, qui assistaient à Beckenham aux soirées organisées par Eva, il y avait maintenant des siècles. J'appris que Frankie était danseuse, actrice et qu'elle jouait du violoncelle électrique. A un moment donné, elle me dit : « L'esclavage m'intéresse, la douleur en tant que jeu. L'amour humain, profond, lié à la souffrance. Il y a chez les gens un désir de souffrance, non ? »

Apparemment nous allions découvrir s'il y avait réellement en nous le désir de souffrir. Je jetai un coup d'œil à Charlie, essayant de partager avec lui mon amusement sur ce sujet, mais il restait assis, penché en avant, approuvant de la tête, montrant un profond intérêt pour ce qu'elle disait. Lorsqu'il se dressa, je me levai aussi. Frankie me prit le bras et s'empara de la main de Charlie. « Peut-être que tous les deux vous aimeriez vous pénétrer, non ? »

Je regardai Charlie, me souvenant de cette soirée à Beckenham où il avait détourné le visage lorsque j'avais essayé de l'embrasser. Il avait eu envie de moi — il m'avait laissé le caresser — mais avait refusé de le reconnaître, comme s'il lui était possible de se détacher de l'acte lui-même, tout en y participant. Pa avait en partie assisté à la scène. C'était aussi ce soir-là que j'avais vu Pa baiser Eva sur le gazon, et cet acte m'avait fait découvrir une suite importante de trahisons, de mensonges, de tromperies, de turpitudes. Ce soir, le visage de Charlie était ouvert, chaleureux. Il ne montrait que des signes positifs, il n'exprimait qu'enthousiasme. Il attendait que je parle. Je n'avais jamais pensé qu'il me regarderait un jour de cette façon.

Nous montâmes l'escalier pour nous rendre dans la chambre que Charlie avait préparée. Elle était sombre, éclairée seulement par des bougies disposées de chaque côté du lit, trois autres se trouvaient sur des étagères. Pour une raison très particulière, nous avions décidé de passer des chants grégoriens. Nous en avions discuté pendant des heures. Il ne voulait pas mettre, pendant qu'il était torturé, quoi que ce soit qu'il puisse un jour avoir envie d'entendre. Charlie enleva ses vêtements. Il était plus mince que je ne l'avais jamais vu, musclé, nerveux. Frankie renversa la tête et il l'embrassa. Je restai immobile, puis je toussotai et dis :

« Etes-vous sûrs vous deux d'avoir envie que je reste là et tout ça ?

— Pourquoi non ? dit Frankie en me jetant un coup d'œil au-dessus de son épaule. Que veux-tu dire par là ?

— Etes-vous sûrs que vous avez envie d'avoir des spectateurs pour ce truc ?

— Ce n'est qu'un jeu sexuel, dit-elle. Il n'est pas sur une table d'opération.

— Bon. D'accord, mais...

— Assieds-toi, Karim, nom de Dieu, m'ordonna Charlie. Arrête de nous emmerder. Tu n'es pas à Beckenham en ce moment.

— Je sais.

— Alors, pourrais-tu arrêter de te planter là avec ton air tellement anglais ?

— Qu'est-ce que tu veux dire par anglais ?

— Je veux dire coincé, prétentieux, moralisateur, sans amour, incapable de danser. Ils sont terriblement étroits, les Anglais. C'est le royaume des préjugés. Ne sois pas comme ça !

— Charlie est si intense, lui, dit Frankie.

— Je vais m'installer confortablement alors, dis-je. Ne vous en faites pas pour moi.

— On suivra ton conseil », dit Charlie l'air agacé.

Je m'installai dans un fauteuil, près du rideau de la fenêtre, dans la partie la plus sombre de la pièce, où j'espérais qu'on m'oublierait. Frankie enleva ce qu'elle avait sur elle, en dehors de ses tatouages, et ils commencèrent à se caresser de la manière la plus classique. Elle était extrêmement maigre, Frankie. Baiser avec elle devait donner l'impression de baiser un parapluie. Je sirotais mon piñacolada et alors que la sueur me venait au front, à cause de la situation scabreuse, je ne pouvais m'empêcher de me dire qu'il était extrêmement rare de voir un autre couple faire l'amour. Comme c'était instructif ! Que de choses pouvait-on apprendre sur les caresses, les

372

positions, les attitudes, en voyant des exemples sur le vif !
Je recommanderais cette expérience à n'importe qui !

Le fourre-tout de Frankie était posé à côté du lit : elle
en sortit quatre liens de cuir qu'elle noua aux poignets et
aux chevilles de Charlie. Puis elle l'attacha aux montants
massifs et lourds du lit, avant de lui enfoncer un mouchoir
noir dans la bouche. Elle continua de trifouiller dans son
sac pour en sortir ce qui ressemblait à une chauve-souris
morte. C'était un capuchon de cuir avec une fermeture
Eclair sur le devant. Frankie enferma la tête de Charlie
dedans, et à genoux, le fixa par-derrière. Ses lèvres prirent
un air boudeur à force de concentration, comme si elle
cousait un bouton. Et maintenant, ce n'était plus Charlie,
c'était un corps à la tête recouverte d'un sac, la moitié de
ce qui est humain avait disparu. Il était prêt pour les
sévices.

Frankie, assise sur lui, l'embrassa, le lécha, le suça
comme une amande. Je me rendais compte qu'il se
détendait. Mais alors, je la vis prendre une bougie et la
placer au-dessus de son partenaire, la penchant un peu,
afin que la cire s'égoutte sur lui. Il se débattit et grogna,
si soudainement que je ne pus m'empêcher de rire à haute
voix. Ça lui apprendrait à piétiner la main des gens. Puis,
elle renversa de la cire sur tout son corps, sur son ventre,
sur ses cuisses, sur ses pieds, sur son sexe. C'est à ce
moment-là, je pense, que j'aurais bondi à travers le toit si
c'était sur mes couilles qu'on avait versé de la cire
bouillante et grésillante. Charlie, évidemment, eut la
même réaction. Il luttait, au point de faire remuer le lit, ce
qui n'empêchait pas la fille de continuer à passer la flamme
de la bougie sur son sexe. Charlie m'avait dit, au cours de
l'après-midi : « Il faudra s'assurer que je suis proprement
attaché, je ne veux pas pouvoir me libérer. Qu'est-ce que
Rimbaud a dit déjà ? « Le poète se fait voyant par un long,
immense, et raisonné dérèglement de tous les sens. » Ces
poètes français ont réellement une sacrée responsabilité. Je
veux atteindre les limites. »

Et pendant que Charlie voyageait dans l'inconnu, la fille se déplaçait sur lui, remuant les lèvres pour lui susurrer des encouragements : « Hou là... que c'est bon. Hein, comme tu aimes ça, non ? Allons, sois positif, sois positif. Et ça, comment est-ce ? C'est délicieux ! Et ça alors ? Vraiment fort, hein Charlie ! Je suis sûre que tu apprécies vraiment », disait-elle, tandis qu'elle transformait pratiquement son phallus en hot-dog. Seigneur, pensais-je, que dirait Eva si elle nous voyait, son fils et moi, juste en ce moment ?

Ces considérations furent interrompues par quelque chose que, contrairement à Charlie, je pouvais voir. La fille sortit de son sac deux pinces à linge, et tandis qu'elle mordait un téton, elle emprisonna l'autre avec la pince, qui, remarquai-je, était apparemment actionnée par un grand et très efficace ressort. Ensuite, elle accrocha l'autre pince à l'autre téton. « Détends-toi, détends-toi », susurrait-elle, mais avec cette fois un peu trop d'insistance, me disais-je, comme si elle avait peur d'être allée trop loin. Charlie cambra son dos et j'eus l'impression qu'il parvenait à hurler par les oreilles. Mais tandis qu'elle parlait, il se détendit effectivement, se soumettant à cette douleur qu'il avait, après tout, précisément voulue. Frankie le laissa alors dans cet état, et elle s'éloigna quelques minutes pour lui permettre de s'accorder à ses désirs masochistes. Lorsqu'elle revint, j'étais plongé dans mes pensées. Mais quand la fille éteignit une bougie, l'enduisit de lubrifiant et la lui mit dans le cul, je compris que je n'aimais plus Charlie. Je n'avais plus envie de m'occuper de lui, je n'étais plus intéressé par lui. Il m'était devenu totalement indifférent. En un sens, je l'avais dépassé, me découvrant moi-même à travers ce que je rejetais. Il me semblait purement et simplement stupide.

Je me levai. Je fus surpris de découvrir que Charlie, non seulement était encore vivant, mais bandait toujours. Je m'en assurai en tournant autour du lit, pour me placer aux premières loges, où je m'accroupis pour la regarder s'installer sur lui, afin de le baiser, me demandant, en même temps, de bien vouloir enlever les épingles à linge de ses tétons au moment où il jouirait. J'étais heureux de servir enfin à quelque chose.

Ce fut, certes, une excellente soirée, juste un peu gâchée par Frankie lorsqu'elle découvrit qu'elle avait perdu un de ses verres de contact. « Bordel de Dieu, dit-elle, c'était ma seule paire. » Donc, Charlie, Frankie et moi nous nous mîmes à quatre pattes, pendant une demi-heure pour essayer de retrouver la lentille. « Nous allons devoir arracher les lames du parquet, dit finalement Frankie. Y a-t-il un levier quelque part ?

— Tu peux te servir de ma queue », dit Charlie.

Il lui donna l'argent qu'il lui avait promis pour se débarrasser d'elle au plus vite.

Après ces deux aventures, je décidai de rentrer à Londres. Mon agent m'avait téléphoné pour me dire qu'elle m'avait obtenu une audition pour un rôle important. Elle ajouta que c'était l'audition de ma vie, ce qui, bien entendu, était une raison pour ne pas y aller. Mais c'était aussi la seule audition qu'elle m'avait trouvée, il me semblait donc que je devais la récompenser en m'y rendant.

Je savais que Charlie ne voudrait pas me laisser quitter New York et il me fallut deux ou trois jours avant de trouver le courage de mettre le sujet sur le tapis. Quand je l'en informai, il se mit à rire, comme si j'avais une arrière-pensée et voulais en réalité autre chose, par exemple de l'argent. Il me demanda immédiatement de travailler à plein temps pour lui. « Je me proposais de te le demander depuis un certain temps, dit-il. Nous mêlerons les affaires et le plaisir. Je parlerai de ton salaire au Fish. Ça ne sera pas des clopinettes. Tu auras ta part de gâteau, ou plutôt de pain d'épice. D'accord, mon petit ?

— Non, je ne crois pas, mon grand. Je retourne à Londres.

— Mais qu'est-ce que tu racontes ? Tu dis que tu

retournes à Londres. Mais je vais faire une tournée dans le monde entier. Los Angeles, Sydney, Toronto. Je veux que tu sois avec moi.

— J'ai envie de trouver du travail à Londres ».

Il se mit en colère. « C'est idiot de partir juste quand ça commence à bouger ici. Nous sommes bons amis. Tu es un bon assistant. Tu t'arranges pour que ça marche.

— S'il te plaît, donne-moi l'argent pour rentrer. Je te demande de m'aider à fiche le camp. C'est vraiment ce que je veux.

— Ce que tu veux, hein ? »

Il se mit à marcher de long en large, avant de parler comme un professeur dirigeant un séminaire devant des étudiants qu'il n'a jamais rencontrés auparavant.

« L'Angleterre se délabre. Plus personne ne croit à rien. Ici, on a du succès et on gagne de l'argent. Les gens sont motivés. Ils font un tas de choses. L'Angleterre est un bon endroit si tu es riche, mais autrement, c'est un marécage merdique, plein de préjugés, de problèmes de classes, de toutes sortes de merdes. Rien ne marche là-bas. Et personne ne travaille...

— Charlie...

— C'est pourquoi je ne te laisserai sûrement pas partir. Si tu peux réussir ici, pourquoi irais-tu ailleurs ? Quel serait l'intérêt ? Tu peux obtenir tout ce que tu veux en Amérique. Et que veux-tu, d'ailleurs ? Dis-moi ce que tu veux.

— Charlie, je te demande...

— Je ne suis pas sourd, j'entends ce que tu me demandes, mon vieux. J'entends ton plaidoyer. Mais je dois te sauver de toi-même. »

Et voilà. Il s'assit en silence. Le lendemain, comme pour me venger, je ne disais rien, Charlie brusquement éclata : « D'accord, d'accord, si c'est si important pour toi, je t'achèterai un billet de retour pour Londres, mais à condition que tu me promettes de revenir. »

Je le lui promis. Il secoua la tête et grogna : « Tu ne t'y plairas pas, c'est moi qui te le dis. »

CHAPITRE XVIII

Ainsi, grâce à l'argent de Charlie, avec un gramme de cocaïne comme cadeau d'adieu et dans la tête ses avertissements, je pris l'avion pour Londres. J'étais heureux de le faire : mes parents et Eva m'avaient manqué. Même si je leur parlais au téléphone, j'avais envie de voir de nouveau leurs visages. Je voulais me chamailler avec Pa. Eva m'avait laissé entendre que des choses importantes se préparaient. « Quelles choses ? » lui avais-je demandé à chaque occasion. « Je ne pourrai t'en parler que lorsque tu seras ici », disait-elle, taquine. Je n'avais aucune idée de quoi elle parlait.

Dans l'avion, je fus pris d'une rage de dents et dès la première journée en Angleterre, je dus rendre visite à un dentiste. Je traînais dans Chelsea, heureux d'être de retour à Londres, soulagé de pouvoir poser mes yeux sur quelque chose d'ancien. C'était très beau autour de Cheyne Walk, toutes ces petites maisons croulant sous les fleurs, avec des plaques bleues sur la façade. C'était fantastique, à condition de ne pas entendre la voix des gens qui vivaient à l'intérieur.

Tandis que l'assistante du dentiste me faisait asseoir dans le fauteuil et que j'adressais un léger signe de tête au praticien pour le saluer, il dit à son aide, avec un fort accent sud-africain : « Est-ce qu'il parle anglais ?

— Quelques mots », dis-je.

En me baladant dans le centre de Londres je découvris que l'on éventrait la ville. Les immeubles délabrés avaient été remplacés par de nouveaux, d'une laideur épouvantable. L'art de créer la beauté s'était réellement perdu. La laideur façonnait également les gens. Les Londoniens semblaient se haïr les uns les autres.

Je rencontrai Terry pour prendre un verre, alors qu'il était en train de répéter d'autres épisodes de sa série du sergent Monty. Il n'eut qu'à peine le temps de me voir, il était fort occupé par sa participation à des piquets de grève, à des manifestations, à des occupations d'usines. Nous parlâmes principalement de l'état dans lequel se trouvait le pays.

« Tu as sans doute remarqué, Karim, que l'Angleterre est liquidée. Elle fout le camp en lambeaux. Notre action l'a complètement paralysée. Le gouvernement a été battu lors du vote, hier au soir. Il y aura des élections. Les carottes sont cuites. Ou bien c'est nous, ou c'est la droite. »

Sur vingt crises, Terry en avait prédit quarante, néanmoins le pays, brisé, aigri, s'agitait : il y avait des grèves, des manifestations, des revendications salariales. « Il nous faut prendre le pouvoir, disait Terry. Les gens ont envie d'être conduits d'une main ferme et dans une nouvelle direction. » Il croyait qu'une révolution se préparait, il ne s'intéressait à rien d'autre.

Le lendemain, j'eus un entretien avec les producteurs et les gens chargés de la distribution du feuilleton dans lequel je risquais d'être engagé. Je devais les rencontrer dans un bureau qu'ils avaient loué pour la semaine à Soho. Je n'avais aucune envie de leur parler, même si j'avais traversé l'Atlantique à cause d'eux. Pyke avait veillé, dans son art ou dans son métier, à ce que rien de médiocre ne voie le jour sur scène ; sa vie était liée à la qualité de ce qu'il présentait. En moins de cinq minutes je compris que ces gens-là étaient des frimeurs, des arrivistes en pull-overs pelucheux. Ils parlaient comme s'ils allaient mettre en scène une pièce de Sophocle. Ensuite, ils me demandèrent de m'agiter dans le bureau dans une improvisation ayant pour cadre une boutique d'alimentation dans laquelle il y avait une dispute à propos d'un morceau de morue, dispute qui entraîna quelqu'un à renverser de la graisse bouillante sur le bras d'un client. Deux acteurs, perpétuellement à la recherche du cacheton, qui avaient déjà été engagés, me donnaient la réplique. Tous ces gens m'ennuyaient terriblement, pourtant il me faudrait les fréquenter pendant des mois si je décrochais le rôle.

Finalement, je partis. Je retournai dans l'appartement du Fish que j'avais emprunté, un endroit sans personnalité mais confortable, qui ressemblait un peu à un hôtel. Je restais assis là, sans bouger, me demandant si je ne devrais pas faire ma valise et m'installer en permanence à New York, pour travailler avec Charlie, lorsque le téléphone se mit à sonner. Mon agent me dit : « Bonne nouvelle. Ils m'ont téléphoné pour me dire que tu as le rôle.

— Bien, bien, dis-je.

— Excellent », répliqua-t-elle.

Mais il me fallut deux jours pour que le sens de ce qui m'était offert apparaisse. Qu'était-ce exactement ? J'allais avoir un rôle dans un feuilleton qui traiterait des problèmes contemporains les plus récents, ce qui voulait dire avortement, provocations racistes, tous ces trucs dans lesquels les gens étaient plongés, mais qu'on ne voyait jamais à la télévision. Si j'acceptais le rôle, je jouerais un étudiant, fils d'un épicier indien. Des milliers de gens regardaient ces trucs. J'aurais un tas d'argent. Je serais reconnu partout dans le pays. Ma vie changerait du jour au lendemain.

Quand je fus certain d'avoir le rôle et que de mon côté j'acceptai les conditons, je décidai de rendre visite à Pa et à Eva pour leur apporter la nouvelle. Je réfléchis pendant une heure à ce que je devais porter, et me regardai sous de multiples angles, dans quatre miroirs, avant, pendant et après que je me fus habillé de vêtements « normaux » mais pas stricts, bien sûr. Je n'avais aucune envie de ressembler à un caissier, mais je ne voulais pas non plus offrir publiquement les séquelles de ma dépression et de mon malaise. Je mis donc un pull-over noir en cachemire, un pantalon de velours gris — un velours épais, riche, qui tombait impeccablement sans faire de plis — et des mocassins achetés en Amérique.

Devant chez Pa et Eva, un couple descendait d'un taxi. Un jeune type, avec les cheveux hérissés, portait plusieurs boîtes noires, chargé d'appareils photographiques, et un grand projecteur. Il était accompagné d'une femme élégante, d'une quarantaine d'années, enveloppée dans un imperméable beige luxueux. Malgré l'agacement de la femme, le photographe gesticula dans ma direction, alors que je montais les marches et appuyais sur la sonnette d'Eva. Il me posa sa question à brûle-pourpoint. « Etes-vous l'agent de Charlie Hero ?

— Je suis son frère », répondis-je.

Eva vint ouvrir la porte. Elle fut légèrement déconcertée, durant un instant, en nous voyant arriver tous les trois ensemble. Elle ne m'avait pas reconnu tout de suite : je devais avoir changé, mais je ne savais trop comment. Bien sûr, je me sentais plus vieux. Eva me demanda d'attendre une minute dans le couloir. Je restai là, feuilletant le courrier, me disant que j'avais eu tort de quitter l'Amérique. J'allais renoncer à ce feuilleton et repartir là-bas. Eva, quand elle eut serré la main aux deux autres visiteurs, et après les avoir fait asseoir dans l'appartement, revint vers moi, bras tendus et m'embrassa en me serrant contre elle.

« C'est agréable de te revoir, Eva. Tu ne sais pas à quel point tu m'as manqué, dis-je.

— Qu'est-ce que c'est que cette façon de parler ? dit-elle. As-tu oublié la manière dont on parle à sa famille ?

— Je me sens un peu bizarre, Eva.

— Très bien, chéri, je peux le comprendre.

— Je n'en doute pas. C'est pourquoi je suis revenu.

— Ton père sera content de te revoir, dit-elle. Tu lui as manqué plus qu'à aucun d'entre nous. Tu t'en doutes, non ? Tu lui as brisé le cœur en partant au loin. Je lui ai dit que Charlie prenait soin de toi.

— Est-ce que ça l'a rassuré ?

— Non. Dis-moi, Charlie est vraiment accroché à l'héroïne ?

— Comment peux-tu poser de pareilles questions, Eva ?

— Ne me mens pas.

— Non, dis-je. Eva, qu'est-ce qui se passe ? Qui sont ces gens ridicules ? »

Elle baissa la voix. « Pas maintenant. On m'interviewe sur l'appartement pour le magazine *Mobilier*. Je veux vendre cet endroit et déménager. Ils vont prendre des photographies et m'interroger. Pourquoi faut-il que ce soit aujourd'hui que tu apparaisses ?

— Quel autre jour aurais-tu préféré ?

— Arrête, tu veux, me prévint-elle. Tu es notre fils prodige. Ne gâche pas ça. »

Elle m'emmena dans la pièce où j'avais l'habitude de dormir sur le sol. Le photographe était en train de déballer ses affaires. Je reçus un choc en voyant mon père, lorsqu'il se leva pour m'embrasser. « Bonjour mon garçon », dit-il. il portait un large col blanc autour du cou, plaqué à son menton avant de remonter vers ses joues. « Mon cou me fait sacrément mal tout le temps », m'expliqua-t-il en grimaçant. « Cette serviette hygiénique soulage le poids de mon cerveau qui appuie trop fort sur ma colonne vertébrale. »

Je me souvenais qu'enfant Pa me battait toujours à la course dans le parc, lorsque nous nous rendions à la piscine. Quand nous luttions par terre, il me mettait toujours les épaules au tapis, il s'asseyait sur ma poitrine et m'obligeait à lui dire que je lui obéirais toute ma vie. Maintenant, il ne pouvait se déplacer sans tressaillir.

C'était moi qui étais devenu le plus fort. Je ne pouvais plus me battre avec lui — ce que j'aurais bien aimé — sans le terrasser du premier coup. C'était une triste déception.

En revanche, Eva paraissait fringante, affairée, dans sa jupe courte, ses bas noirs et ses chaussures plates. Ses cheveux avaient été coupés et teints par un grand coiffeur, son parfum était adorable. Il n'y avait plus rien de banlieusard en elle. Elle s'était élevée au-dessus d'elle-même, pour devenir une femme d'âge moyen, superbe, intelligente, gracieuse. Certes, je l'avais toujours aimée et pas seulement en tant que belle-mère. Elle avait provoqué chez moi des sentiments passionnés qui duraient encore.

Elle fit visiter l'appartement à la journaliste, et me prenant la main, m'emmena avec elle. « Viens voir ce que nous avons fait, me dit-elle. Et tâchez d'admirer, monsieur le Cynique. »

J'éprouvais effectivement de l'admiration. L'endroit était bien plus grand qu'avant. Divers cagibis et de nombreux couloirs avaient été supprimés, et les pièces donnaient maintenant sur l'extérieur. Ted et elle avaient travaillé d'arrache-pied.

« Comme vous le constatez, c'est un endroit très féminin, à la façon anglaise », dit-elle à la journaliste, tandis que nous regardions les moquettes crème, les peintures gardénia, les volets en bois, les fauteuils paysans et les tables de rotin. Il y avait des paniers remplis de fleurs séchées dans la cuisine et un tapis en noix de coco par terre. « C'est doux sans faire fouillis, continua-t-elle. Non que ce soit mon style préféré.

— Je vois, dit la journaliste.

— Personnellement, j'aimerais quelque chose avec une note plus japonaise.

— Japonaise vraiment ?

— Mais je veux être capable de travailler dans toutes les sortes de styles.

— Comme un bon coiffeur », dit la journaliste. Eva ne

put se retenir. Elle jeta un regard furibond à la femme, puis se ressaisit. J'éclatai de rire.

Le photographe redisposa le mobilier et photographia les objets, précisément dans des endroits auxquels ils n'étaient pas destinés. Il photographia Eva, uniquement dans des attitudes qui semblaient inconfortables et la rendaient peu naturelle. Elle glissa ses doigts dans ses cheveux une centaine de fois, prit un air boudeur et ouvrit grands ses yeux, comme si ses paupières avaient été attachées par des épingles. Et pendant tout ce temps, elle parlait à la journaliste des transformations de l'appartement, comment il était passé de son état de délabrement originel à cet exemple d'utilisation créative d'espace. On aurait dit qu'elle parlait de la construction de la Sainte-Chapelle. Elle ne dit pas bien sûr qu'elle avait l'intention de mettre l'appartement en vente aussitôt que l'article serait sorti, se servant de cette parution comme d'un levier pour faire monter le prix. Quand la journaliste lui demanda : « Et quelle est donc votre philosophie dans la vie ? » Eva se conduisit comme si cette question était précisément la sorte de chose qu'elle attendait qu'on lui demande au cours d'une interview sur la décoration d'intérieur.

« Ma philosophie de la vie ? »

Elle jeta un coup d'œil à mon père. Normalement, ce genre de question fournissait à Pa une excuse pour parler pendant une heure du taoïsme et des relations qu'il avait avec le zen. Mais il ne souffla mot. Il détourna tout simplement la tête. Eva alla s'asseoir à côté de lui, sur le bras du divan et, d'un geste à la fois affectueux et impersonnel, elle lui caressa la joue. La caresse avait quelque chose de tendre. Elle regardait mon père avec affection. Elle avait toujours envie de lui plaire. Elle l'aimait encore, pensai-je, et j'étais content que quelqu'un s'occupât de lui. Puis je me demandai : Est-ce qu'il l'aime encore ? Je n'en étais pas sûr. Je les observerai de près.

Eva se montrait calme, digne, pleine de confiance en

elle. Elle avait beaucoup de choses à dire. Elle avait pensé à tout ça pendant de nombreuses années. Finalement les idées commençaient à prendre forme dans son esprit. Elle avait une vision globale pour laquelle elle aurait préféré utiliser le terme « paradigmatique ».

« Avant de rencontrer l'homme que voici, je n'avais aucun courage et fort peu de foi. J'avais été atteinte d'un cancer et l'on m'avait enlevé un sein. Je parle rarement de ça. » La journaliste fit un petit signe de tête, pour lui montrer qu'elle respectait cette confidence. « Mais je voulais vivre. Maintenant, j'ai des contrats dans ce tiroir pour plusieurs réalisations. Je commence à sentir que l'on peut faire absolument tout, avec l'aide de techniques telles que la méditation, la prise de conscience et le yoga. Peut-être aussi un peu de psalmodie, afin de ralentir l'activité cérébrale. Vous voyez, j'en suis arrivée à croire à l'initiative personnelle, à la volonté de s'en sortir, à l'amour de ce qu'on fait, au plein développement de l'individu. Je suis sans arrêt déçue par le manque d'exigence que nous montrons vis-à-vis de nous-même et du monde. »

Elle jeta un coup d'œil aigu au photographe. Il remua sur son siège et sa bouche s'ouvrit et se ferma à deux reprises. Il faillit parler. S'adressait-elle à lui ? N'attendait-il que trop peu de lui-même ? Mais Eva était de nouveau lancée.

« Nous devons nous donner les pleins pouvoirs. Voyez ces gens qui vivent dans des immeubles sordides. Ils comptent sur les autres — sur le gouvernement — pour s'occuper d'eux. Ce ne sont que des moitiés d'êtres humains, parce qu'ils n'agissent qu'à moitié. Nous devons trouver un moyen qui les rende capables de se réaliser. L'épanouissement humain et individuel n'est pas quelque chose qui préoccupe particulièrement la droite ni la gauche. »

La journaliste inclina la tête en signe d'assentiment. Eva lui sourit, mais elle n'avait pas fini. D'autres pensées lui venaient à l'esprit. Elle n'avait jamais parlé comme cela auparavant, jamais avec tant de clarté. La bande magnétique tournait. Le photographe se pencha en avant et glissa dans l'oreille de la journaliste : « N'oubliez pas de parler de Hero », l'entendis-je dire.

« Aucun commentaire là-dessus », lança Eva. Elle voulait poursuivre. La stupidité de l'interruption ne l'agaça pas : elle tenait simplement à développer son thème. Ses propres pensées paraissaient la surprendre elle-même. « Je pense que je... » commença-t-elle.

Alors qu'Eva ouvrait la bouche, la journaliste se dressa, se glissa contre Pa et, coupant Eva, lui dit : « On vient de vous faire des compliments, monsieur. Avez-vous quelque chose à dire ? Est-ce que cette philosophie signifie beaucoup pour vous ? »

J'aimais voir Eva en position de force. Après tout, Pa avait, bien souvent, pontifié, joué les tyrans domestiques et m'avait humilié à de si nombreuses reprises lorsque j'étais enfant que je sentais que cela lui faisait du bien de se voir dans la situation présente. Cependant, il ne me fournit pas le plaisir que j'en attendais. Pa n'était pas gai aujourd'hui, il n'avait pas envie de faire de l'esbroufe. Il parla lentement, en regardant la journaliste droit dans les yeux.

« J'ai vécu à l'Ouest durant la plus grande partie de ma vie et j'y mourrai sûrement. Cependant, je reste, au plus profond de moi, un Indien. Je ne serai jamais rien d'autre qu'un Indien. Quand j'étais jeune, on regardait les Anglais comme des êtres supérieurs.

— Vraiment ? dit la journaliste avec un certain plaisir.

— Bien sûr, dit Pa. Et nous nous moquions d'eux à cause de cela. Mais nous constations forcément qu'ils avaient réalisé de grandes choses. Cette société que vous avez créée à l'Ouest est la plus riche qui ait jamais existé dans l'histoire du monde. Certes, il y a de l'argent et des machines à laver. La nature est maîtrisée, mais il y a le tiers-monde. La contrainte s'exerce partout. La science, bien sûr, est fort avancée. Vous avez les bombes dont vous

385

avez besoin pour vous sentir en sécurité. Néanmoins, il vous manque quelque chose.

— Oui ? fit la journaliste avec moins de plaisir que tout à l'heure. Dites-nous, s'il vous plaît, ce qui nous manque.

— Voyez-vous, mademoiselle, il n'y a pas eu chez vous un approfondissement de la culture, ni une augmentation de sagesse, aucune écoute des voix de l'esprit. Il y a, on le sait, un corps et un esprit. C'est sûr. Personne n'en doute. Mais il y a aussi une âme. »

Le photographe poussa un grognement. La journaliste essaya de le faire taire mais il lança cependant : « Mais qu'entendez-vous donc par là ?

— Ce que j'entends par là », dit Pa, les yeux pétillants de malice.

La journaliste regarda le photographe. Ce n'était pas un reproche, elle avait simplement envie de s'en aller. Rien de tout cela n'était intéressant pour l'article, ils étaient en train de perdre leur temps.

« Quel peut être l'intérêt de parler de l'âme ? » dit le photographe.

Mon père continua. « Cette absence, ce grand trou, dans votre conception de la vie, m'a vaincu. Mais, finalement, c'est vous qui serez abattus. »

Ensuite, mon père se tut. Eva et moi le regardâmes et attendîmes, mais il en avait fini. La journaliste arrêta son magnétophone et mit la bande dans son sac. Elle dit : « Eva, quelle merveilleuse chaise ! Dites-moi, où l'avez-vous donc trouvée ?

— Est-ce que Charlie s'est assis dessus ? » demanda le photographe. Il était maintenant troublé et agacé par mon père.

Ils se levèrent tous les deux pour partir. « Je crois qu'il nous faut maintenant filer », dit la journaliste, en se dirigeant rapidement vers la porte. Avant qu'elle ne puisse l'atteindre, celle-ci s'ouvrit brusquement pour laisser passer l'oncle Ted qui, haletant, fonça dans la pièce, les yeux écarquillés. « Où allez-vous ? » demanda-t-il à la journaliste qui regardait, l'air absent, cet homme chauve, hagard, dans un costume mal taillé, un carton de bières à la main.

« A Hampstead.

— Hampstead ? dit Ted, en jetant un coup d'œil à sa montre de plongée. Je ne suis pas vraiment en retard, seulement légèrement. Ma femme est tombée dans l'escalier et s'est blessée.

— Elle va bien maintenant ? s'inquiéta Eva.

— Elle est en bien mauvais état, franchement », dit Ted en s'asseyant. Il nous dévisagea l'un après l'autre, me fit un petit signe avant de s'adresser à la journaliste. Son désarroi était total, il n'en avait pas honte. Il dit : « J'ai pitié de Jean, ma femme.

— Ted... dit Eva en essayant de lui couper la parole.

— Elle mérite notre compassion à tous, dit-il.

— Vraiment ? dit la journaliste sans conviction.

— Oui oui ! Comment pouvons-nous en arriver là ? Comment est-ce possible ? Un jour nous sommes des enfants, avec un visage éveillé, ouvert. Nous voulons savoir comment fonctionnent les machines. Nous tombons amoureux des ours polaires. Et le lendemain nous nous jetons dans les escaliers en pleurant, parce que nous sommes ivres. Nos vies sont finies. Nous haïssons la vie et nous haïssons la mort. » Il se tourna ensuite vers le photographe. « Eva m'a dit que vous vouliez nous photographier ensemble. Je suis son associé. Nous faisons absolument tout en commun. N'aimeriez-vous pas me poser des questions au sujet de nos méthodes de travail ? Elles sont vraiment uniques. Elles pourraient servir d'exemples aux autres.

— Malheureusement, il nous faut partir, dit la scribouillarde au cul serré.

— Ça ne fait rien, dit Eva, en touchant légèrement le bras de Ted.

— T'es un sacré imbécile, Ted, lui dit Pa en se moquant de lui.

— Mais non, c'est faux », dit Ted fermement. Il savait qu'il n'était pas un imbécile, personne ne pourrait le convaincre de cela.

L'oncle Ted était content de me voir, et moi de le voir lui. Nous avions un tas de choses à nous dire. Il en avait fini avec sa dépression. Il était comme autrefois, quand j'étais un gosse, enthousiaste et acide. Mais il n'y avait plus de violence en lui, il ne regardait plus les gens, la première fois qu'il les rencontrait, comme s'il pensait que ceux-ci voulaient le blesser et qu'il devait les frapper en premier.

« J'aime mon boulot, fiston. J'aurais pu en parler aux journaux. Tu te souviens que j'étais devenu à moitié fou. Eva m'a sauvé.

— Pa t'a sauvé.

— Je veux à mon tour sauver ceux qui mènent une vie inauthentique. Est-ce que ta vie est inauthentique, Kremly ?

— Oui, dis-je.

— Quoi que ce soit que tu fasses, ne te mens surtout jamais à toi-même. Ne... »

Eva revint et lui dit : « Nous devons y aller. »

Ted esquissa un geste en direction de Pa. « J'ai besoin de parler, Haroon. J'ai besoin que tu m'écoutes ! D'accord ?

— Non, dit Eva. Nous devons travailler. Allez, viens. »

Donc Ted et Eva s'en allèrent discuter d'un projet avec un client à Chelsea. « Viens donc prendre une bière avec moi, dans le courant de la semaine », dit Ted.

Quand ils furent partis, Pa me demanda de lui préparer un toast au fromage. « Ne le fais pas trop mou, veux-tu, dit-il.

— Est-ce que tu n'as pas encore mangé ? »

C'était juste ce qu'il lui fallait pour se lancer. Il dit : « Eva ne s'occupe plus de moi maintenant. Elle est trop active. Je ne me ferai jamais à cette nouvelle femme d'affaires. Parfois, je la hais. Je sais que je ne devrais pas dire ça. Je ne la supporte pas lorsqu'elle est près de moi,

388

et je déteste lorsqu'elle n'y est pas. Je n'ai jamais senti quelque chose comme ça avant. Qu'est-ce qui m'arrive ?

— Ce n'est pas à moi de te le dire, Pa. »

Je n'avais pas envie de le quitter, mais j'avais accepté d'aller voir ma mère. « Je dois partir, dis-je.

— Ecoute encore une seule chose.

— Quoi ?

— Je vais quitter mon boulot. J'ai donné ma démission. Les années que j'ai perdues dans ce truc ! dit-il en levant les mains. Maintenant, je vais enseigner, penser, écouter. Je veux discuter de la manière dont nous vivons nos vies, quelles sont nos valeurs, quelle sorte de gens nous sommes devenus, et ce que nous pourrions être si nous le voulions. Mon but est d'encourager les gens à penser, à méditer, afin qu'ils puissent se débarrasser de leurs obsessions. Dans quelle école enseigne-t-on ce programme foutrement important ? Je veux aider les autres à découvrir leur sagesse la plus profonde qui se trouve souvent ensevelie dans le train-train de la vie quotidienne. Je veux vivre intensément ma propre vie ! C'est bien, non ?

— C'est ce que j'ai entendu de mieux venant de toi, dis-je gentiment.

— Tu trouves, hein ? » L'enthousiasme de mon père était au zénith. « Quelle rêverie n'ai-je pas eue récemment ? Ces moments où les contradictions de l'univers se réconcilient. Des intuitions sur une vie plus réelle ! Ne crois-tu pas qu'il devrait y avoir une place pour des esprits libres comme moi, de vieux sages imbéciles comme les sophistes ou les maîtres du zen, déambulant vaguement ivres, pour parler de philosophie, de psychologie, de la manière dont il faut vivre. Nous hypothéquons la réalité prématurément, Karim. Nos esprits sont plus riches, plus ouverts que nous ne pouvons l'imaginer ! Je montrerai ces choses évidentes aux jeunes qui se sentent perdus.

— Parfait.

— Karim, voilà le sens de ma vie. »

J'enfilai ma veste pour partir. Il me regarda descendre

la rue. J'étais sûr qu'il continuait à me parler, alors que j'étais déjà loin. Je pris le bus en direction de Londres-Sud. J'étais dans un état émotionnel extrêmement tendu. A la maison, je trouvai Allie qui s'habillait en s'inspirant des rythmes de Cole Porter.

« Mam n'est pas rentrée », dit-il.

Elle était encore à son cabinet médical où elle travaillait comme réceptionniste pour trois médecins.

Il était devenu drôlement chic, le petit Allie. Il portait des vêtements italiens, impeccables, audacieux et colorés sans être vulgaires. Des choses coûteuses, mais parfaitement élégantes : les fermetures Eclair étaient ajustées, les coutures droites, les chaussettes parfaites. On peut toujours évaluer le degré d'élégance à la qualité des chaussettes. Il ne paraissait même pas déplacé, assis là, sur le sofa en faux cuir de Mam, avec un pouf à fleurs devant lui. Ses chaussures posées sur le tapis, acheté dans une vente de charité, ressemblaient à des bijoux sur du papier hygiénique. Certaines personnes ont un don pour ce genre de choses et j'étais content de voir que mon frère en faisait partie. Allie avait également de l'argent. Il travaillait pour un couturier. Nous parlions ensemble comme des adultes, il le fallait. Mais nous étions légèrement embarrassés et intimidés en même temps. L'attitude ironique d'Allie changea lorsque je lui parlai du feuilleton. Je ne fis pourtant pas beaucoup de ramdam avec ça : j'en parlai comme si c'était moi qui leur accordais une faveur. Allie bondit sur ses pieds et frappa dans ses mains. « Formidable ! Une sacrée nouvelle ! Bravo Karim ! » Je ne comprenais pas très bien : Allie pérorait comme si ce truc signifiait quelque chose.

« Ça ne te ressemble guère d'être aussi enthousiaste », dis-je un peu soupçonneux lorsqu'il revint dans la pièce après avoir téléphoné à ses amis pour leur parler du boulot que j'avais décroché. « Qu'est-ce qui ne va pas à la tête, Allie ? Est-ce que tu te fiches de moi ?

— Mais non, mais non. Parole d'honneur. La dernière

pièce que tu as jouée avec Pyke comme metteur en scène, c'était pas mal, amusant même une fois ou deux.

— Ah ouais ? »

Il s'arrêta, craignant peut-être que ses compliments aient été trop chaleureux. « C'était bon, mais un peu trop hippie.

— Hippie ? Qu'est-ce qu'il y avait de hippie là-dedans ?

— Ce truc idéaliste. La politique me tape sur les nerfs. On déteste les gauchistes geignards, non ?

— Réellement ? Et pourquoi ?

— Ecoute, leurs fringues ressemblent à des chiffons. Je déteste les gens qui n'arrêtent pas de mettre en avant la couleur de leur peau, de raconter qu'ils ont été persécutés à l'école parce qu'ils étaient noirs et d'expliquer en détail la manière dont quelqu'un un jour a craché sur eux. Tu vois ce que je veux dire : l'apitoiement sur soi-même.

— A ton avis, ils ne devraient pas — je veux dire — nous ne devrions pas parler de ça, Allie ?

— Parler de ça ? Fichtre non. » De toute évidence, il tenait un de ses dadas. « Ils devraient la boucler et s'occuper de leur vie. Au moins, les Noirs sont mêlés à l'histoire de l'esclavage. Les Indiens ont été vidés à coups de pied d'Ouganda. Il y avait là quelques raisons d'être amers. Mais personne ne met des gens comme toi ou moi dans des camps, ça n'arrivera pas. Grâce au ciel, on ne peut pas se comparer à eux. De plus, on devrait remercier le ciel de ne pas avoir une peau blanche. Je n'aime pas l'aspect de la peau blanche, elle...

— Allie, je suis allé chez un dentiste, l'autre jour et...

— Kremly, ne pourrais-tu pas oublier tes dents une minute et...

— Allie...

— Permets-moi de te dire que nous sommes des privilégiés. On ne peut quand même pas soutenir que nous sommes de malheureux opprimés plongés dans la merde. Essayons simplement de nous réaliser le mieux possible. » Il me regardait comme un moniteur qui vous explique qu'il ne faut pas se décourager. Je l'aimais en ce moment ; j'avais envie de le connaître ; mais les choses qu'il disait étaient très étranges. « Donc, toutes mes félicitations, vieux frère. Un feuilleton, c'est quelque chose pour lequel on est en droit de pavoiser. La télévision est le seul moyen de communication que j'aime. »

Je fis une grimace.

« Karim, je hais le théâtre encore plus même que l'opéra. C'est tellement... » Il cherchait un mot tordu. « Tellement chimérique. Mais dis-moi, Kremly, il y a quelque chose que tu dois savoir à propos de Mam. »

Je le regardai comme s'il allait me dire qu'elle avait un cancer ou quelque chose comme ça. « Depuis qu'elle a divorcé, elle voit maintenant quelqu'un. Jimmy. Ça dure depuis environ quatre mois. C'est un coup dur, d'accord. Je sais ça, mais il nous faut bien l'accepter et ne pas nous conduire d'une manière merdique si c'est possible.

— Allie... »

Il s'assit tranquillement. « Ne me pose pas un tas de foutues questions, Karim. Je ne peux pas te parler de lui parce que je ne l'ai pas rencontré, on ne me le permet pas.

— Et pourquoi pas ?

— Et toi tu ne le verras pas non plus, d'accord ? On lui a montré des photos de nous lorsqu'on avait une dizaine d'années, jamais au-delà. Jimmy ne connaît pas l'âge exact de Mam. Elle pense qu'il serait choqué et découragé s'il découvrait qu'elle a des fils aussi âgés que nous. Nous devons nous tenir à l'ombre.

— Merde alors.

— Exactement. »

Je soupirai.

« Mais c'est bien pour elle. Elle le mérite.

— Jimmy est OK. Il est respectable, il a un job et il ne trempe pas sa queue partout. » Puis Allie me jeta de nouveau un coup d'œil admiratif, secoua la tête et poussa un petit sifflement : « Un feuilleton, hein ? Ça, c'est la classe.

— Tu sais, dis-je, après que Pa et Mam eurent rompu, tout devint dingue. Je ne savais plus où j'en étais. »

Il me regardait. Je me sentais coupable de ne l'avoir jamais questionné sur ses sentiments à ce propos. « Ne me parle pas de ça maintenant, dit-il. Je n'ai pas pu le supporter non plus. Je sais trop bien ce que tu veux dire. »

Il sourit d'un air rassurant.

« D'accord », dis-je.

Puis il se pencha vers moi et me dit, avec sa langue de vipère : « Je ne vois jamais Pa, tu sais. Quand il me manque, je lui passe un coup de fil. Je n'ai pas beaucoup de temps à consacrer aux gens qui laissent tomber leur femme et leurs enfants. Je ne te reproche pas d'être parti avec lui — tu étais jeune. Mais Pa s'est conduit en égoïste. Qu'est-ce que ça veut dire, cette façon qu'il a de laisser tomber son travail ? Tu ne penses pas qu'il est devenu fou ? Il n'aura plus le sou. Eva devra l'entretenir. Donc, Eva entretiendra Mam. N'est-ce pas un petit peu grotesque ? Mam la déteste. Nous serons tous accrochés à ses basques, comme des parasites.

— Allie...

— Qu'est-ce qu'il va fabriquer, se prenant pour saint François d'Assise, parlant de la vie, de la mort, du mariage — dont il est un expert mondial — avec des idiots qui penseront qu'il est un casse-pieds de première grandeur ? Seigneur, qu'arrive-t-il aux gens, Karim, lorsqu'ils commencent à devenir vieux ?

— Est-ce que tu ne comprends vraiment rien ?

— Comprendre quoi ?

— Ecoute, Allie, tu es vraiment trop con ? Ne vois-tu pas la manière dont arrivent les choses ? »

Il parut blessé et démonté : ce n'était pas difficile d'obtenir ce résultat. Il avait si peu confiance en lui ! Je ne savais comment m'excuser, afin de pouvoir revenir à notre première entente.

Il murmura : « Bon, je n'ai pas regardé le truc d'un autre point de vue. »

393

Puis j'entendis une clef tourner dans la serrure. Un son nouveau. C'était pourtant un bruit que j'avais entendu chaque jour pendant des années, quand Mam revenait de son magasin pour nous préparer le thé. J'allai au-devant d'elle et l'embrassai. Elle était contente de me voir, mais pas tant que ça, une fois qu'elle eut la certitude que j'étais bien vivant et que j'avais du travail. Elle était pressée. « Un ami va passer tout à l'heure », dit-elle sans rougir, tandis qu'Allie et moi échangions un clin d'œil. Pendant qu'elle prenait sa douche et s'habillait, nous passâmes l'aspirateur dans la salle de séjour. « Ça serait mieux aussi de faire l'escalier », dit Allie.

Mam mit un temps fou à se préparer, et Allie lui indiqua les bijoux qu'elle devait porter, et comment se chausser, etc. Ma mère était le genre de personne qui n'avait guère l'habitude de prendre plus d'un bain par semaine. Lorsque nous emménageâmes, à la fin des années cinquante, la maison ne possédait pas encore de salle de bains. Pa s'asseyait, les genoux collés contre sa poitrine, dans un tub au milieu de la salle de séjour, tandis qu'Allie et moi courions chercher les casseroles d'eau qui chauffaient sur le poêle.

Pour le moment, Allie et moi traînions le plus longtemps possible dans la maison, pour embêter ma mère qui craignait que Jimmy surgisse et découvre que les deux fils à eux deux avaient autour de quarante ans. Mam était en train de nous dire : « N'avez-vous donc, mes garçons, aucun endroit où aller ? » quand retentit la sonnette de la porte d'entrée. Notre pauvre mère se figea sur place. Je n'aurais jamais pensé qu'elle en aurait le culot, pourtant elle nous souffla : « Vous sortez tous les deux par la porte de derrière. » Elle nous poussa presque dans le jardin et ferma à clef derrière nous. Allie et moi rigolions doucement en nous lançant une balle de tennis. Puis nous contournâmes le mur pour aller sur le devant de la maison et l'épier, à travers les vitres entourées de noir. Des fenêtres

« georgian » que ma mère avait fait installer, si bien que la façade ressemblait à une grille de mots croisés.

Et Jimmy était là, notre père de rechange, assis sur un divan, à côté de Mam. C'était un Anglais au visage pâle. Ce fut pour moi une surprise : d'une certaine manière je m'attendais à voir un Indien assis à côté d'elle et lorsque je constatai que ce n'était pas le cas, je me sentis déçu par ma mère, comme si elle nous avait laissé tomber. Elle devait en avoir assez des Indiens. Jimmy approchait de la quarantaine, il avait l'air sérieux et était habillé simplement d'un costume gris. Comme nous, il appartenait à la petite bourgeoisie mais il était beau et paraissait intelligent. C'était le genre de type qui connaît le nom des acteurs des films de Vincent Minnelli et qui s'arrange pour participer aux jeux télévisés afin de le prouver. Mam était en train d'ouvrir le paquet qu'il lui avait apporté, lorsqu'elle leva la tête et nous aperçut, nous, ses fils, l'épiant à travers le rideau en filet. Elle rougit, s'affola, mais très vite elle retrouva ses esprits et ne s'occupa plus de nous. Nous nous éloignâmes doucement.

Je ne voulais pas rentrer chez moi immédiatement, aussi Allie m'emmena-t-il dans un nouveau club de Covent Garden, qui avait été décoré par un de ses copains. Comme Londres avait changé en dix mois ! Ni hippies ni punks : tout le monde aujourd'hui était élégamment habillé, les hommes portaient les cheveux courts, des chemises blanches, des pantalons amples retenus par des ceintures. On avait l'impression de se retrouver dans une salle pleine de George Orwell, sauf que George Orwell aurait évité les boucles d'oreilles. Allie me dit que ces gens étaient des photographes, des graphistes, des décorateurs, des dessinateurs de mode, des jeunes pleins de talent. La petite amie d'Allie était mannequin, une Noire extrêmement mince, qui n'ouvrit la bouche que pour dire qu'à son avis faire partie d'un feuilleton pouvait conduire à quelque chose de mieux. Je jetai un coup d'œil autour de moi, espérant draguer une fille, mais je me sentais si seul qu'on devait respirer sur moi l'odeur de la solitude. Je n'étais pas suffisamment détaché pour me livrer au jeu de la séduction.

Je quittai Allie et retournai chez le Fish. Je restai assis là, dans son immense appartement pendant un moment ; je marchais de long en large, j'écoutais une face de Captain Beefheart *Dropout Boogie*, jusqu'à en devenir fou. Je m'assis de nouveau, puis décidai de sortir.

Je traînai dans les rues nocturnes pendant une heure, jusqu'à ce que je me perde. Ensuite, je fis signe à un taxi. Je demandai au chauffeur de m'emmener à Londres sud, mais tout d'abord, pressé maintenant, je lui dis de passer par mon appartement. Il m'attendit tandis que je pénétrais chez le Fish, à la recherche d'un cadeau que je pourrais donner à Changez et Jamila, pour me raccommoder avec eux. Je les aimais. Je le leur montrerais en leur offrant une immense nappe appartenant au Fish. En route, je fis arrêter le taxi pour acheter quelques plats indiens, en prime, destinés à les apaiser définitivement, au cas où ils seraient fâchés contre moi pour quoi que ce fût. Nous passâmes devant la boutique de la princesse Jeeta dont la devanture, la nuit, était protégée par des grilles, des barres et des volets. Je la voyais, à l'étage, allongée en train de dormir. Grâce au ciel, me dis-je, j'avais une vie intéressante.

Au seuil de la communauté, j'appuyai sur la sonnette et après cinq minutes, Changez vint ouvrir la porte. Derrière lui, la maison était silencieuse et il n'y avait aucun signe de discussion politique en tenue d'Adam et d'Eve. Changez tenait un bébé dans ses bras.

« Il est une heure du matin, *yaar* », me dit-il pour me saluer après cette longue séparation. Il s'enfonça dans la maison et je le suivis, ayant l'impression d'être un chien qui vient de recevoir un coup de pied. Dans la salle de séjour minable, remplie de classeurs, où trônait un vieux sofa, je découvris, à mon grand soulagement, que Changez n'avait pas changé et que je n'aurais pas à l'attaquer. Il n'était devenu ni bourgeois ni imbu de lui-même. Il y avait de la confiture sur son nez, il portait toujours une ample combinaison de mécanicien dont les innombrables poches débordaient de livres. Je me demandais, à le regarder de plus près, si des seins ne commençaient pas à lui pousser. « Un petit cadeau, dis-je, offrant la nappe. Arrivée du nouveau continent.

— Chhhhuuut... me répondit-il, en me montrant le bébé enfoncé dans les couvertures. Voilà la fille de la maison, Leila Kollontaï. Elle dort enfin. Notre bébé. Méchante en diable. » Il renifla. « Y aurait-il un petit en-cas en vue ?

— Exactement.

— Du *dal* et tout ça ? Des *kebabs* ?

— Ouais.

— De la merveilleuse boutique, au curry génial du coin ?

— C'est ça.

— Mais ça refroidit. Ouvre, ouvre donc !

— Attends une seconde. »

J'agitai la nappe et commençai à enlever de la table divers papiers, des assiettes sales, un buste de Lénine. Mais Changez était pressé de s'empiffrer et voulait que nous étendions la nappe du Fish au-dessus de tout ça. « Affamé, hein ? » dis-je, tandis qu'il s'asseyait et sortait, un à un, les cartons luisants et suintants du sac.

« Je suis foutrement au chômage, Karim. Je bouffe des patates à plein temps. Si je n'étais pas malin, ils finiraient par me trouver du boulot. Comment pourrais-je travailler et m'occuper de Leila Kollontaï ?

— Où sont les autres ?

— Mr. Simon, le père, est en Amérique. Il est parti depuis longtemps donner des cours sur l'histoire à venir. C'est un sacré bonhomme, *yaar*, même si tu ne l'apprécies pas.

— Et Jamila ? dis-je en hésitant. Elle m'a manqué.

— Elle est ici, je veux dire, là-haut, intacte et tout. Mais elle ne serait pas heureuse de parler avec toi, non, non, non, non. Elle aimerait bien au contraire mettre tes couilles sur le gril et les manger avec des petits pois. Vas-tu rester longtemps ?

— Bouboule, espèce de gros cul, de quoi parles-tu ? C'est moi, Kremly Jeans, votre seul ami qui a fait tout le trajet depuis les marécages de Londres-Sud pour venir vous voir. »

Il hocha la tête et me tendit Leila Kollontaï qui avait un visage rond, olivâtre, afin de pouvoir arracher les couvercles des cartons. Il commença à enfoncer des paquets d'épinards dans sa bouche avec les doigts, après les avoir arrosés de chili rouge en poudre. Changez n'aimait aucune nourriture à moins qu'on n'en sente pas le goût.

Je dis, l'air désinvolte : « Je suis allé en Amérique pour participer à du théâtre politique. » Je me mis à expliquer ce que j'avais fait, me vantant des soirées où j'avais été invité, des gens que j'avais rencontrés, des magazines qui avaient demandé à m'interviewer. Changez m'ignorait et se calait les joues. Puis, comme je continuais, il me dit brusquement : « Tu es foutrement dans la merde, Karim. Et qu'est-ce que tu as l'intention de faire pour t'en sortir ? Jammie ne te pardonnera jamais de ne pas t'être pointé à la manif. C'est ça qui devrait t'inquiéter, *yaar*. »

J'étais coincé. Nous restâmes silencieux pendant un moment. Changez ne paraissait nullement intéressé par ce que j'avais à dire. Je fus forcé de m'intéresser à lui. « Tu dois être content, non, maintenant que Simon est au loin, tu as Jamila pour toi à plein temps. Tu progresses ?

— Nous progressons tous. Il y a une autre femme qui vient ici.

— Où ça ?

— Non, non. Une amie de Jamila, espèce d'idiot.

— Jamila a une amie, maintenant ? Est-ce bien ça que j'entends ? dis-je.

— Clair et net. Jammie aime deux personnes à la fois, rien de plus. C'est facile à comprendre. Elle aime Simon,

398

mais il n'est pas là. Elle aime Joanna qui est là. Elle me l'a dit. »

Je le regardai fixement, n'en croyant pas mes yeux. Comment aurait-il pu penser, lorsqu'il quitta Bombay, aux circonstances tarabiscotées, auxquelles il allait être mêlé ? « Et quel effet ça te fait ?

— Hein ? » Il était mal à l'aise. J'avais l'impression qu'il ne voulait rien dire de plus. Le sujet était clos. C'était sa manière à lui de mettre les choses en ordre dans sa tête et ça lui suffisait. « Moi ? Que me demandes-tu exactement par là ? » Il aurait pu ajouter : « Si tu tiens réellement à poser de telles questions. »

« Je te demande, dis-je, comment toi, Changez, avec ton arrière-plan de préjugés contre, pratiquement, le monde entier, peux-tu accepter le fait d'être marié avec une lesbienne ? »

La question le bouleversa plus que je n'avais eu l'intelligence de le prévoir. Il bredouilla. A la fin, il me dit, fronçant les sourcils : « Ce n'est pas le cas, n'est-ce pas ? »

Maintenant, j'étais dans l'embarras. « Je n'en sais foutrement rien, avouai-je. Ne viens-tu pas de me dire qu'elles s'aimaient ?

— Oui, elles s'aiment et je suis pour l'amour, déclara-t-il. Tout le monde dans cette maison essaie de s'aimer les uns les autres !

— Bien.

— N'es-tu pas toi-même pour l'amour ? me demanda-il comme s'il souhaitait établir fermement cette base commune.

— Mais oui.

— Bon, alors ? dit-il. Tout ce que peut faire Jamila me semble bien. Je ne suis ni un tyran ni un fasciste, comme u le sais. Je n'ai pas de préjugés, sauf en ce qui concerne es Pakistanais, ce qui est normal, bien entendu. Donc, où eux-tu en venir, Karim ? Que cherches-tu pénible-nent... »

Juste à cet instant la porte s'ouvrit pour laisser passer

Jamila. Elle paraissait plus mince, plus âgée, avec des joues légèrement creusées et des yeux plus cernés, mais en même temps il y avait chez elle quelque chose de plus vif, de plus léger, de moins sérieux. Elle semblait pouvoir rire bien plus facilement. Elle se mit à fredonner un reggae et fit quelques pas de danse autour de Leila. Une femme l'accompagnait, qui paraissait avoir dix-neuf ans, mais qui était, j'imaginais, bien plus vieille. Elle ne devait pas être loin de la trentaine. Elle avait un visage ouvert, le teint frais, la peau douce. Il y avait des mèches bleues dans ses cheveux coupés court. Elle portait une chemise d'ouvrière, noir et rouge, et un jean. Tandis que Jamila pirouettait, la femme applaudissait en riant. Jamila me dit que c'était Joanna, et celle-ci me sourit en me dévisageant, d'une manière qui m'amena à me demander ce que j'avais bien pu avoir fait.

« Salut, Karim », dit Jamila qui s'écarta lorsque je me levai pour l'embrasser. Elle s'empara de Leila Kollontaï et demanda à Changez s'il n'y avait pas de problème avec le bébé qu'elle embrassa et berça. Tandis que Jamie et Changez discutaient, je ne pus m'empêcher de remarquer le ton nouveau qu'il y avait entre eux. J'écoutais attentivement. Qu'était-ce exactement ? C'était une sorte de respect mutuel. Ils se parlaient sans condescendance ou méfiance, d'égal à égal. Comme les choses avaient changé !

Pendant ce temps Joanna me disait : « Ne vous ai-je pas vu quelque part ?

— Je ne pense pas que nous nous soyons rencontrés.

— Effectivement, vous avez raison, mais je suis sûre que nous nous sommes déjà vus. » Perplexe, elle continuait à me dévisager.

« C'est un foutu acteur célèbre, lança Jamila. C'est bien ça, chéri, non ? »

Joanna donna un coup de poing dans le vide. « Voilà, dit-elle. Je vous ai vu jouer. J'ai aimé la pièce aussi. Vous étiez remarquable. Vraiment drôle. » Elle se tourna vers Changez. « Tu aimais aussi, n'est-ce pas ? Je me souviens

400

que c'est toi qui m'as poussé à aller la voir. Tu m'as dit que ça sonnait juste.

— Non, je ne pense pas que je l'ai aimée autant que je l'ai dit, bredouilla Changez. Ce qui m'en reste n'a laissé que peu de traces dans ma mémoire. C'était un truc pour Blancs, n'est-ce pas, Jammie ? » Et Changez regarda Jamila, comme pour obtenir son approbation, mais celle-ci donnait le sein au bébé.

Heureusement, Joanna ne fut pas découragée par ce gros salaud de Changez. « J'ai beaucoup admiré votre interprétation, dit-elle.

— Que faites-vous ?

— Je suis réalisatrice, dit-elle. Jamila et moi faisons un documentaire ensemble. » Ensuite, se tournant vers Changez : « On doit se grouiller demain matin, Jammie et moi. Ce serait merveilleux s'il y avait encore des pample-mousses et des toasts pour le petit déjeuner.

— Mais oui, dit Changez, le visage épanoui mais avec pourtant un éclat ennuyé dans les yeux. Ne t'inquiète pas, il y aura tout cela pour toi et Jamila à neuf heures tapant.

— Merci. »

Joanna vint alors embrasser Changez. Lorsqu'elle se retourna, il s'essuya la joue. Jamila remit Leila Kollontaï à Changez puis, donnant la main à Joanna, elles quittèrent la pièce. Je les suivis des yeux un instant, avant de me tourner vers Changez. Il évitait mon regard maintenant. Il était furieux. Les yeux fixes, il hochait la tête.

« Qu'est-ce qui se passe ? dis-je.

— Tu m'as fait penser à bien trop de choses.

— Désolé.

— Monte à l'étage et va te coucher dans la pièce, au bout du couloir ? Je dois changer Leila. Elle a fait dans sa culotte. »

Je me sentais trop fatigué pour grimper l'escalier, aussi lorsque Changez sortit de la pièce, je m'étendis derrière le sofa, tirant une couverture sur moi. C'était dur par terre et je n'arrivais pas à dormir. Le monde balançait comme un hamac. Je comptais mes respirations, afin de prendre conscience du soulèvement et de l'abaissement de ma poitrine, du sifflement de mon souffle dans mes narines, du relâchement de mon front. Mais, comme toujours dans mes tentatives de méditation, je me retrouvai bientôt à penser au sexe, à ce genre de choses. Comme Changez semblait finalement solide et satisfait ! Il n'y avait aucune faille dans son amour, c'était la vérité absolue, il savait ce qu'il éprouvait. Et Jamila paraissait heureuse d'être aimée de cette manière. Elle pouvait faire ce qu'elle voulait, sans que Changez lui enlève la première place. Il l'aimait plus qu'il ne s'aimait lui-même.

Je me réveillai parce que j'avais froid et que mes membres s'étaient engourdis, ne sachant plus très bien où j'étais. Au lieu de me lever, je restai couché par terre. J'entendais un bruit de voix. Changez et Jamila, revenus dans la pièce, parlaient depuis un moment. Jamila essayait de faire dormir Leila. Ils avaient un tas de choses à se dire, à propos des vents du bébé, de la maison, de la date de retour de Simon — de l'endroit où il dormirait — et du film documentaire de Joanna.

Je me rendormis. Quand je m'éveillai de nouveau, Jamila se préparait à aller au lit. « Je monte, dit-elle. Essaie de dormir aussi un peu toi-même, mon chat. Oh, Leila n'a plus de couches.

— Oui, cette petite diablesse a sali tout son linge. J'irai demain matin tôt à la laverie.

— Peux-tu prendre mes affaires ? Il n'y a que deux ou trois trucs. Et les collants de Joanna ? Peux-tu...

— Laissez-moi tenir la situation en main. Colonel Changez.

— Merci, colonel Changez, fit en écho Jamila.

— La chose importante, c'est que je suis foutrement content que tu manges bien », dit Changez. Sa voix était perchée, tendue. Il parlait vite, comme s'il croyait que dès l'instant où il fermerait la bouche, Jamila s'en irait. « A partir d'aujourd'hui, je ne te donnerai que des nourritures saines. Réfléchis à ça, Jamila : il y aura des pamplemousses de première qualité, du pain chaud biologique pour le petit déjeuner, des sardines fraîches extra pour le déjeuner, du pain frais, de belles poires, du fromage blanc... »

Il l'ennuyait, il savait qu'il l'ennuyait, mais il ne pouvait s'arrêter. Elle essaya de le couper : « Changez, je...

— Tante Jeeta vend de bons produits maintenant, depuis que je l'ai convertie aux nouvelles idées. » Sa voix monta encore d'un cran. « Elle est vieux jeu, mais je peux t'assurer qu'elle suit les dernières tendances dont j'entends parler dans les magazines. Grâce à mes conseils, elle déborde d'enthousiasme. Elle promène la méchante petite Leila, tandis que je m'occupe de la boutique. » Il criait presque maintenant. « J'installe un jeu de miroirs pour repérer les voleurs.

— Formidable, Changez. Mais s'il te plaît, ne crie pas. Mon père serait fier de toi. Tu es... »

Il y eut un petit remue-ménage. J'entendis Jamila dire : « Mais qu'est-ce que tu fais ?

— Mon cœur bat, dit-il. Je vais t'embrasser pour te souhaiter bonne nuit.

— D'accord. »

Il y eut un bruit de succion, suivi d'un : « Bonne nuit Changez » un peu distant. « Merci de t'occuper de Leila aujourd'hui.

— Embrasse-moi, Jamila, embrasse mes lèvres.

— Hum. Changez... » Il y eut quelques bruits de corps. Je sentais le volume de Changez dans la salle. J'avais l'impression d'écouter une pièce radiophonique. Allait-il lui sauter dessus ? Allait-elle se débattre pour se dégager ? Devrais-je intervenir ? « Merci Changez, ça suffit maintenant avec les baisers. Shinko ne s'est-elle pas occupée de toi dernièrement ? »

Changez était haletant. Je l'imaginais la langue pendante. L'effort de l'attaque l'avait épuisé.

« Karim m'a asticoté, Jammie. Je dois m'expliquer avec toi à ce sujet. Ce petit salaud d'enculé...

— Qu'est-ce qu'il t'a dit ? demanda Jamila en riant. Il a de sérieux problèmes, tu le sais bien. C'est un gentil garçon, tu ne trouves pas, ses petites mains baladeuses, ses battements de cils...

— Il a en effet de terribles problèmes personnels, comme tu le dis si justement. Je commence à croire qu'il est totalement pervers, cette manière qu'il a de presser mon corps. Je lui ai dit, mais bon Dieu, est-ce que je suis une orange ? J'ai dit...

— Changez, il est tard et...

— Oui, oui, mais Karim, pour une fois, m'a dit quelque chose qui n'était pas dépourvu de signification.

— Vraiment ? »

Changez était au désespoir de devoir poursuivre, aussi s'arrêta-t-il durant quelques secondes, retint son souffle, se demandant s'il était en train de commettre une erreur ou non. Jamila attendait.

« Il m'a dit que tu étais lesbienne et tout ça. Jamila, je n'en croyais pas mes oreilles. Foutaises, espèce de salaud, lui ai-je dit. J'étais prêt à le lui faire rentrer dans la gorge. Ce n'est pas comme ça qu'est ma femme, n'est-ce pas ? »

Jamila soupira. « Je ne veux pas parler de ça maintenant.

— Ce n'est pas ce que tu fais avec Joanna, n'est-ce pas ?

— C'est vrai que Joanna et moi en ce moment sommes très liées, très attirées l'une par l'autre.

— Attirées ?

— Je ne pense pas que j'aie aimé autant quelqu'un depuis fort longtemps. Je suis sûre que tu sais comment c'est... Tu rencontres quelqu'un et tu as envie d'être tout le temps avec lui, quelqu'un que tu as envie de connaître à fond. C'est ça la passion, je suppose, et c'est merveilleux. C'est ça que j'éprouve en ce moment, Changez. Je suis désolée si... »

Il se mit à crier : « Qu'est-ce que tu reproches donc à ton mari, ton seul mari, qui est ici, disponible, pour que tu en arrives à cette perversion ? Serais-je la seule personne normale qui reste en Angleterre ?

— Ne recommence pas. Je t'en prie, je suis si fatiguée. Je suis enfin heureuse. Essaie de l'accepter, Bouboule.

— Et vous tous, ici, dans cette maison, bande de braves gens, vous parlez des préjugés contre les Juifs, contre ces salauds de voleurs noirs, contre ce Paki, contre ces pauvres femmes.

— Changez, c'est insultant, c'est...

— Mais qu'en est-il de ces salauds de laids ? Qu'en est-il de nous ? Qu'en est-il des droits que nous avons d'être embrassés ?

— On t'embrasse, Changez.

— Après seulement que quelques livres sterling changent de mains !

— Je t'en prie, allons nous coucher. Il y a un tas de gens qui t'embrasseront. Mais je crains que ce ne soit pas moi. Pas moi. Mon père t'a imposé à moi.

— Oui, je ne suis pas désiré.

— Mais tu n'es pas laid à l'intérieur, Changez, si tu veux bien accepter cette déclaration un peu guindée. »

Il n'écoutait qu'à demi, il était bien loin d'en avoir fini.

« Oui, à l'intérieur je ressemble à Shashi Kapoor *, je le sais bien, dit-il en abattant ses mains contre ses genoux. Mais certaines personnes sont réellement aussi laides que des porcs et elles ont une vie terrible et tout ça. Je vais commencer une campagne nationale pour mettre un frein à ces préjugés. Mais il faudra que ça commence par toi, ici, dans cette foutue maison de socialistes aux culs bénis ! »

Il y eut de nouveau pas mal de bruits, mais cette fois ça ressemblait plus à celui fait par des vêtements que par un corps. « Regarde, dit-il. Regarde, regarde, est-ce que je ne suis pas un homme, à la fin ?

— Oh, rentre ça. Je ne dis pas que ce n'est pas adorable, mais bon Dieu, Changez, certains de tes comportements avec les femmes me paraissent antédiluviens. Il faudrait que tu te mettes au diapason. Le monde change.

— Touche-le. Accorde-toi des vacances. »

Elle grogna : « Si j'avais besoin de vacances j'irais à Cuba.

— Touche-le, touche-le ou...

— Laisse-moi te prévenir », dit-elle. Et pas une fois elle n'éleva la voix, ne montra le moindre signe de crainte. Il y avait dans son ton quelque chose d'ironique, évidemment, comme toujours avec elle, mais aussi de totalement maîtrisé. « N'importe qui peut être mis à la porte de cette maison par un vote démocratique. Où irais-tu alors ? A Bombay ?

— Jamila, ma petite épouse, prends-moi en toi, gémit-il.

— Débarrassons la table et portons tout ça dans la cuisine, dit-elle doucement. Allons, colonel Changez, tu as besoin de repos.

— Jamila, je t'en supplie...

— Et je ne voudrais pas que Joanna t'aperçoive en train d'agiter ton gros champignon comme ça. Vois-tu, elle soupçonne les hommes d'être tous des violeurs. En te voyant ainsi, elle penserait que c'est vrai.

— Je veux qu'on m'aime. Aide-moi... »

Jamila continuait de parler de son ton détaché. « Si Joanna te voyait faire ça...

— Et pourquoi me verrait-elle ? Pour une fois il n'y a que toi et moi ici, ensemble, pour ces quelques moments précieux. Je ne vois jamais ma femme seule. »

Je remuai, mal à l'aise. Cette attitude de voyeur commençait à me peser. Dans le passé, j'avais été content de regarder les autres faire l'amour. J'avais bien plus souvent regardé que pratiqué. Je trouvais ça éducatif, ça exprimait aussi la solidarité qu'on a pour ses amis, etc. Mais maintenant, tandis que j'étais couché là, derrière le sofa, je savais que mon esprit demandait d'autres nourritures — des idées plus vastes, de nouveaux intérêts. Eva avait raison. Nous n'exigeons pas suffisamment de nousmême et de la vie. J'allais exiger. Je me lèverais et exigerais.

406

J'étais sur le point de me montrer lorsque Jamila dit brusquement : « Mais qu'est-ce que c'est que ce bruit ?

— Quel bruit ? »

Elle baissa la voix. « On aurait dit que quelqu'un pétait derrière le sofa.

— Un pet ? »

Je me mis sur mon séant et regardai au-dessus du dossier.

« Ce n'est que moi, dis-je. J'essayais de dormir. Je n'ai absolument rien entendu.

— Espèce de salaud, cria Changez, devenant encore plus nerveux. Jamila, je vais appeler la police pour qu'elle vienne s'occuper de ce foutu espion. Laisse-moi composer le 17 immédiatement ! »

Il tremblait, soufflait, postillonnait, alors même qu'il réajustait son pantalon. Il cria : « Tu t'es toujours moqué de mon amour pour Jamila. Tu as toujours voulu te placer entre nous. »

En fait, ce fut Jamila qui se plaça entre Changez et moi, pour l'empêcher de m'agresser. Elle me conduisit à l'étage, dans une pièce dont je pus fermer la porte à clef, loin de la colère de Changez. Au matin, je me levai tôt et traversai sur la pointe des pieds la maison endormie, pour gagner la porte d'entrée. J'entendis alors que Leila Kollontaï avait recommencé à pleurer et que Changez lui parlait doucement en ourdou.

Quelques jours plus tard, je retournai voir Pa. Et je le trouvai assis, dans un des fauteuils d'Eva, vêtu de son pyjama, avec un jeune homme pâle, par terre, devant lui. Le type était tendu, avait des larmes au bord des yeux et l'air désespéré. Pa lui disait : « Oui, oui, ce truc de vivre n'est pas une chose facile. »

Apparemment, ces jeunes gens qui assistaient aux cours de Pa se pointaient sans arrêt dans l'appartement, et mon père devait s'occuper d'eux. Il considérait que cette activité était « de l'ordre de la compassion ». Il expliquait mainte-

407

nant que pour « exister en harmonie », chaque jour de la vie devait contenir trois éléments : l'étude, la compassion et la méditation. Pa enseignait ces choses plusieurs fois par semaine à un centre de yoga du quartier. J'avais toujours cru que ces histoires de gourou de Pa, en fin de compte, tomberaient à l'eau à Londres, mais il était clair maintenant que mon père ne manquerait jamais de travail. La ville était pleine de gens malheureux, solitaires, dépourvus de confiance, qui réclamaient un guide, quelqu'un pour les soutenir, les prendre en pitié.

Eva m'emmena dans la cuisine, pour me montrer quelques bols. Elle avait également acheté une gravure du Titien à un jeune garçon aux cheveux longs, qui ressemblait à Charlie lorsqu'il était lycéen. Des tulipes aux longues queues et des jonquilles étaient disposées dans des pichets sur la table. « Je suis si heureuse, me dit Eva en me montrant ces trucs. Mais horriblement pressée. Il faut qu'on trouve un remède contre la mort. C'est ridicule de mourir si jeune. Je veux vivre jusqu'à cent cinquante ans. Ce n'est que maintenant que j'arrive à quelque chose. »

Un peu plus tard, je m'assis en compagnie de mon père. Sa chair s'était relâchée maintenant, avait un aspect graisseux, sa peau était marbrée. La partie supérieure de son visage était un assemblage de bourrelets cousus ensemble, ressemblant vaguement à des gradins, partant des yeux, s'ouvrant l'un après l'autre, pour descendre le long de ses joues, comme des terrasses à l'italienne.

« Tu ne me dis jamais rien de ce qui se passe dans ta vie », dit-il. Je voulais l'éblouir en lui annonçant la nouvelle du feuilleton. Mais quand je veux épater les gens, j'échoue le plus souvent. Eblouis, ils ne le sont pas le moins du monde. « Je suis engagé pour un feuilleton, dis-je en prenant la voix de Changez. Gros cachet. Gros machin. Gros bonnets.

— Arrête de te foutre de moi de cette manière imbécile, me dit Pa.

— Mais je ne me moque pas de toi. Je ne me moquais absolument pas.

— Je vois que tu es toujours aussi menteur.

— Pa...

— Au moins, tu fais quelque chose en surface maintenant, au lieu de traîner en eau trouble », dit-il.

Je rougis de colère et d'humiliation. Non, non, non, voulais-je crier. Nous ne nous comprenons pas l'un l'autre ! Mais c'était impossible de clarifier les choses. Peut-être se sent-on toujours un enfant de huit ans devant ses parents. On décide de se conduire en adulte, de réagir de manière réfléchie plutôt que spontanée, de respirer régulièrement avec l'abdomen, de regarder ses parents comme des égaux, mais au bout de cinq minutes, ces bonnes intentions sont réduites en cendres et l'on se retrouve là, à crier, à bredouiller de fureur, comme un enfant en colère.

Je n'arrivai pratiquement plus à parler, jusqu'à ce que Pa me pose la question qui était si difficile pour lui et qui, pourtant, était la seule chose au monde qu'il désirait savoir.

« Comment va ta mère ? » dit-il.

Je lui répondis qu'elle allait bien, beaucoup mieux qu'elle n'avait été depuis des années, de bonne humeur, active, optimiste, etc. « Bon Dieu, répliqua-t-il vivement, comment est-ce possible ? Elle a toujours été la femme la plus adorable, mais aussi la plus malheureuse du monde.

— Oui, mais elle voit quelqu'un maintenant — un homme.

— Un homme ? Quel genre d'homme ? En es-tu sûr ? »

Il ne pouvait s'empêcher de poser des questions. « Qui est-il ? A quoi ressemble-t-il ? Quel âge a-t-il ? Que fait-il ? »

Je choisis mes mots soigneusement. Il le fallait, puisque j'avais remarqué qu'Eva se tenait sur le seuil, derrière Pa. Elle restait là, l'air détendu, comme si nous étions en train de parler de nos films favoris. Elle n'avait pas le bon goût de s'en aller. Elle voulait savoir exactement ce qui se passait. Elle désirait qu'il n'y ait aucun secret qui puisse se glisser à l'intérieur de son territoire.

Le petit ami de Mam n'a rien de remarquable, dis-je à Pa. En tout cas, ce n'est pas Beethoven, mais il est jeune et se soucie beaucoup d'elle. Pa ne parvenait pas à croire que ce fût aussi simple ; rien de tout cela ne le satisfaisait. Il dit : « Penses-tu — bien entendu tu ne le sais probablement pas, comment pourrais-tu le savoir, ce n'est pas ton affaire, ce n'est pas la mienne, mais tu peux peut-être en avoir entendu parler par Allie ou par elle, ou peut-être découvert grâce à ton côté fouineur qui te pousse à t'occuper des affaires des autres sans arrêt — penses-tu qu'il l'embrasse ?

— Oui.

— En es-tu sûr ?

— Ben oui, j'en suis sûr. Il lui a apporté une toute nouvelle vie, réellement. C'est fantastique, non ? »

Cette nouvelle le foudroya immédiatement. « Rien ne sera plus jamais pareil, dit-il.

— Comment serait-ce possible ?

— Tu ne sais pas de quoi tu parles », dit-il en se détournant. Puis il aperçut Eva. Je me rendis compte qu'il avait peur d'elle.

« Ma chérie, dit-il.

— Qu'est-ce que tu fabriques, Haroon ? s'exclamat-elle furieuse. Comment peux-tu même penser ainsi ?

— Je ne pense nullement ainsi, dit Pa.

— C'est stupide, complètement stupide de regretter quoi que ce soit.

— Je ne regrette rien.

— Mais si, tu regrettes. Et tu ne veux même pas le reconnaître.

— Je t'en prie, Eva, pas maintenant. »

Il resta assis, en essayant de ne pas se soucier d'elle, mais son ressentiment était profond. Quand même, il me surprenait. N'était-ce réellement que maintenant, après tout ce temps, qu'il se rendait compte que la décision qu'il avait prise de quitter notre mère était irrévocable ? Peut-être n'était-ce que maintenant qu'il parvenait à comprendre qu'il ne s'agissait pas d'une plaisanterie, d'un jeu, d'une expérience, que Mam ne l'attendait pas à la maison avec du curry et des *chapatis* dans le four, et une couverture électrique branchée.

* * *

Ce soir-là j'annonçai à Pa, à Eva, à Allie et à sa petite amie que je les emmènerais au restaurant pour fêter mon nouveau boulot et la démission de Pa. « Quelle bonne idée ! dit Eva. Peut-être que je ferai aussi une petite déclaration. »

J'appelai Jammie dans sa communauté pour l'inviter, ainsi que Changez. Changez lui prit l'appareil des mains et dit qu'il ferait tout son possible pour venir, mais qu'il n'était pas sûr de pouvoir emmener Jamila à cause de cette petite diablesse de Leila. De toute façon, ils allaient passer tous les deux la journée au dépouillement des bulletins de vote pour le compte du parti travailliste.

Nous nous mîmes sur notre trente et un, et Eva persuada Pa de porter sa veste à la Nehru, sans col, boutonnée jusqu'au cou, comme le costume des Beatles, simplement en plus long. Les serveurs le prendraient pour un ambassadeur, ou un prince, ou quelque chose comme ça. Elle était si fière de lui et n'arrêtait pas de lui enlever des cheveux sur son pantalon. Plus il semblait de mauvaise humeur, parce qu'il trouvait que tout allait de travers, plus elle l'embrassait. Nous prîmes un taxi pour nous rendre dans l'endroit le plus cher que je connaissais à Soho. Je paierai avec l'argent que j'avais obtenu en revendant mon billet pour New York.

Le restaurant était au troisième étage, avec des murs d'un bleu-vert d'eau, il y avait un piano et un jeune garçon blond, en smoking, en jouait. Les gens me parurent

411

éblouissants ; ils étaient riches ; ils parlaient fort. Eva, à sa grande satisfaction, reconnut quatre personnes qu'elle connaissait et un pédé d'âge mûr, avec du ventre et un visage rouge, qui lui dit : « Voici mon adresse, Eva. Venez dîner dimanche, ce sera l'occasion de vous montrer mes quatre labradors. Avez-vous entendu parler d'Untel, ajouta-t-il en mentionnant un metteur en scène de cinéma célèbre. Il sera là. Il cherche quelqu'un pour refaire sa maison en France. »

Eva lui parla de son travail, de ce qu'elle faisait en ce moment, de cette maison de campagne dont elle changeait la décoration intérieure. Ted et elle seraient obligés de rester dans une petite maison du domaine pendant un certain temps. C'était la chose la plus importante qu'on lui ait jamais commandée. Elle allait employer plusieurs personnes, uniquement des aides, bien entendu, dit-elle. « Des aides, ou des Teds », dit le pédé.

Bien entendu, le petit Allie connaissait aussi quelques personnes, trois modèles qui vinrent à notre table. On fit une petite fête et à la fin, tout le monde, dans la salle, paraissait savoir que j'étais engagé à la télévision et qui serait le prochain Premier ministre. C'était cette dernière nouvelle qui faisait s'extasier tout le monde. C'était agréable de revoir Pa et Allie ensemble. Pa faisait beaucoup d'efforts avec lui, n'arrêtait pas de l'embrasser, de lui poser des questions, mais mon frère gardait ses distances. Il était embarrassé et de plus, n'avait jamais aimé Eva.

A minuit, à mon grand soulagement, apparut Changez dans son bleu de mécanicien, accompagné de Shinko. Il embrassa Pa, Allie et moi-même. Et nous montra des photos de Leila. Cet enfant n'aurait pas pu avoir un oncle plus complaisant que Changez. « Tu aurais dû amener Jamila », dis-je. Shinko était pleine d'attentions pour Changez. Elle disait combien il s'occupait de Leila, de tout le travail qu'il effectuait dans la boutique de la princesse Jeeta, mais lui l'ignorait et proclamait à voix forte ses vues sur le rangement des marchandises dans la boutique —

l'exact emplacement de la confiserie en relation avec le pain — même pendant qu'elle chantait ses louanges.

Il mangea comme un ogre, ce vieux Changez, et je l'encourageai à prendre deux glaces à la noix de coco, qu'il avala comme si on allait les lui ôter avant qu'il ne pût finir. « Commandez tout ce dont vous avez envie, leur dis-je. Voulez-vous du dessert, voulez-vous du café ? » Je commençais à prendre plaisir à ma propre générosité. Je sentais le bonheur qu'il y a à faire plaisir aux autres, particulièrement lorsque ce plaisir est lié à la puissance de l'argent. Je payai pour tous, ils en furent reconnaissants, ils devaient l'être, ils ne pouvaient plus me regarder comme un raté. Je désirais follement continuer dans ce sens. C'était comme si j'avais brusquement découvert quelque chose qui me convenait à merveille, quelque chose que j'avais envie de pratiquer sans interruption.

Quand tout le monde fut rassasié, légèrement ivre et joyeux, Eva se leva et tapota sur la table. Elle sourit et caressa la nuque de Pa, tandis qu'elle s'efforçait de se faire entendre. Elle dit : « Un peu de calme, s'il vous plaît. Un peu de calme, je vous en prie, pour quelques minutes. Je vous en prie, écoutez-moi, vous tous ! »

Le calme se fit. Chacun la regardait. Pa jeta un coup d'œil circulaire et adressa un grand sourire aux convives.

« Il y a quelque chose que je dois vous annoncer, dit-elle.

— Au nom du ciel, vas-y alors, dit Pa.

— Je ne peux pas, fit-elle, en se penchant à l'oreille de mon père. Est-ce toujours d'actualité ? murmura-t-elle.

— Vas-y, lança-t-il, sans répondre à sa question. Eva, tout le monde attend. »

Elle se redressa, croisa les mains et allait se mettre à parler lorsqu'elle se tourna vers mon père de nouveau. « Je n'y arrive pas, Haroon.

— Allez, allez, nous nous mîmes tous à crier.

— Bon. Ressaisis-toi, Eva. Nous allons nous marier. Oui, nous allons nous marier. Nous nous sommes rencontrés, nous sommes tombés amoureux et maintenant nous

413

allons nous marier. Dans deux mois. Et voilà. Vous êtes invités à la noce. »

Eva s'assit brusquement et Pa mit son bras autour d'elle. Elle lui parlait mais nous criions maintenant nos félicitations en tapant sur la table et en nous versant à boire. Je levai un toast à leur intention et chacun applaudit en criant bravo. C'était un moment merveilleux, sans rien de laid. Après cela, on les félicita et l'on but encore pendant deux heures. Il y avait tant de monde autour de notre table que je n'avais guère besoin de parler. Je pouvais penser au passé, à tout ce qui m'était arrivé, aux batailles que j'avais livrées pour me définir et découvrir le fonctionnement du cœur humain. Peut-être à l'avenir vivrais-je plus intensément.

J'étais donc assis, au cœur de cette vieille ville que j'adorais, située en bas d'une petite île. J'étais entouré de gens que j'aimais et me sentais heureux et malheureux à la fois. Je pensais au gâchis auquel j'avais été mêlé, mais je me disais qu'il n'en serait pas forcément toujours ainsi.

Les extraits de poèmes anglais sont dans l'ordre de John Donne, Percy Bysshe Shelley et William Blake.

Note du traducteur

GLOSSAIRE

ALOO : Pomme de terre.
CHAPATI : Galette de farine au blé complet.
DAL : Plat de lentilles.
KEEMA : Viande hachée.
LASSI : Boisson au lait caillé salé ou sucré.
NAN : Galette de farine de froment.
SALWAZR KAMIZ : Habit cousu porté par les femmes du nord de l'Inde.
SAMOSA : Petit pâté fourré.
SHASHI KAPOOR : Acteur célèbre.

TABLE

Première partie : Dans la banlieue 7

Deuxième partie : En ville 183

Impression réalisée par

La Flèche (Sarthe), 61863
N° d'édition : 2271
Dépôt légal : mars 1993

X01819/16

Imprimé en France